LE PARFUM
DE LA TENDRESSE

ALICE QUINN

LE PARFUM DE LA TENDRESSE

Ceci est une œuvre de fiction. Toute ressemblance avec des personnages ayant réellement existé serait purement fortuite et ne pourrait être que le fruit d'une pure coïncidence. Cependant les faits d'actualité concernant la chronologie du Coronavirus sont réels.

ISBN : 979-10-359-2064-7
Titre original : *Le parfum de la tendresse*

Couverture réalisée par Paola Franconeri de Studio Ideazione
mail.ideazione@gmail.com
https ://ricreazioneweb.wordpress.com

« Fais preuve de gentillesse envers tous ceux que tu rencontres car leur combat est peut-être plus dur que le tien. »
Platon

« Un mot gentil peut réchauffer trois mois d'hiver. »
Proverbe japonais

Prologue

Novembre 2019

Un vendredi de pluie violente, en revenant du lycée, bien abrité sous son parapluie, un homme d'une cinquantaine d'années, encore svelte, s'arrête devant une tombe dans le grand cimetière Saint-Pierre d'Aix-en-Provence. Ce tombeau, avec ce médaillon gravé en bas-relief d'un profil austère, respire l'opulence d'une vieille famille aixoise.

Le nom le plus récent sur la pierre gravée est Catherine Maurel, épouse Conté. Entre les nombreux pots de fleurs contenant des petits citronniers, oliviers, rosiers grimpants, bien entretenus, on devine un texte discret annonçant que Catherine a laissé son mari inconsolé. Joseph Conté, que sa femme appelait Jo, parle à la stèle, comme à son habitude. D'autres fois, il lui arrive de fredonner, de s'attarder à rêver. L'été, il vient arroser les plantes et enlever les feuilles flétries.

Mais aujourd'hui, l'averse est trop forte pour musarder. Au moment de faire demi-tour, sidéré, il voit surgir de derrière le rosier qui décore la sépulture… un chaton.

Jo fait tout pour détourner le regard, pour ne pas s'intéresser à ce chat tout mouillé et tout noir qui vient vers lui avec naturel, comme s'il l'attendait. Le miaulement est puissant, exigeant, vindicatif. Cette apparition le dérange. Il était bien tranquille, là, déconnecté de l'existence, sous les cataractes qui martèlent son parapluie et voilà que ce petit animal le force à atterrir, à prendre conscience du réel.

D'où sort-il ?

Une fois extrait de force de son état songeur, Jo pivote et s'éloigne à grands pas. Il se connaît. Comment pourrait-il résister à l'appel d'un chaton en détresse ? Mais il n'y a de place dans sa vie pour rien d'autre que sa peine. Depuis des années, déjà. Il ne peut se charger d'une âme au quotidien.

Pourtant, quand il a décidé de renoncer à affronter le tumulte de la vie, Joseph Conté s'est accroché à une seule chose : la gentillesse. C'est sa faiblesse. Mais il sait aussi que la faiblesse est une force. Celle qui lui permet de rester en vie. D'espérer revoir sa fille.

Il tourne la tête en arrière, par-dessus son épaule, au moment de virer au coin de l'allée n° 3, mais le chaton a disparu. Il n'y a plus rien ni personne sur la tombe de Catherine. Soulagé, il continue néanmoins à marcher d'un bon pas. Maintenant, il a hâte de rentrer boire un thé bien chaud en corrigeant ses copies.

Il ne voit pas derrière lui le chat mouillé qui slalome de flaque en flaque, saute de porche en porche, prêt à le suivre au bout du monde.

Ce que Joseph Conté ignore encore – d'ailleurs le saura-t-il un jour ? – c'est qu'au moment même où la petite chatte Sissi est venue vers lui sous la pluie dans le cimetière, un jeune chien, Pouf, entrait dans la vie de sa fille, Aurélie.

Aurélie a coupé les ponts, Aurélie ne veut plus parler à son père. Elle vit à Strasbourg, à quelque mille kilomètres de Jo, avec son compagnon, Arjun, et leur bébé d'un an, Rohan.

Ce même jour donc, Aurélie et sa petite famille s'en vont visiter le pittoresque village de Bischwiller dans la périphérie de Strasbourg. Mais il ne s'agit pas d'une simple promenade touristique. Le groupe se dirige vers une assez grande maison discrète, un peu à l'écart.

La porte s'ouvre, une femme en sort avec un chien dans les bras. Un bref aboiement joyeux, le bichon regarde Aurélie, celle-ci tourne les yeux vers Arjun qui pousse le landau de Rohan. Ils se sourient, ils se sont compris à demi-mots.

Cela fait quelques semaines qu'ils en parlent. Prendre un chien pour que Rohan puisse grandir avec un copain à poils. Ils savent tout des bienfaits d'une présence canine sur un enfant.

Ils entrent dans le bâtiment et une jeune fille souriante, Rebecca, leur fait visiter l'espace où vivent les animaux à adopter. Elle les accompagne pour les aider à sélectionner leur futur compagnon.

Un jeune chien se réfugie dans le coin de sa cage à leur approche. Oreilles pendantes, tête penchée, regard timide et rêveur, queue en point d'interrogation, il les considère avec un mélange de crainte et d'espoir. *Vous allez me choisir* ?

Mais quand il voit le bébé, il s'anime soudain et son inquiétude s'évapore.

Rohan s'approche de la grille et passe sa main à travers.

Quand le petit chien se lève et s'avance en frétillant de la queue, Aurélie redoute que son fils ne se fasse mordre. Rebecca la rassure :

– Il est très doux. C'est un tendre. Il adore les enfants, mais attention, il a quand même son caractère, hein ! Il est trop gourmand, pour ne pas dire vorace !

Elle rit.

– Et parfois, il fait des blagues. Vous avez lu la bio que je lui ai rédigée ?

Ils lisent le panneau devant la cage : « Je m'appelle Tofu. Je suis un mélange de beagle avec on ne sait pas quoi d'autre. J'ai presque un an. On m'a donné quand j'avais 3 mois à une personne qui ne voulait pas de moi et qui m'a attaché à son radiateur. Sans balade, sans câlin, sans jouet, sans rien. J'avais toujours faim. »

– Tu m'étonnes qu'il soit vorace, murmure Arjun. Pauvre vieux !

Le panneau continue à dérouler le douloureux passé du chien : « Elle en a eu définitivement marre de moi et m'a laissé dans la rue au milieu de la nuit devant le refuge où l'on m'a trouvé le lendemain matin. Ici, ma tristesse est partie, je suis toujours content, je veux rattraper le temps perdu. Dynamique et curieux, je ne veux rien louper, mais je me méfie encore des humains quand ils crient. J'adore les enfants, les chats et les autres chiens parce que j'aime trop jouer. Je suis câlin, j'aime les caresses, les gratouilles et les léchouilles, j'ai trop manqué d'affection. Bon OK, il y en a qui disent que je suis pot de colle… »

Aurélie sent des larmes lui monter aux yeux et elle ne parvient pas à en lire davantage. Elle montre les autres cages.

– Toutes les histoires sont pareilles ? demande-t-elle à la jeune fille en bottes de caoutchouc.

– Malheureusement, pour la plupart, oui. Plus ou moins.

– Mais comment vous savez tous ces détails sur ce chien ?

– On a fait notre enquête. Ça n'a pas été trop compliqué. Quelqu'un avait vu la dame l'attacher devant notre porte. Tofu se comporte bien en laisse, vous n'aurez pas de souci pour le promener. Il gambade sans tirer et même il se retourne régulièrement pour vérifier si on est bien derrière lui.

Arjun rit.

– Il ne sent pas la laisse ?

– Si, bien sûr, mais je pense que ça le rassure de nous voir. Vous travaillez tous les deux ? Parce qu'il a besoin de présence.

– Ça ira, je n'ai pas énormément de cours, dit Arjun. Je suis souvent là. Je fais des recherches pour ma thèse.

– Remarquez, quand il est seul à la maison, il est sage, ajoute Rebecca. Il n'aboie pas. Il se contente de dormir en vous attendant. Et il se tient super bien au restaurant. Enfin, là où on accepte les chiens. Il s'entend avec tout le monde. Même avec les chats, car dans sa première maison, son unique source d'affection était un chat qui dormait avec lui.

– De toute façon, on n'a pas de chat, dit Aurélie.

Son regard s'attarde sur son fils accroupi au sol devant le chien, absorbé par les échanges de caresses. Le son du rire communicatif de l'enfant la comble.

Rebecca achève sa plaidoirie par cette phrase :

– Il vous rendra votre amour au centuple !

Ils sont déjà convaincus. C'est celui-là qu'il leur faut.

Rebecca a l'estomac noué en voyant partir le chiot. Elle n'arrive pas à s'y habituer, même si elle est heureuse de savoir que le petit beagle a trouvé une famille.

– Appelez-moi s'il y a le moindre problème, hein ?

Quelques minutes plus tard, la famille sort du refuge avec, au bout d'une laisse, un jeune bâtard beagle de onze mois et des poussières.

– Il a l'âge de Rohan, c'est pas un signe, ça ? dit Aurélie.

– Oui, mais en âge de chien ça lui fait sept ans, alors c'est pas pareil.

– OK, mais c'est encore un gosse quand même.

– C'est un vrai Snoopy, non ? dit Arjun. Le compagnon idéal. Il parlera aux oiseaux, transportera sa gamelle pour réclamer sa pitance et écrira sa biographie sur sa niche, penché sur sa machine à écrire Underwood.

– Euh, pour l'instant, on n'a pas de jardin pour une niche, je te fais remarquer.

– Ça va pas tarder ! assure Arjun avec un sourire.

Le chien regarde autour de lui avec étonnement. Il est collé à la poussette de Rohan, comme si le bébé était son seul repère.

– T'es pas trop habitué à la ville, on dirait ? se moque gentiment Aurélie.

– Tu parles à un chien, je te signale ! dit Arjun, légèrement sarcastique.

Une fois arrivé devant la voiture, le chien inquiet observe attentivement le grand chambardement du pliage de la poussette rangée ensuite dans le coffre, de l'attache de Rohan sur le siège-baquet avec la ceinture de sécurité.

Il craint d'être oublié sur le trottoir. Il tente un jappement, pas trop fort. Histoire de se rappeler aux humains, mais sans les agacer. L'enfant piaille en tendant les bras vers lui, exigeant. Ce geste rassure le chien. Il ne risque pas d'être abandonné, ici, avec ce petit qui le réclame.

Finalement, l'homme le saisit et le pose à l'arrière, sur une couverture pliée à côté du siège de l'enfant. Une fois installé, il donne un grand coup de langue sur le bébé. Il émet un bref aboiement :

– Wouf !

L'enfant attrape alors la tête du chien et frotte son nez contre la truffe noire humide. Il frappe des mains avec entrain en gazouillant :

– Pouf !

Arjun et Aurélie se regardent, émerveillés !

– C'est son premier mot ! s'exclame Aurélie ! Pouf ? Je m'attendais à mieux !

– Tu triches, ce matin, il a dit Dad !

– Tu peux rêver ! Tous les bébés disent toujours

dadadadada ! Et chez nous, on dit pas Dad, on dit papa !

– N'importe quoi ! Le premier mot de mon fils ? Pouf ?

Le chien salue le mot de son jappement insistant.

– Ça va, on a compris que maintenant tu t'appelles Pouf ! dit Aurélie.

Le jeune chien pose son museau sur les genoux de Rohan, installé dans son siège de bébé. Il aspire goulûment par tous les pores de sa truffe l'odeur de Rohan.

Il la distingue et l'enregistre au milieu de dizaines d'autres qui assaillent ses narines. Les deux adultes, le chauffage, le moteur, le sac du pique-nique, les objets qui traînent un peu partout, mais aussi la ville environnante, les voitures, les passants grands et petits, les commerces, les traces des chiens qui ont marché par là.

Il est prêt pour son destin. Il sait qu'il a trouvé son humain. Son bébé. Sa vie va prendre un nouveau départ.

Satisfait, il s'endort malgré les cris enjoués de Rohan, ses caresses maladroites et son tirage d'oreilles. Comme s'il était enfin arrivé chez lui.

1 - L’orage

Un an plus tard

Joseph Conté ouvre les yeux dans un sursaut et il met quelques minutes à comprendre que le bruit de l’orage l’a réveillé. Un coup d’œil à l’écran lumineux de la radio. Quatre heures du matin. Il sait qu’il lui sera impossible de se rendormir.

La chambre est plongée dans une demi-pénombre et les meubles projettent des formes méconnaissables, effrayantes. Entre deux coups de tonnerre, un ronronnement tente de se frayer un chemin jusqu’à sa conscience. Il la voit alors, juste au-dessus de lui, perchée sur l’oreiller. Sissi. Sa chatte. Celle qui partage sa vie depuis presque un an, maintenant.

Elle le regarde avec insistance, comme si elle voulait lui confier quelque chose, mais elle ne miaule pas. Elle se contente de le fixer.

– Quoi ? Tu as faim ? Mais on n’est même pas le matin. Laisse-moi dormir.

Il tourne et vire encore quelques minutes, cherchant à retrouver son rêve.

Depuis quatre ans, il est plus heureux la nuit que le jour et l’atterrissage dans la vie réelle est une souffrance.

Il doit, chaque matin, affronter le monde sans Catherine. Il n'y a pas une seconde sans qu'il ne pense à elle. Elle est dans chaque objet dans la maison, dans chaque odeur, dans chaque son. Depuis toutes ces années, il se demande toujours comment il parvient à vivre sans elle.

Et par extension, sans Aurélie, puisque sa fille ne lui parle plus depuis le décès de sa mère. Elle le rend responsable. Il ne lui en veut pas, il se le reproche suffisamment comme ça ! Il comprend qu'elle a eu besoin de trouver un coupable. Il était tout désigné.

Dès qu'elle a pu, elle s'est échappée et a fui à plus de mille kilomètres, prenant le prétexte de son boulot. Un poste d'interprète à Strasbourg, au Parlement européen.

Il secoue la tête. Il va encore essayer de ne pas trop y penser aujourd'hui. C'est difficile, c'est l'anniversaire du petit, Rohan, dans quelques jours. Il aura deux ans.

Il observe les lumières tamisées, mouvantes, de la vie de la rue qui se faufilent entre les rideaux. Il habite au dernier étage, alors les bruits des rares voitures lui arrivent feutrés, même si on dit que le son monte.

Et voilà, dès que ses yeux sont ouverts, ce sont les mêmes pensées qui l'agitent. Toujours et encore. Catherine, Aurélie, Rohan.

Sissi se réfugie contre lui, enfouit son petit nez rose dans son cou, quémande une caresse. Elle est comme lui, elle n'aime pas l'orage. Quand le temps est lourd, elle recherche sa présence. Souvent, ces jours-là, en rentrant du travail, il la trouve cachée sous le canapé.

Il se laisse bercer par le doux son du ronronnement et ses ruminations s'égarent dans le passé.

Le souvenir des dimanches matin quand Aurélie, encore à la maternelle, les rejoignait dans le grand lit avec son appareil à cassettes contenant les comptines d'Henri Dès[1]. Son rire qui perlait comme des notes de piano, aussi légères que des plumes.

Ils entonnaient tous ensemble *La famille tortue*[2], puis Jo laissait les filles se faire des câlins pour leur préparer le petit déjeuner du dimanche, qu'ils prendraient tous les trois au lit, en pyjama, baignant dans la flaque dessinée par les rayons du soleil.

Il les regardait souvent en glissant dans la douce torpeur de la grasse matinée.

Tout était naturel, normal. Comment les choses auraient-elles pu être différentes ?

Sa vie entière avait toujours été lisse comme un lac.

Il avait connu Catherine au lycée et l'amour entre eux n'avait pas faibli durant les années d'études et leurs rares séparations obligées.

Elle avait passé son diplôme d'état d'infirmière à Marseille, puis celui de puéricultrice et, après quelques années à la Timone, elle avait pris la direction de la crèche rue

---

[1] Henri Dès est un auteur-compositeur-interprète suisse, principalement connu pour son répertoire pour enfants.

[2] Comptine pour enfants.

de Venel à Aix, non loin du studio qu'ils avaient occupé plus jeunes.

Pendant ce temps, il avait poursuivi des études de lettres sans jamais quitter Aix-en-Provence où il avait fini par passer son Capes. Nommé prof de lettres à Brest, ces quelques années d'exil avaient encore accentué son désir de passer sa vie aux côtés de sa belle.

Plus tard, dès qu'il avait pu être muté à Aix, ils avaient acheté à crédit, à une époque de creux immobilier, un grand appartement sous les toits au 18 rue des Cordeliers. Ils avaient nidifié, embellissant leur bulle d'amour avant la naissance d'Aurélie. C'est Catherine qui avait choisi son prénom. Nerval[3] était son poète préféré, et quand Aurélie était bébé, pour l'endormir, elle lui lisait ses poésies.

La route était belle, toute tracée, sans embûches, ponctuée d'éclats de joie plus forts encore. Il était né pour ça, Jo. Il n'avait jamais rien connu d'autre. Que la joie. C'était un homme toujours souriant, prêt à rendre service. Il était rempli de compassion pour les gens, ceux dont il devinait les drames, les blessures secrètes, les traumatismes. Il les croisait dans la rue, dans les magasins, au lycée et il lisait dans leurs yeux les revers, les humiliations, les incompréhensions devant les coups du destin.

Il se sentait tellement chanceux qu'il n'osait pas parler de

---

[3] Gérard de Nerval a écrit *Aurélie ou Le Rêve et la Vie* en 1855.

lui, de sa famille, de sa prospérité.

Il avait même parfois honte d'être si heureux.

Il hochait la tête, essayait de se rendre utile. Il comprenait, il consolait, il épaulait.

Catherine le lui reprochait parfois :

– Les autres comptent plus, pour toi, que nous !

Il riait et lui expliquait :

– Mais la chance que nous avons n'a pas de prix et c'est rendre un peu, si peu, ce que la vie nous offre…

Et puis ce qui n'arrive qu'aux autres, lui était tombé dessus, à lui aussi. La condition humaine l'avait rattrapé, avec son cortège funèbre. Catherine…

Il se secoue. Il ne veut pas sombrer. S'il commence, il n'arrivera pas à affronter la journée. Il doit tenir un jour de plus, en faisant semblant.

Car il affiche toujours un visage souriant. Il a appris à cacher la peine qui le ronge. Et qu'il portera jusqu'à la fin de sa vie. De toute façon, il chérit son chagrin. Il le préfère à l'oubli. Et puis, il a toujours l'espoir de se réconcilier avec sa fille. Peut-être lui pardonnera-t-elle un jour ?

Sissi a senti son humeur et elle frotte sa joue à sa barbe naissante. Il caresse sa tête machinalement.

Au bout d'un moment passé à ressasser, il n'y tient plus et se lève. La chatte proteste d'un miaulement plaintif. Elle sait bien qu'il est trop tôt.

– Tu viens, Sissi ?

Elle s'étire et le devance jusqu'à sa soucoupe pour

entreprendre une rapide toilette, tandis qu'il lui verse quelques croquettes.

Il se fait une grande cafetière-piston de café et se plonge dans les copies qu'il doit corriger.

Il soupire devant quelques perles. Il sourit même, parfois.

C'est le devoir de sa classe de première, ils ont le bac français cette année. Ils se préparent au commerce, alors ils ont l'impression que l'étude des textes ou de la poésie ne leur servira jamais à rien. Le français est le cadet de leurs soucis.

À part quelques filles adeptes de mangas, aucun d'entre eux ne lit vraiment. Ils passent leur temps à réseauter. C'est ainsi. Leur écosystème l'exige. Et puis, dans le commerce, une bonne utilisation des réseaux sociaux ne leur sera-t-elle pas plus utile que de connaître Stendhal ou Zola ?

Jo soupire devant la copie d'un certain Jimmy Murati, toujours très provocateur. Son devoir ne comporte qu'une seule phrase. Il trouve que Julien Sorel coupe les cheveux en quatre et qu'il se vautre dans ses lamentations. « … où est sa chasse au bonheur ? » termine l'élève.

Le prof est surpris par la référence qui dénote une connaissance de l'auteur. Il existe, en effet, un livre posthume intitulé *La chasse au bonheur*, signé Stendhal. Jimmy a sûrement piqué ça quelque part. La copie contient dix lignes en tout et pour tout. En rouge, Jo écrit : intéressant, mais à développer. Il lui met 4. Il ne peut s'empêcher de sourire. Contrairement à toutes les autres copies, bonnes ou mauvaises, mais toujours très scolaires, ce devoir lui a donné envie de discuter avec l'élève de son écrivain préféré. Sacré Jimmy !

Il redoute le moment où il va lui rendre sa feuille, car l'ado est imprévisible. Parfois, il reste dans son coin sans rien dire, suivant le cours d'un œil rêveur et lointain, mais il lui arrive aussi de piquer des crises bruyantes, cherchant l'exclusion.

Sissi vient s'installer sur les feuilles et entreprend de jouer avec le stylo rouge pendant qu'il annote. Le gribouillis qui en résulte ne fait pas très sérieux. Impossible de continuer.

Jo sirote son café en rêvassant. Dehors, la pluie s'amuse sur la terrasse tropézienne qu'ils ont creusée dans la toiture, la première année de leur emménagement, sans demander l'autorisation aux services de la mairie. Les meubles en fer forgé, autrefois blancs, continuent lentement de rouiller.

Aurait-il dû partir de cet appartement ? Tout ici lui rappelle sa félicité passée et remue le couteau dans la plaie. Encore une expression toute faite ! Il les hait, mais il est comme tout le monde. La plupart du temps, il ne trouve la formulation de ce qu'il ressent qu'avec des tournures de prêt-à-porter. Alors, pourquoi s'en priverait-il ?

Il parle à sa chatte, mais c'est un peu comme s'il parlait à Catherine. Il lui demande souvent conseil.

– Tu en penses quoi, toi ? Que faire avec le cadeau ? Je l'appelle avant ou je le poste « à la sauvage », sans la prévenir, comme l'an dernier ?

Pour le deuxième anniversaire de son petit-fils Rohan, qu'il n'a jamais vu, il lui a acheté une « planche à verrous ».

Un nom bizarre pour un super jouet, conseillé par la pédagogie Montessori. « Idéal pour développer la motricité fine de l'enfant », lui a dit la vendeuse du magasin de la rue Granet.

L'objet est amusant. Les portes de maisons de bois, comme un décor de théâtre, sont fermées et l'enfant doit réussir à les ouvrir avec une clé. Le symbole lui a plu. En même temps, l'enfant apprend le nom des couleurs : Aurélie ne pourra qu'apprécier, non ?

Bien sûr, comme l'an dernier, elle restera silencieuse. D'ailleurs, elle ne lui répond jamais au téléphone.

Mais qui sait, un jour peut-être ?

Toutes ces années, où elle l'écoutait, avant de partir à l'école, raconter les contes qu'il lui inventait, peuvent-elles s'effacer à jamais de sa mémoire ? Ou les enfants se rappellent-ils mal leurs premiers souvenirs ? Restent-ils seulement gravés à jamais dans la mémoire des parents ?

Il fouille tout en haut, dans le placard où Catherine entreposait les photos dans des albums, ou en vrac, dans des boîtes. Du temps où on faisait encore des tirages papier. Il n'a jamais eu le courage de les trier.

Sur l'étagère du dessus, il y a des étiquettes, du bolduc et du papier cadeau. Il ne lui faut pas longtemps pour en trouver un super, rouge métallisé, avec un motif de bougies à pois turquoise qui se répète à l'infini. Il s'applique pour réussir un paquet parfait. Emballer le jouet, lisser le ruban jaune vif avec des ciseaux, pour le faire friser, chaque geste est comme une caresse posée sur la joue d'un bébé qu'il ne peut qu'imaginer. Comme lui-même est d'origine italienne et qu'Arjun, le père de Rohan, est tamoul, il se représente l'enfant très brun, avec une chevelure drue et luisante et de grands yeux mouillés et interrogateurs.

– Tu crois qu'elle lui dit, quand même, qu'il a un grand-père ? Que son doudou-Snoopy, c'est moi qui lui ai offert ?

Le regard étonné que Sissi lui renvoie lui pose un problème. Que veut-elle lui dire ? Est-elle confondue par sa naïveté ou par ses doutes ?

Comme la pluie s'est arrêtée, la chatte tente une patte aventureuse sur la petite terrasse. Il consulte la météo sur son mobile et constate que l'icône affichée est un soleil masqué par un nuage. Nuageux ? Ensoleillé ? Quoi qu'il en soit, la pluie ainsi que l'éclair ont disparu du petit écran.

Il sort installer les coussins qu'il avait mis à l'abri, pour que Sissi puisse se prélasser dehors au soleil, si ça lui dit. C'est une chatte qui ne connaît que le toit comme terrain de jeu. Jamais elle ne prend l'escalier. Jamais elle n'explore la rue. Le peu de temps qu'elle a passé dehors, dans sa vie, lui a suffi. Elle n'en veut plus. Elle s'est confinée toute seule, à vie, avec lui.

Il profite du fait que Sissi se soit installée sur la petite balancelle pour finir le café qui reste dans la cafetière.

Il n'a rien mangé. Il prendra un pain au chocolat chez le boulanger, celui qui est sur sa route.

Il vérifie sa vieille serviette de cuir, celle que Catherine lui a offerte le jour où il a réussi son Capes. Elle l'avait achetée en cachette à Venise, deux ans avant les épreuves d'admission. Elle était sûre du résultat. À l'origine élégante mallette italienne couleur fauve, elle n'est plus aujourd'hui qu'un vieux cartable avachi, qu'il ne peut se résoudre à mettre au rebut.

En sortant sur le palier, il remarque quelques cartons devant la porte de l'unique appartement voisin, inhabité depuis deux ans.

Il s'y était bien habitué, à cette solitude, à l'étage. Elle lui convenait parfaitement et lui évitait les relations de courtoisie. Quand il rentre du travail où il passe son temps à se rendre aimable et à feindre la normalité, il peut enfin s'abandonner à sa profonde tristesse.

À présent, il redoute d'avoir à recommencer les salamalecs de bon voisinage et espère secrètement que ses nouveaux voisins soient des taiseux.

Dans l'escalier, il croise les déménageurs, deux gros bras. Ils ahanent sous le poids d'un lourd sofa de bois massif sculpté. La facture en est ancienne et exotique. Il semble arrivé tout droit des Antilles. Ou de La Nouvelle-Orléans, peut-être ? Son nouveau voisin serait-il américain ?

Il se colle au mur pour leur laisser la place et se fait « assaisonner » de s'être trouvé sur leur route. Il tente ce qu'il peut pour se fondre dans les éléments et devenir invisible, mais, en plus de son cartable, il porte le gros cadeau pour Rohan et un grand parapluie gris. Il se sent encombrant, gêneur.

– Excusez-moi, murmure-t-il.

L'un des hommes soupire, exaspéré, tandis que l'autre lève les yeux au plafond. Enfin, ils le dépassent et Joseph Conté parvient à descendre et à se faire oublier.

2 - Le boulanger

Il descend lentement l'escalier, perdu dans l'organisation de sa journée.

Impossible de poster le colis tout de suite, son premier cours étant à huit heures et la poste n'ouvrant qu'à huit heures trente. Il pourra y aller à onze heures, car il a un trou dans son emploi du temps. Un gros trou, même, puisqu'il reprend ensuite de seize à dix-huit heures.

Le colis envoyé, il s'arrêtera en haut du cours Gambetta pour prendre vite fait un taco qu'il ira avaler au cimetière Saint-Pierre, devant la tombe de Catherine. Ces moments de solitude lui permettent en général d'affronter la vie avec les autres. Il se sent plus calme ensuite.

Il passera une partie de l'après-midi dans la salle des profs, à terminer ses corrections. Il a aussi pris avec lui son carnet d'écriture. Depuis des années, il tente de rédiger une biographie focalisée sur l'amitié qui reliait Zola et Cézanne dans leur jeunesse. C'est un doux rêve et, tout au fond, il sait que le ressort en lui est cassé, qu'il ne finira jamais cet essai. Mais il s'y met régulièrement, ça l'aide à passer ce temps qui dorénavant s'étire sans but.

Il a l'un des emplois du temps les plus pourris de tous les profs. Chaque année, c'est la même chose. Mais il ne peut s'en prendre qu'à lui-même et à vrai dire, ça ne le dérange pas.

Au départ, l'algorithme des robots qui organise l'emploi du temps des différentes classes ne le désavantage pas systématiquement. Mais dès le premier jour, il est assailli par de jeunes collègues qui veulent échanger certains horaires avec lui. Il accepte toujours, soucieux de faire plaisir aux autres, de rendre service.

Leurs raisons sont bonnes : ils sont jeunes, ils ont souvent des enfants, ils vivent assez loin, dans la périphérie d'Aix et ils doivent rentrer au milieu des embouteillages. Corriger des copies ? Il peut le faire ici. Lire ? Les fauteuils de la salle des profs sont plutôt confortables. Alors, voilà. Il répond *oui* le plus possible, avec le sourire et même avec une certaine reconnaissance. Grâce à eux, il se sent au moins utile à quelque chose.

Bien entendu, il est aussi le prof général de la classe la plus difficile, celle où le proviseur a « parqué » les gamins qui ont posé quelques problèmes les années précédentes.

Mais somme toute, ce n'est pas pour lui déplaire. Finalement, tout bien pesé, il préfère ces classes spéciales, elles sont plus vivantes.

Arrivé au pied de son vieil immeuble, il constate qu'une camionnette bloque la petite rue piétonne. Les vantaux arrière sont ouverts sur un amas de meubles et de cartons. Il aperçoit, de dos, une femme, un bandana encerclant ses cheveux, penchée sur des papiers qu'elle tient dans ses mains.

Est-ce que j'ai pensé à prendre mon masque ? se

demande-t-il. Il n'a pas envie d'avoir à grimper les cinq étages et à déranger à nouveau les déménageurs grincheux.

Il est toujours étonné de constater à quel point tout le monde s'est plus ou moins habitué à porter cette chose sur le visage, toute la journée, dans les zones publiques. Qui aurait pu prévoir, un an auparavant, qu'une maladie changerait leurs vies à ce point ?

Avant d'accrocher les élastiques derrière ses oreilles, il lève la tête pour dire au revoir à Sissi. C'est leur rituel. Elle s'est assise au bord de la terrasse, derrière le parapet de fer. Elle le guette. Il ne la distingue pas vraiment, à cette distance, mais il imagine ses moustaches frémissantes, ses yeux à demi fermés. Il fait un signe de la main en sa direction et dépasse le camion stationné pour se diriger vers la rue Maréchal Foch.

Le parapluie est devenu inutile, le soleil pointe son nez. Il va le porter toute la journée pour rien, en espérant ne pas l'oublier quelque part.

Serrant contre lui le paquet cadeau, il ressent une émotion inhabituelle. Une sorte de douceur. Il sait que Catherine aurait voulu qu'il le fasse. Garder le lien avec sa fille. Choyer son petit-fils. Continuer à envoyer des signes d'amour. Le contact de l'encombrant carton contre son corps lui fait du bien. Malgré le coin qui s'enfonce dans son ventre. Il marche d'un pas lent et tranquille pour s'imprégner de cette sensation dont il tire la force de vivre cette journée.

Il tourne au bout de la rue et entre dans la boulangerie.

Il est un peu contrarié de voir que l'employé, ce matin, est celui qui chaque jour essaie de le filouter de quelques euros. Son prénom est Carlo. Quand Jo paie ses achats, ce vendeur s'arrange toujours pour ne pas lui rendre la monnaie. Il fait comme s'il oubliait. Comme s'il était distrait.

Mais le prof note le regard chafouin, prédateur de l'homme. C'est un jeu pour lui. Il prend Jo pour un idiot ou un faible, peut-être simplement un timide et il éprouve une jouissance à abuser de sa gêne. Jo sait qu'il ne le fait pas pour les quelques sous qu'il lui vole. Il agit ainsi pour se repaître de son sentiment de puissance sur un de ses semblables.

Jo devrait attendre qu'il lui rende son dû ou il devrait le réclamer. Il le sait, mais il ne le fait pas. En réalité, il éprouve de la peine, de la pitié, même, pour cet homme qui se permet d'abuser des plus faibles. Il a honte pour lui quand il saisit dans son œil l'éclair de sadisme qui précède la moquerie. Il serait embarrassé à l'idée de lui faire comprendre qu'il a remarqué sa perversité. Qu'il n'est pas dupe de sa rosserie.

Quel camouflet il lui infligerait alors ! C'est quelque chose que Jo ne peut se résoudre à faire. Humilier son prochain. Même si celui-ci le mériterait.

Jo interviendrait sûrement si l'homme agissait ainsi avec d'autres personnes. Mais là, il se dit que le mal n'est pas bien grand, en regard de la souffrance d'une humiliation publique. Et puis, c'est tellement minable de se rengorger avec de ridicules abus. Quelle pauvreté mentale !

Alors il se tait. Il ne dit rien. Il sort lentement, donnant encore à l'homme le temps de se rétracter, de rattraper son geste. Mais non. Rien ne vient. Jamais.

Il entend, à l'intonation triomphale dans la voix de ce Carlo, quand il lui lance un au revoir goguenard, qu'il pense avoir gagné. Gagné quoi ? Où était le concours ? C'est un mystère pour Jo.

Une fois de plus le même scénario s'est répété. Une fois de plus, Joseph Conté n'en a cure.

Il mâche son pain au chocolat, lentement, en continuant à avancer de son pas régulier, tout à sa joie de sentir contre ses côtes le jouet destiné à Rohan.

3 - Métier de bouffon

Il constate, en arrivant au lycée, qu'il est le seul à ne pas avoir regardé la météo sur son mobile. Tous les autres ont prévu qu'il ne pleuvrait plus de la journée et il perçoit quelques moqueries condescendantes. Mais pas méchantes.

Sylvie, une jeune collègue prof d'anglais, propose de lui offrir un café. Il accepte volontiers, car il a avalé son pain au chocolat sans rien boire, en marchant au milieu de la circulation. Il sent sa gorge sèche. Et puis quand ils boivent un café, ils peuvent baisser le masque. C'est toujours ça de pris.

Il regarde Sylvie plus attentivement. Elle doit avoir un service à me demander, se dit-il, sans illusion. Mais ça ne le dérange pas. Et, bien entendu, elle entame la conversation souriante et polie, endormant sa méfiance :

– C'est quoi, ce cadeau ? C'est l'anniversaire de quelqu'un ?

Il lui donne une explication partielle, heureux malgré tout de parler de Rohan.

– Oui, c'est mon petit-fils. Il va avoir deux ans dans quelques jours, mais comme ma fille vit à Strasbourg, je prends les devants. J'ai trouvé un super jouet en bois qui affine la perception des…

Elle le coupe :

– Dis-moi Joseph, ça t'ennuierait de me remplacer vendredi, à la réunion organisée par le proviseur sur les sorties scolaires ? Je dois absolument rejoindre mon chéri, depuis la rentrée on ne s'est pas revus. Il a été muté à Caen. C'est coton pour y aller en voiture ! On pourrait se donner rendez-vous à mi-chemin, à Beaune. Sinon le trajet nous boufferait déjà la moitié du week-end. Alors si je m'arrangeais pour partir le vendredi à midi, grâce à toi, d'ailleurs ! Si ce con de Vial nous fout maintenant des réunions en fin d'après-midi le vendredi, j'ai plus qu'à mettre une croix sur…

Il l'interrompt à son tour, les explications l'ennuient d'avance, de toute façon, il est d'accord, inutile de se laisser envahir par les tracas amoureux de la petite Sylvie.

– Pas de problèmes, de toute façon je n'ai rien de spécial vendredi.

– C'est vrai ? Oh ! T'es trop chou ! Trop gentil ! Merci Joseph !

Au moment où il veut lui répondre, le mobile de Sylvie vibre. Elle lui fait un geste de la main en signe d'excuse et décroche devant lui.

– Melvin? Oui ! Ouiiii ! C'est arrangé. C'est bon !

La sonnerie du début des cours retentit. Jo attrape son vieux cartable, sans écouter la fin de la conversation de Sylvie, par discrétion.

Il laisse son parapluie dans un coin derrière la machine à photocopie, mais il prend avec lui le cadeau. Le paquet ne rentre pas dans son casier, et il craint de ne pas le retrouver s'il le laisse ici.

Tout en continuant à parler dans son appareil, Sylvie fait un signe de remerciement vers Jo, saisit son sac rempli de livres scolaires et disparaît au coin d'un couloir.

Une classe de seconde attend le prof devant la salle 207. Il ouvre et fait entrer les élèves en signalant au passage à certains de jeter leur chewing-gum ou de baisser leur capuchon. L'opération prend quelques longues minutes. Puis il ferme la porte derrière lui et traverse l'espace jusqu'à son bureau, prêt à les affronter.

Le cours avec les secondes se déroule dans une relative bonne humeur. Marqué au début, comme d'habitude, par un léger clash à cause d'un élève récalcitrant au port du masque. Mais bon, comment faire sinon l'obliger à respecter la loi, même si Jo a sa propre opinion sur cette obligation ?

Il finit par résoudre le problème par une longue discussion en brandissant l'intérêt en certaines occasions de la désobéissance civile et la relativisation de l'héroïsme en ce qui concerne la situation actuelle.

Il a entamé la semaine dernière une séquence d'écriture autobiographique. C'est au programme. Il voudrait faire percevoir aux élèves la différence entre les niveaux de langage à employer et il a décidé d'utiliser les réseaux sociaux, certain d'obtenir ainsi une relative écoute. C'est démago, il le sait, mais bon. Il fait ce qu'il peut.

Il essaie de leur montrer comment écrire différemment une

autobiographie réduite, type CV, ou une autobiographie plus narrative à utiliser si on tient un blog, par exemple, ou même une autobiographie fictionnée. Il voudrait les amener à utiliser les réseaux sociaux pour se créer de toute pièce une bonne image qui les aiderait, par la suite, dans la vie active.

Dès que l'on aborde ces médias qu'ils fréquentent jour et nuit, ils sont plutôt attentifs, même s'ils pensent en savoir bien plus que lui sur la question. Ce qui n'est pas faux, en un sens. Leurs références à certains Youtubeurs sont des énigmes totales pour le prof.

Soudain son téléphone, posé à plat sur son bureau, se met à vibrer, ce qui provoque une série de protestations :

– Hou ! C'est pas juste ! Pourquoi vous avez le droit au portable, m'sieur ? Et nous pas ?

Comment leur expliquer que depuis le jour fatal, plus jamais il ne se mettra en position de rater le moindre coup de fil de qui que ce soit ?

Et puis, on ne sait jamais, si c'était Aurélie qui l'appelait ? Si elle avait besoin de lui ?

Chaque fois que son téléphone sonne, il sursaute, son cœur bat plus fort et il est en proie à une bouffée de sueur.

Bien entendu, une fois de plus, ce n'est rien de spécial. La facture Sosh de son mobile envoyée par SMS. Il jette un coup d'œil discret. Et avec un sourire malicieux, il leur dit :

– Il existe des métiers où l'on a quelques privilèges. Si vous voulez avoir le droit d'utiliser votre portable dans une salle de classe, vous n'avez qu'à devenir prof.

Ricanements divers. Une voix fuse, exprimant l'opinion générale, mais pas trop fort. Car dans l'ensemble, ils l'aiment bien leur prof et ils ne voudraient pas le blesser. Mais ils sont offusqués qu'on ait pu les imaginer devenir prof :

– Métier de bouffon !

Il a entendu et il soupire. Il sait bien que chacun pense secrètement : « Moi plus tard, je serai riche, pas prof ! ».

Après ces deux classes de seconde, il remplit les heures vacantes comme il les avait programmées. Une longue marche pour poster le cadeau, un arrêt au cimetière et le reste de l'après-midi à côté de la machine à café à corriger les copies qu'il veut rendre pendant son dernier cours.

Ensuite, il entame la rédaction de quelques pages sur la rencontre entre Zola et Cézanne. Ici, personne ne le dérangera jusqu'à la prochaine sonnerie.

En arrivant dans sa classe de première, il sent immédiatement l'atmosphère survoltée. Le même cinéma sur les masques, les chewing-gums et les portables se reproduit, mais cette fois Jimmy Murati, plus vieux que les autres, semble remonté contre le monde entier. Et Joseph Conté représente « ce monde » contre lequel Jimmy est en colère.

Il refuse violemment de mettre son masque. Impossible de le faire obéir. Jo sait que s'il cède, les autres voudront l'imiter, or les directives sont claires et il est censé les faire respecter. Ce n'est pas qu'il ait une opinion tranchée sur la question. De nombreuses études expliquent que l'utilité du masque n'est pas prouvée, mais c'est une décision gouvernementale et chacun doit s'y conformer. Jo négocie, comme tout à l'heure, mais Jimmy s'énerve de plus en plus.

L'heure de cours est largement entamée quand Jo abandonne la lutte et annonce le rendu des copies corrigées. Tandis qu'il fouille dans son vieux cartable, son geste est interrompu par un bruit violent de chaise renversée, le raclement d'un bureau déplacé sur le sol. Le temps de lever la tête, Jimmy Murati est à la sortie avant que Jo n'ait eu le temps de réagir.

L'élève se retourne et regarde son prof droit dans les yeux :

– Il vaut mieux que je parte, m'sieur. J'y tiens plus.

Il quitte la pièce en claquant la porte derrière lui. Un silence s'abat dans la salle soudain très calme.

– Ça lui prend souvent ? demande Jo.

Il sait que Jimmy n'a pas d'amis proches. Il est toujours seul à son banc. Un élève prend la parole :

– Faut pas faire gaffe, m'sieur. Il est comme ça. Vous avez d'la chance qu'il est sorti.

– Comment ça ?

– Ben, il allait taper, m'sieur. Mais comme il a du respect, il est sorti avant.

– Comment ça du respect ?

– Il vous respecte, m'sieur, dit un autre.

Le prof traverse la pièce pour ramasser la chaise couchée en se disant : *si c'est comme ça qu'il exprime son respect, qu'est-ce que ça doit être !?*

– À la base, ce matin, il a failli cogner m'sieur Rodier, m'sieur. Au final, l'autre il a bougé et il a réussi qu'à faire un trou dans le mur.

Jo est incrédule.

– Comment ? Mais quand ?

– Avant…

– Mais qu'est-ce qu'il s'était passé ?

– Rien, c'est personnel m'sieur. Il a dit qu'il faut pas lui prendre la tête avec rien aujourd'hui… On sait pas plus. Faut pas chercher. Il est « matrixé » comme ça, c'est tout.

– « Matrixé » ? demande le prof, étonné par ce mot qu'il entend pour la première fois. Ça veut dire quoi ?

– Ben « matrixé » ! Comme programmé. C'est dans ses gènes.

Tout en rendant les copies rapidement, car l'heure de cours va bientôt se terminer, Jo ne peut s'empêcher de sourire avec admiration devant la créativité langagière de ses élèves.

Quand ils sont tous partis, songeur, il range dans son sac la copie de Jimmy, qu'il n'a pas pu lui donner.

Il regagne le plus lentement possible sa maison. En chemin, il s'arrête pour acheter des crevettes, il en donnera à Sissi en plus des croquettes. Elle devient folle quand elle sent les crustacés. Ce sera la fête. Une manière de célébrer l'envoi du cadeau. Il achète aussi un vin blanc de Provence, du Var.

Comme il a programmé sa journée ce matin, il imagine à

l'avance sa soirée. Il a horreur des surprises, des changements. Il n'a pas de copies à corriger aujourd'hui, alors il ira sur le blog d'écriture qu'il suit pour aider des auteurs en herbe à corriger leurs phrases, à mieux exprimer leurs idées. Il a trouvé ce moyen, sous pseudo, pour se sentir utile tout en transmettant la seule chose qu'il connaisse un peu : le français.

Quand il en aura assez, il se fera une salade d'avocat crevettes avec un peu de spaghettis à l'huile d'olive avec du basilic frais. Il y ajoutera un nuage de parmesan. Et il finira la nouvelle bouteille, histoire de s'assommer correctement pour s'endormir sans problème.

En arrivant aux abords du boulevard du Roi René, il surprend une silhouette familière. Oui, c'est bien Jimmy Murati. Il se serait attendu à le voir en compagnie de quelques voyous de son espèce, en train de dealer dans un recoin sous une voûte, mais il est étonné de le voir avec une fillette. Elle porte sur son dos un cartable rose Hello Kitty et elle est volubile. Elle parle en agitant sa main droite, car la gauche est accrochée avec force à celle de Jimmy.

Celui-ci penche légèrement sa tête vers elle, il l'écoute, tout en jetant de temps en temps un œil sur son mobile.

À la hauteur du cours Mirabeau, Jo est tenté de les suivre comme ça, pour rien, par désœuvrement, par curiosité. Mais il se sent indiscret et il tourne sur le cours, tandis que Jimmy et la petite fille continuent sur la rue Thiers. Il se promet qu'il regardera demain la fiche de l'élève pour voir où il habite.

En bas de chez lui, plus aucune trace de camion de déménageurs.

Mais l'entrée est encombrée de cartons. Quand il traverse le palier du premier étage, la porte s'ouvre et Brendan Kaer, un de ses voisins, un informaticien célibataire et boutonneux qui travaille à domicile, glisse la tête dans l'entrebâillement et lui fait un signe. Il parle doucement, comme s'il y avait des espions.

– Vous avez vu un peu ce bordel ? C'est inadmissible ! On peut à peine marcher devant les boîtes aux lettres.

– C'est provisoire, répond Jo. Ce sont mes nouveaux voisins, au cinquième, qui emménagent.

– Vous la connaissez ?

D'où le prof en déduit que ses nouveaux voisins sont une femme seule.

– Non, non, j'étais au boulot toute la journée. Je ne l'ai pas vue.

– On n'est pas sorti de l'auberge, je vous le dis ! C'est un sacré numéro ! Et d'une incivilité ! Je vous dis que ça !

Jo s'est toujours demandé en parlant avec Brendan comment un homme jeune pouvait avoir ainsi des idées fixes aussi rigides. Il passe son temps à faire la guerre au moindre comportement inhabituel dans les parties communes, il guette les poses d'étiquettes sauvages sur les boîtes, s'indigne si quelqu'un laisse quelques minutes un sac ou un carton dans l'entrée. Comme s'il n'avait que ça à faire. Sans parler de son langage qui semble dater d'avant la guerre de 40 !

Et il a la manie de la pétition. D'ailleurs, cela ne tarde pas :

– Je crois que je vais faire une pétition pour que cette dame comprenne qu'on ne se comporte pas comme des sauvages, ici !

– Vous avez raison, dit Jo en essayant de se détacher de lui pour continuer à monter les escaliers, mais on pourrait au moins lui laisser le temps de s'installer, vous ne pensez pas ?

Lentement, en hochant la tête pour approuver tout ce que dit l'autre sans vraiment l'écouter, Jo finit par mettre un pied sur une marche. Ouf, sauvé ! Brendan referme sa porte. Jo est libre !

Au troisième étage, il y a encore des cartons qui encombrent le passage. Plus que deux niveaux pour arriver chez lui. C'est alors qu'il la voit pour la première fois. Elle est vêtue d'une salopette et arbore fièrement un bandana rouge noué sur les cheveux. Elle descend l'escalier en sautillant et en chantonnant un air de zouk. Une Antillaise ! Il se dit que ça doit être elle, sa nouvelle voisine.

Il comprend la remarque de Brendan : « … on ne se comporte pas comme des sauvages, ici… » *C'est parce que cette femme est noire que Kaer s'est permis cette remarque.* Jo est écœuré par le vieux relent de racisme larvé que cela laisse transparaître.

Quand elle le voit, elle s'arrête net de chanter et son visage devient austère. Il la salue, mais elle bougonne en retour quelques mots incompréhensibles. *Elle n'a pas l'air commode,* se dit Jo. Alors qu'elle s'apprête à saisir un lourd carton, il demande, par politesse :

– Je peux vous aider ?

Un grognement lui répond, qu'il interprète comme un *non*. *Encore une que la politesse n'étouffe pas*, songe-t-il. Il n'insiste pas. Tout en continuant sa montée, il perçoit les mots sans fin marmonnés par la pimpante quinquagénaire malembouchée.

– Mais il est pas un peu con, lui ? Il croit que j'ai jamais déménagé de ma vie ? Tous les mêmes !

Tandis qu'il achève les quelques marches qui mènent à son palier, elle poursuit sa diatribe :

– Tu vas voir que je vais être obligée de mettre le masque même dans mon escalier, à cause de ce couillon !

Il doute d'avoir bien entendu, tourne la clé dans sa serrure, referme derrière lui. Ouf. Il est à l'abri. Une journée de plus s'est écoulée et il a survécu.

Sissi arrive nonchalamment depuis la chambre où elle devait piquer un roupillon sur le grand lit. Il se dirige vers la cuisine en l'appelant et elle finit par venir se frotter contre lui, en miaulant doucement.

Elle a senti les crevettes.

4 - Kingdom at War

Gladys Bernard sifflote en finissant de monter les cartons chez elle.

Sept ou huit allers-retours plus tard, tout est casé dans l'entrée de son nouvel appartement.

Elle est fourbue, puante, elle ne sent plus ses reins, mais elle est heureuse. Il lui faudra du temps pour arranger et, justement, elle n'en manque pas. D'ailleurs quand elle réfléchit, elle ne manque de rien, pas vrai ?

Elle se sent comme une reine, là, maintenant. Plus de super gradés pour lui donner des missions impossibles, plus de bleus qui ne comprennent rien à rien et vous foirent les missions. Plus de rapports à rendre. Plus de salamalecs pour personne ! Plus de remises de médailles, de réunions, de négociations, de voyages ! Plus de propositions de collègues fraîchement divorcés qui réalisent soudain qu'elle est célibataire.

Enfin seule ! Enfin tranquille ! Enfin cool !

Elle va s'installer une belle petite vie peinarde, faire ce qu'elle veut, lire et regarder des séries, entretenir ses muscles, se faire la popote. Tiens et si elle s'inscrivait à un atelier cuisine créole ? Mais en ligne, hein ? Pas question de rencontrer du monde ! Elle en a soupé des gens et d'être obligée de faire de la diplomatie !

Elle a pris sa retraite jeune, mais pas assez à son goût. Elle voulait attendre d'être nommée officier de la Légion d'honneur, juste pour faire plaisir à sa mère.

Quand elle a réussi à empêcher un attentat terroriste grâce à sa présence d'esprit, ce jour-là, à Lyon, elle ne se doutait pas que ça allait propulser à ce point sa carrière d'argus[4] rond-de-cuir. Mais Gladys est modeste et faut croire qu'elle a toujours sous-estimé le niveau de ses compétences, malgré sa première médaille de chevalier pour mérites éminents. D'autant que de son point de vue, cette action était un échec, puisqu'elle n'a pas pu empêcher la mort de son binôme, sur le terrain. Quand elle y réfléchit, elle est là, sa vraie raison d'avoir quitté l'armée.

Elle s'éjecte de sa combinaison et du foulard qui protégeait ses cheveux, puis inaugure sa douche, prenant plaisir à la faire durer pour se débarrasser de la poussière qui poisse sur sa peau. Après avoir enfilé un jogging tout doux, elle sort une bière de son frigo. Prévoyante, elle a pensé à s'approvisionner ! Enfin, elle installe son fauteuil devant la terrasse sous les toits. La baie vitrée est grande ouverte.

C'est l'heure où le soleil se couche. Il embrase les toits orange d'Aix et pendant quelques minutes, elle ne pense à rien d'autre. Elle a mis toutes ses économies dans cet appartement, mais sa retraite est largement suffisante pour

---

[4] [4] Un « argus » est un agent de renseignements, un espion.

une personne seule qui vit comme elle, sans excès.

À part un voyage par an pour revoir son île natale – et par la même occasion sa mère – elle ne s'offre jamais rien. Elle n'aime pas le luxe, ne sort pas au restaurant et ne possède pas de voiture. Quand elle ne peut utiliser la marche ou les transports en commun, elle loue un véhicule.

Bon, OK, elle a besoin de matériel *high tech* dernier cri, c'est son péché mignon et un réflexe qui lui vient de son boulot dans la DSRD, initiales barbares pour nommer le service « secret Défense ». Elle y travaillait à la communication et elle s'est habituée à du beau matos.

Même si désormais elle ne va plus s'en servir que pour jouer à *Kingdom at War*.

Elle essaie de tendre l'oreille vers les bruits de la ville. La ruelle résonne. Les gens qui marchent tout en bas ne se doutent pas que s'ils parlent un peu fort, elle les entend très bien, perchée sous ses tuiles.

Elle guette les fermetures des devantures de magasin. Étrangement, dans l'immeuble, il n'y a aucun bruit. À croire que tous les habitants sont des morts-vivants. Remarque, s'ils sont comme elle, qu'ils aiment leur tranquillité et qu'ils lui fichent la paix, ça lui va parfaitement.

À part l'abruti maniaque du premier, mais lui, *primo*, elle l'évitera comme la peste, et *deuxio*, elle lui réserve, à la première occasion, « un chien de sa chienne ». Elle n'a pas été trente ans dans l'Armée pour se laisser faire par un petit merdeux et puis, finalement, ça lui fera un peu de sport, ça la dérouillera. Ce serait une mission très honorable, dans le civil : apprendre à vivre aux imbéciles.

Il y a aussi l'autre, là, celui qui habite sur le même palier qu'elle. Elle tend l'oreille, mais elle ne l'entend pas. Alors lui, c'est pas un mort-vivant, c'est carrément silence radio, couvre-feu, *black-out*. Quand même, elle devrait percevoir le murmure d'une télé ou d'une radio, non ? Il doit dormir. Sûrement un prof, vu le gros cartable qu'il se traîne. Ses élèves ont dû le crever.

Il y en a qui pensent que les profs sont des fainéants, à cause des vacances, mais pas Gladys ! Elle les admire, car elle ne supporte pas les enfants. Imaginer être toute la sainte journée en face de gamins impertinents et arrogants qui croient tout savoir mieux que vous ? Pour elle, ce serait le pire des châtiments. L'enfer sur terre. Alors franchement, c'est à eux qu'on devrait donner des médailles !

Sa bière terminée, elle se lève pour aller s'en chercher une autre et en profite pour récupérer, au passage, le reste de sa baguette de midi et une petite boîte de sardines, pour se préparer un sandwich, en savourant le crépuscule. J'ai intérêt à courir tous les jours et à faire du sport parce qu'avec ce régime bière et sandwich, les kilos en trop vont pas tarder !

Elle a envie de fumer, mais se retient. La seule cigarette qu'elle s'accorde, c'est le soir tard avec un whisky, juste avant de se coucher. Ou parfois un cigarillo.

De retour, après avoir farci son morceau de baguette des miettes de petit poisson, elle se fige. Elle a senti un regard.

On l’espionne, elle en est sûre. Elle fait mine de rien et mord dans son sandwich pour donner le change. Puis, levant lentement la tête, là, elle le voit.

Le chat.

Un chat.

Il est assis sur la murette qui sépare sa terrasse de celle du voisin !

Oh non ! Le voisin a un chat ! C’est pas vrai ! Fini sa tranquillité ! Elle les connaît, ces bestioles ! Il va passer son temps à venir pisser dans ses plantes, quand elle en aura ; il se faufilera chez elle, grattera ses fauteuils, remplira son lit de puces, sera toujours dans ses pattes !

5 - La voix des mots

Jo a dîné seul à sa table, en s'étonnant de l'absence de Sissi. Habituellement, elle vient quémander quelques douceurs, l'empêchant parfois de mener sa fourchette à la bouche. Ce qu'il lui met dans sa gamelle ne lui suffit jamais.

Enfin, il la soupçonne plutôt de trouver du plaisir à venir lui réclamer quelque chose. Il pense qu'elle a à cœur de le distraire, de rompre sa solitude quand il mange.

Il la laisse toujours faire, amusé par ses coups de patte audacieux pour détourner les aliments de leur trajectoire.

Mais ce soir, elle n'est pas venue. Il s'interroge. Où a-t-elle pu aller ? Puis il repense au cadeau qu'il a posté tout à l'heure.

Je devrais appeler Aurélie pour lui dire que j'ai envoyé quelque chose pour l'anniversaire de Rohan, se dit-il.

Plusieurs fois, il tend la main vers son portable, et plusieurs fois, il renonce. Plus tard, quand il sera dans un léger état second, après avoir fumé sa pipe et fini son verre, peut-être.

Une fois la vaisselle sale dans la machine, il s'installe dans un fauteuil avec un ouvrage sur la correspondance entre Cézanne et Zola, sans parvenir à oublier Aurélie.

Il doit absolument lui parler. Il compose son numéro, mais au moment d'appuyer sur le bouton vert pour enclencher l'appel, il raccroche.

Il ne parvient pas à se concentrer sur son livre. Il le pose sur l'accoudoir de son fauteuil, se lève pour allumer la télé, mais voyant une annonce de restrictions de mouvements à cause de la crise sanitaire, ça l'agace et il l'éteint tout aussi vite. Ironiquement, il se dit que le gouvernement doit bien les aimer pour passer son temps à les protéger à ce point.

Il ouvre son ordinateur pour se rendre sur le site d'atelier d'écriture dont il est un des membres actifs.

Le bruit des accords musicaux qui signalent l'ouverture de son ordi font jaillir la chatte de sa cachette. Elle revient de la terrasse et saute sur la table pour venir frotter son museau sur son menton.

Puis, après quelques caresses, elle s'installe comme une écharpe sur sa nuque, en ronronnant. Ça lui fait mal au cou, il se sent tout tordu, mais il n'ose rien lui dire, car il sait qu'elle est craintive.

Il ne faut jamais la gronder. Et puis qui aurait envie de repousser cette douce boule de poil qui lui offre sa confiance et sa tendresse ?

Il se connecte au blog littéraire, *La voix des mots*, qui accueille des écrivains en herbe pour leur permettre de mettre à l'épreuve leurs textes sur des lecteurs.

Lui-même n'y écrit pas. Il n'oserait pas écrire un roman, ni même une autobiographie, il ne s'en sent pas le talent, mais en revanche, il peut corriger, conseiller. Il aide les autres à aller au bout de leurs rêves, à trouver le courage de retravailler leurs écrits, à persévérer. Son pseudo est Paul-Émile. Il n'est pas allé chercher très loin, il a pris les deux prénoms de Cézanne et de Zola.

Il aime détecter les talents et permettre aux auteurs inspirés de se surpasser en leur faisant des suggestions d'améliorations.

Depuis l'an dernier, il suit quelqu'un dont le pseudo est Mur. Est-ce un homme ? Une femme ? Quelle est la métaphore recherchée ? Mur comme emmuré ? Mur comme mûr ? Mur comme murmure ? C'est une énigme et quoi qu'il en soit, ça ne lui importe pas vraiment. Ce qui compte, ce sont les textes. Purs, tranchants, allant droit au but.

Cet auteur a commencé par du rap, est passé aux sonnets classiques puis aux haïkus[5]. Il s'essaie à présent à la prose avec le début d'une nouvelle vibrante, pleine d'émotion, mais écrite avec retenue.

Les scènes décrites dans ce texte sont parfois choquantes, crues et le prof espère qu'il n'y a rien d'autobiographique, car il plaint l'être humain qui les aurait vécues.

« Quand mon estomac se contracte sur le vide, c'est un fauve qui me mange de l'intérieur. Et la colère m'envahit. Une colère sombre et sale, de celles qui détruisent le monde. Peu importe les coups, les plaies, la faim dure plus longtemps et

---

[5] Les haïkus sont de courts poèmes japonais de 3 lignes.

elle ne cicatrise pas. Elle me ronge. Quand je marche devant les vitrines, les devantures de restaurants, les boulangeries, je suis en ébullition et mes yeux crachent des relents de désir, de rancune, de rage, de débâcle. Mes yeux hurlent ma faim. »

Jo est impressionné par ce cri brut et il fait un commentaire en privé, se gardant bien de juger, utilisant des termes encourageants, bienveillants, admiratifs.

Quand il a fini son commentaire, au moment d'éteindre, il découvre que le (la ?) fameux (fameuse ?) Mur a encore posté quelque chose. Impossible de comprendre si c'est la suite de la même nouvelle.

On n'est plus dans un cri de rage, mais dans un texte d'une tendresse profonde. Il s'agit d'un enfant qui voudrait parler à sa mère qu'il n'a pas revue depuis son jeune âge.

L'enfant pense aux paliers à franchir dans la vie, à la façon dont on grandit. Il pense qu'il aurait dû dire plus souvent son amour à sa mère. Se forcer à parler de sentiments quand les gens sont encore là.

Quand Jo lit le texte à voix haute, la chatte ronronne.

Il est touché. Il compare son manque affectif au sentiment de la faim physique qu'il vient de lire et au manque de la mère.

Il trouve dans ces mots le désir d'appeler sa fille, tend de nouveau la main vers son téléphone, regarde s'il n'y a pas un message, car contre toute évidence, il espère toujours recevoir un jour son appel. Rien.

Il referme le clapet de son ordinateur.

C'est un signal pour Sissi qui saute sur la table puis à terre et se dirige tranquillement vers la terrasse, où elle l'attend, assise sagement sur la table basse devant la balancelle.

Il prend sur son râtelier une grosse pipe, comme celle de Sherlock Holmes et ouvre un tiroir pour saisir une tabatière.

Le prof s'accorde ce plaisir, chaque soir. Il choisit son tabac dans une « civette » spécialisée, rue Clemenceau, où la patronne le connaît. Observer les volutes de fumée aux parfums de vanille et de rhum est encore un moyen qu'il a trouvé pour se retrouver avec sa Catherine.

Ils avaient découvert ensemble, quand ils étaient étudiants, ce plaisir étrange et s'étaient adonnés à cette passion avec le sentiment d'appartenir à un club très secret. Celui des amateurs de pipes.

Il en avait une collection sur son buffet, chaque pipe lui avait été offerte par Catherine, mais elle les utilisait aussi. Quand Aurélie était née, ils n'avaient plus fumé que le soir, sur la terrasse, une fois la petite enfin couchée.

Il a gardé cette habitude, après le malheur, faisant ainsi ressusciter Catherine à ses côtés dans l'intimité de la nuit.

Il sort, s'installe lourdement, laisse flotter son regard sur les toits de la ville éclairés par les rayons de la lune, il bourre sa pipe et l'allume à l'aide de son vieux Zippo.

Il sent que sa tension baisse au fur et à mesure qu'il tire sur sa bouffarde et qu'il avale sa bière. *Mince, finalement, j'ai oublié mon parapluie,* songe-t-il sans inquiétude.

Soudain, son sang se glace, il a entendu un bruit de

déglutition dans la nuit. Il tourne lentement la tête vers la gauche et perçoit, au milieu du trou noir de la terrasse voisine, le reflet rougeoyant d'une cigarette.

6 - Le Roi René

Jimmy Murati, plein de colère rentrée, comme toujours, marche à grands pas sans rien regarder autour de lui. Arrivé devant l'école du Roi René, il sonne au portail et récupère Lina, sa petite sœur.

En la voyant, son cœur s'ouvre comme une fleur dans une vidéo en accéléré. Quand il éprouve cette tendresse envers elle, il se sent vulnérable, mais il a beau essayer de durcir ses émotions, il ne parvient pas à éteindre l'éclair fugitif rempli de l'émerveillement qui s'allume dans ses yeux chaque fois qu'il la regarde. Car sa petite sœur est spéciale. Elle est bavarde, mais en même temps observatrice et intuitive. Et quand un sourire illumine son visage, comme là, par exemple, il a l'impression que le monde en est changé.

– J'ai fini mes devoirs à l'école, c'est chouette, je pourrai regarder les dessins animés à la maison. Hein, t'es d'accord, Jimmy ? Dis-moi oui, *steplait, steplait*…

– Tu sais bien que c'est pas possible !

– Mais allez, quoi !

– Non, c'est trop risqué.

– Mais t'inquiète, Jimmy ! Je l'entends toujours arriver, je reconnais son pas dans l'escalier, j'ai largement le temps d'éteindre la télé et de me réfugier dans la chambre.

– Il suffit d'une fois !

– Pffff !

– Ils t'ont donné un goûter, à l'école ?

– Non, mais j'ai pas faim, répond Lina.

Il s'assombrit. Il sait qu'elle dit ça pour ne pas l'attrister, au cas où il n'aurait rien à lui donner. Ils vivent grâce aux allocs, ou plutôt grâce à ce qu'il reste des allocs quand leur père a prélevé sa part.

Tout en marchant et en bavardant avec elle, il ne remarque pas son prof, le père Conté, qui l'a surpris au coin de la rue dans sa conversation avec sa sœur et qui les suit par désœuvrement, par curiosité plutôt bienveillante.

Avec elle, Jimmy ne voit rien autour de lui. Elle est son bouclier contre le monde extérieur. Quand ils sont ensemble, il se sent enfermé dans forteresse étincelante que personne ne peut prendre d'assaut. Un mur.

– On va où ?

– Je dois passer au cyber, j'ai un devoir à faire sur internet, dit Jimmy.

Il ment. Il passe au cyber pour écrire le texte qui l'habite depuis ce matin, dont il répète mille fois les tournures de phrases dans sa tête.

Chez eux, il n'y a plus d'ordinateur depuis longtemps. Un jour il a été hors d'usage et comme c'était après le départ de sa mère, il n'a pas été remplacé.

C'est le cas de tous leurs meubles, de toutes leurs affaires.

Le canapé est sale et défoncé, leur lit superposé est bancal, ils ont jeté un jour l'armoire de la chambre, éventrée à la suite d'une bagarre alcoolisée entre son père et ses copains. Jimmy a tendu un fil et il y suspend leurs habits sur des cintres récupérés dans des cartons, devant des magasins de fringues. La machine à laver est cassée, alors, en début de mois, il emmène le linge sale à la laverie, pendant qu'il reste encore de l'argent des allocs.

En se dirigeant vers leur appartement, un logement social que sa mère avait réussi à obtenir à force de patience avant de disparaître du jour au lendemain, il serre la petite main de Lina dans la sienne.

Ils n'ont besoin de personne dans ces moments-là. Ils sont invincibles.

Au cyber, il peut utiliser les ordinateurs gratuitement. En échange, il aide Max à faire le ménage dans le local.

Il installe Lina devant des dessins animés qu'il trouve en *replay* sur un site de *streaming* et, fébrile, il ouvre le blog *La voix des mots*. Durant près d'une heure il tape frénétiquement, en proie à une fièvre qu'il ne peut maîtriser. Il est en transe. Les mots dansent dans sa tête, tourbillonnent dans ses veines, l'envahissent, il comprend à peine ce qu'il écrit. Il est dans un autre monde. Un monde magique, parallèle, peuplé de données qu'il contrôle.

Quand il se sent épuisé d'avoir craché la substance toxique qui le pollue en permanence, il est vidé, étonné d'être toujours vivant, d'être ici. Il jette un regard surpris autour de lui et il réalise alors que le rire en cascade de Lina, devant les aventures de Kuzco, l'empereur mégalo, s'est arrêté depuis un moment déjà.

Elle n'est plus devant son ordinateur. Elle est à côté de lui, patiente. Elle le regarde. Quand il se penche vers elle, elle a un regard triste.

Ils sortent main dans la main.

– Salut, Max.

– Tu viens demain, le matin, avant le coup de feu ?

– T'inquiète !

Il viendra passer la serpillière et désinfecter les claviers. Il a cours demain matin, mais, bon. On ne peut pas être partout à la fois !

– T'as réfléchi à ma proposition ?

Max voudrait agrandir, vendre des téléphones, faire de la réparation. Il a besoin de quelqu'un et il a proposé le poste à Jimmy.

– J'y pense, t'inquiète, mais pour l'instant, tu sais que je voudrais passer mon bac d'abord ?

Max hausse les épaules et se tourne pour répondre à un coup de fil.

Dans la rue, Jimmy se penche vers Lina.

– Qu'est-ce que t'as ?

Il aperçoit des larmes sur ses joues. Ça lui arrive parfois. Il ne s'affole pas, car elle ne pleure jamais pour des choses vraiment graves. Il sait qu'il s'agit seulement d'une idée qu'elle a dû se mettre en tête. Peut-être parce qu'il l'a un peu oubliée, tout à l'heure, au cyber, pendant qu'il écrivait.

– Qu'est-ce qui ne va pas ?

Elle éclate :

– Moi aussi je veux écrire des romans ! Comme toi !

Il rit, soulagé.

– Si c'est que ça, c'est pas difficile. Il suffit de commencer par se raconter des histoires. Tu peux le faire déjà dans ton cahier de brouillon.

– Je veux sur un ordinateur !

Il ne sait d'où lui remonte alors une drôle de phrase. Était-ce sa grand-mère qui lui disait ça ? Ou une de ses instites quand il était petiot ?

– « Seul le roi René dit je veux » ! assène-t-il d'une voix grave exagérée.

– C'est pas juste, dit Lina. Moi aussi.

– Non, tu n'es pas lui.

– Alors je dois dire comment ?

– Tu dois dire « je voudrais ! ».

Elle sent bien la différence entre « je veux » et « je voudrais ». Elle boude :

– C'est nul. Je voudrais ça veut dire que c'est pas sûr.

– Exactement. On n'est jamais sûr de rien pour le futur !

En tout cas, elle a oublié ses larmes. Elle médite sur des notions de conjugaison qui lui échappent. Et Jimmy se sent fier d'avoir esquivé le drame.

Il s'arrête dans un supermarché et prend une pizza mozzarella congelée à 2,30 euros. Il la fait chauffer dans le micro-ondes mis à la disposition de la clientèle à l'entrée, car bien sûr, ça fait un moment aussi que le four, chez eux, est cassé.

Une fois cuite, ils la partageront et ils mangeront dehors, sur un banc. Car il craint, en rentrant chez eux, que son père la leur pique et que Lina, surtout, n'ait rien à manger avant d'aller au lit. Il sait d'expérience qu'il n'existe rien de pire que se coucher sans avoir rien dans le ventre. Il sait aussi que Lina ne se plaindra pas, ne voulant pas rajouter à son sentiment d'impuissance.

Il a toujours une appréhension, le soir. Le vieux sera-t-il là et dans quel état ? Pire, sera-t-il seul ou – mal – accompagné ?

En montant les escaliers de la rue Constantin, il murmure des incantations tirées d'un jeu vidéo : *Pater meus mori ! Pater meus mori !*

Il souhaite la mort de son père dans ce charabia qui ressemble à du latin. Car seule sa mort pourra les libérer. Et il le hait.

Sa prière a-t-elle été exaucée ? En tout cas, le calme régnant dans l'appartement prouve que son père n'est pas là. Car même quand il dort, la télé est allumée à fond. Oui, le seul objet de valeur, ici, c'est cette immense télé, quasi neuve, qui occupe presque un pan de mur. On ne voit qu'elle en entrant. Son père l'aime plus que tout au monde. C'est là qu'il regarde les matchs avec ses potes. Elle est toute sa vie. Jimmy ignore comment il l'a achetée et il ne veut pas le savoir.

Lina et Jimmy n'ont pas le droit d'y toucher, mais la petite, parfois, brave l'interdit. Elle prétend qu'elle reconnaît son pas quand il monte l'escalier.

– Il fait trop de boucan, je l'entends toujours !

– Ne te crois pas trop maligne. Et ne viens pas pleurer si un jour tu te fais choper.

– Mais non. C'est un vrai éléphant, il est lourd.

– Ça va, la ramène pas trop. Et maintenant, va te coucher. T'as vu assez de dessins animés tout à l'heure au cyber.

7 - Promiscuité

Quand Gladys a entendu son voisin s'installer dans la balancelle, elle a pesté intérieurement. *Oh non ki kaka ça [c'est quoi cette merde]* ? Gladys aime bien utiliser les pires injures qu'elle connaît en créole, ça lui rappelle son enfance, quand elle traînait pieds nus devant l'embarcadère de Saint-Louis, avec ses copains.

Comment ai-je pu ne pas remarquer, en visitant cet appartement, qu'il y avait une telle promiscuité entre les deux terrasses ? Mais c'est pas vrai ! Il va falloir que je partage cet espace, en quelque sorte. Ou alors que j'organise des tours d'occupation !

Et puis elle se dit, qu'avec un peu de chance, il ne l'aura pas remarquée dans la nuit.

Allez, je finis ma clope et je rentre.

C'est pile à ce moment-là que Jo tourne la tête et la voit.

– Il y a quelqu'un ?

Pendant quelques secondes, elle est tentée de ne pas répondre. De jouer au fantôme. Et puis, pragmatique, elle se dit qu'il vaut mieux tout de suite le remettre à sa place, se manifester, occuper le territoire.

– Bien sûr qu'il y a quelqu'un ! Ne faites pas semblant de pas savoir ! Vous avez bien vu ma cigarette, dans le noir !

Est-ce que je suis en train de me faire engueuler, là ? pense

Joseph Conté, éberlué. *Alors, maintenant, même chez moi, je ne vais plus être tranquille.*

Mais, force de l'habitude, il répond :

– Excusez-moi, bien sûr, vous venez d'emménager. Pendant quelques minutes j'avais oublié. Désolé.

Mais qu'est-ce qu'il a, à s'excuser comme ça tout le temps, ce con ? Ça sent la manœuvre. Je m'y connais en manipulateurs. Ça, c'est un type qui passe son temps à s'excuser pour mieux vous rouler dans la farine. J'ai passé toute ma vie à diriger des équipes de mecs autrement plus retors que toi, mon gars ! Tu vas pas m'avoir aussi vite, malgré ta voix de crooner et ta belle gueule !

Parce que Gladys a bien remarqué, le peu de fois où elle l'a croisé, le charme discret de son voisin. Un type dans le genre d'Adrien Brody, qui la fait pas mal fantasmer.

– Bon ça va, oui, OK. Au fait, vous pouvez faire en sorte que votre chat ne vienne plus chez moi ? J'ai horreur des animaux.

– Chatte.

Pendant quelques secondes, Gladys est déstabilisée. Pourquoi est-ce qu'il la traite de chatte ? Est-ce que c'est un pervers ? Est-ce que c'est une insulte ? Difficile, dans la demi-pénombre de bien distinguer son expression.

Sa voix n'a l'air ni malsaine ni moqueuse. Au contraire, si Gladys veut être honnête avec elle-même, c'est une voix directe, chaude, grave, un peu rauque. Les sonorités qu'elle y décèle lui plaisent, agissent comme un sortilège sur ses sens.

Elle se sent un peu frissonner. Mais qu'est-ce qu'il me prend, là *? La nuit qui tombe, une vue superbe sur les lumières de la ville, une promiscuité soudaine avec un inconnu et me voilà émoustillée ? Ben ma commère ! Il est temps que tu reprennes la salle de gym, toi !*

Soudain, elle comprend ce qu'il a voulu dire. *Il a simplement voulu me préciser le sexe de son animal. C'est quelqu'un qui aime la précision. Un bon point pour lui. J'avais raison c'est sûrement un prof. De maths, peut-être ?*

– Oui, enfin, chatte, si vous voulez. Si ça vous fait plaisir.

– C'est pas que ça me fasse plaisir, c'est juste pour être précis. Et puis, elle n'est pas vraiment à moi.

– Ah ? Elle ne vit pas dans votre appartement, peut-être ?

– Oui, mais… Euh… Comment dire… Ce n'est pas pour faire une plaisanterie douteuse sur les chats, comme quoi ils n'appartiennent à personne, c'est eux qui vous choisissent, etc. Mais bon. C'est vrai. C'est plutôt moi qui suis à elle. Pas l'inverse.

Gladys lève les yeux au ciel. Un hurluberlu. Un doux foutraque. Un papi à chats. Elle n'a pas de chance. On ne peut pas avoir de conversations normales avec ces gens-là.

– Elle s'appelle Sissi, ajoute Jo. Et je suis désolé que vous n'aimiez pas les animaux.

C'est peut-être la pénombre qui a donné ce courage à Jo. Car il est rare qu'il exprime aux autres ce qu'il pense vraiment. Il garde jalousement ses réflexions pour lui. Il évite la polémique, le conflit. Il a peur de froisser. Mais là, il s'est dit que sa voisine pourrait comprendre qu'en n'ayant pas d'animal, elle manquait quelque chose. Ça pourrait lui rendre service, la faire évoluer. Il est toujours triste pour les gens qui n'aiment pas les bêtes. La fusion, le partage, l'amour inconditionnel, de part et d'autre, sans jugement : peuvent-ils réellement traverser toute leur vie sans avoir connu ces sentiments ?

– Comment ça ? marmonne-t-elle, vexée par l'intonation qu'il a employée, une sorte de pitié qu'elle a sentie dans sa voix.

– Non, rien, c'est juste pour dire que... Je suis vraiment désolé que vous n'aimiez pas les animaux. Vous manquez quelque chose. C'est tout.

Gladys a envie de lui répondre vertement : « De quoi je me mêle pauvre tache ! » Mais elle se retient. Elle a beau être de nature plutôt belliqueuse, pour son premier jour dans ce nouvel appartement ça ne serait pas de bon augure d'entamer si vite les hostilités avec son voisin le plus proche. Qui finalement n'a pas l'air d'un mauvais bougre. Mais bon. Elle l'avait quand même mal jugé. Elle l'avait pris pour un mou, en réalité, c'est un donneur de leçons. *Est-ce que je te dis, moi, avec qui et comment tu devrais vivre ! ? Dommage parce que franchement, sa voix a de ces inflexions, plutôt craquantes...*

– Peut-être, mais comme j'ignore ce que je manque, en l'occurrence, vu que je n'ai jamais eu d'animal, en poussant le raisonnement au bout, forcément, ça ne peut pas vraiment me manquer.

Jo rit silencieusement. Une philosophe ? Elle va me sortir un laïus à la Comte-Sponville[6] sur le désir et le manque ?

– Moi aussi, avant j'étais comme vous.

– C'est-à-dire ?

– Je n'avais jamais eu d'animal chez moi, dit-il en souriant, avec une sorte d'indulgence dans la voix.

Il se fout de moi là ? s'interroge Gladys. On dirait qu'il rigole ? Et il aurait bien raison ! Qu'est-ce qui m'a pris de sortir un truc pareil ?

Mais, finalement, elle n'est pas mécontente d'avoir parlé. Même si l'autre va certainement penser que c'est une pipelette et la prendre pour une âme en peine.

Elle se rend compte que ça fait un moment qu'elle n'a échangé avec personne. Elle ne peut pas compter les conversations avec sa mère par téléphone comme de vrais échanges. En fait sa mère passe son temps à lui dire ce qu'elle devrait faire, comment elle devrait conduire sa vie et à lui demander quand elle rencontrera quelqu'un. À son âge ! Comme si elle était toujours une ado. C'est vrai que d'avoir cessé de travailler l'a plongée dans une position inconfortable. Elle a trop de temps pour penser. Des souvenirs lointains refont surface, pas forcément agréables.

En réalité, si elle s'écoutait, là, elle fuirait. Elle se lèverait

---

[6] André Comte-Sponville est un philosophe français.

et claquerait la porte. Sauf qu'elle ne veut pas passer pour une lâche. Il ne faut jamais abandonner le terrain à l'ennemi. Elle est ici pour fumer sa clope et elle la finira tranquillement sans se laisser emmerder par qui que ce soit.

– Vous avez raison, dit le prof. J'ai dit que vous manquez quelque chose, parce que je raisonne à partir de ma propre expérience. Désolé.

– Vous allez le dire combien de fois ?

Cette fois, Jo éclate franchement de rire. Il a encore dit qu'il était désolé ? Elle a raison de le lui souligner ! Il lui arrive parfois de s'interroger : est-il effectivement cet homme en retrait de la vie ? Et la réflexion de cette jolie voisine aux légères intonations antillaises a ravivé cette question. Est-ce le résultat de son éducation ? Un choix résultant de la culpabilité de son trop grand bonheur ?

Mais pourquoi continue-t-il alors que le malheur l'a frappé ? La force de l'habitude ? De quoi est-il encore reconnaissant ? Et à qui ?

Durant son enfance, dans sa famille modeste, sa mère lui a donné ce qu'on appelait alors une bonne éducation. Elle lui a appris à dire « s'il vous plaît », « merci » et « pardon ». Surtout « pardon ». Et ces habitudes lui sont restées depuis, à cause de cette gratitude infinie qu'il a toujours ressentie envers son destin, avant… Sa mère l'entourait de soins chaleureux et son père, docker à la Joliette, l'emmenait pêcher sur leur pointu, le dimanche.

Ses parents l'ont eu sur le tard et il est fils unique. À

présent, ils sont tous les deux en maison de retraite et ils ne le reconnaissent plus. Quand il leur dit : « C'est moi, c'est Joseph ! », il aperçoit une lueur, un frémissement dans les yeux de sa mère. Elle lui a donné le prénom de son propre père, qu'elle a beaucoup aimé. Le confond-elle avec ce dernier ?

Il va les voir une fois par semaine, mais chaque visite est une douleur de plus.

Enfant, il était persuadé que cette disposition au bonheur, il l'avait volée à quelqu'un. C'est pourquoi il s'excusait déjà en permanence. Qu'on le bouscule ou qu'on lui marche sur les pieds, c'était encore lui qui demandait pardon.

– Qu'est-ce que j'ai dit de si drôle ? gronde dangereusement Gladys.

– Non. Rien. Désolé. C'est juste que vous m'avez percé à jour. Je passe mon temps à m'excuser. Mais grâce à votre franc-parler, je comprends, à présent ce que doivent penser les autres chaque fois que je le fais.

Gladys ne répond pas.

Finalement, ce n'est pas un donneur de leçons, c'est simplement un bavard futile.

Si Jo pouvait imaginer que quelqu'un le prend pour un bavard, il serait carrément étonné, lui à qui on reproche toujours de faire parler les autres et de ne jamais s'épancher.

Gladys est songeuse. Elle n'est pas sortie sur le balcon fumer sa clope pour discuter avec son voisin. Et encore moins pour se retrouver plongée dans des souvenirs d'enfance qu'elle a réussi à occulter toute sa vie.

Elle pense à sa mère, véritable « poto mitan [7]» de la famille, avec son homme qui butinait d'une femme à une autre, les bernant toutes, promettant à chacune qu'elle était l'unique, construisant plusieurs familles, jusqu'à ce qu'elle le vire.

Quand Gladys a compris, pré-adolescente, au moment de la crise familiale, qu'elle n'avait pas moins de quatorze demi-frères et demi-sœurs disséminés dans l'île, elle qui se croyait la fille unique et chérie de son papa, le choc a été violent. Et savoir que tout le monde le savait sauf elle, a été une source d'humiliation. C'est à ce moment qu'elle a pris la décision de partir un jour loin, très loin ; de ne jamais se marier ; de ne pas avoir d'enfants. Et surtout, surtout, de ne jamais croire les belles paroles d'un homme.

Pourtant, elle en a aussi voulu à sa mère de façon contradictoire. Pour avoir été si longtemps cette femme dupée, amoureuse au point de fermer les yeux sur les absences et les frasques de son époux. D'autant plus qu'elle menait sa barque financière en toute autonomie ! Elle tenait un restaurant, le Chapeau de paille, et tous les samedis, elle organisait le bal du quadrille dans une case-buvette de Saint-Louis. Comment cette femme si libre avait-elle pu se rendre aussi dépendante affectivement d'un homme qui se moquait

[7] Poto mitan : femme pilier qui fait tout pour tout le monde, soutien familial, mère courage, en référence au poteau central qui soutient le temple vaudou.

d'elle ?

« Tsss ! Ma chère, disait-elle à sa fille quand celle-ci la bombardait de questions indignées du haut de ses quinze ans ? *Twò piti pou konprann. Ou pral konprann pita, lè ou se yon fanm !* [Trop petite pour comprendre ! Tu comprendras plus tard, quand tu seras une femme !] »

Mais alors, pourquoi l'a-t-elle autant détestée, d'avoir un jour rué dans les brancards et chassé le menteur ? Elle n'a pas supporté que tout soit révélé au grand jour, car elle savait que jamais, plus jamais elle ne reverrait son père. Avec lui s'envolaient aussi les beaux souvenirs. Les moments privilégiés où elle avait cru être la seule princesse de son papa doudou.

Elle a passé le bac avec un an d'avance et s'est exilée en métropole pour faire des études supérieures qui, assez vite, l'ont amenée sur la voie de l'engagement militaire.

Gladys se secoue pour reprendre pied dans sa réalité, un balcon sur les toits, une ville féérique la nuit, un voisin surprenant. Elle finit tranquillement ses dernières taffes, puis se lève pour rentrer.

Pour que l'homme à côté n'ait pas l'impression d'avoir gagné la partie, elle s'approche d'abord de la rambarde et admire longuement les toits de la ville.

Le voisin se retourne vers elle.

– Je ne me suis pas présenté. Joseph Conté. Je suis prof de lettres.

Il avance son bras vers elle, par-dessus le treillage qui

sépare les deux terrasses. Elle marmonne :

– Gwadiisbenawd…

Et elle se sent obligée de saisir la main qu'il lui tend. Au moment où elle le touche, une décharge de courant électrique les fait sursauter tous les deux. Ils éclatent de rire, ce qui soulage la tension latente.

– Ça vient de votre chat, dit-elle. C'est rempli d'électricité, ces choses-là.

Il sourit et se tourne vers les bruits de la ville.

– C'est beau, n'est-ce pas, dit-il.

Ce n'est ni une question ni une affirmation, il a dit ça pour lui, parce qu'il le ressent profondément. Il ne comprend pas pourquoi. Un besoin de partage certainement. Gladys ne répond toujours rien, elle ne veut pas se compromettre dans un début de relation, serait-ce seulement de bon voisinage.

Elle hume l'atmosphère et apprécie l'odeur du tabac de son voisin. Lentement, pour ne pas donner l'impression qu'elle a sonné la retraite, elle se dirige vers sa porte vitrée et entre dans son appartement pour continuer à vider quelques cartons.

8 - Le parfum de la tendresse

À Strasbourg, ou plutôt à Souffelweyersheim, plus exactement au 4 A, rue de l'Europe, c'est un matin ordinaire chez les Conté-Shankar. Pour commencer, le jeune père de famille, Arjun, enfile sa grosse doudoune au-dessus de son pyjama pour sortir Pouf. Comme le bébé est déjà réveillé, il fait partie de la courte balade matinale dans le frimas strasbourgeois. Arjun transforme le ramassage de crottes en leçon de choses :

– C'est pas le tout d'avoir un chien, tu vois ! Il y a aussi des trucs pas drôles à faire !

– D'ôle ! dit Rohan en tirant les oreilles de Pouf tandis que celui-ci s'applique à faire ses besoins ailleurs qu'aux endroits indiqués par le père.

En rentrant, ils constatent qu'Aurélie est sous la douche.

Pouf est à son affaire, il essaie comme toujours de se rendre utile. Il aime ce moment de tornade avant le grand calme, quand Aurélie se prépare à partir.

Il sait que si Arjun est toujours en pyjama, c'est que le bébé restera ici, qu'ils auront du temps ensemble et surtout qu'il ne sera pas laissé seul dans l'appartement.

Aurélie est super *speed*, elle essuie à la hâte ses cheveux encore mouillés, tout en croquant une biscotte beurrée debout devant le plan de travail.

Elle finit d'enfiler son chemisier blanc qu'Arjun lui boutonne amoureusement dans le dos. Il en profite pour lui glisser un bisou dans le cou avant de lui tendre un joli pull en mohair, gris souris.

Rohan, assis sur sa chaise haute devant son bol de céréales rit aux éclats en suivant des yeux son Pouf chéri. Il lui lance des ordres :

– Sauchures ! commande-t-il.

Et Pouf fonce dans le placard pour en rapporter une paire de chaussures de marche qu'il dépose devant Aurélie.

– Mais non, Pouf ! Je vais au boulot, pas en randonnée !

– Sauchures de boulot ! crie Rohan.

Voilà Pouf qui repart dans l'autre sens et rapporte une paire de chaussettes de maison.

Aurélie et Arjun le caressent avec amour.

– Il n'est pas vraiment au point comme assistant, dit Arjun. Il faudra penser au dressage.

– Quoi ? Dresser un petit cabot si intelligent ? Ça va pas la tête ?

– Papa ! Ça va pas ta tête ! crie joyeusement Rohan.

Pouf est un autre chien à présent. Au début, il a passé du temps à repérer les radiateurs et à s'en tenir le plus éloigné possible. Jouer le pot de colle auprès de Rohan a été sa bouée. Et heureusement, les grands humains ne l'en ont pas empêché.

Il était étonné de pouvoir circuler librement et manger jusqu'à être rassasié. Parfois, on le laissait seul dans la maison, mais jamais assez longtemps pour qu'il se sente vraiment abandonné.

Quand il a été assez rassuré pour comprendre que « sortir la laisse » était synonyme de promenade et non d'être attaché, il a pu commencer à s'intéresser aux humains adultes. L'homme de la famille se nomme Arjun, ou Joujoun, ou Mamour, ou Idiot-va, et parfois Papa ou Papounet, tandis que la femme se fait appeler Aurélie, ou Lilia, ou MaChérie, ou Amour, ou Kikinette et aussi Maman. Dur de s'y retrouver ! Pour Rohan, il y a aussi Roro et Bébé.

D'abord, il s'est cantonné à dormir dans son panier, dans un coin de la cuisine, mais il s'est petit à petit enhardi jusqu'à la chambre du bébé.

À présent, il dort au pied du petit lit. Il s'attendait à des reproches, mais les parents ont été tout attendris de voir qu'il avait tiré sa couverture dans tout l'appartement pour se coucher à cet endroit.

Dès qu'il entend le premier gazouillement, il se lève sur ses pattes arrière et entreprend une toilette en règle de Rohan qui commence désormais toutes ses journées par ces chatouilles. Les éclats de rire réveillent les parents à leur tour dans la bonne humeur.

Pouf s'est donné corps et âme à un bout de chou humain qui est devenu son frère, son âme sœur, son double. Sa mission de vie est de veiller sur lui, de le protéger, de le couver.

Quand ils sortent dans la rue, il s'aligne près de la

poussette, comme au premier jour, pour ne plus la quitter. Il n'y a rien qu'il aime plus que sentir la petite main de Rohan sur son dos quand ils avancent sur le trottoir côte à côte.

Avant de voir Rohan pour la première fois, Pouf n'avait jamais vu un humain aussi petit. Tous les bébés possèdent-ils cette aura d'innocence ? Est-ce que celui-ci est spécial ? Parce qu'il lui est destiné ?

Il n'a pas creusé la question, mais il a immédiatement gravé ses odeurs dans sa mémoire. Lait vaguement aigre, sucre, talc et une autre particulière, qui a émané des yeux de Rohan dès le premier jour, quand il a posé le regard sur lui à travers la grille de sa cage. Celle-ci ne s'est jamais évaporée depuis. C'est le parfum de la tendresse. Il a lu dans toute la personne de Rohan un amour inconditionnel pour lui et il s'est rendu. Sa dévotion pour celui qu'il nomme « Son Bébé » est infinie.

Les règles de la maison sont inexistantes. Ou du moins, il n'y en a qu'une seule : le bonheur. Ce n'est pas calculé. C'est une habitude, chez eux. Dès que ces trois êtres se retrouvent, tous les soucis liés à leurs emplois du temps respectifs fondent comme neige au soleil pour être remplacés par une joie de vivre persistante. Pouf n'a fait que compléter le trio, le transformant en un quatuor parfait.

Tandis qu'Aurélie termine de se préparer sous les yeux amoureux d'Arjun, Pouf saute sur les uns et les autres en remuant sa queue comme un fou. Il prend son élan et malgré les cris des parents : « Non ! Non ! », il s'élance sur les genoux de Rohan pour laper le contenu du bol de lait rempli de délices, avant que les humains aient pu seulement lever le petit doigt.

– OK ! dit Aurélie. Pigé.

Et tout en avalant son café, que vient de lui sucrer Arjun, elle se penche et pose le bol de céréales de Rohan par terre, à côté de la gamelle du chien.

La voilà déjà dans le couloir, comme un tourbillon, son sac à la main, son manteau sur le bras. Elle saisit les clés de la voiture sur le meuble de l'entrée, ouvre la porte.

– *Boudie*[8], je suis en retard !

– N'oublie pas ton masque ! Et sois prudente !

Elle fait un signe au chien et au bébé, puis se tourne vers Arjun pour un dernier baiser devant l'ascenseur.

– S'il y a un colis qui arrive aujourd'hui, tu le refuses.

– Quoi ? Mais pourquoi ?

– Ce sera sûrement un cadeau de mon père pour l'anniversaire de Rohan. Tu sais que je n'en veux pas.

Arjun s'assombrit un peu.

– Mais amour, tu crois pas qu'il serait temps de…

– S'il te plaît, ne t'en mêle pas, Arjun ! C'est trop facile. S'il pense s'en tirer avec un cadeau !

– Je te trouve dure. L'année dernière, tu as bien fini par l'ouvrir, et tu vois, il ne le quitte plus !

---

[8] Boudie est une interjection exclamative provençale équivalente à « Bon Dieu ! »

Il montre une peluche méconnaissable à l'effigie de Snoopy. Il y a un an, pour l'anniversaire de Rohan, Aurélie, après quelques jours de refus, a extrait du carton envoyé par son père cette chose adorable qui est devenue le doudou préféré des deux petits de la maison. Rohan et Pouf.

C'est un adorable petit toutou bien doux, bien mou, qui représente un beagle. Elle voulait y faire broder le nom de Pouf, mais les jours ont passé et finalement elle a oublié.

C'est à peine à présent si on reconnaît que cela représente un chiot. Mais il est hors de question de la séparer de Rohan qui l'emmène partout avec lui. Pour la laver, il faut le faire subrepticement, pendant qu'il dort, et la glisser sèche le matin avant son réveil dans son lit, si on veut éviter la crise.

Pouf apprécie particulièrement ce doudou. Pourtant, ce ne sont pas les jouets qui lui manquent pour se faire les dents. Mais celui-ci, il a l'odeur de son Bébé à lui.

Le visage d'Aurélie se ferme.

– Peut-être. C'est comme ça.

– On verra, dit Arjun !

– Non, c'est décidé. Déjà que tu m'as forcée à mettre le nom de mon père sur les personnes autorisées à prendre en charge Rohan à la crèche, sous prétexte que nos brouilles familiales ne les regardaient pas, mais de toute façon, ça ne change rien : je ne veux pas revoir mon père, et je n'accepte rien de lui.

– Tu ressasses encore ce truc ? Tu sais bien que ce n'était qu'une formalité administrative. Il doit y avoir un membre de la famille, un vrai, pas seulement des amis, ça fait moche sinon.

– Qu'est-ce que tu es conventionnel !

– La famille, c'est la famille. C'est tout. Après tout, c'est le seul grand-père de Rohan, dans ce pays. Déjà que mes parents me font la gueule !

Elle l'embrasse tendrement.

– Je t'aime…

Il la pousse vers l'ascenseur.

– Soyez sages ! crie-t-elle en s'y engouffrant.

Quelques minutes plus tard, Arjun, avec Rohan dans les bras, lui fait un signe par la fenêtre tandis qu'elle sort du parking dans leur Fiat. Il sait qu'elle ne les regarde pas, elle est déjà en pensée dans ses dossiers en cours, ses problèmes à résoudre, ses rapports à écrire.

– Wouf ! dit le chien, satisfait.

Il a bien réussi sa mission. Il a bien aidé son humaine à se préparer. Il repart en courant vers le coffre à jouets et en déniche sa laisse qu'il rapporte triomphalement à l'homme de la maison.

– Balade ! crie Rohan.

– Oh là ! Calmez-vous un peu les voyous ! Je suis même pas habillé !

Le père installe Rohan dans son parc, avec le chien qui entreprend alors de mâchouiller frénétiquement son doudou favori.

9 - C'est pas la peine

Aujourd'hui, comme tous les matins dans la vie de Jo, la même scène chez le boulanger se répète. Mais en plus, quelqu'un dans la file d'attente, prétextant avoir besoin de regarder les prix du pain, lui passe devant.

Jo s'écarte et murmure :

– Pardon.

La jeune femme le regarde, étonnée, elle s'attendait à se faire engueuler, mais elle n'en est pas pour autant gênée. *Elle ressemble à Aurélie,* se dit le prof. *Elle doit être plus pressée que moi. J'ai tout mon temps.*

Sur le chemin du lycée, il se perd dans ses ruminations. Le visage de sa fille se superpose à la vision, familière, de son chemin vers le lycée. Il voudrait tant entendre le son de sa voix. Quand elle a rencontré ce garçon, tamoul, au parlement européen, il a pensé qu'elle viendrait un jour le lui présenter, que l'amour la rendrait plus indulgente à son égard. Ils ne se sont pas mariés, mais ils ont fait un enfant ensemble.

À la naissance du petit, idem, il a cru qu'elle viendrait le voir, ou qu'elle l'inviterait à Strasbourg. Qu'ont dû penser les parents d'Arjun, à Chennai, de ce non-mariage ? Il connaît mal les réactions en Inde, s'il existe des couples qui vivent en concubinage, comment sont considérées, là-bas, les mères non mariées ?

Arjun Shankar a trente-deux ans. Il est prof en plateformes numériques et digitales dans une école supérieure d'informatique de la ville. Jo le sait parce qu'il a fait des recherches sur internet. Un diplôme passé à l'Institut des Sciences de Chennai, tout en apprenant le français à l'Alliance Française. Il était venu finir son cursus par un long stage en entreprise à Strasbourg. C'est ainsi qu'il avait trouvé un travail d'enseignant ici, intervenant parfois comme conseiller informatique au parlement. Mais c'est tout ce qu'il connaît de l'homme qui partage la vie de sa fille. Quelle frustration !

Parfois, il imagine comment ils se sont rencontrés. À la cantine du parlement ? Arjun était peut-être intervenu comme conseiller informaticien et il s'est trouvé à la même table qu'elle, à midi. Jo sait comme Aurélie est incollable sur les comédies musicales bollywoodiennes. Ce Arjun doit ressembler à un de ses héros favoris. S'est-il étonné, au début, qu'elle ne lui présente pas sa famille ? Que lui a-t-elle dit ? Lui a-t-elle parlé de son père ? A-t-elle prononcé ces mots : « ma mère est morte à cause de mon père. » ? Pire, peut-être a-t-elle dit : « mon père a tué ma mère. » Mais s'il a posé des questions, elle a bien dû entrer dans les détails !

A-t-il réagi comme la plupart des gens, en disant qu'elle ne devait pas lui en vouloir, que ce n'était pas vraiment sa faute si ce jour-là il avait éteint la sonnerie de son portable ? C'est une politesse élémentaire dans les réunions de travail. Tout le monde le fait !

– Mais ce n'était pas une réunion de travail ! C'était les Restos du cœur !

– Raison de plus ! a dû lui dire Arjun. C'est tout à son honneur. Il se consacrait à sa tâche entièrement !

– Non ! C'est justement parce qu'il a toujours fait passer les autres avant nous qu'elle est morte ! C'est sa faute ! C'est ce putain de trait de caractère. S'il avait laissé son téléphone allumé ! S'il l'avait seulement regardé ! Il aurait su qu'elle avait besoin de lui, qu'elle essayait de le joindre ! Il aurait appelé les secours immédiatement et ils seraient arrivés à temps. On ne meurt pas forcément d'une rupture d'anévrisme si on est conduit suffisamment tôt à l'hôpital ! Une question de minutes. Ils sont arrivés trop tard.

Jo agrée intérieurement à ce dialogue imaginaire. *Oui, tu as raison, ma chérie ! Comme je regrette !*

Son téléphone à présent est ouvert en permanence, jour et nuit ! H 24 comme disent ses élèves. Mais même s'il avait eu le coup de fil, serait-il arrivé à temps ? « Justement, ça, on ne le saura jamais ! » se figure-t-il Aurélie en train de hurler.

Dans sa tête, il ne sait plus si elle parle à Arjun ou à lui.

Il ne l'ignore pas : plus le discours en face d'elle est raisonnable, plus Aurélie lui en veut. Et il réagit de la même façon. Il ne supporte pas les arguments qui tenteraient de le déculpabiliser, de minimiser sa faute. Car faute il y a. Il est responsable et coupable ! Il soupire et ralentit son pas sous le poids de ce sempiternel accablement qui lui colle à la peau.

Soudain, le téléphone de Jo sonne. Il le sort de sa poche et peine à croire ce qu'il voit écrit sur l'écran : Aurélie.

C'est elle !

Son cœur fait un bond dans sa poitrine. Elle ne peut avoir reçu le cadeau, c'est trop tôt. Qu'y a-t-il ? Il espère que ce n'est rien de grave. Peut-être va-t-elle lui pardonner ? Peut-être veut-elle enfin parler avec lui ? Plein d'espoir, il répond en marchant encore plus lentement.

Mais la voix de sa fille est dure, coupante, pleine de retenue.

– Écoute, papa, je préfère t'appeler, car je sais que sinon, tu vas pas arrêter de laisser des messages jusqu'à l'anniversaire de Rohan. Alors, c'est pas la peine, OK ?

Il hésite à répondre. Il sait que quoi qu'il dise, ce sera mal interprété. Déplacé.

Il savoure d'entendre le son de sa voix, même si elle lui est hostile. Elle semble attendre une réponse et il a peur qu'elle raccroche, alors il tente :

– D'accord, si tu ne veux pas que j'appelle, je…

– Oui, c'est mieux, tu vois. Inutile d'insister.

Il y a un silence. Il se demande si elle est encore au bout du fil. Soudain, elle reprend d'une voix plus calme.

– Et n'envoie pas de cadeau, c'est pas la peine.

– Mais…

– Écoute, tu le connais même pas alors tu sais pas ce qu'il aime, tout ça. C'est pas la peine, OK ?

Il parle un peu, essaie de meubler, il a peur qu'elle raccroche tout de suite. Mais il sent que ça déraille. Il l'agace.

Elle est brusque avec lui de nouveau.

– C'est vrai, tu as raison, je ferais mieux de…

Il n'ose rien dire du cadeau déjà envoyé. Il va le faire, il se le promet. Il remarque qu'elle n'arrête pas de répéter « c'est pas la peine ». C'est justement une histoire de peine, ce qu'ils éprouvent tous les deux. Peut-on guérir de la peine ressentie par la perte prématurée d'une mère ?

Plus il est gentil, plus il dit qu'elle a raison, plus elle s'énerve. Il le sait, mais il n'arrive pas à hausser le ton, à prendre une autre voie.

– Si c'est pour ça, c'était pas la peine d'appeler, c'est toujours pareil ! crie-t-elle, en totale incohérence, puisque c'est elle qui a téléphoné.

Encore le mot « peine » ! Elle raccroche. Il n'a pas eu le temps de lui parler du cadeau finalement.

Quand lui pardonnera-t-elle ce qu'il a fait ?

Mais en même temps, lui-même ne se pardonne pas, alors pourquoi le ferait-elle ?

10 - Un épais nuage cotonneux

Il passe la journée dans un état légèrement comateux. La nausée au bord des lèvres. Il essaie désespérément de s'intéresser aux conversations, mais les voix de ses collègues et même celles de ses élèves, lui parviennent atténuées, comme à travers un épais nuage cotonneux, ou comme s'il avait baissé le son de la télé.

Il lui semble que les élèves se moquent de lui. Oh, ce n'est pas bien méchant, c'est normal, un prof qui a l'air de rêver, d'être ailleurs, ça fait rire. La journée s'étire comme si elle n'allait jamais finir. Il perd la notion du temps. Finalement, le cours se termine, la dernière sonnerie de la journée retentit et il s'en retourne d'un pas lent vers son appartement.

Il s'arrête au cimetière et il s'assoit sur le petit mur, juste en face de la tombe de Catherine. Mais même à elle, il ne trouve pas la force de parler.

Il revoit encore et encore la scène où tout a basculé pour lui. Où la vie s'est transformée en cauchemar. Il a déjà rejoué des milliers, des millions de fois cette séquence implacable, inexorable. Il avait éteint son téléphone durant le conseil de classe et en se rendant aux restos du cœur pour distribuer les repas, il a oublié de le rallumer. De toute façon, il utilisait peu l'appareil et il n'aimait pas quand il sonnait intempestivement alors qu'il était avec d'autres personnes. Il trouvait ça indélicat.

Mille fois dans les mois, les années qui ont suivi, il a imaginé Catherine essayant de l'appeler. Mille fois il a revu le message qui s'inscrivait sur son téléphone, quand il a rejoint sa voiture pour rentrer à la maison. Mille fois il a repassé la scène de sa panique, de sa crainte, de ses prières pour arriver à temps. Mille fois il a revu l'expression des soignants qui ne savaient comment lui annoncer que c'était trop tard.

Il frissonne, l'humidité a envahi le cimetière. Mais il ne sent pas le froid.

Il sait que tout ça lui passera. Il sait qu'il lui faut juste digérer cette journée et le nouveau rejet d'Aurélie et qu'après une nuit de sommeil, demain matin, le quotidien reprendra ses droits. Il ne se souviendra que de l'aspect constructif. Après tout, aujourd'hui, il a entendu la voix d'Aurélie. C'est elle qui a appelé. Et puis, à la rentrée, ils l'ont inscrit comme parent référent à la crèche de Rohan, c'est pas rien !

Le sang coulera de nouveau dans ses veines, ses pensées seront de nouveau attirées vers les choses de la vie. L'espoir de renouer de vrais liens avec Aurélie reviendra. Il reste un temps indéterminé devant la tombe et lorsqu'il est surpris par la nuit, il se lève et avance vers le portail. Il marche lentement jusque chez lui, pesamment serait plus juste encore. C'est le poids du chagrin qui rend ses pas si lourds.

Il n'a pas faim, mais il s'attable tout de même, pour Sissi. Il connaît son rituel. Il sait qu'elle l'attend et qu'elle aime ce moment où elle partage son repas. Ce soir, en plus de ses croquettes, il ouvre du thon. Il lui en donne la moitié, il mange le reste à même la boîte. Pas le courage de cuisiner. Pas le courage de mettre une assiette sur la table. Il se couche sans fumer sa pipe sur la terrasse, il ne pourrait pas supporter de croiser la voisine. De lui parler. Bien trop vive pour lui.

Mais le sommeil ne vient pas.

La chatte sent son affliction et elle s'installe sur sa poitrine, le nez humide dans son cou, pour ronronner très fort. Bien entendu, elle sait qu'il a besoin de réconfort. Il tourne et vire dans le lit, froisse les draps, transpire, se lève pour ouvrir la fenêtre, se recouche, lit un peu, se relève pour fermer la fenêtre, car maintenant il a froid, tant et si bien qu'il finit par agacer Sissi.

Elle l'abandonne, solitaire, dans son grand lit. Il regarde l'écran de son téléphone portable, il est 2 h du matin.

Il renonce au sommeil, ce sera une nuit sans. Et ce ne sera pas la première. Il se lève, enfile un peignoir et se sert un whisky sec, pour sortir regarder les étoiles depuis sa balancelle.

Il est seul face à la nuit, seul au sein de l'univers.

Où est Catherine ? Comme il envie dans ces moments-là, les personnes qui croient en quelque chose. En un au-delà où l'on pourrait retrouver ceux que l'on aime. Mais il a beau se forcer, il n'y arrive pas.

11 - Toussaint Louverture

Entre quelques rangements erratiques de ses cartons de déménagement, Gladys passe ses journées à explorer le quartier, à découvrir Aix. Finalement, l'atelier de cuisine auquel elle voulait s'inscrire sur internet, ça ne lui dit plus rien.

Ce n'est pas qu'elle s'ennuie, mais les missions lui manquent. Même si elle était plus souvent devant son ordinateur que sur le terrain, les enjeux étaient périlleux et l'adrénaline omniprésente. Elle travaillait dans l'urgence et elle a vécu si longtemps dans les arcanes que le silence est devenu sa seconde nature.

Enfin tout compte fait, oui, pour être tout à fait franche, elle s'ennuie.

Elle déniche une salle de gym et s'y inscrit, bénéficiant d'une première séance gratuite qu'elle consomme tout de suite. Elle en sort crevée, transpirante et plutôt satisfaite. Elle n'a pas trop perdu de sa forme.

Un tour au supermarché pour faire le plein de bière, de whisky et de quelques plats tout prêts à réchauffer au micro-ondes et elle rentre chez elle en faisant un grand tour. Adieu les bonnes résolutions de suivre des cours de cuisine !

Au hasard de ses pas, elle tombe sur une grande librairie généraliste et passe un grand moment au rayon Histoire, stratégies militaires et biographies. Elle finit par dénicher un nouvel ouvrage sur la vie de Toussaint Louverture[9], par un universitaire originaire de l'île Maurice, Sudhir Hazareesingh [10]. Elle aime bien Toussaint Louverture, l'homme qui a inventé le concept de « guérilla », sans le vouloir, pour affronter la grande armée de Bonaparte. Un malin.

C'est l'heure de rentrer, cette fois, avec son butin.

Dans le hall du rez-de-chaussée, sur les boîtes aux lettres, elle examine les noms qu'elle mémorise. Comme l'étage est indiqué sur la boîte, elle peut en localiser certains. Elle-même ne met pas le sien sur sa boîte. Une vieille habitude. Juste ses initiales.

Le fouineur-râleur d'hier, celui du premier, s'appelle Brendan Kaer. Elle fera une petite recherche sur lui, plus tard, sur internet. Sale type.

Son voisin, le bavard à la voix sensuelle qui lui fait de l'effet, celui qui lui vole son espace près du ciel, c'est Joseph Conté. Il s'est présenté, d'ailleurs. Bon, celui-là, ça devrait se régler. Il faut juste y aller mollo, mais elle finira par le dresser

---

[9] François-Dominique Toussaint Louverture (1743-1802) est un héros haïtien de la guerre de libération des esclaves. Descendant d'esclaves noirs, lui-même affranchi, il joue un rôle historique de premier plan en tant que chef de la Révolution haïtienne et devient l'une des grandes figures des mouvements anticolonialiste, abolitionniste et d'émancipation des Noirs.

[10] Sudhir Hazareesingh, d'origine mauricienne, est un historien britannique.

pour qu'il ne l'emmerde pas trop. Et son chat aussi, par la même occasion.

Au moment où elle avance sur le palier du premier, elle n'en croit pas ses yeux : la porte du fameux Kaer s'entrouvre et il passe la tête.

– Madame ? Euh madame… ?

Il attend quoi ? Il croit que je vais lui dire mon nom comme ça ?

– Quoi ? bougonne-t-elle.

Il lui tend une liasse de papiers.

– Je vous ai préparé le règlement de la copropriété. Vous êtes bien propriétaire de votre appartement ?

Pourquoi, ça te défrise ? demande-t-elle dans sa tête sans le dire à voix haute. Elle lui arrache les feuillets des mains.

– C'est tout ?

Interloqué, Brendan Kaer en perd ses mots.

– Pour… les étiquettes… euh… sur les boîtes, il faudra…

– Bon OK, on verra plus tard, hein ?

Elle lui tourne le dos et le plante là, sans en rajouter. Qu'il commence déjà par encaisser ce premier round. Et qu'il comprenne que c'est pas du tout cuit pour lui.

Les cartons, qu'elle n'a pas fini de déballer, l'attendent. Après en avoir vidé quelques-uns, elle prend une douche relaxante et s'installe devant son ordinateur.

Elle passe le début de la soirée à jouer aux guerres médiévales, en prenant son temps pour décaler son heure de repas de celle de son voisin. Elle ne veut pas risquer de se retrouver à nouveau presque en tête-à-tête avec lui, sur la terrasse.

Elle est tellement prise par son jeu en ligne, qu'elle ne remarque pas tout de suite la présence du chat du voisin.

Mais c'est dingue ! Tout ce qu'elle avait prédit se réalise. L'intrus est entré sans faire de bruit et s'est installé confortablement sur son canapé venu spécialement de Guadeloupe, sculpté dans du bois rouge ciré. Un meuble datant du XIXe siècle, provenant d'une « habitation » de planteurs, qu'elle a, un jour, acheté aux enchères à Pointe-à-Pitre.

Et maintenant, il pionce sans façon ! Il va foutre des poils partout.

C'est dans ses habitudes de donner des ordres et d'être obéie. Aussi, quand elle se dresse de toute sa hauteur au-dessus de Sissi pour lui asséner un tonitruant « Décampe d'ici, le chat ! », elle est désarçonnée de constater que la chatte ne réagit pas à la seconde.

Sissi ouvre un œil paresseux, semblant demander : « Qui me dérange ? » Elle regarde cette géante d'un air placide et bâille longuement.

– Ouste ! commande Gladys, d'une voix ferme. C'est ma place, d'abord ! Et là, je vais me préparer à manger, c'est hors de question que tu me fiches des microbes partout, t'es sûrement pleine de puces !

Sissi s'étire en prenant son temps et commence sa toilette.

Gladys en suffoque de stupéfaction.

– Mais qu'est-ce qu'il te prend, tu comprends pas le français ?

Peut-être qu'elle ne répond qu'à son nom ? se dit-elle. Elle fouille dans sa mémoire :

– Taille-toi, Cléopâtre ! Euh, Marie-Antoinette ! Joséphine ! Victoria ! La reine de Sabbat ! Merde, t'as bien un nom de reine ou un truc comme ça, non ?

Sissi finit par sortir d'un pas majestueux, rejoignant ses pénates tranquillement. Au moment de franchir le muret, elle se retourne vers Gladys et la fixe d'un air songeur.

– Quoi ? s'énerve Gladys, vaguement coupable. Tu veux ma photo ? J'suis pas une mémère à chat, *ou konprann* ? [T'as compris ?] Et c'est pas demain la veille ! Tu voudrais en plus que je te nourrisse à l'œil ? Non, mais ! Dégage !

Sissi saute de l'autre côté, la queue bien dressée, ce qui prouve non seulement que rien dans les paroles de Gladys ne l'a touchée, mais même qu'elle est plutôt heureuse. C'est une chatte craintive, mais elle a senti que Gladys ne représentait aucun danger pour elle.

Gladys repousse rageusement sa baie vitrée et ouvre son frigo, satisfaite d'avoir gagné cette première manche. Et elle n'a même pas cédé à son envie de vérifier si son voisin était là, à fumer sa pipe.

Elle s'installe devant sa télé pour mettre une chaîne de documentaires sur l'Histoire en grignotant des lasagnes réchauffées au micro-ondes, puis elle éteint le son et se plonge dans son livre tout neuf.

Le bruit dehors la fait sursauter. Elle regarde l'heure sur sa montre connectée.

Quoi ? On est au milieu de la nuit ! Elle s'est endormie, le nez dans les péripéties de son héros. Elle s'approche sans bruit de la baie vitrée et remarque le point rouge de la pipe de Joseph Conté. *Foutt Tonè !*[11] *Il n'a pas d'horaires réguliers.*

La dernière fois, il est sorti vers vingt-deux heures. Cette fois, c'est au cœur de la nuit. Décidément, c'est inévitable, il va falloir établir des tours.

---

[11] *Foutt Tonè !* est une injure ordurière en créole haïtien pour exprimer son mécontentement.

12 - Fatum

Rue de l'Europe, à Souffelweyersheim ce matin, l'heure n'est pas à la rigolade chez les Conté-Shankar. Pouf est moins enjoué que d'habitude. Après une rapide balade beaucoup plus matinale qu'à l'ordinaire et une petite pluie fine qui ne les a pas encouragés à traînasser, il voit Arjun lancer le café.

L'odeur remplit l'appartement pendant que le père prend sa douche.

Ça ne se passe pas dans cet ordre quand Arjun reste avec lui à la maison.

Ensuite, le père s'habille rapidement avant d'aller réveiller et changer Rohan pour l'installer devant son bol de céréales.

Pouf ne raffole pas de ces signes très clairs pour lui.

Et comme il veut leur montrer qu'il a compris qu'ils vont le laisser seul, aujourd'hui, il s'assoit sur le canapé en leur tournant le dos. Il boude. Ou du moins, il essaie, car il ne peut résister longtemps aux appels enjoués du bébé.

– Vin, Pouf ! Tin, rega'de !

Non ! Pas question !

Mais, incapable de résister à la curiosité, il tourne lentement la tête, et hop trop tard ! Le voilà piégé à la vue de la petite peluche toute sale. Il jappe joyeusement et il saute en l'air pour attraper le jouet que Rohan lui lance. Tant pis, il sera bien temps de se morfondre dans sa solitude, tout à l'heure. Il joue à présent, sans arrière-pensées.

Après de multiples allées-venues et tourbillons divers, les voilà tous prêts.

Alors que Pouf s'attend à des caresses d'au revoir et à un « Sois sage, garde bien la maison ! », il constate, avec étonnement, qu'il fait partie de la sortie du jour. On lui met sa laisse, on prend même sa couverture.

Une sourde appréhension étreint son cœur. Ils ne vont tout de même pas le ramener au refuge ?

Il se souvient vaguement avoir entendu la veille des conciliabules chuchotés entre les parents.

– C'est quand même un coup vache, a dit Arjun.

– Mais c'est indispensable ! On sera plus tranquille après ! C'est mieux pour lui je t'assure !

C'est sûr, ils vont le laisser !

Mais ils sont si tendres avec lui dans l'ascenseur, si attentionnés, qu'il ne peut imaginer qu'ils envisagent de lui faire du mal. Il se fait plus timide, plus caressant avec eux, plus affectueux.

– Oh, regarde-le, il est trop chou ! Tu crois qu'il a compris ?

– Mais non, dit Aurélie. C'est juste un pot de colle, tu sais bien !

– Pot d'colle, crie Rohan en tirant sur sa queue.

Pouf se tourne vers lui, pose la tête avec une mine désespérée sur ses genoux, dans la poussette.

– Pauvre vieux, lui dit Arjun, ils vont te couper les

coucougnettes, mais après tu verras, tu seras beaucoup mieux ! Enfin, en tout cas, c'est ce qu'ils disent tous. Si on veut être des maîtres responsables, il paraît que…

— Arrête, Mamour. On en a déjà discuté cent fois. On ne va pas revenir sur cette décision. Tu vas finir par lui communiquer ton stress.

Ils doivent d'abord déposer Rohan à la crèche, les Lutins de Souffel. C'est juste en bas dans le même bloc d'immeubles. La présence de cette crèche est même la raison pour laquelle Aurélie a jeté son dévolu sur cet appartement.

Tandis qu'Arjun plie la poussette avec toutes les autres, dans un coin du grand hall, Aurélie s'avance vers l'accueil en tenant la laisse de Pouf. Rohan est devant eux. il connaît parfaitement les lieux et il a déjà repéré quelques amis.

Pouf gémit, jappe doucement, essaie d'attirer encore un peu l'attention de son bébé. Mais Rohan part en courant rejoindre les autres, pressé d'entamer une matinée de jeux.

Les parents, Pouf dans les bras, montent dans la Fiat. Ils attachent le chien avec sa laisse sur le crochet prévu à cet effet à l'arrière de la voiture. Mais, ce que Pouf trouve étrange, Aurélie s'assoit à l'arrière avec lui, au lieu de prendre le siège du passager.

Il tire sur sa laisse, proteste en lui faisant les yeux doux. Il est irrésistible et tandis que la voiture file sur les routes départementales pour rejoindre l'autoroute, Aurélie cède et le libère. Il se pelotonne immédiatement dans ses bras pour y chercher du réconfort.

Cette promenade en voiture avec cette atmosphère chargée en tension nerveuse ne lui dit rien qui vaille. Et le bruit des essuie-glaces qui luttent pour aider à la visibilité du conducteur rythme les battements de son cœur anxieux.

– On aurait pu trouver un véto plus près, bougonne Arjun.

– Non, il a l'habitude de celui-ci et le refuge nous en a dit le plus grand bien. Ça fait pas un énorme détour après tout, jusqu'à Bischwiller. Une petite demi-heure, hein, mon Pouf ?

– Avec la pluie, on va moins vite, râle le père.

– Quel temps pourri !

Mais le chien a entendu les mots « Bischwiller » et « refuge » et il se positionne en rond sur les genoux d'Aurélie comme s'il voulait disparaître, se faire oublier.

Elle sent son inquiétude et sa main se fait douce pour le rassurer, le cajoler.

En arrivant à la bretelle d'accès de l'A35, Arjun accélère pour intégrer le trafic, dense à cette heure-là.

– Roule moins vite, tu sais qu'il n'aime pas la vitesse, dit Aurélie.

Arjun quitte instinctivement des yeux la circulation pour regarder sa femme et son chien dans le rétroviseur qu'il règle sur l'intérieur de l'habitacle. Il ne voit pas l'énorme camion foncer sur lui pour l'empêcher de gagner sa voie.

Et l'inimaginable se produit.

Il suffit de quelques dixièmes de seconde pour que surgisse, sur cette voie de l'autoroute, vide, qu'il s'apprêtait à rejoindre, un gros semi-remorque étincelant. Lorsque le monstre de métal rugit sa furie et son urgence, c'est déjà trop tard. Il essaie de freiner, mais le sol est glissant. La voiture est percutée sur le côté et entreprend une série de tonneaux pour finir par se planter dans l'énorme pied du pont qui enjambe l'autoroute juste à cet endroit.

La dernière vision d'Arjun est le visage interloqué d'Aurélie. Dans un réflexe protecteur, elle se roule en boule au moment du choc, ce qui sauve Pouf.

Cependant, lors des rouleaux stridents, il est éjecté par la vitre arrière éclatée.

Le silence qui suit le fracas de l'accident est surnaturel. Même les essuie-glaces ont cessé leurs pulsations régulières.

Seul le feulement des roues des voitures affolées qui les doublent trouble le calme de cette campagne isolée, traversée par la barre de bitume. La voiture, couchée sur son toit, n'est plus qu'un tas de ferraille chiffonnée et de verre brisé.

Dans un premier temps, étourdi, terrifié, Pouf ne parvient pas à bouger. Il gît au-delà de la barrière, dans l'herbe mouillée, secoué de longs frissons. Une odeur métallique inhabituelle lui parvient derrière celle, obsédante, du caoutchouc brûlé.

Le sang. Il en est couvert et il entreprend de se lécher. Pourtant, malgré les douleurs qu'il ressent partout, il sait d'instinct qu'il n'a pas de blessures. Mais alors, ce sang ? La femme ? L'homme ? Où sont-ils ? Il doit les aider ! Il doit les protéger !

Bouleversé, il parvient avec difficulté à se soulever sur ses pattes branlantes puis à avancer tant bien que mal sous la pluie battante vers ce qu'il reste de la voiture.

Le chauffeur du camion, choqué, a réussi à se garer un peu plus loin et il court vers le pont, remontant par le bas-côté le flot des voitures qui ralentissent à cette hauteur pour comprendre ce qui est arrivé. L'averse trempe son visage égaré.

Des automobilistes s'arrêtent, certains téléphonent, d'autres filment la scène.

Personne ne voit le petit chien caché par la carcasse d'acier. La main d'Aurélie pend hors de la fenêtre, ensanglantée, piquetée de morceaux de verre. Pouf gémit doucement, il la pousse du nez pour la réveiller. Complètement groggy, il lèche et lèche pour l'aider, la soutenir, l'appeler, désespéré de ne pas réussir à la ranimer. Il entend une plainte gutturale, profonde, toute la douleur du monde et il met un moment à comprendre qu'elle vient de lui, des profondeurs de sa gorge.

Le camionneur arrive à sa hauteur et Pouf, effrayé, s'enfuit vers un bosquet. Il s'enfonce dans un creux au pied d'un arbre. Il se cache. Il ne veut pas que ces ombres menaçantes le découvrent et l'emportent loin d'Arjun et d'Aurélie.

Pendant des heures, grelottant, trempé, il observe l'étrange ballet des humains qui s'agitent sur le lieu du drame, finissant par emporter les parents de Rohan et avec eux toute sa vie.

Des voitures brillantes avec des sirènes suraiguës et des

gyrophares, une dépanneuse, des hommes en uniformes.

L'odeur de la mort a rempli l'espace autour de lui. D'où vient-elle ?

Quand la nuit transforme le paysage, que les ombres des arbres se font denses et menaçantes, il est seul.

D'autres voitures continuent à rouler sur le ruban gris, fonçant vers leur destin.

Celui de Pouf est à l'arrêt. Il ne comprend toujours pas ce qu'il s'est passé exactement. Il attend.

13 - Un ciel bleu mistral

Ce même matin, Jo se réveille avec la gueule de bois. Sa tête est prise dans un étau. Ce n'est pas vraiment qu'il a trop bu. C'est un mélange de plusieurs sensations. La peine, encaissée hier et mal digérée, ainsi que le manque de sommeil y sont pour beaucoup. L'alcool par-dessus a juste été la mauvaise idée de trop.

Une fois dans la rue, après avoir réussi à éviter Kaer, la légèreté de l'atmosphère est palpable. Comme un air de gaieté, de joyeuseté, que Jo ne s'explique pas. La sensation douloureuse, dans sa tête, s'éloigne ; il savoure la qualité particulièrement évanescente de cette belle matinée d'automne.

L'été se prolonge, le réchauffement climatique y est sûrement pour quelque chose, mais il se dit que c'est toujours bon à prendre.

La chanson de Joe Dassin *L'été indien*, se faufile dans son esprit. Il n'aime pas particulièrement ce chanteur, mais il y a comme ça des ritournelles qui vous rentrent dans la tête par automatisme. Il lui a suffi de sentir sur sa peau ce rayon de soleil et de voir cette pâquerette pousser, toute vaillante dans une fissure du macadam du trottoir, pour songer, par association d'idées, à la douceur du temps ; pour que se forment dans son esprit les mots « été indien » ; pour que les notes de cet air populaire l'envahissent.

Mais peu importe, il a retrouvé du poil de la bête. Le soleil éclatant, accompagné de ce mistral soufflant comme un enragé, y est pour quelque chose.

Le ciel est d'un bleu vif, net et limpide. Il a toujours aimé les jours de mistral.

Pourtant, sous cette apparence de propreté parfaite, il paraît que ce temps génère la folie. Les jours de mistral, tout le monde le dit, il y a une recrudescence d'agressions, d'actes de violences urbaines. Le chaos, la panique, la confusion envahissent l'espace. Le vent trop fort énerve. Les statistiques explosent.

Mais pour lui, aujourd'hui est un jour nouveau. Le souffle puissant de la nature va faire table rase des anciennes larmes.

Tout peut arriver. Aurélie va sûrement l'appeler. Elle aura envie de se réconcilier avec lui. Ils se retrouveront. Pourquoi ne pas planifier qu'elle descendrait le voir avec sa petite famille pour Noël ?

Le pas vif, le prof rejoint son lycée, entre dans la classe et c'est avec un regain d'énergie qu'il entame son cours sur l'autoportrait. Il fait semblant de ne pas entendre la remarque de Jimmy Murati, provocante :

– Marchez pas si vite, ça me file le mal de tronche rien que de vous voir !

Il distribue à chacun une feuille sur laquelle il a imprimé

un extrait du roman, *Pays sans chapeau* de Dany Laferrière[12] : « Une mangue tombe. J'écris : mangue. Les enfants jouent au ballon dans la rue parmi les voitures. J'écris : enfants, ballon, voitures. On dirait un peintre primitif. Voilà, c'est ça, j'ai trouvé. Je suis un écrivain primitif. »

Il a choisi ce passage pour les désinhiber, leur donner confiance. C'est en cherchant la simplicité qu'ils réussiront le mieux l'exercice demandé. Et que ce sera bon.

Devant les expressions incrédules et dubitatives de ses élèves, il ne peut s'empêcher de se dire qu'ils ne savent pas trop ce qu'ils font là. Un peu comme lui, peut-être ?

Ils vont tenter de passer l'année en essayant de s'ennuyer le moins possible, ce qui se traduit parfois par des résultats étonnants. La semaine de la rentrée, l'un d'eux a planté un arbuste avec ses racines dans la cuvette des toilettes des filles. Plutôt créatif cet adolescent, non ?

Dans ces conditions, évidemment, leur faire assimiler le programme littéraire en vue de passer leur bac français devient un sport de combat.

Jo se rappelle qu'il doit rester modeste dans ses objectifs. Il serait le plus heureux des hommes s'il réussissait, à la fin de l'année, à donner le goût de la lecture à au moins un de ces ados fermés sur leur propre univers.

Il revient vers son bureau et pose son téléphone bien à plat

---

[12] Dany Laferrière est un écrivain canada-haïtien, membre de l'Académie française.

devant lui, à côté de ses feutres effaçables pour écrire au tableau blanc.

– C'est pas juste que vous avez le droit de garder votre téléphone, m'sieur ! le cherche encore Jimmy.

Il répond sa litanie habituelle :

– Quand tu seras prof, tu…

Jimmy le coupe :

– Même pas en rêve !

La classe éclate de rire, s'apprête à une belle joute. Ils espèrent tous que l'altercation entre Jimmy et le prof va leur faire gagner un bon quart d'heure sur le cours.

Une musique retentit. *Les quatre saisons* de Vivaldi. Le son envahit la classe. C'est la sonnerie du téléphone du prof. Il a oublié de le mettre sur vibreur.

Les élèves se regardent en riant, ils se poussent du coude.

Il jette un coup d'œil sur l'écran et son cœur s'arrête de battre. C'est Aurélie ! Elle ! Il en était sûr ! Il savait qu'elle allait le rappeler aujourd'hui. Un pressentiment. C'est pourquoi il était de si belle humeur.

Cette fois, elle va prononcer les mots qu'il attend, elle va lui dire que Rohan adore son cadeau et lui demander si elle peut venir passer les fêtes à Aix pour lui présenter officiellement Arjun et Rohan.

Il a d'abord perdu ses couleurs et maintenant le voilà rouge d'excitation. Il tend la main devant lui pour faire taire la classe tout en se dirigeant vers la sortie. Il veut se réfugier dans le couloir pour répondre à sa fille sans se laisser perturber par les élèves.

Quand il franchit la porte qu'il laisse ouverte, il se fait huer par la meute, mais il n'en a cure.

– Allo ?

Une voix d'homme le cueille par surprise. Ce n'est pas Aurélie. Peut-être Arjun ? Ou bien elle a perdu son téléphone et quelqu'un l'a appelé, au hasard ?

– Bonjour monsieur. Police de Strasbourg. Vous êtes bien monsieur Conté ?

Il répond machinalement, étonné, obéissant, comme d'habitude.

– Joseph Conté, oui.

– Vous êtes le père d'Aurélie Conté ?

La conversation est courte. Après lui avoir posé ces deux questions, le fonctionnaire lui annonce, sans ménagement, l'accident sur l'autoroute. Un couple dans la voiture pliée en accordéon. Ils n'ont pas souffert.

Jo entend tout et en même temps une sonnerie de cloches lui vrille les oreilles. Il perçoit les mots, oui, mais il refuse de comprendre.

– On a trouvé le téléphone dans le sac de votre fille. Au nom « papa » dans les contacts, on a appelé, à tout hasard.

Mais comment ont-ils forcé le code ? se demande-t-il bêtement, comme si c'était le plus important. Il se focalise sur cette difficulté.

Elle a toujours actionné la « touch ID » sur ses mobiles. Il a maintenant devant les yeux l'image de flics qui prennent la main d'Aurélie morte, pour ouvrir le code de son téléphone. Il ne parvient pas à se concentrer sur autre chose. Il est pétrifié et ne pense qu'à ça. C'est un film d'horreur.

Il a envie de leur hurler, non, ils ne doivent pas la toucher. Mais bien sûr, il ne le fait pas. Il se contrôle. Il répond à tout, calmement, dans un état second.

Oui, il va venir régler les détails administratifs. Non, il ne vit pas à Strasbourg, il vit à Aix-en-Provence. Oui, il va prendre le premier avion.

Il voudrait prolonger la conversation, car il a l'impression d'être dans un film, que rien n'est réel, pourtant il le sait : une fois seul avec lui-même, la vérité le rattrapera.

L'agent de police finit par raccrocher. Il lui communique par SMS l'adresse où il devra se rendre en arrivant. Les mots sont étranges. Reconnaître le corps. Signer l'autorisation d'inhumer ou d'incinérer.

C'est un cauchemar sans fin qui recommence. Il a déjà vécu tout cela. C'est comme s'il n'était sur terre que pour revivre en boucle le même songe glaçant. Une crise de somnambulisme.

Il revient, hagard, dans la classe, ne dit rien aux élèves bruyants. La salle est en plein chaos. Il s'assoit, car il se sent en chute libre.

Il n'aperçoit pas Jimmy Murati faire un signe, il ne l'entend pas gueuler aux autres de se la fermer.

Silence total dans la classe.

Le prof range ses affaires dans son cartable. Il fourre en

vrac son grand cahier, ses feutres, son téléphone et referme la grosse boucle en cuir.

– Ça va, m'sieur ? demande Jimmy.

Jo le regarde sans entendre sa voix.

– Vous avez besoin d'aide ?

Jo prend son cartable et quitte la pièce, le regard dans le vide, sous les yeux médusés des élèves, qui ne savent pas comment réagir.

Ils l'observent, par la fenêtre, traverser la cour et gagner le portail sans avoir fait de détour par l'administration, afin de la prévenir.

– Il a pété un plomb ou quoi ?

14 - Un voisin envahissant

Par le plus grand des hasards, le proviseur est devant la fenêtre de son bureau, quand il aperçoit Joseph Conté passer dans la cour. Lui aussi, il ne comprend pas. Il voit le prof franchir le portail et s'éloigner le long du Cours Gambetta.

Jo entend de nouveau son téléphone sonner. Il regarde l'écran, y lit le nom du proviseur. Il ne répond pas. C'est comme si sa mémoire entière était effacée, sauf un étroit canal qui le relie à sa femme défunte et à sa fille.

Il ne croit pas vraiment à la disparition d'Aurélie. Il ne l'acceptera que quand il l'aura vue, allongée, sans vie, à la morgue.

Il se rapproche de son appartement, ses pas s'allongent, son rythme s'accélère. À présent le voilà pressé. Il fonce. Il monte les escaliers en courant, se précipite sur son ordinateur pour trouver un vol pour Strasbourg.

Il y en a un à 13 h 50, direct. Il calcule. Il doit être au plus tard à 12 h 30 à Marignane. C'est possible. Il peut y arriver en ne perdant pas une minute.

Il achète le billet en ligne, l'imprime, appelle un taxi et passe commande pour… il regarde l'heure sur son téléphone… oui, pour tout de suite, en fait. Midi, quoi…

Il précise bien de l'attendre au bout de la rue des Cordeliers, place de l'Hôtel de Ville, pour ne pas risquer d'être bloqué dans la ruelle.

Il vide rapidement toutes les affaires de son cartable, en vrac, sur son canapé.

Sissi intriguée, le suit pas à pas, observe tous ses mouvements et de temps en temps pose une patte sur sa main.

Elle est décontenancée de voir qu'il ne prend pas la peine de la regarder ni de la caresser. En réalité, il ne l'a même pas encore vue. Il est obsédé par un monde intérieur rempli de personnages grimaçants et de bruits stridents. Dans ce monde, il n'a qu'une mission : rejoindre Strasbourg. Il ne sait même plus pourquoi.

Il va fouiller sur une étagère, ouvre une boîte à chaussures et en tire son livret de famille.

Tout en haut de l'armoire de sa chambre, il récupère un sac à dos de randonnée, pas trop gros. Hors de question de laisser un bagage en soute, ça lui ferait perdre du temps à l'arrivée. Il lui faut quelques affaires personnelles, en vrac. Chemises, slips, chaussettes, une brosse à dents et du dentifrice. Il vérifie qu'il a bien, dans son portefeuille, sa carte de crédit et des espèces. Il se dit qu'il fera peut-être froid à Strasbourg. Il coince alors son imperméable doublé de polaire dans les sangles extérieures de son sac. Au hasard, il y roule une écharpe en boule.

Il n'a plus d'idée, espère avoir pensé à tout, fonce vers la porte d'entrée, se retourne pour jeter un coup d'œil circulaire, en se demandant s'il n'a rien oublié.

C'est seulement maintenant qu'il la remarque.

Sissi.

Elle est debout au milieu du couloir, à quelques mètres de lui. Elle le regarde avec une confiance absolue.

Mon Dieu, ma Sissi. Mais qu'est-ce que je vais faire de toi ?

S'il s'était agi d'une autre chatte, plus téméraire, habituée aux voyages, il l'aurait mise dans un sac prévu à cet effet et l'aurait emmenée avec lui. Mais ce n'est pas le cas. Sissi ne supporte même pas une demi-heure dans la voiture lorsqu'il faut aller chez le vétérinaire. Elle miaule de façon déchirante, elle se vide de partout, elle halète. On a l'impression qu'elle va mourir dans la minute. Non. Il ne peut pas la prendre.

De toute façon, il ne sait pas ce qui l'attend là-bas. Où va-t-il dormir ? Que va-t-il faire exactement ? Il ne peut pas se balader partout avec un chat ! Il pose son sac à dos et son cartable par terre et reste quelques secondes désemparé devant l'énormité de son problème.

La voisine !

Il n'a pas d'autre solution.

Il fouille dans les placards de la cuisine, étale sur la table boîtes de pâtée diverses, sachet géant de croquettes, sac de litière bio. Il ne sait pas combien de temps il sera absent. Sissi suit ses gestes, avec inquiétude.

Il la prend dans les bras. Elle se laisse faire, commence à ronronner. Tout en essayant de la rassurer et en la serrant fort contre lui, Jo met le sac sur son dos, saisit le cartable, ferme son appartement à clé et se retourne vers l'autre porte du palier.

Il respire un grand coup, prend son courage à deux mains et appuie sur la sonnette sous laquelle sont inscrits les mots : GLADYS BERNARD.

Quand Gladys entend le carillon, elle bougonne :

– Ki sa ki lanfè anko ? [Quoi encore ?]

Elle attend une livraison alors elle ouvre sans se méfier. *Tiens, le fameux Joseph Conté ! Il commencerait pas à devenir un peu envahissant, celui-ci ?*

Mais elle avise immédiatement son expression altérée. Ses yeux perdus. Il essaie de lui expliquer, il s'empêtre dans les mots.

– Je dois y aller. Une urgence. Ma fille. Je sais pas quoi faire de Sissi. L'avion va partir. Strasbourg… Je ne sais pas à qui demander. Je n'ai pas le temps… Le taxi est là…

Oh non, qu'est-ce qu'il lui prend ? se dit Gladys. *Il ne va pas pleurer quand même ?*

Et en effet, les yeux de Jo sont soudain noyés tandis qu'il enfouit son nez sous le menton de Sissi. Gladys ne peut s'empêcher de sentir son cœur se serrer. Il a l'air si démuni devant elle, à sa merci. Sa voix se fait encore plus rauque. Elle provoque des frissons étranges chez Gladys. Ses yeux la regardent avec une intensité incroyable, comme si sa vie entière ne dépendait plus que d'elle. Elle n'a pas l'habitude des hommes qui n'affichent pas un sang-froid d'une virilité inébranlable.

– Au revoir, ma chérie, dit-il à la chatte de sa nouvelle voix cassée. Sois bien sage, hein ? Je reviens le plus vite possible…

Le plus vite possible ? Ça veut dire quoi ? se demande Gladys. *Demain ? Dans trois jours ? Dans un mois ? Mais qu'est-ce que j'ai avec ce type, moi ? Pourquoi il m'émeut comme ça ? Je le connais même pas ! Bon, OK, il a plutôt une belle gueule avec sa barbe mal rasée, ses yeux perdus, son air ironique et désabusé de celui qui revient de tout. C'est qu'on en ferait bien son quatre heures ! Encore un qui doit tomber toutes les femmes ! Pourquoi je pense à ça, moi ? Ça va pas la tête ? Quand même ! C'est mon voisin, merde. On ne mélange pas le cul avec le voisinage. C'est comme le boulot. Après, faut tenir sur la durée et ça peut vite devenir un enfer.*

Gladys entend ces petites voix dans sa tête remplir le désarroi qu'elle ressent. Elle est pétrifiée par la gêne qu'elle éprouve devant le bouleversement de son voisin. Elle ne sait comment se comporter avec les hommes qui laissent transparaître leurs émotions. Dans son monde à elle, ils se doivent de ne jamais rien montrer de leurs sentiments. Du coup, elle accepte toutes ses demandes, juste pour se débarrasser de son malaise.

Il pousse un soupir de soulagement. Il lui fourre Sissi dans les bras, un bout de papier avec son numéro de téléphone et lui glisse ses clés dans la main.

– J'ai tout mis sur la table de la cuisine. La litière est dans la salle de bains.

La litière ? De quoi il parle ? Horrifiée, ne sachant

comment tenir cette boule de poils pleine de microbes, Gladys comprend finalement à quoi elle s'est engagée, en le voyant descendre les escaliers quatre à quatre.

Au premier étage, Kaer essaie d'arrêter le prof :

– Vous n'êtes pas au lycée, monsieur Conté ? Toujours en grève dans votre boulot, hein ? Ça tombe bien, justement, je voulais vous parler de la nouvelle venue. Il va falloir faire une pétition parce qu'elle ne veut pas utiliser nos étiquettes pour…

Mais Jo le bouscule pour passer et ne l'écoute pas. Pire, il ne le salue même pas ! Et puis où est-ce qu'il court comme ça, hein ? Quelle incivilité ! Tout cela est louche. Il l'avait toujours dit, ce prof est un arrogant, en fin de compte !

Sissi se débat dans les bras de Gladys. Elle se demande ce qu'il lui a pris, à son Joseph chéri, de la remettre comme un vulgaire paquet à cette étrangère. Elle ne griffe pas, parce que Sissi est aussi bien élevée que Jo et aussi gentille, d'ailleurs, mais ça ne l'empêche pas d'être mécontente de cette position inconfortable. Gladys ne sait pas comment la porter, elle l'écarte de son corps, lui appuie sur le ventre, lui bloque les pattes et la respiration.

Alerte maximale, pense Gladys. *Je suis censée faire quoi avec cette chose ? Il m'a bien eue, celui-là !* Elle lui réglera son compte à ce sale bougre, quand il reviendra de Strasbourg ! *Tu parles d'un voisin ! Beaux yeux, belle voix, OK ! Et hop je suis tombée dans le panneau !* La voilà mémère à chats sans avoir rien demandé à personne ! *Ki move chans!* [Quelle poisse !]

Bon, il a dit « tout sur la table de la cuisine », donc ça sous-entend qu'elle n'est pas obligée de la prendre chez elle, non ?

Et tandis que Jo court dans la rue des Cordeliers vers la place de l'Hôtel de Ville, Gladys se dépêtre avec les clés qu'elle ne connaît pas pour ouvrir la porte de son voisin. Elle lance dans l'appartement une Sissi excédée, ravie de lui échapper. Puis elle va examiner les denrées sur la table de la cuisine.

Une fois dans le taxi, Jo réalise qu'il a oublié de s'excuser du dérangement auprès de cette Mme Bernard et aussi de correctement la remercier. Finalement, c'est une chance d'avoir une voisine. Et elle n'est pas aussi terrible qu'elle en avait l'air le premier jour. Il ne peut pas l'appeler, il n'a pas son numéro.

Il téléphone au secrétariat du lycée et il pose trois jours de congés maladie. Il ne veut pas encore parler de l'accident.

Il ira voir un médecin pour justifier et expliquera son histoire. Il n'est pas mentalement en état de faire cours.

15 - Bureau de police de la Robertsau

Toujours dans un état d'absence, Joseph Conté embarque à Marignane puis atterrit à Strasbourg peu après quinze heures. Il remarque à peine le chaos régnant dans l'aéroport, jusqu'au moment où, avant de sortir, il est bloqué par un barrage de police qui a entrepris de fouiller et de relever les coordonnées de chaque personne quittant le lieu. *Putain de Covid,* peste-t-il, avant d'assimiler qu'il ne s'agit pas d'un contrôle de température ou autre.

Il entend des mots dont il ne parvient pas à saisir le sens. Il y aurait eu un attentat il y a à peine trente minutes, ici même. Un homme aurait attaqué une famille au couteau et l'identité de chacun doit être vérifiée au cas où il ne s'agirait pas d'un acte commis par un individu isolé. Ils cherchent d'éventuels complices.

Jo piaffe d'impatience, il a rendez-vous avec Aurélie, ne peuvent-ils pas le comprendre ?

Finalement, un taxi le dépose devant le commissariat central, où après avoir encore attendu, il épelle le nom de sa fille, en expliquant ce que l'agent lui a dit au téléphone.

Personne n'a entendu parler de cet accident. Jo sent son cœur s'arrêter de battre, il se met en apnée. Bêtement, il espère. Si les policiers n'en ont pas entendu parler, peut-être n'a-t-il pas eu lieu. Tout ceci est un mauvais tour du destin.

Une erreur. C'est lui, il n'aura pas bien compris ce que lui disait l'agent au téléphone ce matin.

Les policiers, autour de lui, sont tous sur les dents à cause de l'attentat. Des journalistes filment tout et n'importe quoi, suivent des binômes qui entrent et sortent, posent des questions à tout le monde.

L'un d'eux l'interpelle :

– Monsieur, vous avez assisté à l'attentat ?

Jo hoche négativement la tête, agacé.

– Vous arrivez de l'aéroport ?

Jo le bouscule et hausse le ton en parlant à la policière de l'accueil.

– Excusez-moi, le reste du monde s'arrête de tourner ?

Immédiatement, deux policiers en civil l'entraînent dans un bureau à part et, après un long moment de vérifications diverses, ils le font attendre seul dans la pièce. Une femme en uniforme, épaisse, entre deux âges, les cheveux gras tirés en queue de cheval, harnachée de toutes sortes d'instruments à la ceinture, finit par s'installer en face de lui.

– Reprenons depuis le début. Qui vous a appelé ?

Il donne un nom, en précisant qu'il a déjà transmis cette info à l'accueil.

– Oui, mais l'accueil… murmure-t-elle sans finir sa phrase.

Elle ressort et revient peu après, un dossier dans la main.

– C'est bon, on a retrouvé, dit-elle, soulagée.

C'est bon ? Elle parle de quoi ?

– Vous avez retrouvé ma fille ?

Elle le regarde, un peu hébétée, gênée. Elle réalise soudain qu'elle a en face d'elle un homme dont la fille est morte.

– On a retrouvé l'accident, marmonne-t-elle.

Elle lui tend un papier où elle a noté une adresse.

– Vous devez aller à la Robertsau. Au bureau de police. Tout a été transféré chez eux. Ils en sauront plus.

Joseph Conté quitte le bureau, pressé.

– Merci, pardon, excusez-moi.

Il saute dans un autre taxi.

À la Robertsau, c'est plus calme. Une femme, de nouveau. Elle le prend à part. Cette fois elle est jeune et pimpante, un peu boulotte, on devine par moment des fossettes creusées dans ses joues car son masque glisse vers le bas. Même sans voir son sourire, ses yeux pétillent d'appétit de vie. Sa chevelure bouclée, abondante, qu'elle essaie en vain de contenir en chignon, lui chatouille les yeux quand elle se penche en avant. C'est elle qui a été appelée, ce matin, sur les lieux car sa voiture de patrouille était dans le coin. Elle a vu la Fiat, elle a ramassé les affaires personnelles qui traînaient sur les sièges ensanglantés et un peu par terre aussi. Il y a de la compassion dans sa voix, même si pour elle c'est une affaire déjà classée.

Elle le conduit vers un grand placard et en sort un carton après lui avoir fait signer quelque chose.

– Il y a eu un procès-verbal de l'accident, avec le chauffeur du camion comme témoin ainsi qu'un conducteur qui s'est fait connaître en s'arrêtant au péage suivant. Il avait tout vu. Le rapport a été transmis au procureur et à l'assurance. Vous pouvez écrire au procureur si vous désirez connaître les éléments. C'est lui qui décidera s'il y a des suites à donner à l'affaire.

– Je ne comprends pas… Des suites ?

– Oui, si vous voulez porter plainte ! Mais entre nous, j'ai participé à l'enquête, le conducteur de la voiture était le seul responsable.

Elle farfouille et lui tend deux téléphones.

– Leurs codes de sécurité ont été remplacés par des 0. Ça sera plus simple pour vous. Nous avons vérifié s'ils ont été utilisés quelques secondes avant l'accident, mais ce n'est pas le cas.

Il crispe ses paupières. Il ne veut pas savoir comment ils s'y sont pris.

Il regarde à l'intérieur du carton, aperçoit un trousseau de clés. *Sûrement celui de l'appartement,* se dit-il.

Les petits biens essentiels d'Aurélie s'étalent avec impudeur. Tout ce qu'on prend quand on part le matin. Ce qu'on a peur d'oublier. Est-ce que j'ai pensé à ma carte d'identité, ma carte bleue ? Mes clés ? Mes lunettes de vue ? Mes cartes de transport ? De cantine ? Mes Kleenex ? Mes bonbons au miel ? Mon masque ? De l'aspirine ? Le livre que je lis en ce moment ? Mon téléphone ? Des chewing-gums ?

– Vous ne gardez pas ces objets sous scellés ?

Elle l'air étonné.

– Ce n'est pas une enquête pénale. Juste un accident banal.

Ces derniers mots résonnent dans la tête de Jo tandis qu'il suit partout la jeune femme et qu'il accomplit ce qu'on attend de lui, comme un automate. En réalité, il a fermé intérieurement ses yeux, ses oreilles et son cœur. Hors de question d'intégrer les images provoquées par les paroles de la jeune flic.

– Mais… Il n'y a pas d'enquête plus poussée ?

La jeune femme le regarde, avec cette fois une légère impatience. C'est toujours déroutant pour elle de voir à quel point les civils ignorent tout des procédures. Elle répète lentement ce qu'elle pense avoir déjà expliqué :

– Non. Un procès-verbal a été établi, ce matin, sur les lieux de l'accident. Le camion qui a provoqué les tonneaux n'était pas fautif. Nous avons le témoignage du chauffeur, mais les traces de pneus sont parlantes. Il n'a jamais quitté sa voie. Par ailleurs, l'homme était *clean*. C'est comme si la voiture s'était jetée sur lui pour intégrer la voie de droite de l'autoroute. Comme si elle n'avait pas vu le camion arriver. Un moment d'inattention peut-être ? Ou la pluie ? Les victimes étant les seules responsables, il n'y aura certainement pas de plainte du procureur puisqu'il n'y aura pas de demande d'indemnisation. Tout est bouclé.

– Faut-il que je porte plainte contre le… camion ?

Jo n'a plus qu'un filet de voix. Il ne sait pas pourquoi il parle si doucement. Une partie de lui pense peut-être que s'il élève la voix, tout sera vraiment irrémédiable ?

– Vous pouvez toujours, si vous tenez à une enquête plus approfondie. Mais à la lecture du PV, le procureur peut très bien estimer qu'il n'y a pas matière à enquête.

– Quelqu'un a-t-il prévenu les parents d'Arjun ? demande-t-il toujours de sa nouvelle voix éteinte.

Elle est vive, elle comprend tout de suite de qui il parle.

– Ils vivaient ensemble ? interroge-t-elle.

– Oui, c'est son… C'était…

– Nous avons essayé sans succès. Je vous passe le relais. Vous trouverez au consulat les détails des formalités à suivre pour rapatrier le corps, si besoin est. Tous les numéros sont dans… le… carton…

– Mais…

Elle n'écoute plus, elle montre des signes d'agacement, c'est qu'elle a des tas de choses à faire.

– Il y a encore une formalité, si vous voulez bien me suivre ?

Elle le guide sans plus d'explication jusqu'à sa voiture de fonction.

Jo n'ose pas lui en demander plus. Il s'assoit à ses côtés après avoir déposé son sac à dos et son cartable sur le siège arrière. Mais il garde précieusement sur ses genoux le carton, n'osant pas l'ouvrir devant elle, de peur de s'effondrer. En passant non loin d'immenses bâtiments modernes, elle lui dit :

– À votre droite, le Parlement européen.

C'est une promenade touristique ? se demande Jo, avant

de réaliser qu'Aurélie se rendait là justement, tous les matins. Il a un hoquet qu'il ravale.

La policière entreprend alors de lui raconter, par le menu, ce qu'il s'est passé ce matin tôt, à l'heure où les gens vont au travail. La bretelle. L'insertion dans le flot du trafic autoroutier. Le choc. Les tonneaux de la Fiat.

– Je vous ai indiqué sur le document les lieux de l'accident, si vous voulez aller voir. C'est à la bretelle sur l'A35, en venant de Souffelweyersheim, par la D37. Juste à côté de la coopérative laitière. C'est à dix minutes de l'adresse de votre fille. Ah oui ! Vous devez aussi aller dire à la fourrière ce que vous voulez faire de l'épave.

C'est à la morgue de l'Hôpital Civil de Strasbourg qu'elle l'emmène. Tout y est ultra moderne. Elle l'accompagne encore. Un homme en blouse blanche ouvre deux tiroirs après avoir vérifié dans un registre. Joseph Conté a soudain un malaise. Il a honte, devant ces inconnus, il aimerait être seul, mais ils refusent de le laisser.

La policière, aussi gênée que lui, le soutient par le coude.

Les yeux de Jo passent, incrédules, sur le visage blanc de cire d'Aurélie. Aucune trace de sang. Rien. Ils ont dû tout laver. Si ce n'était cette pâleur, il pourrait imaginer qu'elle dort. Il regarde ensuite, avec curiosité son presque-gendre, Arjun. Ainsi c'est lui, l'inconnu qui partageait la vie et le quotidien d'Aurélie. Voilà comment il aura fait sa connaissance. C'est lui, le père de Rohan.

Jo sursaute. Rohan ! Il l'avait complètement oublié. Il est sur le point de demander à la policière s'ils sont allés chercher Rohan à la crèche, mais il se ravise brusquement en faisant une grimace. Heureusement, elle met sa confusion sur le compte du choc. Leur enquête ne leur a pas fait encore découvrir qu'il y a un enfant dans le tableau. *S'ils s'en rendent compte, ils vont peut-être m'empêcher de le voir ? Je dois d'abord le récupérer à la crèche.* Il se souvient qu'il est sur les listes des personnes responsables à la crèche. La couleur revient sur ses joues, il regarde l'heure, soudain pressé :

– Je dois y aller, dit-il fermement.

Il décide de ne pas leur parler de son petit-fils. Ça ne les regarde pas. Mais il est bientôt déjà seize heures trente. La crèche va sûrement fermer bientôt. Il est urgent pour lui maintenant de rentrer à l'appartement d'Aurélie et de retrouver Rohan, à qui il n'a pourtant pas pensé jusqu'à présent.

Si la policière est surprise de ce revirement, elle n'en laisse rien paraître. Peut-être est-elle simplement soulagée de se débarrasser de lui ?

Encore des signatures.

– Voulez-vous que je vous raccompagne ?

Jo acquiesce en s'excusant. Ça ira plus vite qu'un taxi qu'il faudrait encore attendre. Il donne à la jeune femme l'adresse d'Aurélie. Il la connaît par cœur. N'a-t-il pas encore il y a seulement deux jours, deux siècles, écrit en lettres capitales cette adresse sur un paquet cadeau ?

Il la remercie brièvement quand elle le dépose devant le groupe d'immeubles modernes situé au 4 rue de l'Europe, dans le bourg au nom imprononçable pour lui de Souffelweyersheim.

Voûté, serrant le carton sur lequel il a posé son cartable, pliant sous le poids de son sac à dos, Joseph Conté s'approche de l'entrée du premier bloc tandis que la voiture de la policière s'éloigne.

Il doit prendre les clés de l'appartement dans le carton. Il le pose à terre, devant lui. Il hésite. Il doit le faire. Il doit ouvrir le carton et fouiller. Mais il ne peut pas.

Il est envahi par une sensation non de « déjà-vu », mais de « déjà-vécu ». Un cauchemar se répétant sans fin. Pourquoi ? Pourquoi Catherine, pourquoi Aurélie ? Et pourquoi pas lui ?

Le destin est-il à ce point aveugle pour n'avoir pas décelé le vide que leur absence créerait dans l'univers ? Alors que lui…

16 - Rohan

Dans l'appartement d'Aurélie, il n'a pas le temps d'hésiter. Il cherche fébrilement l'adresse de la crèche.

Dans la cuisine, sur le plan de travail d'un buffet, il y a une pile de papiers administratifs. Électricité à payer, etc. Il trouve la facture d'une crèche. Les Lutins de Souffel, 4b rue de l'Europe. Elle est ici même, dans le groupe d'immeubles ! Au 4 rue de l'Europe ! Ça ne l'étonne pas d'Aurélie. Il est sûr qu'elle a choisi cet appartement parce qu'il y avait une crèche au même endroit. Il s'étonne de son nom : pourquoi « le Souffle », et puis il comprend. Pas « souffle », Souffel ! C'est le début du nom de la petite ville. Souffelweyersheim.

En descendant l'escalier, il se pose des questions affolées. Il se doute que la crèche n'a pas le droit de lui confier l'enfant tant que la police n'a pas fait son boulot. Il n'a pas contacté les services sociaux. Devrait-il le faire ? Mais après tout, de quel droit des inconnus décideraient-ils de l'avenir de Rohan ? Il est le grand-père, sa seule famille en France. Il va le prendre avec lui et que personne, surtout, n'y trouve à redire, car alors le gentil, le doux Joseph, pourrait exploser. Il s'est brusquement branché en mode animal. Il réagit à l'instinct. Il doit garder Rohan avec lui. C'est impératif. Et pour y arriver il va ruser.

Il ne réfléchit plus, enclenche le pilote automatique, agit

dans un état second.

Quand il arrive devant l'accueil de la crèche, il constate que la fermeture est à dix-huit heures. Ouf ! Sauvé, c'est dans quinze minutes.

Dans la première pièce, il y a peu d'enfants. Ils sont déjà presque tous partis. Quelques bébés jouent par terre, sur un épais tapis de sport rouge, en caoutchouc. Jo essaie de deviner lequel est Rohan. Il cherche un signe de reconnaissance. L'un des bébés le regarde fixement, le cœur de Jo bat plus fort.

Une personne s'approche de lui. Il demande la directrice, mais on lui répond qu'elle s'est absentée. La jeune fille l'interroge : qui vient-il chercher ? Il lui donne le nom, mais elle semble un peu perdue. Une autre dame les rejoint finalement.

– Vous venez chercher Rohan ? Mme Conté n'est pas là ?

– Non, je suis son père. Le grand-père de Rohan.

Son cœur bat trop fort, il a peur que les deux femmes ne l'entendent. Il a l'impression d'être un grand criminel. Ce qu'il fait est certainement interdit par la loi, mais il est sûr de lui. Pour une fois, il ne craint pas de braver les foudres de l'appareil législatif. Il sait que Rohan ne sera nulle part ailleurs mieux qu'avec lui. Lui seul peut à présent le protéger.

La dame l'observe d'un regard plein d'acuité, puis consulte son ordinateur. Elle trouve son nom dans la fameuse liste et s'éloigne en disant à la jeune fille.

– Il faut toujours vérifier, Laure. Et photocopie la carte d'identité.

– Excusez-moi, je suis stagiaire, lui dit la jeune fille en prenant sa carte.

Quand elle la lui rend, elle lui fait un geste :

– Venez avec moi.

Ils traversent la première pièce.

– Ici, nous sommes chez les tous petits. Les Elfes. Je vous emmène chez les Farfadets.

Il comprend que ces Elfes étaient trop bébés pour que l'un d'eux soit le sien. Chez les Farfadets, univers ensoleillé par des murs peints en jaune d'or, deux garçons, assis à une petite table, s'acharnent sur des puzzles, tandis qu'une petite fille conduit un camion à pédales en plastique bleu. Rohan est donc forcément l'un des deux.

Sans surprise, Laure se dirige vers le plus brun. De grands yeux en amande, une tête à la Mowgli. C'est lui.

Le cœur de Jo fond instantanément. Sa vie bascule.

À partir de cette seconde, il n'a qu'une seule mission au monde : rendre Rohan heureux. Combler ce vide installé en lui à jamais.

– Rohan ? prononce doucement la jeune fille.

L'enfant lève les yeux, attentif.

– Viens vite, ton papi est là !

Elle ignore que l'enfant ne le connaît pas.

– Bonjour Rohan, dit Jo. Je suis ton grand-père.

Le garçon ne répond rien, il attend.

– Tu viens ?

Rohan se dirige, sérieux, vers les patères à hauteur de

genoux. Il saisit un sac à dos à l'effigie de Tigrou et un petit blouson à capuche bleu turquoise et marche vers la sortie. Il n'a toujours pas dit un mot.

– Je le note pour demain ? demande Laure.

– Non, répond Jo un peu trop rapidement. Euh, je ne sais pas encore.

La jeune fille lui donne un gros sac contenant des affaires utiles pour la journée, des couches et habits de rechange, des boîtes à goûter, des Kleenex…

– Il faut le réapprovisionner, si Rohan revient.

Elle lui tend un morceau de tissu plutôt sale, d'une couleur vaguement caramel, qui ressemble à une peluche à l'effigie de Snoopy.

– N'oubliez pas son doudou, rit-elle.

Jo fourre le bout de tissu sale dans sa poche.

Dans la rue, Rohan court vers l'entrée de l'immeuble d'habitation. Il attend sagement l'adulte inconnu qu'on lui a présenté comme son grand-père. Jo ouvre avec les clés.

Il prend le courrier dans la boîte et découvre un colis à aller chercher. Le facteur est passé dans la journée, le colis sera à retirer dès demain. Jo imagine le cadeau de Rohan qu'il a lui-même posté l'autre jour et que sa fille n'a jamais reçu.

Dans l'ascenseur, l'enfant demande :

– Elle est où, maman ?

– Elle n'est pas là, répond Jo, sans avoir le courage d'en dire plus.

– Et papa ?
– Non plus.
Devant son silence, il rajoute :
– Il n'y a que moi.
– G'and-père ?
– Oui.

Une fois chez sa fille il fait le tour de l'appartement, pensif, tandis que Rohan s'est précipité tout seul sur la télécommande de la télé. Un programme bruyant de dessins animés.

Joseph Conté passe en revue les photos sur les meubles. Les trois dernières années de la vie de sa fille. On y voit un bébé grandir, entre deux parents amoureux. L'une d'elles attire son attention. Un petit chien, ressemblant à Snoopy, court en premier plan vers le photographe. Derrière lui, les parents Aurélie et Arjun tiennent chacun Rohan par une main et avancent en le faisant sauter bien haut.

L'image du bonheur.

Tiens, ils avaient un chien ?

Au mur, dans l'entrée, Aurélie à six ans, au milieu de ses parents, Jo et Catherine, au bord de la mer. Elle lèche une glace en cornet avec gourmandise. Juste en dessous, un jeune homme aux yeux de velours, Arjun, brandit un diplôme, entouré d'une femme en sari et d'un homme en costume occidental. M. et Mme Shankar, les beaux-parents d'Aurélie.

Il les contemple longuement et perçoit leur amour. Il doit

les appeler, à Chennai, la ville qu'on appelait autrefois Madras. Absolument.

Nerveux, il cherche dans le mobile d'Arjun et trouve, au milieu de noms français écrits en alphabet occidental, de nombreux autres arborant des signes qui sont certainement de l'écriture indienne. Impossible de reconnaître les mots papa ou maman.

Mais heureusement, dans la liste des contacts, il y a des photos. Il ne met pas longtemps à trouver celle de la femme qui est sur le cadre de l'entrée.

Il ignore quel est le décalage horaire, il est impatient d'en terminer.

Sur fond de musique de dessins animés japonais, il perçoit la sonnerie lointaine dont il imagine qu'elle retentit dans un appartement madrasien.

17 - Mireille l'Abeille

La sonnerie résonne dans le vide, à des milliers de kilomètres de Strasbourg, pendant qu'il essaie de se souvenir du peu de ce qu'il a glané sur Internet à propos d'Arjun.

Personne ne répond et il finit par raccrocher. Il rappellera plus tard et cette fois il vérifiera le décalage horaire.

Il se sent intimidé par la présence de Rohan dans le salon et ne sait comment rompre la glace. Il se force à s'asseoir à ses côtés devant la télé. Rohan le regarde un instant, puis replonge dans les aventures de petits bonshommes rouges et bleus.

Il voudrait le prendre dans les bras, le caresser, l'embrasser, mais il n'ose pas. Soudain, Rohan devient tout rouge, son visage se crispe et il regarde son grand-père d'un air concentré et malheureux.

– Caca, dit-il.

Affolé, Jo se lève et parcourt la pièce à la recherche du pot. Des images lui reviennent. Aurélie assise sur un pot rose pastel dans un coin de leur salon, au milieu d'une multitude d'albums colorés et de peluches, riant aux éclats en lisant le livre de *Mireille l'Abeille*. Il se souvient de ce livre qu'elle préférait entre tous. Seul lui, son père, avait le droit de lui en faire la lecture. En accentuant les mêmes passages, en grimaçant aux mêmes endroits, qu'elle connaissait par cœur.

Jamais elle ne s'en lassait et pourtant il lui avait bien lu des milliers de fois !

Il retient un sanglot.

Rohan se lève, courroucé et se précipite vers la salle de bains. Jo le suit et découvre l'installation sur la cuvette. Une petite échelle pour permettre à Rohan de grimper et de s'asseoir comme un grand sur une sorte de réducteur de toilettes. Rohan lui tend la main pour se faire aider. Et le bébé s'installe consciencieusement, après avoir mis son pouce dans la bouche.

Jo assiste, soulagé, à la décongestion de son visage.

– Faim ! clame Rohan en se précipitant fesses à l'air dans la cuisine.

Au moins, il sait demander les deux choses les plus importantes, se dit Jo.

Il fouille dans les placards, trouve des coquillettes, met de l'eau à bouillir. Dans le frigo, du jambon cuit, du beurre. *Ça ira pour nous deux,* se dit-il en mettant la table dans la cuisine où le siège pour bébé prend toute la place.

Rohan a l'air satisfait de la tournure que prennent les événements, mais il déambule à présent dans l'appartement.

Il ouvre la porte de la chambre des parents, de la sienne. Il regarde derrière le canapé, sous le lit, dans les placards, derrière les portes ouvertes, derrière les rideaux fermés.

Jo le suit partout avant de retourner dans la cuisine mettre les pâtes dans l'eau. Il se doute de ce que Rohan cherche et il en a le cœur brisé. Lui aussi, il aurait envie de découvrir leur présence… Qui dit que les miracles n'existent pas ?

Et puis que fait-il ici, lui, justement, comme un intrus dans l'appartement d'Aurélie et d'Arjun ? Il ne se sent pas à sa place.

Il est soudain éreinté. Il sait qu'il devrait parler à Rohan, lui expliquer, lui dire quelque chose, n'importe quoi pour qu'il arrête de chercher, mais il n'en pas la force. Il verse les pâtes dans les assiettes. Il a oublié de mettre du sel. Il compense avec de la sauce de soja qu'il trouve dans un placard, sans savoir si c'est approprié pour un enfant de deux ans.

Rohan a fini son tour d'horizon et il s'est posté debout à ses côtés. Il l'observe.

– Tu veux t'asseoir ?

– Pouf ? lui répond Rohan sur un ton interrogateur.

Vraiment ? Pouf ? C'est comme ça qu'il dit assis ?

Jo le prend dans les bras et le pose dans sa chaise haute. Il y a une ceinture de sécurité, mais quand il veut la lui fixer, l'enfant se met à protester. Le grand-père renonce. Il ignore s'il doit lui donner à manger ou si Rohan mange tout seul. Apparemment, il se débrouille pas mal. Il enfourne de grosses cuillerées en en mettant la moitié par terre. *Le bavoir,* se dit Jo. Il l'a oublié, bien sûr. *C'est rien, tous ces gestes finiront par me revenir. Ce n'est pas le plus grave*, se rassure-t-il.

Il se demande s'il doit lui donner un dessert.

Rohan n'a pas fini tout son plat. De toute façon, la plus grande partie est à côté, sur la table, par terre. Ne va-t-il pas avoir faim au milieu de la nuit ? Soudain, l'enfant se met à pleurer. Jo s'affole. Tout y passe. Il lui propose à boire, un biscuit, un jouet. Mais rien n'arrête les pleurs de Rohan.

Que peut-il faire, lui-même a le cœur si gros, il le comprend. Il lui parle, il chante, il le promène en le berçant.

Rohan s'endort soudain sur son épaule. Il est si pesant, tout à coup. Ce poids est bon pour Joseph. Cette présence si lourde lui permet de s'accrocher au réel, l'empêche de penser. Il ne sent que la pression, compacte, massive et cette odeur à la fois fade et acidulée. Ses cheveux un peu transpirants, à cause de la crise de larmes.

Il va dans la chambre de l'enfant et les gestes lui reviennent tout seuls. La table à langer. La couche. Le pyjama-grenouillère. Il le pose délicatement dans son lit à barreaux.

Il sort doucement, cherchant des yeux dans la chambre s'il n'a pas oublié quelque chose d'important. Il voit la veilleuse sur la commode blanche. Il l'allume. Une douce lumière bleue avec des étoiles éclaire tendrement l'espace quand il éteint le plafonnier.

Il remarque alors un panier au sol, non loin du petit lit. Un panier de chien rempli de jouets couineurs dispersés dans un fouillis de douces couvertures. *C'est le panier du chien de la photo ?* se demande-t-il. Mais où est ce chien, à présent ? Devra-t-il rentrer à Aix avec un chien en plus d'un enfant ? *Aurélie ne m'a jamais parlé de ce chien. Mais elle ne m'a parlé de rien de ce qui faisait sa vie à présent...*

En mode automatique, Joseph Conté range la cuisine, prépare pour le lendemain un sac avec l'essentiel pour Rohan. Il s'inspire du sac qu'il a récupéré à la crèche, en le complétant.

Il cherche sur internet les coordonnées d'une agence de pompes funèbres, d'un crématorium, du consulat de l'Inde. Il prend aussi dans les papiers administratifs de sa fille tout ce qui pourra lui servir. Sécurité sociale, banques, assurances et autres documents importants. Il pense qu'il lui faudra résilier le bail et rendre les clés.

Que faire de tous ces meubles, ces vêtements, ces affaires personnelles ? Impossible pour lui de se séparer en quelques heures de tout cela. Impossible aussi de rester trop longtemps ici. Il ignore tout de la vie dans cette ville, il n'y a pas ses repères. Il doit rentrer à Aix, se poser, réfléchir, prendre le temps de trier…

Il ne parvient pas à prendre une décision. Il se laisse jusqu'au lendemain. Il s'assoit dans le canapé moelleux et fouille machinalement sa poche pour en tirer sa pipe, mais il l'a oubliée chez lui. C'est un bout de chiffon abîmé, à l'effigie de Snoopy, qu'il en retire. Le doudou de Rohan !

C'est peut-être ça que l'enfant cherchait tout à l'heure ?

Il l'observe un long moment et se souvient que pour le premier anniversaire de Rohan, il avait justement envoyé une petite peluche molle. Un beagle. Bien sûr, l'objet est méconnaissable, dans cet état, mais cela met un peu de baume à son cœur de savoir qu'Aurélie a ouvert ce cadeau l'an dernier et qu'elle l'a donné à son fils.

Ainsi il était près de lui par peluche interposée. Peut-être, en le lui donnant, a-t-elle dit à son bébé : regarde, c'est ton grand-père qui t'a envoyé ce jouet. Il pense à toi…

Jo revient dans la chambre de l'enfant et il glisse le bout de tissu dans sa petite main. L'enfant, sans se réveiller, le porte machinalement à sa bouche.

Il le regarde un moment, essayant de sonder ses sentiments, ses pensées. Le sommeil du bébé est agité. Jo ressort doucement en laissant la porte ouverte derrière lui.

Épuisé, il s'allonge sur le canapé tout habillé en s'emballant dans un plaid. Il se prépare à passer une nuit blanche. Que va-t-il faire pour Arjun ? Il doit parler à ses parents. Ils voudront certainement rapatrier le corps. Cela va poser des tas de problèmes avec ce Covid.

Il ne se sent pas de taille pour affronter ces tracasseries administratives. Le plus simple serait de le faire incinérer ici et de leur envoyer les cendres. Mais sera-t-il autorisé à prendre cette décision ?

Il voudrait arrêter ses pensées de tourner en boucle. Sans s'y attendre, il est brusquement surpris par un sommeil profond, alors qu'il est à peine vingt et une heures.

18 - Seul dans la nuit

Depuis le creux du talus où il s'est posté, le chien observe les phares avec leurs trouées lumineuses transperçant la nuit, dévoilant le fil de l'autoroute, le pont, quelques débris éparpillés. La pluie s'arrête.

Pouf finit par se rapprocher. Il essaie de réunir les affaires détrempées de ses humains, dispersées çà et là, ces pauvres choses qui ne sont plus que les restes d'une autre vie. Il doit veiller sur elles. Il apporte tout au pied du pont, derrière, côté talus.

Il a bien vu, de loin, que les secours ont vaguement balayé ce qui encombrait la route afin de ne pas gêner le flot du trafic, repoussant tout sur le bas-côté. En vrac, il entasse la couverture du dernier pique-nique, quelques livres spongieux et déchirés, un cabas de supermarché, le gilet d'Aurélie, en délaissant les morceaux de ferrailles cassés, les fragments de la carcasse jonchant le bord de l'autoroute.

Il jappe doucement en farfouillant dans les tristes traces de l'accident.

Les odeurs sont coriaces et multiples. Le sang, bien sûr, métallique, puissant, toujours là malgré la pluie. Mais il y a aussi d'autres senteurs plus subtiles qui se dégagent des objets qu'il récupère. Des odeurs corporelles aimées, des odeurs de peur, des odeurs de mort.

Quand il n'y a plus rien à transporter, il avise un trou pour se mettre à l'abri et passe la nuit sous le passage qui enjambe l'autoroute, serré contre tous les objets brisés.

Il veut rester sur le lieu où il a senti la main d'Aurélie pour la dernière fois.

Si elle vient le chercher, quand elle ira mieux, il faut absolument qu'il soit là. Il faut qu'il l'attende, qu'il la guette. Sinon comment feront-ils pour se revoir ? Elle va sûrement revenir, il suffit de patienter. Elle rangera toutes les affaires et ils rentreront tous ensemble à la maison.

Il craint chaque bruit de ce monde sauvage, qu'il ne connaît pas, car il a toujours vécu dans ces blocs de béton ou de pierres construits par les humains.

Mouillé, tremblant, il sursaute chaque fois qu'une voiture file dans la nuit, bolide sur l'autoroute éclairant sporadiquement l'espace où il se tapit. Autant dire que c'est sans interruption.

À l'aube, il part explorer un peu les environs. Il traverse un espace complanté de quelques arbres dénudés. Il assouvit sa soif dans des flaques, se rapproche de ce qui ressemble à une usine grillagée, espérant y dénicher un peu de nourriture, et se retrouve dans une sorte de parking industriel.

De gros camions-citernes sont garés, tapis dans l'ombre. Ils ressemblent au monstre qui a surgi de nulle part dans un crissement assourdissant pour les renverser.

Pouf n'est pas rassuré et il s'en écarte.

D'énormes réservoirs ronds, rutilants, en inox, lui

renvoient une odeur de lait aigre, lui mettant l'eau à la bouche, mais il n'en voit pas la provenance. De la même façon, les gros conteneurs poubelles qui jouxtent les bâtiments exhalent des odeurs de pourriture alimentaire attirantes, mais il ne sait pas comment soulever les couvercles.

Il a faim et cette sensation réveille en lui le souvenir de ses années de misère, quand il était attaché à un radiateur. Est-ce pour cette raison qu'il n'a pas le réflexe de chasser ? Seulement celui de rester près du grand pied de béton et de ne plus bouger ?

Lentement, le soleil apparaît et réchauffe légèrement sa peau. Il continue à explorer la zone industrielle.

La nature est toujours imbibée, mais son pelage est sec à présent. Il regarde autour de lui, il distingue à peine l'autoroute. Même les chuintements du mouvement incessant des voitures sont éloignés.

Il revient sur ses pas, tant pis s'il n'a rien trouvé à manger. Il doit attendre sa famille.

19 - La Sainte-Victoire[13]

Les pleurs stridents d'un bébé le réveillent en sursaut. Il refuse de toutes ses forces d'ouvrir les yeux. Il ne veut pas affronter le jour. Il a rêvé de ses deux amours, Catherine et Aurélie. Ils étaient tous les trois en haut de la Sainte-Victoire, autour d'un pique-nique. Une nappe à fleurs, des sandwichs au jambon de Parme, des pommes, une bouteille de rosé. Sans échanger un mot, ils riaient bêtement en se regardant avec amour. Le rêve était baigné de soleil, une coccinelle se posait sur la main de Joseph. Ça porte bonheur, disait Aurélie, toute gaie.

Et voilà qu'à présent il fait grand jour. La nuit est finie, le rêve aussi et avec lui le bonheur s'est envolé.

Le monde est inversé. La vie normale se déroule la nuit alors que dans la journée, c'est le cauchemar qui s'installe.

Jo éprouve ce matin une sensation qui ne va pas le quitter avant longtemps. Le réel pour lui est devenu illusoire, effrayant, vidé de ceux qu'il aime. Alors que ses nuits seront un refuge protecteur où il retrouvera les siens.

Mais il doit continuer. Il y a ce bébé. Jo vit dans la peur.

---

[13] La montagne Sainte-Victoire est un massif calcaire à côté d'Aix-en-Provence. Elle est surtout connue grâce aux œuvres du peintre Paul Cézanne dont elle est l'objet récurrent. C'est un élément majeur du paysage aixois.

Sera-t-il à la hauteur de ce que le destin lui demande ? Il en doute. Il n'a plus de forces.

Rohan réclame à grands cris. Quoi exactement ? A-t-il faim ? Soif ? Besoin d'être changé ? Appelle-t-il sa mère ? Que veut-il ?

Jo consulte l'heure. Six heures du matin. Comment ? Il a dormi si longtemps ? La nuit complète, sans bouger de la même position où le sommeil l'a pris !

Il se lève lourdement et entreprend les soins de Rohan, sans grand enthousiasme. Pourtant il est vite accaparé par les exigences du bébé. Et il doit absolument apaiser ses pleurs, ce qui s'avère plus difficile que prévu. Il doit le laver, aussi, hier il l'a couché sans le faire.

Alors qu'il essaie tant bien que mal de le doucher, son téléphone sonne. Son souffle se suspend, son cœur s'emballe. Il ne le sait pas encore, mais dorénavant, chaque fois que son téléphone sonnera, il éprouvera une appréhension sourde, un arrêt dans sa respiration.

Il emballe Rohan dans une immense serviette de bain et il saisit son téléphone sur le canapé. Il ne reconnaît pas le numéro. Qui peut l'appeler à cette heure-ci ?

– C'est moi, Gladys, prononce une voix de femme, rauque, profonde, avec un léger accent des îles.

Il met un moment à comprendre qu'il s'agit de sa voisine, Mme Bernard. Il est un peu déboussolé, comme s'il avait tout oublié de sa vie d'avant.

– Oui ?

– Oui ? Comment oui ? C'est vous qui devriez m'appeler, je vous signale ! Vous ne voulez pas avoir de nouvelles de votre chatte ?

– Oh, bien sûr ! atterrit-il, penaud. Pardon, je ne pensais pas que…

Rohan hurle dans son cou et il le secoue doucement en lui tapotant le dos. Gladys se demande d'où viennent ces cris, mais elle ne se risque pas à poser la moindre question.

– Non, en fait, je voulais juste savoir quand vous avez l'intention de rentrer, que je puisse organiser mon emploi du temps.

Jo ne comprend pas très bien. Ces détails lui échappent.

– Comment ça ? Je ne comprends pas. Votre emploi du temps ?

– Ben oui, enfin ! Vous êtes gentil, mais je ne peux pas rester comme ça tout le temps à m'occuper de cette chatte, voyons.

– Non, mais… Vous savez, c'est un chat, euh… Pas besoin de la sortir. Elle est autonome. Vous n'êtes pas obligée non plus de rester près d'elle tout le temps. Elle a l'habitude.

Ça, c'est faux. Sissi n'a pas vraiment l'habitude d'être seule la nuit.

– Il faut seulement veiller à ce qu'elle ait toujours quelque chose à manger et à boire.

– …

Le silence à l'autre bout du fil est difficile à interpréter. On dirait qu'elle est déçue que Sissi n'ait pas besoin de quelqu'un tout le temps.

– S'il y a quoi que ce soit de grave, vous m'appelez, OK ?

Sous ses dehors de « monsieur, je m'excuse tout le temps », finalement il est plutôt gonflé, se dit Gladys. *Et que la Sissi, elle ne veuille plus rien manger, c'est grave ou c'est pas grave ?*

Depuis hier soir, la chatte a vaguement reniflé son assiette et grignoté du bout des dents trois malheureuses croquettes. Elle aurait voulu lui en parler, mais en percevant la tension palpable dans sa voix, elle préfère ne pas l'inquiéter avec ces détails.

– Oui, d'accord, mais enfin, vous n'avez pas une petite idée ?

Rohan continue à hurler et Jo va devenir fou.

– Une petite idée de quoi ? Je ne comprends pas !

Il serait pas un peu couillon, en plus d'être beau gosse ? Comme dans la chanson de Brel : « beau, beau, beau et con à la fois... »

– De votre date de retour ! Vous êtes où exactement ?

– À Strasbourg.

– Mais vous rentrez quand ?

– Écoutez, je ne sais pas je... Voilà... Merci de vous occuper de Sissi. Je ne sais pas encore quand... C'est un peu compliqué, ici.

Gladys veut bien le croire, il a l'air dépassé par un événement dont il ne veut pas parler. Mais elle finira bien par le savoir. Après tout, c'est un peu son métier, non ?

– Je dois vous laisser, on m'appelle, ment Joseph Conté sans oser lui raccrocher au nez.

Gladys coupe la conversation d'elle-même. De toute façon, elle a compris qu'elle n'obtiendrait rien de lui maintenant. Pas tant que ce bébé hurlera.

Elle se promène tranquillement dans l'appartement de son voisin, examinant les bibelots. Sur le canapé, on dirait qu'il a versé le contenu d'un sac. En vrac, une trousse, des kleenex, deux clés USB, une plaquette de chocolat noir entamé, les restes d'un sandwich dans un sachet froissé, un cahier, un agenda et deux porte-vues.

Elle pousse les objets pour s'assoir et observer la pièce.

Ce qui la frappe, c'est la quantité de livres. *Mais il fout quoi avec tous ces romans ?* Gladys ne supporte que les biographies ou les livres de stratégies militaires. Elle remarque plusieurs collections complètes de la saga des *Rougon-Macquart* de Zola. Une très ancienne, en cuir avec des sortes de nerfs en relief sur le dos. À vue de nez, il y en a plus d'une vingtaine d'exemplaires, dans ce style. Elle en saisit un au hasard. Elle peut lire sur la dernière page : 1868, Édition originale, Demi-maroquin Bernasconi. Hum. C'est du chinois pour elle. Juste à côté, les mêmes *Rougon-Macquart* dans la Pléiade. Et quelques livres de poche encore, éparpillés autour. C'est un obsédé de Zola ? Elle se souvient vaguement de quelques cours, au collège, sur cet écrivain. Ça ne lui a pas laissé un souvenir impérissable.

Elle s'attarde devant les photos dans les cadres. Des

photos de famille. Une compagne, une enfant qu'on voit grandir. Où sont donc passées les deux femmes de ces images ? C'est un homme seul qui vit ici. Veuf ? Divorcé ? Sur sa boîte aux lettres, il n'y a que son nom. Finalement, si on en croit les photos, il n'a pas l'air d'être un homme à femmes, mais plutôt celui d'une seule femme. *Elle est passée où, alors, celle-là, hein ?*

Sissi la suit, pas-à-pas, indignée de tant de sans-gêne.

La veille, quand Gladys s'est assise dehors pour son whisky et sa cigarette, après avoir donc refusé de manger, le félin s'est installé dans la balancelle sur « leur » terrasse et elle n'a pas quitté Gladys des yeux. Son expression était revêche. Quand Gladys se place devant l'ordinateur de Jo, la chatte grimpe et se campe devant l'écran pour l'empêcher d'utiliser le clavier.

– Pousse-toi, lui dit Gladys. Je dois comprendre ce qu'il est allé faire à Strasbourg !

Sissi proteste par un miaulement sonore et s'assoit à côté de la machine en lui tournant ostensiblement le dos.

Il ne faut pas longtemps à Gladys pour craquer le code simpliste de son voisin et découvrir ses dernières navigations. Vol Marignane-Strasbourg, commissariat central de Strasbourg.

Pendant qu'elle farfouille à la recherche du drame qui a propulsé vers le Grand Est, en quelques minutes, un homme routinier dans les bras d'un bébé hurleur, Joseph Conté a fini de préparer Rohan.

Il appelle son proviseur pour le prévenir de la situation. Il préférerait ne rien expliquer, il redoute le changement de ton dans la voix de ses interlocuteurs dès qu'ils savent. Il refuse leur pitié. Mais il est bien obligé de donner la vraie raison de son absence. Il pose des congés dits de décès d'un proche. Il n'a pas droit à plus de cinq jours, mais justement, c'est bientôt les vacances de la Toussaint, ce qui va lui permettre de s'organiser.

Cette conversation le ramène brutalement dans le réel. Il regrette de ne pas avoir prévenu la crèche de la situation. Il lui paraît impossible qu'on sépare un enfant de son grand-père, sans raison. Il se dit qu'il doit prendre le risque de la loi pour être plus tranquille. Il doit appeler le service de l'aide à l'enfance et expliquer ce qu'il lui arrive.

Son intuition a été la bonne. Dès qu'il donne son nom, on lui passe un médiateur familial, déjà au courant de sa situation. Un appel de la police vient de l'en informer et un avis de recherche était sur le point d'être lancé. L'homme, au téléphone, est sec. Il demande à voir l'enfant, immédiatement, à l'appartement.

Pris par l'urgence et encore abasourdi, Jo range rapidement le salon, habille proprement Rohan, puis s'installe pour les attendre. Il doit garder son sang-froid. Il sait qu'il joue son va-tout. Et s'ils lui prenaient Rohan ? Les deux hommes qui se présentent, un médiateur et un psychologue, sont méfiants et même légèrement agressifs.

– Mais qu'est-ce qui vous a pris de soustraire aux autorités l'existence de cet enfant ? Et vous êtes allé le chercher à la crèche, en plus ? Mais vous imaginez la situation dans laquelle vous avez mis la directrice ?

– Elle n'a rien à voir avec ça, elle n'était pas là hier !

Ils haussent les sourcils.

– Vraiment ? C'est tout ce que vous avez à dire ? Vous savez bien qu'elle est tout de même responsable, enfin ! Et la police est furieuse aussi.

– Attendez. Laissez-moi vous expliquer.

La voix de Jo est ferme. Il essaie de maîtriser le tremblement qu'il sent pointer. Il doit leur paraître fiable, sûr de lui et il est bien déterminé à tout mettre en jeu pour Rohan. Au bout que quelques minutes, le charme et le calme de Jo opèrent. Il faut dire qu'il a l'habitude de travailler bénévolement dans des structures d'aides sociales et il maîtrise leurs codes. La tendance s'inverse. Son allure de prof raisonnable, son ton serein, rempli de déférence envers l'autorité, les rassure.

Jo leur explique son désarroi la veille, son choc et son deuil. Il sait trouver les mots pour plaider la cause de Rohan. Après tout, ces gens sont là pour veiller au bien-être des enfants.

– Vous ne couperez pas à une évaluation avec enquête, puis passage devant le juge dans quinze jours ou un mois tout au plus, vu l'urgence du cas. C'est lui qui décidera du placement de l'enfant.

– Et dans l'intervalle ?

– Eh bien…

Ils hésitent.

– Vous allez me le prendre et le mettre dans un centre pendant un mois ? Alors que je peux m'occuper de lui ? Et que nous sommes déjà ensemble ?

– C'est vrai que… parfois… l'enfant peut être confié à un membre de la famille en attendant le jugement.

Jo leur prend la main chaleureusement.

– Merci. Merci beaucoup…

Ils ont la vague impression que c'est allé un peu vite.

– Nous allons faire notre rapport. Nous en discutons en réunion tout à l'heure et nous vous en informons tout de suite après.

Devant lui, ils appellent le lycée, Jo se félicite d'avoir prévenu Vial. Ils discutent avec le proviseur qui confirme tout ce qu'il vient de leur dire.

Le fait qu'Aurélie avait cité son père dans la liste des personnes responsables de l'enfant n'est pas étranger non plus à leur opinion favorable à son égard.

Quand ils repartent, Joseph Conté pense avoir gagné la garde officielle de Rohan, au moins jusqu'à la date du jugement officiel.

Avant d'affronter tout ce qui l'attend, il fait un détour par la crèche. Cette fois, la directrice est présente et elle connaît la situation. Elle est même remontée contre lui. Elle a eu peur, ce matin, quand la police lui a demandé pourquoi elle ne les avait pas contactés, la veille, en ne voyant pas les parents de Rohan venir récupérer leur fils. Peur pour l'enfant, même si le règlement a été respecté. Après tout, elle ne connaît pas le grand-père. Sans compter que la nouvelle du décès des parents l'a émue.

Elle le reçoit avec des yeux un peu affolés, au-dessus de son masque de couleur vive. Malgré les gestes barrières, elle lui tend la main, et, tout en parlant, lui présente le gel pour qu'il se désinfecte. Elle s'en badigeonne également. Elle hésite, peu habituée à ce genre de situation et ne sait comment réagir devant lui. Jo décide de prendre les devants, tandis que Rohan fonce vers l'espace des Farfadets, pour retrouver ses amis.

– Je suis Joseph Conté, le papa d'Aurélie. Grand-père de Rohan, donc. Je suis venu m'excuser pour hier, je vous ai mise dans une situation délicate, mais croyez bien que c'était involontaire. J'étais tellement bouleversé que je n'ai pas pensé à… Et puis je n'avais pas vraiment envie de… Vous savez…

Elle fond devant le sourire penaud de Jo.

– Lucie Andreotta, la directrice, le coupe-t-elle. Je comprends, ne vous inquiétez pas. Vous me ramenez le bonhomme aujourd'hui ?

– Si c'est possible ? Je vous le laisse toute la journée ? demande Jo. Je ne peux pas le prendre avec moi, pour les démarches… le consulat, le crématorium… je ne sais pas très bien…

Il n'achève pas sa phrase.

– Il n'était pas inscrit, mais oui, j'accepte, le temps pour vous de tout régler… Vous en êtes où avec les services sociaux ? C'est en règle ?

Il lui explique la situation avec un sourire gêné :

– Je serai fixé ce soir.

Elle le rassure :

– Ne vous inquiétez pas, tout va se passer au mieux.

Heureusement, elle n'est pas très bavarde et il lui en sait gré. Elle l'observe d'un regard plein d'acuité, se demandant sûrement s'il parviendra à prendre soin du bébé.

– C'est un enfant calme, dit-elle. Un gros mangeur. Et heureusement, il n'en est plus aux biberons. Il va avoir deux ans…

Sa voix vacille quand elle poursuit.

– Après-demain, c'est ça ?

Il ne comprend pas tout de suite, puis se souvient de l'anniversaire de Rohan. Oui. Après-demain. Elle détourne le regard et continue après avoir toussoté pour reprendre une contenance. Elle devient brusquement un moulin à paroles et semble réciter :

– Vous lui avez fait quoi, à manger, hier soir ?

– Euh… Coquillettes jambon…

– Bien, c'est bien ça… Coquillettes jambon… Mme Conté avait commencé à l'initier aux bases d'une alimentation variée et équilibrée. Vous devez continuer. Il peut manger comme vous, mais en plus simple. Il vous faut lui proposer de tout sans jamais le forcer, d'accord ?

Il est un peu perdu dans toutes ces recommandations. Il répète comme un idiot :

– De tout ?

– Oui. Enfin, essayez d'éviter la *junkie food* !

Elle rit nerveusement, mais il ne parvient pas à l'imiter. Il répète :

– La *junkie food* ?

– Oui, vous m'avez compris, pas de charcutailles, pas de chips ou de McDo, pas de boissons sucrées et si possible, pas de plats tout préparés industriels. Je vous dis ça… Chacun fait comme il veut, n'est-ce pas ?

Jo se demande quand elle va s'arrêter de parler. Il a tellement de choses à régler, encore, et la journée est déjà bien avancée.

Il finit par mettre fin à la conversation et par quitter l'accueil. Alors qu'il est sur le pas de la porte, elle ajoute :

– Rohan est en phase d'apprentissage de la propreté.

– …

– C'est à dire… on ne lui met plus de couches dans la journée, seulement pour la sieste. Et la nuit encore, bien sûr. En principe il doit demander lui-même quand il a besoin…

– Oui. J'ai cru comprendre ça. Merci…

Dans le taxi qui l'emmène vers l'hôpital, Jo s'entoure mentalement d'une carapace de fer. Il va en avoir besoin.

Il se souvient alors que la policière lui a suggéré, la veille, d'aller sur les lieux de l'accident. « C'est à la bretelle de l'A35, en venant de Souffelweyersheim, par la D37. »

Pris d'une envie subite de voir l'endroit où sa fille a rendu son dernier souffle, il demande au chauffeur de changer de direction.

20 - L'occasion perdue

Le chien rejoint avec soulagement la couverture et le gilet, qui sentent un peu le moisi à cause de l'humidité. Il s'y enfouit de nouveau et il pousse un long hurlement de désespoir. Quelques canidés, dans la campagne, lui répondent. Les aboiements sont espacés, lointains, mais ils incitent Pouf à reprendre son interminable plainte.

Il ne saurait dire pendant combien de temps il répand ainsi son chagrin à la terre entière. Tout d'un coup, épuisé, il s'endort enfin d'un sommeil anxieux, malgré l'odeur encore familière et réconfortante qui se dégage des tissus qui le camouflent.

Il lui semble que la matinée est déjà bien avancée, quand il est éveillé par un son inhabituel. Il s'enfonce un peu plus dans les chiffons humides en surveillant ce qu'il se passe.

Une auto s'est arrêtée sur le bas-côté. Un humain en sort. Il émane de lui une vibration d'une tristesse infinie. Et l'odeur de son bébé. De Rohan. Et de toute la famille, d'ailleurs.

Sa première réaction est de jaillir et de s'avancer vers l'inconnu, mais il hésite. Il est sur ses gardes. Pourquoi n'est-ce pas Aurélie et Arjun qui sont venus ? Que veut cet homme ? Que cherche-t-il ?

Il le voit marcher vers lui, se rapprocher. L'individu arrive à la hauteur de l'accident et contemple sans bouger, longuement, les misérables restes de l'épave.

Les morceaux de métal brisés, les marques sur le pied de béton défoncé, le rail de sécurité de la route explosé. Une sorte de gémissement s'échappe de sa gorge. Il farfouille vaguement du pied entre les débris.

Le regard de Jo est attiré par un objet, de l'autre côté de la glissière défoncée. Il franchit le garde-fou détruit et se penche pour ramasser un morceau de papier suintant qu'il écrase entre ses doigts et jette loin de lui.

Son visage exprime son amertume. Jo est déçu. Il se demande ce qu'il espérait exactement ? Rembobiner le film ? Remonter la machine du temps ? Reconstituer la voiture en entier ? Retrouver Aurélie ? « Oh, papa, c'est toi ? » Ou entendre sa voix ? Percevoir un signe venu d'un autre monde ?

Sous le pont, en contrebas du talus, Pouf, mal à l'aise, émet un grognement de défense. Car l'homme se rapproche de lui, suivant la trace de quelques objets usuels. Son attention est aiguillée par un jaillissement de couleurs sales.

Il observe plus attentivement et il décèle des lambeaux de tissus, une manche de gilet, un bout de couverture, le tout enfoncé dans une sorte de trou. Comme s'ils avaient été délibérément enfouis à cet endroit.

Il ne repère pas les yeux noirs qui le fixent, méfiants. Et à cause du bruit des bolides, il ne perçoit pas celui du grognement étouffé émis par Pouf.

Comment pourrait-il deviner que ces détritus sont les

affaires détrempées de sa fille ? Et qu'un animal, pétrifié, le guette ? S'il le voyait nettement, reconnaîtrait-il le chien qu'il a aperçu sur la photo ? Devinerait-il que les jouets dans le panier de la chambre de Rohan sont les siens ?

Intrigué tout de même, il descend jusqu'au nid que s'est constitué Pouf. Il se penche pour examiner de plus près le tas de chiffons, sans comprendre vraiment pourquoi il le fait.

Terrifié, Pouf jaillit alors du fouillis de hardes en grondant et en montrant ses dents. Il bouscule l'étranger qui sent pourtant si fort son bébé.

Jo, interloqué, un peu effrayé lui aussi, recule et tombe à la renverse, perdant peut-être l'occasion de saisir le chien, de lui parler, de le rassurer.

Le temps qu'il se relève et qu'il cherche à s'expliquer ce qui vient de se passer, Pouf a traversé le pont et il est déjà loin dans la forêt qui s'étend de l'autre côté.

21 - Le poids des choses à faire

Quelques journées se succèdent, mais le cauchemar ne disparaît pas. Jo aimerait lâcher-prise, se laisser aller, prendre des somnifères et dormir des jours et des jours sans revenir dans le monde réel. Mais à cause de Rohan, il ne le peut pas.

Il sait que l'enfant traverse une phase encore plus difficile que la sienne. Que peut-il faire ? Il aimerait, d'un coup de baguette magique, lui ramener son père et sa mère.

Parfois il laisse l'enfant à la crèche, parfois il le prend avec lui, pour que le bébé s'habitue à sa présence. Où est-ce plutôt pour que lui-même s'habitue à l'enfant ?

Il a acheté, hors de prix, un sac à bébé ventral, ça le rassure de l'avoir si près de lui, tout le temps collé.

Il a remarqué que Rohan, dans ses déambulations, a trouvé dans le panier de linge sale de la salle de bains un débardeur violet ayant appartenu à Aurélie. Quand il a voulu le lui retirer, Rohan a piqué une telle crise de rage que Jo a cru qu'il allait s'étrangler.

Depuis, Rohan a emballé son doudou, le petit Snoopy abîmé, avec ce vêtement. Il garde près de lui, en permanence, la peluche et le débardeur étroitement entremêlés.

Joseph Conté finit par joindre les parents d'Arjun, déjà prévenus par l'ambassade. Il échange avec eux, en anglais, et obtient les procurations nécessaires afin de s'occuper des formalités. Ils lui demandent de faire incinérer le corps et de leur envoyer les cendres. Avec la crise sanitaire, ils ne peuvent pas venir.

Les pompes funèbres ont un service qui prend en charge ce genre de requête. Il devra leur remettre les papiers d'identité du défunt, l'acte de décès, le certificat de crémation et obtenir de l'ambassade une autorisation.

Cet échange avec les parents d'Arjun lui semble irréel, déconnecté, robotisé. Il sent chez eux une réticence, une méfiance. Quand il prononce le nom d'Aurélie, ils se ferment et ne parlent plus pendant un moment. Ils semblent perplexes. Il se demande si c'est à cause de la barrière de la langue. Ni eux ni lui ne parviennent à s'épancher, à parler de ce qui les hante vraiment. Ce chagrin que rien, jamais, ne pourra combler. Ou est-ce dû à la pudeur qui les retient, eux comme lui ? Une question de génération ?

Il se dit qu'il ne peut pas s'offrir le luxe de se laisser aller à son chagrin. Qui alors se chargerait de tout ce qu'il y a à faire ?

Il organise l'incinération du couple pour le même jour, à la même heure et amène Rohan avec lui, car de son point de vue, c'est important. Plus tard, il pourra lui dire qu'il y était. Il effectue toutes ces actions dans un état second, la douleur comme anesthésiée.

Il ignore par quel prodige des personnes ont été informées, mais, alors qu'il pensait qu'il serait seul, il se trouve entouré de plusieurs dizaines d'hommes et de femmes venus rendre un dernier hommage à Aurélie et à Arjun. Parmi eux, trois sont d'origine indienne, habillés de blanc. Sûrement des amis d'Arjun.

Les gens gardent entre eux la distance respectueuse des mesures sanitaires. Tout le monde porte un masque, bien sûr. Une vision de science-fiction. Le cauchemar se poursuit.

Il y a surtout des jeunes, mais aussi un homme âgé. Certains viennent lui chuchoter des condoléances, qu'il comprend mal.

Personne ne le serre dans ses bras, personne ne saisit sa main. Tout le monde reste à plus d'un mètre.

Il ne peut pas, cette fois, retenir ses larmes et il sanglote dans le cou de Rohan. Celui-ci semble conscient de l'importance de l'instant. Il ne pleure pas, ouvre de grands yeux.

Il n'y a pas de discours.

Il sait Aurélie athée, il n'a donc pas voulu de cérémonie religieuse et il a empêché tout discours ou témoignage. Il n'aurait pas supporté.

Pour Arjun, ses parents organiseront à Chennai une cérémonie, si toutefois elles sont encore autorisées en ces temps compliqués.

Ils lui ont demandé d'envoyer des photos de Rohan. Ils n'ont pas parlé de se mettre sur les rangs pour accueillir, chez eux, leur petit-fils. Le considèrent-ils comme tel, alors que leur fils n'était pas marié avec Aurélie ? Pourquoi n'a-t-il pas osé aborder le sujet plus en profondeur ?

Un grand jeune homme, au teint foncé, s'avance vers lui, alors que tout le monde quitte le lieu. Il arbore une barbe naissante et ses cheveux sont ramenés en catogan, sur la nuque. Il est vêtu de blanc.

– Je m'appelle Karthik, dit-il en roulant les R. J'étais le meilleur ami d'Arjun. Je suis praticien en médecine ayurvédique. Si vous avez besoin de moi, je…

Il essaie de contenir son chagrin, visible.

– Joseph Conté. Je suis le père d'Aurélie. Vous avez parlé à ses parents ? demande Jo.

– Non. Je ne les connaissais pas. J'ai rencontré Arjun, ici. Nous ne venons pas de la même région. Mais je sais qu'il était en froid avec eux. Son père n'acceptait pas sa nouvelle vie, en France.

Il semble mal à l'aise.

– Je vous en prie, vous pouvez me parler, ça m'aidera. Je ne sais pas comment faire.

– Vous savez, en Inde, un couple non marié, ça ne se fait pas. Alors en plus avec un enfant ! Je crains qu'ils ne considèrent Aurélie, votre fille comme…

Il sourit un peu.

– Arjun disait qu'il avait le temps de régler tout ça. Qu'ils feraient un mariage tamoul un jour, là-bas, pour leur faire plaisir. Qu'ils craqueraient devant Rohan. Aurélie était d'accord pour se marier en Inde, selon la religion tamoule. Pour elle, c'était comme entrer dans un film.

– Mais comment ? Ils considéraient Aurélie comme… quoi ?

Karthik botte en touche :

– Arjun plaisantait en disant que sa plus grande faute, comme bru, était de ne pas voir de dot !

Devant l'incompréhension de Jo, il justifie :

– C'était une blague, hein ! Le problème n'est pas simple, c'est une affaire de coutume. Ils n'étaient pas mariés. Elle était française. Pas de la même religion… Oui, c'était compliqué, murmure-t-il en s'éloignant, après avoir réitéré son offre de faire appel à lui, si besoin, pour les démarches, ou même pour un soin.

Les jours passent entre formalités administratives et le quotidien à organiser autour de l'enfant. Rohan mange peu, ce qui l'inquiète.

Même Lucie Andreotta, la directrice de la crèche, l'a remarqué. Elle l'avait pourtant présenté comme un enfant gourmand et glouton.

Elle lui conseille d'aller consulter un médecin, dès son retour, pour lui donner des vitamines appropriées et compenser ce qui va lui manquer à force de refuser de se nourrir. Elle est un peu désemparée. Encore sous le choc, elle aussi. Elle voudrait aider plus, mieux, mais ne sait pas comment.

L'enfant alterne les périodes de silence profond, où il observe tous les gestes de son grand-père et les moments de hurlements. Joseph, lui aussi, passe de longues minutes à regarder l'enfant. En fait, ils font connaissance. Depuis longtemps, Jo n'est plus en contact avec un petit enfant. Il ne sait pas jouer. Il lui chante des comptines dont il se souvient vaguement, qu'il retrouve sur internet.

Il est allé chercher à la poste le jeu qu'il avait envoyé à Rohan et qu'ils ont déballé ensemble. Mais Rohan ne s'y intéresse pas vraiment. Une planche à verrou. Une clé. Ouvrir des portes, vraiment ? Quand tout se referme autour d'eux ?

Au moment du repas, devant son assiette, le petit pleure. Il semble avoir faim, mais refuse de s'alimenter. À l'heure du coucher, seul dans son lit, il se met à crier. Jo prend l'habitude, alors, de le promener dans ses bras, de faire le tour de l'appartement.

Et quand l'enfant s'endort, il fait preuve de ruses de Sioux pour le remettre dans le lit sans qu'il se réveille. Parfois sans succès et Rohan recommence à hurler.

Un soir, il s'assoupit devant la télévision avec Rohan dans les bras. À son réveil, il ne le voit plus dans le salon et le retrouve couché en rond dans le panier du chien.

Il a emballé toutes les affaires de l'appartement dans de grands cartons fournis par les déménageurs et loué un garde-meuble à dix kilomètres d'Aix où l'entreprise de déménagement en déposera une partie. La chambre de Rohan en entier, jouets, habits, mais aussi sa poussette, sa chaise haute, ainsi que les documents administratifs importants seront livrés directement chez lui. Que faire du panier du chien ? Finalement, il le range avec les cartons qui iront dans le hangar.

Que c'est bon de tromper sa peine avec tous ces détails à régler, à organiser ! Il se souvient de sa dernière conversation avec Aurélie, au téléphone. Le nombre de fois où elle a prononcé le mot « peine ».

Voulait-elle, inconsciemment, lui dire à quel point la brouille avec son père la rendait triste ?

22 - Sans limites

Quand le chien s'enfuit, il ne pense à rien. Il essaie juste d'échapper à cette ombre menaçante qui s'est penchée vers lui. À cet homme qui a volé les senteurs de Rohan.

Il court sans but, droit devant lui, et, hasard ou instinct, il prend à son insu la direction de sa maison.

Il hume les mélanges d'effluves, d'herbe ; parcourt les champs et un chemin de terre qui aboutit à une route peu fréquentée par les voitures, mais dont l'odeur rappelle celle de l'autoroute où a eu lieu son horrible accident. Elle est balayée par un vent qui lui porte de riches relents d'humus pourri, d'arbres frémissants et de mares bourbeuses. Et loin, très loin au-delà de cette route, le chien perçoit le soupçon d'une trace de sa famille, de ses humains, de son bébé à lui. Son Rohan.

Concentré sur sa foulée, il sursaute, surpris, quand une voiture klaxonne derrière lui et il se réfugie dans un fossé.

Le long de la départementale 37, sans comprendre où il va, il court en sens inverse du trajet que leur Fiat a emprunté quelques jours plus tôt.

La faim creuse son estomac et il essaie de chasser les souvenirs liés à cette sensation. Il veut retrouver les siens, retrouver sa famille.

Chaque fois qu'il entend une voiture arriver, il lève la tête en signal d'alerte, interrompt sa marche pour se faufiler à l'abri des regards, dans les bosquets. À proximité de maisons isolées, des chiens aboient après lui, sentant la présence d'un chien libre de tout lien, ce qui les rend haineux, envieux peut-être.

Quand, à bout de souffle, il s'arrête, c'est pour se réfugier, par réflexe, dans un endroit qu'il pense désert, tout près d'une cour de ferme silencieuse, où il peut respirer, réfléchir, humer l'atmosphère. Il n'y a personne. Néanmoins, tout son corps est tendu, prêt à décamper à la moindre alerte.

Que faire maintenant ? Il est sûr d'avoir échappé au danger que représentait l'homme, mais doit-il retourner sur ses pas et attendre Aurélie et Arjun ? Au risque d'être confronté à chaque fois à des inconnus hostiles ? Doit-il reprendre sa route vers nulle part ? Comment retrouver la trace de Rohan ?

La faim, lancinante, le ronge, brouillant ses pensées. Il est déboussolé. Il doit manger, absolument. N'importe quoi. Il repense à son dernier repas, dans la cuisine de sa maison, ce qui le fait saliver.

L'espace qui l'environne est vertigineux. Sans limites. Il n'est pas attaché. Il n'y a pas de murs pour le contenir, pas de laisse pour l'empêcher de s'éloigner, pas de radiateur pour l'attacher. Cette liberté totale est à la fois terrifiante et grisante. Il voudrait s'enivrer de cette plénitude, mais il ressent un étrange état de manque, au niveau de son cœur. Que tout cela serait bon en compagnie de son bébé !

Il est seul. Cette solitude l'écrase et les crampes d'estomac le tourmentent. Les vibrations des rares voitures, sur la route de campagne, se font plus distantes au fur et à mesure qu'il s'en éloigne. À présent, il perçoit le chant des oiseaux, le glissement des petits animaux vivant dans l'herbe haute, au milieu des buissons. Des lapins ? Des mulots ?

L'étonnement devant ces exhalaisons multiples se transforme en autre chose. En fringale de chasse. Les senteurs deviennent des pistes de pitance. Il en bave. Ses dents claquent en s'imaginant les refermer sur une proie. Il suit les traces récentes et tout en lui retrouve l'instinct millénaire de la chasse. Il s'aplatit au sol, avance lentement, sans bruit, se fige, cherchant à débusquer son prochain repas.

La fourrure, le sang qui bat dans les veines de l'animal, c'est fort, ses narines s'en gorgent. Il trouve la tanière de l'animal et se poste à l'arrêt devant l'entrée. Il ne bouge plus, retient sa respiration, garde son regard fixe, prêt à sauter. Il restera aussi longtemps que nécessaire, sa survie en dépend. Il le sait. Il doit prendre des forces, avant de réfléchir, d'entreprendre ce qu'il décidera. Vivre désormais sans attaches, loin des humains ou retrouver sa famille ?

Mais des bruits alarmants retentissent. Des moteurs de véhicules qui tractent d'énormes contenants. Des voix qui lancent des ordres. Des portières qui claquent. Des rires tonitruants. Un aboiement féroce. Au son, il a reconnu un gros chien comme il en a vu au refuge. Si certains sont doux, celui-ci dégage une colère rentrée, une frustration qui ne présage rien de bon pour lui.

Des hommes sont réunis dans la cour et leurs voix fortes essaient de calmer le molosse qui tire sur sa chaîne.

Une odeur de casse-croûte accompagne le groupe. Pouf connaît bien ces effluves : jambon, pain, ragoûts, chips et même des gâteaux. L'esprit embrumé par la faim, il est prêt à tout pour s'approcher du butin, tenter sa chance, essayer de voler des miettes.

Il les suit, se cache derrière les véhicules, se rapproche dangereusement du chien hargneux, de plus en plus nerveux et qui finit par se prendre un léger coup sur le museau.

– Ta gueule, sale clebs !

Après avoir attaché l'animal redoutable près d'une niche, un homme ouvre une vieille porte en bois et disparaît dans la grande bâtisse. Les autres le suivent en échangeant des propos décousus.

Avec le repliement du groupe à l'intérieur des murs, l'espoir de Pouf de récupérer quelques restes s'évapore.

Pour défendre sa maison et son maître, le chien de garde hurle sa fureur, s'attirant les foudres de l'homme qui ouvre la porte pour lui lancer un avertissement. Il se projette énergiquement autour de son piquet, dans un espace circulaire de quelques mètres et Pouf peut constater alors les limites de la chaîne, ce qui l'encourage à s'approcher du bâtiment.

Un peu plus loin, quelques vieilles poubelles sans couvercle renvoient des relents d'aliments plus ou moins avariés. Pour les atteindre, il doit passer devant la niche et le fait prudemment, doutant de la garantie de l'attache.

Il parvient, sous les éructations de l'autre, à renverser la poubelle et à fouiller dans les détritus. Mais les odeurs proviennent de boîtes de conserve hélas, à présent, bien vides. S'il espérait trouver des restes de peaux de saucisson, de légumes pelés ou de pain sec, il en est pour ses frais. Il ignore que dans une ferme, rien ne se perd. Il s'approche d'un enclos où sont encagés quelques lapins et quelques poules, mais après deux ou trois essais infructueux, il comprend qu'il n'arrivera pas à y pénétrer.

Découragé, il hume le vent qui caresse son poil. C'est alors qu'il reçoit, venu de contrées au-delà du bruissement de la vie des humains, le souffle d'une vie qui l'appelle et la tristesse qui l'habite. Rohan ! Rohan a besoin de lui !

Accompagné par les glapissements déchaînés du molosse, il s'élance d'un pas décidé, les oreilles en arrière, vers ce lieu où il place désormais tous ses espoirs.

Mais existe-t-il seulement, ou est-il le fruit de son désir le plus fou ?

23 - Livraison spéciale

Grâce au patron du cyber café, Jimmy Murati a trouvé un job provisoire pendant les vacances. Le couvre-feu oblige les lieux conviviaux à fermer à vingt et une heures, à présent. Tout le monde redoute le reconfinement, alors les cafés et les restaurants, du moins ceux qui ont survécu à cette crise sanitaire, redoublent de fréquentation pendant la journée, servant non-stop.

Jimmy aide en cuisine, dans un bistrot de la place Richelme où il passe une bonne partie de la journée à préparer des salades comme on lui a montré, mais aussi à faire les frites. Quand il y a moins de commandes, il aide à la plonge et il essuie verres et couverts.

Le matin tôt, il nettoie les appareils du cyber café de Max, puis il enchaîne au bistrot. Il est heureux de travailler pour leur permettre de vivre un peu mieux, lui et Lina.

Grâce à cet argent, aux prochaines vacances il pourra la mettre dans un centre de loisirs. Mais pour l'instant, il s'inquiète pour elle. Elle est seule à la maison presque toute la journée, livrée à elle-même. Certes, il a demandé à la voisine, Mme Malhous, de la prendre de temps en temps chez elle, l'après-midi, quand ses enfants sont là. Le matin, c'est impossible, elle travaille et ses cinq garçons sont au foot. Et à dix-neuf heures, son mari rentre et il n'aime pas être dérangé.

Mais au moins, pendant l'après-midi, Jimmy est tranquille.

Le bistrot n'est pas loin de chez lui et il a montré à Lina le chemin entre l'appartement et la place Richerme. Aux alentours de midi, elle vient et il lui donne des cornets de frites, avec l'accord du patron. S'il fait beau, elle mange dans un coin de la place, sur un banc, en face de la terrasse du petit restau. Elle est ravie, parle avec les touristes, nourrit les pigeons, chantonne. Quand vient le moment de sa pause, vers quatorze heures trente, Jimmy la raccompagne et la confie à Mme Malhous.

Il sait que si son père est à la maison, il dort toute la matinée, donc Lina est tranquille. C'est entre dix-neuf et vingt et une heures que la situation est zone de danger pour elle. C'est l'heure où son père occupe en général l'espace de la pièce à vivre devant la télé, avec ses nombreux potes, aussi alcoolisés que lui.

Mais jusqu'à présent, tout se passe plutôt bien. Depuis que les vacances ont commencé, son vieux n'est quasiment jamais là. Lina l'entend ronfler le matin et il se lève complètement vaseux pour aller aux toilettes, en général à l'heure où Lina s'en va. Il la remarque à peine.

Quand finalement Jimmy rentre à la maison, Lina est seule devant la télé. Elle rit quand Jimmy la met en garde. La télé est taboue, elle ne doit pas s'en approcher, c'est dangereux. Mais la tentation est trop forte, pour elle.

– Il rentre jamais avant le milieu de la nuit, Jimmy ! Ça

risque rien, je te dis !

– Fais pas trop ta maligne ! T'as la mémoire courte, on dirait !

Elle hausse les épaules en riant. Elle se souvient vaguement des urgences où Jimmy l'a emmenée, un été. Leur mère venait de les quitter, pour ne plus donner signe de vie. C'était avant que Jimmy n'organise leur nouvelle vie pour la protéger un maximum.

Il avait trouvé le père en larmes devant la petite évanouie, du sang sur le front. Dans un état second, comme d'habitude, le vieux avait simplement passé ses nerfs sur elle. Jimmy s'est demandé combien de temps il l'avait laissée comme ça, sans réagir, juste à pleurer comme un lâche. Sans même chercher à la ranimer.

Jimmy l'a portée dans ses bras, en courant jusqu'à l'hôpital, à vingt minutes de chez eux. Elle avait le poignet gauche déboîté. Ils le lui ont remis, et ils ont fait une radio du crâne. À leurs questions, Jimmy, craignant qu'on ne les sépare pour mettre la petite en foyer, a dit qu'elle était tombée de vélo. Personne ne lui a demandé où étaient ses parents, car il avait pensé à prendre leurs papiers de sécurité sociale.

Depuis ce jour-là, Jimmy est vigilant, il prévient les dangers, essaie d'avoir toujours, dans la mesure du possible, une longueur d'avance sur les événements.

Mais en ce moment, c'est vraiment la fête. Quand Jimmy rentre le soir, il est chargé de victuailles : des restes qui ne se gardent pas et que le patron du bistrot est trop heureux de lui donner. Du jambon, des frites, parfois même du poulet.

Ils s'installent dans leur chambre pour ne pas prendre le risque de croiser le père s'il lui prenait l'idée de rentrer plus tôt et Jimmy raconte des histoires à sa sœur. Ça lui plaît de voir son visage s'illuminer de crainte ou de joie, suivant l'intrigue.

Il espère que le patron va le garder encore un peu. Il s'absentera du lycée, c'est pas trop grave. D'ailleurs à cause de ce con de Rodier, il doit passer en conseil de discipline, alors le lycée, il n'y croit plus trop.

Et après tout, il est majeur, il vient d'avoir dix-huit ans, tant pis s'il n'a pas son bac. Il travaillera tout de suite, c'est mieux, finalement. Il espère que Max lui renouvellera sa proposition. Puis, dès qu'il le pourra, il trouvera un studio à louer et il emménagera avec Lina.

Mais le mercredi suivant, le reconfinement est annoncé pour le vendredi. Le patron du bistrot prévient Jimmy qu'il peut l'aider à venir ranger le vendredi, mais qu'il ne pourra plus le garder dès le samedi. De toute façon, Jimmy ne peut rien dire. Il n'était pas déclaré. Une partie de ses rêves s'effondre. Vendredi, il travaille plus tard pour finir de tout nettoyer, ranger, organiser le bistrot pour le mois de fermeture à venir.

Jimmy arrive chez lui vers vingt-deux heures trente.

Dès qu'il atteint leur palier, il devine que quelque chose se passe. Les bruits du match de foot franchissent leur porte. Mme Mahlous a dû le voir arriver par la fenêtre, car elle le guette et lui chuchote :

– Il est rentré. Il est avec ses amis. Fais attention.

– Où est Lina ? lui demande-t-il.

Elle baisse la tête :

– Il est venu la chercher chez moi, dans l'après-midi. Ils sont partis ensemble et il est revenu avec ses copains, sans elle.

– Kheira ! Rentre ! crie le mari de Mme Malhous depuis l'intérieur.

Elle adresse un sourire gêné, un peu coupable, à Jimmy, puis referme la porte. Le jeune homme, inquiet, ouvre et se retrouve devant la vision de son cauchemar qu'il avait tenté d'oublier : des cadavres de bouteilles de bière partout. Son père et deux de ses potes vautrés sur le canapé, vociférant à chaque but marqué ou manqué, sur l'immense écran.

Il fonce dans la chambre. Pas de Lina. Il fouille partout. Lina n'est nulle part.

– Où est Lina ? demande-t-il à son père, qui ne répond pas.

Il réitère sa question, criant, sans plus de succès et finit par saisir la télécommande pour éteindre la télé, puis il se plante devant.

Les trois hommes ne comprennent pas tout de suite, puis le père de Jimmy gueule :

– Ça va pas la tête ? Tu te crois où ?

– Elle est où Lina ? Tu lui as fait quoi ?

Hébété, l'homme regarde autour de lui, perplexe, puis il lorgne vers ses amis d'un air interrogateur. Ils font un geste d'ignorance.

Jimmy s'approche de son père et le secoue.

– T'es sorti avec elle, tout à l'heure. Pourquoi elle n'est pas revenue avec toi ?

– Elle est pas encore rentrée ? dit le père, la bouche pâteuse, mais sincèrement désemparé. Merde, alors ! C'est pas normal !

Jimmy ne parvient pas à en tirer plus. Il rentre dans la chambre comme un fou, claquant sa porte et il donne des coups de pied dans le mur. S'il part à sa recherche, il risque de la rater. Il ne veut pas qu'elle rentre et se retrouve seule avec le père et ses copains. Il n'a pas d'autre solution que de l'attendre ici, complètement impuissant.

Les minutes s'égrènent. À côté, les autres rythment le match de foot de leurs vociférations.

Il se demande s'il doit appeler l'hôpital, quand le bruit de la porte d'entrée le fait jaillir de sa chambre.

Lina entre, toute fraîche, un sourire aux lèvres. Elle lance un sachet en plastique blanc sur le canapé, à côté de son père et dit à Jimmy :

– J'ai faim !

– Mais t'étais où ?

– J'ai fait des courses pour papa.

– Des courses, quelles courses ?

– C'est des courses à l'envers.

– Comment ça à l'envers ?

– Oui, c'est moi qui apporte, dit la petite.

– Tu fais des livraisons ?

Jimmy se tourne vers son père, furieux :

– Tu lui as fait faire des livraisons ? Et tu l'as laissée toute seule ? Des livraisons de quoi ? Hein ?

Avant que le père, complètement ivre, n'ait le réflexe de se saisir du sachet, Jimmy se jette dessus et le récupère. Il découvre trois passeports et des enveloppes bien remplies, mais il n'a pas le temps de les ouvrir. Les trois hommes se jettent sur lui, lui arrachent le sachet des mains en le poussant violemment par terre, puis se précipitent vers la sortie.

– Tu changes pas, Jimmy ! Tu me gonfles ! Je me casse ! crie le père avant de claquer la porte derrière lui !

Lina se précipite vers Jimmy pour l'aider à se relever.

– Chouette, on est tranquille ! dit-elle.

Jimmy ne peut s'empêcher de rire. Il est tellement soulagé qu'elle soit là, qu'elle n'ait rien, et que son père et les autres se soient barrés.

– C'est toi qui as raison. Regarde dans mon sac, là, il y a des tas de bonnes choses à bouftancer. On va se faire un dessin animé, OK ?

24 - Presque…

Le chien traverse des zones industrielles trop peuplées à son goût. Tout en ne perdant pas de vue son objectif principal, il effectue de nombreux détours au hasard d'émanations olfactives alléchantes. Quand il se retrouve non loin d'un immense supermarché, les senteurs se télescopent. Odeur de déchets alimentaires plus ou moins bien conservés.

En retrait du grand parking, il observe le ballet des consommateurs régulièrement avalés par le grand bâtiment. Ils se rangent sagement les uns à côté des autres, se saisissent de voiturettes en métal, disparaissent dans la bâtisse tandis que d'autres en sortent le caddie surchargé et repartent après avoir rangé leurs précieuses denrées dans le coffre de leur voiture.

Il est souvent allé, avec sa famille, dans ce genre d'endroit et il sait que quand on rentre à la maison ensuite, c'est toujours la fête. Les paquets regorgent de délicieuses marchandises. Des céréales sucrées en abondance, des saucisses, du jambon, du poulet tout rôti, des barres chocolatées, des biscuits, des crèmes glacées, sans oublier ses croquettes et ses boîtes.

Il guette ces familles qui évoluent devant lui et ne sont pas la sienne. Son instinct lui commande de ne pas se montrer. Parfois, un chien au bout d'une laisse le décèle et aboie dans sa direction avant de bien vite se faire rabrouer.

En considérant plus attentivement les enfants, il remarque que certains tiennent des brioches, des paquets de biscuits ou de chips dont ils laissent souvent tomber la moitié par terre, avant de remonter dans leur voiture.

Il tente plusieurs fois de s'approcher de ces miettes avec avidité, mais il est constamment interrompu par de nouveaux arrivants.

Épuisé par la faim qui le tourmente, il s'assoupit dans un fossé, le museau enfoui dans ses pattes, le corps agité.

Quand il ouvre les yeux, la pénombre a envahi les lieux. Il n'y a plus aucune voiture dans le parking et il entreprend une tournée de la zone, en suivant les traces abondantes des reliefs abandonnés au hasard par les enfants, dans l'après-midi. Il lèche sur le sol des morceaux de viennoiserie, des bonbons collants, des bouts de pizza.

Petit à petit, il reprend des forces. Il a bien un peu soif, mais aucune perception de point d'eau et le soleil de la journée a complètement asséché les dernières flaques, même s'il n'était vraiment pas très chaud.

Il est temps pour lui de repartir. Sa toute nouvelle et courte expérience de la vie d'errance lui a déjà appris une chose : il y a moins de danger, pour lui, la nuit que la journée. Moins d'humains, moins de voitures, moins de risques.

Il revient vers l'endroit d'où il est entré plus tôt, mais il a alors la désagréable surprise de constater que tout est fermé. Les lieux sont devenus un piège dont il ne pourra plus s'enfuir. L'inquiétude le gagne tandis qu'il cherche un trou dans les mailles du grillage. Mais c'est en vain. Ici, tout est neuf, solide, bien barricadé.

Le voilà revenu à son point de départ, le fossé où il a dormi cet après-midi. Il s'y calfeutre, craignant un nouveau danger. Il n'a plus qu'à attendre le retour du jour et avec lui celui de la réouverture. Il reste cependant à l'affût du moindre bruit et c'est alors qu'il constate qu'il n'est pas le seul animal ici. Quelques rongeurs traînent aussi, par là, et il les voit effectuer des allers-retours vers des containers renfermant les déchets du grand supermarché.

Il hésite à les suivre, car leur présence ne le rassure pas vraiment. Ils sont plus nombreux que lui et il n'est pas certain de sortir vainqueur si un combat s'avérait incontournable. Mais il a bien envie, lui aussi, de partir explorer le contenu des grandes poubelles.

Soudain, dans la nuit, deux voitures s'arrêtent devant le grand portail, phares éteints. Des ombres chuchotantes en sortent, portant sur le front de faibles lampes.

– Allez, on a cinq minutes, pas plus.

Ils escaladent le portail, retombent de l'autre côté avec agilité. Ils sont habillés de sombre et portent des gants noirs.

La colonie de rats s'éparpille et, en quelques secondes, ils sont complètement dissimulés.

– Eh, c'est bon, y a ce qu'il faut ! Putain le gaspi !

– Ça va être chaud, demain ! On aura de quoi alerter !

Les ombres remplissent de gros cabas. Au passage, dans

leur empressement, des boîtes de yaourts, du pain, des paquets de biscuits, des œufs s'écrasent au sol. Ils n'ont pas le temps de les ramasser. Les voilà déjà revenus aux voitures, le coffre est chargé et ils repartent aussi vite, sans allumer les phares[14].

Pouf se jette sur les provisions répandues au sol, vite avant que les rats ne comprennent que les humains sont repartis. Il éventre des sachets de victuailles et s'éloigne pour se repaître de son butin derrière un petit abri fermé.

Il s'en gonfle la panse avant de se reposer, le ventre plein, en attendant l'ouverture des grilles.

Pouf avance vers son but. Il traverse une petite forêt, des jardins bien réguliers avec des cabanes, un plan d'eau où il peut enfin boire tout son saoul. Il expérimente, évite de se déplacer le jour, sauf dans les forêts peu fréquentées, évite les lieux peuplés d'humains sauf la nuit pour fouiller leurs poubelles.

Il perd vite le sens du temps, mais pas celui de cette trace qu'il suit grâce à son flair, sans chercher à analyser.

Enfin, il arrive dans un endroit familier ! Voilà les rues où il allait se promener tôt le matin, avec Arjun ; voilà les magasins familiers ; voilà le pré où il déposait sa crotte,

---

[14] Des associations de personnes luttant contre le gaspillage alimentaire effectuent parfois, la nuit, des razzias dans les poubelles des supermarchés pour récolter de la nourriture. Ces aliments sont consommés ou remis à des associations qui les distribuent à des personnes nécessiteuses. C'est un délit considéré comme un vol grave.

ramassée en rouspétant par son humain ; voilà l'aire de jeu où il s'ébattait avec quelques copains chiens et d'autres enfants.

Soudain, l'odeur est plus forte. Ce n'est pas seulement le quartier, la crèche, la maison, la famille. C'est Rohan, il en est sûr. Et autre chose, aussi. L'homme. Celui de l'autoroute. L'ombre menaçante.

Il lève la truffe, hume l'air. De loin, il voit l'entrée de son immeuble. Une voiture dont le moteur tourne. Un homme qu'il n'a jamais vu ferme le coffre et se dirige vers la porte du conducteur, tandis que l'autre, l'inconnu de l'autre jour, se penche pour entrer dans l'habitacle à l'arrière de la voiture. Il tient quelque chose dans les bras. Cette couverture ? Mais… C'est lui ! C'est Rohan ! C'est son bébé.

25 - Havana Club

Le matin de son départ, Joseph Conté surveille le chargement, range dans une énorme valise les affaires indispensables pour Rohan, qui n'arrête pas de pleurer comme s'il savait qu'il ne reviendra plus ici.

Une fois les déménageurs partis, il déambule dans l'appartement vide en expliquant à Rohan ce qu'il se passe. Il essaie de rendre sa voix plus gaie, plus rassurante que ce qu'il ressent en réalité. *Mais les bébés, comme les animaux, ne perçoivent-ils pas tout ce qu'on leur cache ? Ne sont-ils pas en connexion directe avec nos émotions ?*

Il compose le numéro de sa voisine. Ça fait plusieurs jours qu'il n'a pas parlé avec elle. Elle répond dès la première sonnerie.

– Ah ! C'est vous ! C'est pas trop tôt !

En réalité, Gladys est enchantée d'entendre la voix de celui qu'elle surnomme à présent Jo, dans sa tête.

Elle doit admettre qu'elle se fait une sorte de cinéma avec cet homme-là. Ses yeux, sa voix… Elle s'est même surprise, la veille, à regarder une comédie romantique sur Netflix, au lieu des films d'action dont elle raffole. Elle ne se reconnaît plus. Et puis, elle se sent plus proche depuis qu'elle imagine partager Sissi avec lui. Sissi qui, loin d'être fâchée avec elle, a définitivement rompu la glace, une nuit, en venant partager son lit et ronronner dans son cou. Ce soir-là, elle n'a pas osé la déranger, à peine la caresser de crainte de rompre ce moment magique.

Maintenant, la chatte sort parfois de son territoire pour s'allonger à ses côtés, quand elle boit son whisky sur la terrasse, et son ronron remplit l'espace sonore. C'est fou comme une bête aussi discrète peut avoir une telle présence.

Et en plus, elle a réussi à la faire manger ! Elle a remarqué que la chatte préfère partager le moment du repas avec elle, quand elle est à table. Alors quand elle installe son assiette sur la table basse devant la télé, le soir, elle n'oublie pas de mettre aussi la petite assiette de la chatte qu'elle remplit de steak haché cru ou de morceaux de poisson cuit à la vapeur. *C'est vrai quoi ? Qui a envie de manger des croquettes ?*

Elle a remarqué que Sissi l'attend désormais le soir, assise bien sagement sur la table du salon.

– Vous avez de bonnes nouvelles ? demande Gladys à Jo.

– De bonnes nouvelles ? lui demande Jo, décontenancé par cette question. Comment ça ?

– Oui, je veux dire vous rentrez ?

– Justement, c'est pour cette raison que je vous appelle. Je prends l'avion en fin d'après-midi. Je serai ce soir à la maison.

– Cool ! répond-elle.

En raccrochant, Gladys se trouve bien enthousiaste. Pourtant, elle ressent une petite appréhension à l'idée de revoir son voisin. N'a-t-elle pas trop fantasmé sur lui ?

Et puis, elle va devoir lui rendre la chatte. Chez qui Sissi choisira-t-elle de manger ? Ce n'est pas que Gladys a déjà instauré dans sa tête une sorte de compétition, mais elle est ainsi. Elle ne peut pas s'en empêcher.

Elle rêve de voir Sissi la préférer, elle, à l'autre ! Parfois elle s'autorise quelques images qui la surprennent elle-même. Sa main et celle de Jo se frôlant sur Sissi, par exemple ? Elle en frissonne et se demande d'où lui viennent ces idées incongrues. Comment vont-ils faire ? Ils vont se la partager ? Avec lequel Sissi voudra-t-elle dormir ? Passera-t-elle d'un lit à l'autre ?

N'est-ce pas un peu sulfureux, comme situation ? Mais c'est dingue ces pensées qui lui viennent ! Qu'est-ce qu'il lui prend ?

Bref, elle est à la fois ravie qu'il revienne et nerveuse à l'idée de le revoir. Et si au bout du compte, elle le trouvait décevant ?

Finalement, Joseph Conté est en avance sur l'horaire de l'avion. Mais il n'a plus rien à faire ici, alors il décide de partir tout de suite. Il dépose les clés de l'appartement en bas, dans une boîte aux lettres réservée au syndic du groupe d'immeubles.

Il veut rejoindre l'aéroport au plus vite, Rohan dans les bras, sans un dernier regard vers l'immeuble, la crèche, le quartier. Il est resté ici à peine plus d'une semaine et il a l'impression d'y avoir passé des mois.

Mais il sait qu'il n'en gardera qu'un souvenir confus,

inconsistant. Comme s'il n'était jamais venu. Les noms de ces villes, Strasbourg, Souffelweyersheim, laisseront pour toujours en lui la trace d'une douleur sourde, d'une cicatrice qui ne voudra pas se refermer, d'un malaise diffus qu'il voudra effacer sans y parvenir.

Il a commandé un taxi et il s'engouffre à l'arrière du véhicule, Rohan dans les bras, tandis que le chauffeur ferme le coffre et s'installe au volant.

Au moment de déboîter sur la voie, un animal, un chien, se jette sous les roues du taxi qui réussit à l'éviter après un brusque coup de frein. Jo n'a rien vu.

Rohan éclate en sanglots en criant des onomatopées incompréhensibles.

– Poufpoufpouf !

Il se débat, semble vouloir se dégager de l'étreinte de son grand-père, se plaque à la vitre sur le côté, puis se cramponne au dossier de leur siège pour observer la route, l'immeuble qui s'éloigne, son quartier qui disparaît.

Peut-être devine-t-il qu'il ne reverra plus cet endroit ? se demande Jo, troublé. Il serre le petit contre lui, le cœur battant. Les pleurs se calment lentement, mais Rohan continue à produire un faible gémissement, découragé.

Jo respire à pleins poumons l'odeur du bébé tandis que le chauffeur, silencieux, écoute une chanson populaire sur *Radio Nostalgie* sans se préoccuper de lui.

26 - Kidnapping

Le chien bondit vers eux.

L'étranger est en train de l'emporter ! Mais où sont donc Aurélie et Arjun ? Pourquoi ne sont-ils pas ici pour protéger leur petit garçon ?

Il court à perdre haleine.

Quand le chauffeur a fermé le véhicule, qu'il a démarré en mettant son clignotant, Pouf a d'abord jappé doucement, affolé, pour attirer leur attention, puis il s'est précipité au-devant du véhicule qui l'a évité de justesse.

Tandis que la voiture s'éloigne, Pouf à bout de souffle, voit la tête de Rohan apparaître à travers la vitre arrière et rétrécir jusqu'à s'évanouir au loin.

Il aboie longtemps, tout seul au milieu de la route, jusqu'à ce que des gens s'approchent de lui, se demandant ce que fait ce chien perdu, là, qui hurle comme un malade.

27 - Retour à la maison

Dans l'aéroport, comme ils ont de l'avance, Joseph Conté se promène au milieu des boutiques, après l'enregistrement des bagages. La valise était tellement lourde qu'il a dû payer un excédent. Il y a rangé son cartable et il a sur le dos son gros sac rempli des affaires indispensables pour Rohan.

Celui-ci est bien calé sur son ventre.

Il faudrait que j'offre quelque chose à la voisine pour la remercier d'avoir gardé Sissi, se dit-il. En vue de cet achat, il repense à sa démarche légère, féline, à son sourire moqueur. Elle doit être née dans les îles. C'est sûrement une bonne vivante. Je vais lui rapporter un alcool. Il se souvient qu'elle aime boire un petit verre, le soir, sur sa terrasse et lui achète une bouteille de rhum Havana Club ambré. Il ignore qu'en alcools forts Gladys n'apprécie que le whisky. De plus, si toutefois il lui arrive de boire du rhum, c'est uniquement le rhum du Père Labat de Marie-Galante, l'île de son enfance. Et pour couronner le tout, elle n'a que dédain pour le Havana Club, dont elle trouve la réputation surfaite. Pour elle, c'est le pire rhum du monde !

En arrivant en vue d'Aix-en-Provence, en taxi, Jo appelle sa voisine pour la prévenir qu'il est en approche. Il remarque à peine le soupir de soulagement de Gladys.

Il entreprend de monter les escaliers, chargé comme un baudet. Par-devant, le bébé, qui s'est réveillé et s'est mis à crier dès que la voiture s'est arrêtée. Par-derrière, son gros sac à dos. À la main, l'énorme valise.

Quand il atteint le palier du premier étage, il voit Kaer qui a ouvert sa porte en entendant son pas. L'homme commence une phrase, mais s'interrompt, bouche bée devant le prof et son chargement. Il ne trouve plus ses mots.

Jo ne lui dit ni bonjour ni rien. Silencieux, il passe devant son voisin, avec un visage impénétrable. Le message est clair. Fermez-la.

Kaer suffoque de stupeur. Mais qu'est-ce que c'est que ce bébé hurleur ? D'où sort-il ? Immédiatement, il imagine les nuisances qu'un moufflet peut apporter dans une copropriété paisible et tranquille ne comprenant aucun enfant. Il espère que ce n'est que pour les vacances.

Le temps qu'il formule une question sensée, Jo est déjà sur le palier du deuxième. Au troisième, il marque un arrêt pour moucher Rohan et essuyer ses larmes et il chantonne une berceuse dans le vain espoir de le calmer. *Quelle arrivée en fanfare,* se dit-il ! *Au moins tout le monde est prévenu.* Il profite de ce moment de câlin pour souffler un peu, puis il reprend son ascension.

Gladys l'attend debout sur leur palier, les portes des deux appartements sont ouvertes, Sissi est à ses côtés, curieuse. Elle n'a pas l'air de reconnaître vraiment son Joseph. Le bruit du petit d'homme qu'il tient dans ses bras, comme son odeur, ne lui inspirent nulle confiance.

Voilà du nouveau, se dit Gladys. *On n'est pas sorti de l'auberge, avec un minot, maintenant.*

Mais elle ne peut s'empêcher de trouver assez sexy, finalement, un homme qui s'occupe maladroitement d'un tout-petit.

Et puis, contrairement à son appréhension, elle n'est pas du tout déçue par ce qu'elle voit. Joseph Conté est bien un quinquagénaire élégant et plein d'un charme qui s'ignore. Sa mémoire ne l'a pas trahie.

– Merci, dit Jo, hésitant.

– Gladys. Appelez-moi donc Gladys. Vous, c'est Joseph, c'est ça ? Ça vous va mal, Joseph. Ça fait vieux. Si je vous appelle Jo, ça vous convient ?

Joseph Conté se demande ce qu'il lui prend, à sa voisine. Est-elle en train de lui dire qu'il fait jeune ? Elle ne serait pas sur le point de lui faire des avances, tout de même ?

Depuis Catherine, personne ne l'a plus jamais appelé Jo. C'est-à-dire qu'il a arrêté de fréquenter leurs amis de l'époque. Ça s'est fait tout doucement. Il n'a plus d'amis. Donc forcément, qui pourrait bien l'appeler Jo, hein ?

Il ignore comment réagir, il ne sait même pas si ça lui convient ou pas, alors il préfère ne rien répondre.

Elle saisit fermement la grosse valise et le précède dans l'appartement. Elle y est comme chez elle, normal, elle a fouillé partout. À petits pas, Sissi les suit et saute sur une haute étagère pour mieux les observer et dominer la situation.

Jo se déharnache de son sac à dos, puis il sort délicatement Rohan du sac-bébé pour le poser sur le fauteuil principal. Le petit s'est soudain arrêté de pleurer en découvrant la chatte. Il trotte vers les étagères et réclame à grands cris de pouvoir la toucher. Il a laissé tomber par terre son doudou, emballé dans le débardeur. Gladys se penche pour le ramasser et le tend à son voisin avec une mimique étonnée.

– C'est son doudou, dit Jo en le reposant sur le fauteuil.

– Un débardeur de femme ? Pourquoi pas ?

– Mais non, regardez, il y a aussi une peluche.

– Ah oui. Euh, c'est votre nouveau colocataire ?

Elle plaisante pour essayer de glaner une explication, même si elle sait déjà tout. Sur internet, dans les faits divers, elle a retrouvé l'accident survenu l'autre jour, sur la bretelle de l'autoroute. Le jour du départ de Joseph Conté. Le nom de l'accidentée : Aurélie Conté. Mère d'un bébé de deux ans. Les deux passagers de la voiture sont morts.

Pas besoin de sortir de Saint-Cyr pour comprendre. Même si, dans son cas, Saint-Cyr, c'est un peu chez elle, elle y a enseigné quelque temps.

Jo avait une fille, la petite qui est sur toutes les photos dans l'appartement, elle est morte et maintenant il s'occupe du bébé. Point barre.

– En quelque sorte, oui, sourit tristement Jo. Je vous présente Rohan. C'est votre nouveau voisin.

En entendant son nom, l'enfant se retourne et les regarde

gravement. Il semble attendre la suite.

– C'est mon… petit-fils. Il va rester ici… pour toujours.

Le bébé reste un instant en arrêt, comme figé par cette nouvelle, puis ses lèvres se mettent à trembler et les pleurs recommencent. Les deux adultes se regardent avec effarement.

– Je crois qu'il a tout compris et qu'il n'est pas d'accord, dit Jo.

– Pensez-vous ! À cet âge-là, ça comprend pas tout, quand même… Si ? demande Gladys.

– Vous n'avez jamais lu Dolto, vous ?

– C'est que… J'ai jamais eu d'enfant.

Quoi ? Comment ? C'est moi qui ai dit ça ? se demande Gladys. *On dirait que je me plains ! Mais je suis trop bien moi, comme ça, tranquille sans moutard pour me faire suer ! Parce que faut pas croire, un gosse c'est pour la vie, hein ! On n'en est jamais tout à fait débarrassé, même à l'âge adulte ! Y'a toujours un pet de travers, faut toujours les aider, se faire du souci pour eux !*

Elle rajoute, vite :

– Euh, c'est un choix, je veux dire. Je regrette rien. J'en ai pas voulu, c'est tout.

Mais c'est dingue ! Je suis en train de me justifier, là ?

– Je comprends, répond simplement Jo.

Gladys se calme immédiatement.

Bon, autrement dit, va falloir faire avec. Vu le coffre qu'il a, cet enfant, quand il pleure, il ne lui reste plus qu'à s'adapter le plus vite possible si elle veut que son appartement redevienne ce havre de paix dont elle avait rêvé au départ. Et qu'elle investisse dans un casque antibruit.

– En tout cas, il a de la voix ! Bon allez, je vous laisse. Si vous avez besoin d'aide, je suis juste à côté.

Comme elle regrette déjà d'avoir dit ça, elle rajoute :

– Enfin, ce n'est pas que je pourrais beaucoup vous aider sur ce coup-là, hein…

Immédiatement, elle se dit que ça lui plairait pas mal, en fait de le voir plus souvent, ce voisin qui la fait craquer.

– Mais bon, j'ai rien d'autre à faire, alors ça me dérange pas, hein et puis entre voisins…

Elle se demande si elle n'en fait pas un peu trop, tout d'un coup. C'est vrai que parfois, elle a une propension à exagérer ses réactions.

– Je ne voudrais pas abuser, dit Jo désarçonné par ces volte-face.

– Pensez-vous !

Voilà qu'elle en rajoute une couche ! Bon, ça lui fera plaisir de voir son voisin un peu plus souvent, certes, mais pas au point de devenir cul et chemise, quand même ! Si ? Elle se sent soudain palpiter. *Bon, allez, ferme-la et tire-toi d'ici,* se dit-elle.

Au moment où elle sort sur le palier, Sissi saute sur le plancher et se faufile dehors, pour attendre devant la porte voisine. Rohan cesse soudain de pleurer et trotte derrière le chat.

Sous les yeux éberlués de Joseph, Sissi entre dans l'appartement de Gladys et la porte se referme sur le nez de l'enfant qui se retourne, désespéré, vers son grand-père. Les lèvres tremblent de nouveau. *Je dois faire quelque chose tout de suite,* se dit Jo, mais il ne trouve pas et il assiste, désemparé, à la montée de la crise, sans savoir comment la gérer.

Rohan revient dans l'appartement, il attrape le débardeur d'Aurélie mêlé à son doudou sur une chaise et il se jette à plat ventre sur le fauteuil, le visage baigné de larmes enfoui dans le tissu.

Jo le prend délicatement dans les bras et l'emmène sur la terrasse admirer les lumières de la ville. Il s'assoit sur la balancelle et le berce doucement. Petit à petit, les pleurs se tarissent.

Gladys est contente de voir Sissi chez elle.

– Toi, t'es comme moi, lui dit-elle. Tu protèges ta tranquillité ! Mais bon, on aime bien aussi ce bougre-là, hein, toi et moi ? Qu'est-ce qu'on ferait pas pour des yeux pareils ? Allez, ça te dirait, un peu de poisson bien frais ?

Le chat a déjà mangé, mais Gladys se dit que sa loyauté mérite bien un peu de rab ! Après tout, Sissi a prouvé à Jo qu'elle la préférait elle, non ? *J'ai gagné le premier round,* se dit-elle, ravie.

Tout en lui offrant une jolie assiette sur la table basse, sa place habituelle, le soir, elle entonne très fort, sans s'en rendre compte, le chant de la victoire : « La victoire en chantant,

Nous ouvre la barrière, La Liberté guide nos pas... Un Français doit vivre pour elle, Pour elle un Français doit mourir !!! » Ta ta tammm !

Elle ne se doute pas, la baie vitrée étant entrouverte, que Jo l'entend depuis la terrasse.

Rohan s'est finalement endormi dans les bras de son grand-père. Il n'a pas mangé, mais Jo n'a pas le cœur de le réveiller. Il continue à le bercer.

Le temps que Gladys range l'assiette sale, Sissi, rassurée par le calme ambiant, sort et en profite pour se glisser sur sa balancelle.

Elle renifle longuement le bébé, donne quelques coups de langue râpeuse sur les doigts de son Joseph pour lui témoigner son bonheur de le voir revenu et entreprend longuement sa toilette. Elle finit par grimper dans son cou et ronronner, avant de s'endormir.

Jo ne peut plus bouger, paralysé par la crainte de déranger les deux objets de son amour, tous les deux endormis sur lui.

Gladys cherche un moment la chatte, puis la soupçonne de l'avoir trahie pour retrouver son compagnon d'avant. *Traîtresse,* se dit-elle. *Ingrate ! Même pas la reconnaissance du ventre !*

– Sissi ! Sissi !

Elle sort sur la terrasse et appelle, pas trop fort, sans se douter que son voisin est juste à côté.

– Chuuut ! murmure-t-il. Vous allez les réveiller. Ils sont endormis tous les deux.

Elle scrute la demi-obscurité et découvre le tableau : un Joseph Conté pétrifié sur une balancelle qui oscille à peine. Elle rit.

– Vous en avez de la chance ! s'exclame-t-elle, moqueuse.

– Je n'y peux rien ! Moins de bruit, s'il vous plaît. Il dort peu en ce moment.

Gladys se demande si Jo possède les bons réflexes pour les petits.

Il lui semble un peu maladroit, non ? C'est même ce qui le rend charmant à sa façon. Il a peut-être déjà eu un enfant mais il semble avoir tout oublié des gestes essentiels. À part pour lui faire des câlins, pour le reste, elle a bien remarqué que le gilet était boutonné à l'envers, que le pantalon n'avait pas été retroussé correctement (il tirebouchonnait sans grâce) et qu'à leur arrivée, le bonnet avait glissé sur ses yeux sans que personne ne pense à le rabattre en arrière !

Gladys, se dit-elle, *c'est pas tes oignons. Rentre chez toi et surtout ne te mêle pas de cette histoire !*

– Bon, je vous laisse ! Bonne nuit, hein ?

– Chuuuut, lui répond Jo.

Mais alors qu'il reste immobile sans même bouger un cil, le regard perdu sur les toits de la ville, il revoit sans pouvoir s'en empêcher la silhouette généreuse, mais athlétique de Gladys dans son collant de gym, quand elle l'attendait sur leur palier, son visage souriant, accueillant. Il entend de nouveau sa voix sensuelle et chantante et il ferme les yeux, reconnaissant.

Bien entendu, rentrer dans la solitude aurait été plus difficile. Mais croiser une voisine ou un voisin indifférent ou désagréable aurait été pire encore.

Quelle chance il a d'avoir cette Gladys Bernard comme voisine ! Il sent que son caractère intraitable et ses expressions revêches cachent un cœur pur.

Et c'est ce à quoi il aspire en ce moment, pour trouver la force de continuer à avancer malgré tout.

28 - Grand rangement

Joseph Conté passe les jours qui suivent à organiser son appartement avec les affaires de Rohan qu'il installe dans la chambre d'Aurélie. Il doit d'abord dégager tout le reste, bien sûr. Il range les petites choses de sa fille dans des cartons qui encombrent à présent son salon. Il prend tout son temps, reste rêveur devant le moindre cahier, le moindre dessin d'enfant. Il y a aussi ses affaires d'adolescente, un journal secret qu'il emballe dans du papier de soie, sans l'ouvrir.

Il retient difficilement ses larmes, mais dans l'ensemble, il ne se laisse pas aller. Il se sent plutôt comme anesthésié.

Tout ce qu'il fait est ralenti, car il ne veut pas quitter Rohan d'un pouce. Il le tient la plupart du temps dans son sac-bébé, car quand l'enfant est livré à lui-même, c'est une tornade. Il ne peut le lâcher des yeux une seule minute. Il craint la catastrophe en permanence. Il tremble pour lui tout le temps. Heureusement, pour l'instant il est en vacances de la Toussaint. Ça lui laissera le temps pour s'organiser.

Il devrait repeindre la chambre. Recouvrir le joli papier peint à fleurs roses d'une peinture dans les tons bleus, peut-être ? Mais il ne se sent pas le cœur de le faire. Pas encore. Il prévoit de louer un mini van pour transporter les cartons dans le garde-meubles où sont entreposées les affaires de l'appartement d'Aurélie. Pour combien de temps ?

La voisine supporte les cris du bébé la nuit.

Sur le balcon, elle ne croise plus son voisin, car le soir, il tombe comme une masse. Normal, il ne dort plus la nuit.

Sissi vient souvent la voir quand le bébé se réveille pour crier. Gladys en profite pour faire une séance de câlins et elle échafaude des plans où elle deviendrait indispensable pour son voisin.

Un soir, sur la terrasse, Rohan étant couché, Jo invite Gladys à venir chez lui. Il doit lui donner son cadeau pour la remercier.

La bouteille de Havana Club dans les mains, Gladys affiche un sourire forcé.

– Oh ! Du rhum ! Il ne fallait pas, voyons !

– J'ai pensé que ça vous rappellerait votre île natale !

Pas du tout, mon vieux ! maugrée-t-elle intérieurement. *Depuis quand je suis née à Cuba ?*

– C'est gentil, mais bon, vous savez, je suis de la Guadeloupe !

– Oui mais enfin, du rhum, hein, c'est partout pareil, dit Jo sur un ton d'espoir.

Il se demande s'il n'a pas fait une bévue. Elle n'a pas l'air si contente que ça. Elle ne veut pas lui faire de la peine. Elle enchaîne :

– Le mieux c'est qu'on l'ouvre tout de suite, non ?

Il apporte des verres, elle va chercher des citrons verts et du sirop de canne et elle leur concocte deux Ti-punchs bien forts.

Jo a l'air d'apprécier. Il tousse un peu, devient rouge, mais arbore un sourire. Le premier depuis son retour.

– Ça ravigote, dit-il.

Mais pourquoi j'enfile comme ça tant de lieux communs ?

– C'est quoi, tous ces cartons ? demande Gladys.

– Les affaires de ma fille, Aurélie. La mère de Rohan.

J'aurais mieux fait de la fermer, se dit Gladys.

– Il pleure toujours autant, le petit, hein ? On l'entend dans tout l'immeuble.

– Oui, je crois que… le choc sûrement. La séparation… trop brutale.

Il n'a rien expliqué à Gladys et elle n'a jamais rien demandé, mais il n'a pas envie d'en dire plus.

– Vous allez en faire quoi ?

Il suffoque. Il croit qu'elle parle du bébé.

– Mais… Le garder !

– Je parle pas de votre petit-fils ! Je parle des cartons !

– Ah !

Soulagé, Jo explique :

– Je vais les emporter au garde-meubles. Justement, j'ai loué un mini van pour demain, ça nous fera une balade avec le petit. C'est du côté de la Sainte-Victoire.

– Oh, c'est cool ça ! Et si je vous aidais ? Ça me dirait bien un pique-nique à la Sainte-Victoire. Surtout qu'avec le *timoun* [petit], c'est compliqué pour vous ! Comment vous allez faire pour descendre les cartons, charger, tout ça ?

Jo ne l'avait pas envisagé ainsi. Il avait prévu de disperser les cendres d'Aurélie le même jour. À l'endroit où ils allaient, justement, quand elle était petite.

– C'est que… J'avais prévu aussi, en même temps, de… Vous savez ?

Non, Gladys ne sait pas. Elle attend patiemment, se demandant pourquoi Jo est ainsi au bord des larmes.

– Les cendres de ma fille. Je…

Il se dit qu'elle a raison. Avec le bébé, c'est mission impossible ce mini déménagement de cartons.

– Euh, oui, pourquoi pas ? C'est gentil.

– Comment ? Vous voulez disperser les cendres de votre fille tout seul ? Mais non ! Je ne suis pas d'accord ! Je tiens absolument à venir avec vous, à vous accompagner !

Il la regarde avec reconnaissance. Il ne voit plus seulement une voisine pimpante et originale. Et même séduisante, quand on regarde mieux. Il décèle plus en elle, sous ses dehors abrupts et autoritaires.

Gladys sent qu'elle doit vite changer de conversation.

– Pour en revenir à Rohan, vous savez, les enfants, ça s'adapte vite.

– Vous croyez ?

– Mais oui, ne vous inquiétez pas ! Là, c'est un peu normal. Le changement est trop soudain. Mais vous allez voir, il va prendre ses marques…

– C'est que par moment, je ne sais plus quoi faire pour le calmer. Il réclame sa mère, son père. Il ne doit rien comprendre, le pauvre.

– C'est comme les animaux, dit Gladys avec brusquerie. Ils perçoivent tout, vous savez. Et puis comme vous, le moral ça va pas très fort non plus, il doit le sentir, vous comprenez ! Il faut le mettre avec d'autres enfants ! Vous avez été voir à la crèche ?

Ça me ferait pas de mal de reposer un peu mes oreilles le temps qu'il aille à la crèche, se dit Gladys, ravie d'y avoir pensé.

– Non. C'est trop tôt. Je ne peux pas… Je…

– Allez mon vieux, un peu de nerfs ! Il faut pas être égoïste comme ça !

Jo n'est pas encore prêt à se séparer de lui. Mais c'est vrai, comme lui aussi est brisé par le chagrin, ce qu'il renvoie au bébé ne risque pas de l'aider à surmonter l'épreuve.

– Vous avez raison, mais… Bon… pas tout de suite… C'est vrai, on est tristes tous les deux, pourtant vous savez, il y a aussi des éclats de rire, des moments de grâce. Et puis quand il est avec la chatte, il est très calme. Et faut voir comme elle se laisse faire ! Elle aussi on dirait qu'elle comprend.

Tu parles ! La pauvre Sissi ! Obligée comme moi de supporter ce bruit, ces cris perpétuels ! se dit Gladys.

– Alors c'est dit ! Vous partez à quelle heure demain ? Je m'occupe des sandwichs, OK ? Vous prévoyez pour le *timoun*, bien sûr, je sais pas ce que ça mange, ces bêtes-là !

Elle éclate de rire. Jo sourit poliment, elle lui force la main, mais… c'est vraiment sympa.

– Et puis, vous aurez besoin de moi pour affronter le père Kaer ! Vous allez voir ça !

Il rit. Elle lui fait un salut du coude, comme c'est devenu la mode depuis les fameux gestes barrières et elle part brusquement.

Il rouvre la porte et la rattrape juste à temps.

– Vous aviez oublié votre cadeau, lui dit-il, souriant, en lui tendant la bouteille de rhum.

– Ah oui, tiens ! c'est vrai ! Merci !

Ils se séparent et chacun rentre dans son chez-soi.

Mince ! Il s'en est rendu compte ! se dit-elle, dépitée.

29 - La longue route

Le chien court derrière le taxi, mais il est vite distancé. Tant qu'ils sont dans son quartier, il perçoit très distinctement l'odeur de son Rohan, alors qu'il ne voit déjà plus la voiture, mais quand il parvient aux abords de la grande voie, sa trace olfactive disparaît.

Il force l'allure, se concentre sur les émanations spécifiques de l'arrière de la voiture qu'il poursuit. Il réussit à la suivre jusqu'à ce qu'elle atteigne une autre route, puis une autre encore. Après un immense tournant, elle pénètre dans un flot ininterrompu de véhicules lancés à une grande vitesse.

Il se rappelle la Grande Ville, celle où il est déjà venu avec ses humains. Il passe tant de voitures ici, que la tête lui en tourne. Chacune d'elles dégage une odeur très proche de celle qu'il poursuit. Distinguer la piste qu'il recherche est devenu impossible. Trop de monde, trop de trafic.

Il s'assoit au bord du trottoir pour observer la marée perpétuelle d'inconnus qui se pressent vers leurs rendez-vous. Quand il finit par retrouver un souffle normal, il hurle sa plainte d'avoir manqué son bébé.

Mais son objectif reste le même.

Il lève la tête, hume l'atmosphère, se met en mouvement dans la direction qu'a prise le taxi. Il a l'intuition que, cette fois, la route sera longue.

Il ne reconnaît pas vraiment les lieux, mais c'est sûr, il est déjà passé par ici, avec les siens. La circulation est dense et il se fait remarquer très vite. Un chien seul, errant, dans un endroit rempli d'humains, ne passe pas inaperçu. La majorité des gens vont et viennent avec leurs préoccupations, ce qui les rend indifférents à l'existence d'un animal, mais certains autres semblent à l'affût. Ils sont en maraude dans des véhicules menaçants qui sentent fortement le chien et ils dégagent des signaux de chasse qui déplaisent à Pouf. Car il sait d'instinct que la proie, c'est lui.

Quand l'un d'eux le repère, Pouf ne le remarque pas tout de suite. Il est en arrêt sur un trottoir, devant une immense charcuterie, il attend. Qu'un humain ait pitié de lui ou qu'un autre fasse tomber, par inadvertance, un morceau de saucisse qu'il vient d'acheter. Il est patient, Pouf. Il a tout son temps et il doit prendre des forces.

Oui, mais il est tellement obnubilé par ces fantasmes de viande qu'il ne voit pas la voiture garée en double file, non loin de lui. Il ignore que le charcutier sait reconnaître un chien errant. Le chien se croit discret, mais le patron a eu vite fait de le repérer et d'appeler la fourrière. Ce service est très bien organisé dans la Grande Ville.

Un homme vêtu d'un gros blouson noir avec un écusson sur le côté et des gants épais s'approche lentement de lui, par-derrière. Il fait glisser d'une main à l'autre une longue perche qui se termine par les boucles d'un lasso de corde souple.

Pouf se demande pourquoi et à qui le patron, apparu

soudain sur le pas de sa porte, fait des signes silencieux. Sa truffe est alors troublée par une odeur de chiens si intense qu'il pense qu'une meute arrive sur lui.

Un signal d'alarme intérieur, venu d'il ne sait quelle mémoire ancestrale, se déclenche dans sa tête et il se retourne brusquement, au moment où l'employé déploie la lanière dans les airs.

Pouf effectue un pas de côté et sans attendre son reste part en courant sur le trottoir. Heureusement, il a pris par hasard le sens inverse de la position de la voiture, ce qui ne permet pas au chauffeur, resté à l'intérieur, de le poursuivre. C'est donc l'autre, à pied, qui s'y colle en poussant un juron. D'autant qu'il perd de minutes précieuses à d'abord ré-enrouler le lasso.

Il parvient à repérer le chien au carrefour où il tente une nouvelle fois son lancer. Pouf, occupé à esquiver les voitures au milieu de la route qu'il traverse en courant ne parvient pas à éviter la corde qui s'enroule autour de sa patte.

Mais avant que l'autre ne resserre son emprise, il se dégage, avec l'énergie du désespoir. Cette fois, le temps que l'employé arrive, il est hors de vue.

30 - Adieu foulards, adieu madras

La journée sur la Sainte-Victoire avec Gladys, est, contre toute attente vu les circonstances, un enchantement.

Ils vont d'abord vider la camionnette au garde-meubles et le prof en profite pour vérifier si tout est bien arrivé de Strasbourg.

Puis ils laissent leur véhicule aux abords d'un chemin et ils s'enfoncent à pied sur un plateau encore vert.

Rohan joue dans le pré, il semble soudain heureux, il court derrière les papillons. Gladys partage avec Jo le moment où il disperse, sur la colline, les cendres d'Aurélie.

Malgré la demande de silence de Jo, Gladys insiste pour dire quelque chose de façon un peu cérémonieuse. Comme son seul univers, c'est l'armée, elle choisit une chanson militaire et entame le premier couplet : « J'ai perdu un camarade… » avant que Jo ne réagisse.

Il proteste, mais elle refuse de lui obéir. Dans la panique, il ose un geste qu'il ne se serait jamais autorisé, mais là, il ne peut pas la laisser continuer ! Il s'approche d'elle, hésite un peu, et comme elle le nargue en continuant de chanter de plus belle, il lui met la main sur la bouche pour la faire taire.

Il ressent un trouble singulier d'être soudain si près d'elle, de la toucher, de sentir ses lèvres dans sa paume. Gladys est déstabilisée un moment, elle aussi émue par le rapprochement.

Le temps se suspend étrangement, mais bien vite Gladys retrouve ses réflexes automatiques et ça ne fait pas un pli : elle le retourne comme une crêpe avec une prise de judo.

Quand Rohan les voit à terre, il saute dans le tas en criant de bonheur. Et le pugilat finit en éclats de rire.

– Stop ! Stop ! crie Jo, essoufflé. C'est pas du jeu !

– Ah oui ? Parce que vous avez le dessous ?

– C'est que je veux vous épargner ! Jamais je ne lèverai la main sur une femme, dit-il.

– Ouais ! La bonne excuse pour se défiler.

Elle a peut-être gagné la bataille, mais elle a aussi arrêté de chanter. Ils sont soudain mal à l'aise. Ni l'un ni l'autre ne revient sur la cause de la bagarre et comme ils sont à terre, ils en profitent pour déballer le pique-nique. Jo étale la nappe et des couverts en plastique, tandis que Gladys sort des chips, du jambon, deux baguettes, du comté, une bouteille de vin, de la limonade, des pommes et des mandarines.

– On m'a dit de ne pas lui donner de boissons sucrées, dit Jo.

– Bon maintenant ça suffit, hein ? Pour une fois, il ne va pas en mourir.

Jo cède. À leur grande surprise, l'enfant mange d'un bel appétit, comme s'il voulait rattraper son retard.

Gladys a même prévu un thermos avec du café et une plaque de chocolat. Pendant tout le pique-nique, ils sont plutôt silencieux.

Chacun repense à leur enlacement de tout à l'heure, sous prétexte de chamaillerie. Ils ont à l'unisson ressenti des émotions physiques qui les ont surpris. Le cœur s'est emballé, le ventre a picoté, la tête a bourdonné, les mains ont tremblé, les jambes ont flageolé. Des sensations que ni l'un ni l'autre n'avait plus connues depuis une éternité

Jo se demande avec culpabilité pourquoi il ne pense pas plus à Aurélie. Et puis il réalise que ce qu'il ressent avec Gladys est sûrement une fuite pour atténuer sa douleur.

Il aurait dû dire quelques mots à sa fille. Prendre le temps de lui parler, de lui dire au revoir. Mais il ne s'en sentait pas la force.

Le vent se lève et à l'heure de la sieste après un repas champêtre, il faut tout remballer. Vu la saison, c'est une chance déjà qu'il ne fasse pas plus froid.

Gladys insiste pour chanter quand même quelque chose, avant de partir. Elle n'en démord pas.

– Je vous promets, ce n'est pas un chant militaire !

– C'est quoi alors ? grogne-t-il, inquiet.

– Vous verrez.

Il se résigne, prêt à intervenir s'il juge qu'Aurélie n'aurait pas aimé. De sa voix chaude, Gladys entame alors un chant qui lui noue la gorge, tandis qu'il s'efforce d'empêcher ses larmes de couler.

– Adieu foulard, adieu madras[15], Adieu grain d'or, adieu collier chou[16], *Doudou an mwen ki ka pati, Hélas, hélas cé pou toujou*[17].

Jo détourne la tête, car il a perçu une fêlure dans la voix de Gladys. À qui pense-t-elle en chantant ?

– Doudou an mwen ki ka pati, Hélas, hélas cé pou toujou…

En le regardant avec insistance, Rohan s'approche de son grand-père et met sa main dans la sienne. Jo s'en saisit, la serrant très fort.

Ému, il détourne les yeux et se perd dans la contemplation du paysage rocailleux et tourmenté. Le ciel est brusquement assombri par un vol d'étourneaux formant un immense nuage sombre, dense et ondulant. Un soleil noir mouvant. Ils sont de retour. Chaque année, à la même date, ces petits oiseaux piailleurs et gais s'amusent dans le ciel d'Aix à créer des formes changeantes au gré de leurs improvisations. Aurélie et lui adoraient les observer. Il se perçoit en connexion directe avec la nuée qui lui offre ce ballet envoûtant en totale résonnance avec son chagrin. Il suit la chorégraphie des yeux, vacillant un peu.

Dites-lui que… pense-t-il. Car il voudrait parler à sa fille,

---

[15] Les foulards en madras sont des parties de la tenue traditionnelle antillaise. Le tissu « madras » ayant été importé aux Antilles par les « coolies », les remplaçants des esclaves dans les champs de cannes, venus des Indes, après l'abolition de l'esclavage.

[16] On appelle « grains d'or » et « colliers chou » certains bijoux portés aux Antilles.

[17] Traduction : « Mon Doudou qui est parti, hélas c'est pour toujours. »

rattraper ces années perdues sans contact. *Dites-lui que...*

Mais, alors que Gladys continue à chanter, il ne trouve pas les justes mots pour propulser dans l'univers l'intensité de son amour et toute l'émotion qui l'habite.

Il se retourne et s'en va brusquement sans attendre sa voisine, refusant qu'elle voie ses larmes, impossibles à contenir.

Quelques jours plus tard, il se rend à la crèche, dont Catherine a été un jour la directrice. Avec la rentrée qui approche, cela devient une absolue nécessité d'y inscrire Rohan. Malgré le manque de place, ils acceptent de faire une exception et de prendre son petit-fils. Pourtant aucun des membres du personnel présent n'a connu sa femme. Mais leur histoire les touche. Seul impératif, il doit venir absolument, le soir à dix-huit heures, récupérer l'enfant.

Cela posera un problème quand il aura des rencontres avec des parents d'élèves, ou des conseils de classe, mais il ne veut pas encore y songer. Un pas après l'autre. Il a déjà l'impression de déplacer des montagnes en regard de sa force défaillante et de son énergie inexistante…

Les derniers jours des vacances, il fait des cauchemars abominables : Rohan est à la crèche et il lui arrive des accidents. Les jeunes femmes qui s'occupent de lui heurtent sa tête par maladresse. Il tombe de la table à langer. Un autre enfant lui enfonce une fourchette dans le ventre. Personne ne le voit avaler le contenu d'une bouteille de gel désinfectant.

Il met les doigts dans une prise électrique. Chaque fois, on le prévient trop tard. Quand il arrive, Rohan est déjà mort. Jo se réveille alors en sursaut, trempé de transpiration, les cheveux collés sur le front. Il se lève et s'installe devant son ordinateur en attendant que le sommeil revienne. Jamais il n'a été aussi présent sur le site de corrections des écrivains en herbe.

En général, il en est arraché par les cris de Rohan qui semble faire, lui aussi, cauchemar sur cauchemar.

À la rentrée des vacances de la Toussaint, Jo n'est plus que l'ombre de lui-même. Le bébé alterne entre jeux avec Sissi et pleurs qui semblent ne jamais devoir finir. Le bel appétit du pique-nique a de nouveau disparu. *Son chagrin est incommensurable,* pense Jo. *Comme le mien.*

Pourtant au milieu de cette plaie béante, quelques moments plus joyeux émergent, dont ses conversations avec Gladys. Cette dernière s'incruste de plus en plus chez lui, ce qui l'étonne et lui procure un bonheur précieux. Depuis le jour du pique-nique et le trouble qu'il a ressenti, il la regarde avec une sorte d'émerveillement dans les yeux. Comme si elle était magique. Aurait-elle le don de faire revenir à la vie les zombies ?

Le jour de la rentrée, il dépose Rohan à la crèche. L'enfant ne s'attend pas à cette traîtrise de sa part et se débat dans les bras de la jeune femme qui le saisit. Ses pleurs sont déchirants, il tend ses petits bras vers son grand-père tandis qu'une dame le pousse vers la sortie.

– Partez, partez, c'est parce que vous êtes là qu'il pleure. Ça ira mieux dès qu'il ne vous verra plus. Nous avons l'habitude.

La mort dans l'âme, Joseph Conté s'éloigne d'un pas lourd.

Par réflexe, sur le chemin du lycée, il s'arrête à sa boulangerie et il remarque à peine que le boulanger, n'ayant rien perdu de ses bonnes habitudes, ne lui rend pas sa monnaie.

31 - Un vol d'étourneaux

Au lycée, les choses ont changé subtilement à cause de divers incidents survenus dans l'actualité, que Joseph Conté n'a pas suivie. Les conversations s'adaptent aux derniers événements. Politique, faits divers, drames, attentats, Jo n'a rien vu, rien remarqué, rien senti de tout cela. Les informations sont anxiogènes, mais ne touchent pas Jo.

Il sait qu'il doit enseigner. Il essaie de se concentrer sur cette réalité, alors que tout son esprit, toute son énergie, sont focalisés sur l'enfant qu'il a déposé à la crèche, ce matin. Comment faire pour trouver la force de s'intéresser au quotidien ? À ses cours ? Au sort de ses élèves ? Le manque de sommeil brouille sa lucidité. Il se reproche d'avoir lâchement abandonné Rohan. Ils ont passé presque trois semaines ensemble, jour et nuit, s'apprivoisant lentement l'un l'autre, ne se quittant que le temps de dormir. Cette méthode commençait à porter ses fruits. La séparation est brutale. Jo craint que l'enfant ne régresse dans son adaptation à sa nouvelle vie.

Il se demande comment il pourrait faire pour être toujours avec lui. Mais il sait aussi que ce n'est pas la solution. S'il aplanit tout devant sa route, s'il construit un cocon protecteur et fusionnel, comment Rohan pourra-t-il se construire ? Des bribes de souvenirs de livres de psychologie sur l'éducation des enfants s'entremêlent dans sa tête, parfois contradictoires.

Doit-il le laisser aller vers les autres, vers le monde ? Ce serait veiller à en faire un humain fort, qui pourrait affronter l'existence, non ? Ou est-ce trop tôt ? Et s'il faisait une erreur ? Comme il doute de son intuition en la matière, comme il se méfie de son désir de surprotéger l'enfant, il préfère le pousser vers la vie, au détriment de ce qu'il ressent lui-même.

Peut-être se trompe-t-il ? Il a tellement besoin d'être près de Rohan qu'il craint l'intensité de ses sentiments. Il voudrait ne jamais le quitter, le protéger du monde, lui épargner souffrances et douleurs, conscient qu'il a pourtant déjà vécu le plus grave. Au fond, n'est-ce pas Joseph Conté qui a besoin de s'habituer à se séparer un peu de Rohan ?

Dans la salle des profs, comme avant son départ, tout le monde garde ses distances et seuls ceux qui avalent un café ne portent pas leur masque. Quelques collègues lui demandent de ses nouvelles.

– T'as été malade ? On t'a pas vu, la veille des vacances.

Jo répond du bout des lèvres et devant son manque de coopération, les autres renoncent. Il reste debout devant eux, sans ressort. Il écoute les conversations distraitement, perdu dans ses propres réflexions.

– Il ne va pas s'en sortir comme ça ! Il gâche tous mes cours ! Il a mauvais esprit. Vivement le conseil de discipline et qu'on lui règle son compte.

Les mots « conseil de discipline » attirent son attention.

– Vous parlez de qui ?

– Tu n'es pas au courant, Joseph ?

– Excuse-moi. Euh, non…

– C'est vrai que tu as été absent les derniers jours avant les congés. C'est ce Murati. Jimmy Murati. Il est comment dans ton cours ?

– Inexistant. Il me rend des copies vides. Il ricane ou il me provoque. Mais je crois que c'est un gamin intelligent.

– Un gamin ? Tu sais qu'il est majeur, n'est-ce pas ?

– Oui, enfin… ça change pas grand-chose…

– Tu savais ce qu'il s'est passé avant ton départ l'autre jour, pendant le cours de Rodier ? Il a fait valser sa chaise, Rodier a craqué et ils en sont venus aux mains, mais bon. C'était de la légitime défense.

– Pour qui, pour Murati ?

– Mais non, pour le prof.

– On sait ce qui a déclenché ça ?

– Murati le narguait ouvertement. Rodier a voulu lui confisquer son téléphone. Cet ado est ingérable.

– Oui, je sais, pourtant une fois dans mon cours, il est sorti de ma classe avant de péter un câble. C'est une façon de gérer sa colère, non ? Une preuve de maturité, je trouve.

Les autres, incrédules, échangent des regards navrés. Jo les entend presque penser : « Mais quel naïf, ce Conté ! Trop bon, trop con ! »

– C'est vrai, insiste Jo. Moi je trouve ce comportement

raisonnable. Ça prouve qu'il se connaît bien et qu'il a voulu éviter une vraie crise.

– Si tu veux, bref, en tout cas, il a eu une mise à pied avant les vacances et on a fixé le jour du conseil de discipline.

– Conseil de discipline ? C'est un peu fort, non ?

– On a assez attendu. Il a besoin qu'on lui mette des limites.

– Des limites ? Vous savez bien qu'un conseil de discipline ça finit toujours par un renvoi. C'est une mascarade, pour l'élève. Vous avez prévenu ses parents ?

– Ils ont dû recevoir un courrier par la voie officielle…

La sonnerie interrompt la conversation et tout en marchant vers la sortie, Jo entend ses collègues dans son dos :

– J'étais sûr qu'il réagirait ainsi. C'est une trop bonne pâte. Il trouve toujours des excuses à tout le monde. Il est trop gentil, ça lui jouera des mauvais tours.

Las, il s'éloigne dans le couloir à la rencontre de ses élèves.

Son cours se passe très mal. Jo est fatigué. Il ne parvient pas à trouver l'énergie pour les faire rire, pour les mettre de son côté, comme à son habitude.

Tout le monde discute à haute voix, certains élèves s'insultent, règlent leurs problèmes bruyamment. Jo n'a pas envie de hausser le ton, ni même de les faire taire. De toute façon, il dort à moitié et ne contrôle plus rien.

Étrangement, au milieu de ce chaos, Murati, assis au fond de la classe, ne parle pas. Il ne le provoque pas et ne touche même pas à son téléphone. Il regarde par la fenêtre avec une expression indéchiffrable sur le visage.

Le prof leur donne un exercice d'expression écrite à faire pour la semaine suivante et, juste avant que la sonnerie ne retentisse, il demande à Murati de venir le voir à la fin du cours.

– Tes parents ont reçu la convocation pour ton conseil de discipline ? lui demande-t-il.

L'élève rougit violemment et serre les lèvres.

– Ouais.

– Qui viendra t'accompagner, te soutenir ?

– Personne, j'suis majeur, c'est pas obligé d'être accompagné.

– Pourquoi tes parents n'ont jamais répondu à ma c…

Il allait dire convocation, mais il trouve soudain que ça sonne un peu « policier », il se rattrape avant de prononcer le mot.

– … ma demande de les voir ?

Jimmy hausse les épaules et sort de la classe sans répondre et sans dire au revoir. Au moment de franchir la porte, il se retourne et regarde Jo avec intensité.

– Et vous, ça va mieux, M'sieur ?

C'est au tour de Jo de rougir. Les gens lui demandent rarement s'il va bien. Quand ses collègues le font, les phrases sont machinales, sans réel intérêt. Mais dans les mots de Jimmy, il sent que l'attention n'est ni feinte ni automatique.

– Si on veut, répond Jo en rangeant ses affaires dans son

cartable.

Pendant une minute déstabilisante, la situation lui semble étrangement inversée. Comme s'il était l'ado et Murati, le prof.

Dans l'après-midi, Joseph Conté se rend chez le proviseur pour demander l'adresse de Jimmy Murati. Il s'est mis en tête d'aller, de son propre chef, à la rencontre des parents de l'élève.

Le proviseur, bien qu'ayant le devoir de préparer le fameux conseil de discipline, n'a jusque-là pas pris la peine de regarder la situation familiale de l'élève. Ils découvrent ensemble, par les fiches, que Jimmy Murati vit dans un foyer mono parental. Pas de mère à la maison, vraisemblablement. Pas d'adresse de mère nulle part, ailleurs, en fait. Un père seul. Et une petite sœur.

Ils habitent dans le bloc de la rue Constantin. Ce n'est pas un grand détour et pas très loin de la rue des Cordeliers, même si c'est presqu'en dehors de la vieille ville.

Sur le chemin du retour, Jo regarde l'heure sur son téléphone. Il a de l'avance sur la fermeture de la crèche, mais il n'aura pas le temps de passer chez Murati avant de récupérer Rohan. Il remet cette visite pour demain ou après-demain.

Il y a peu de monde dans les rues, avec tous ces bars, ces magasins, ces restaurants vides sur la grande allée de platanes du cours Gambetta. Il n'avait pas remarqué ces détails ce matin.

Il s'arrête au cimetière et, alors qu'il ne s'y attendait pas, ce sont comme les vannes d'un barrage qui cèdent. Il pleure sur la tombe de Catherine. Ses sanglots sont violents et libérateurs. Il revoit les dernières semaines à peine écoulées. C'est comme s'il projetait à Catherine le film des événements qu'il vient de vivre. Une pierre se soulève de son cœur. Petit à petit, ses larmes se tarissent.

– L'histoire de Murati m'a fait atterrir, on dirait, confie-t-il à Catherine en esquissant un doux sourire de dérision.

Il aimerait croire qu'elles sont ensemble, quelque part. Les femmes de sa vie. Il regarde le ciel et essaie d'imaginer l'univers et même pourquoi pas, les multivers, en y projetant les particules en suspension de sa femme et de sa fille, comme des étincelles éternelles.

Il surprend alors, au-dessus du cimetière, une nuée enivrante de dizaines et de dizaines d'étourneaux. On dirait qu'ils le suivent. Ils étaient déjà avec lui l'autre jour, sur la Sainte-Victoire. Aurélie est-elle parmi eux, le temps d'un adieu ? Il se moque de ses pensées, mais en même temps elles sont entêtantes et ne le quittent pas.

Il est désormais privé de la présence de sa fille, mais ces escadrilles d'arabesques vont peut-être, elles, la croiser à travers les nuages ? Il ferme les yeux et les charge du fameux message. *Dites-lui que... que...* mais il ne sait toujours pas quels mots choisir.

Dites-lui qu'elle lui manque ? Qu'il l'aime ? Qu'il fera tout pour rendre Rohan heureux ?

Que lui dire qu'elle ne sache déjà ?

En rentrant il songe au rendez-vous envoyé par les Services Sociaux. Le travail administratif suit son cours sans états d'âme. Le dossier a été transmis de Strasbourg à Aix-en-Provence. Il est convoqué devant le juge. C'est étrange, il n'est pas inquiet du tout. Pour lui ce n'est qu'une formalité. Qui pourrait vouloir séparer un grand-père de son petit-fils ?

32 - Errance

Le chien met du temps à réaliser qu'il boite. Sa patte est-elle cassée ? Foulée ? Tordue seulement ? Ou juste contusionnée ?

C'est dans un parc pour enfants qu'il trouve autour des corbeilles à papier des restes de sandwichs, de croissants et de bonbons qui l'aident à se rassasier un peu. Mais les regards sont insistants, alors il se fait tout petit dans un coin derrière un banc, entre un buisson, un arbre et une corbeille et il observe avec nostalgie les autres chiens courant derrière les balles lancées par leurs humains.

Il se remet en marche et débouche le long du canal où ils sont parfois allés se promener, avec sa famille. Il descend un escalier et, pour lécher sa patte, se blottit en rond dans l'ombre d'un petit pont, à l'abri des regards.

Il a commis une erreur. Dans l'affolement et le chagrin de voir Rohan s'éloigner de lui, il n'a pas respecté ses propres règles. Ne pas pratiquer les lieux occupés par les humains dans la journée. On ne l'y reprendra plus. Il doit bouger la nuit. Il n'y a que dans les forêts sombres et reculées qu'il peut se déplacer le jour.

Malgré le froid qui l'envahit et le fait trembler, après avoir longuement léché son membre endolori, Pouf parvient à s'endormir et à rêver de Rohan qui l'attend.

Quand il repart, c'est à la nuit.

En quittant son abri, il découvre autour de lui le givre qui recouvre tout. Il lape certains trous où cette glace s'est liquéfiée, ne parvenant pas vraiment à assouvir sa soif. Il frissonne et marche lentement.

Bien que l'agitation se soit calmée, la ville est si grande qu'il y a encore des voitures qui circulent, émettant sur leur passage un chuintement mouillé dû au dépôt glacé et fondu qu'elles compriment en roulant.

Il rase les murs, se fait invisible, effectue de longs détours pour passer par des cours, des parkings, des endroits désertés en évitant les artères larges et éclairées.

Il se sent sauvage, ténébreux, semblable à un animal effrayant nocturne, qui fuit la lumière. Un mauvais chien.

Au petit matin, assoiffé, il finit par atteindre le bord d'un immense fleuve. Les odeurs l'enivrent. Elles sont riches et diverses. L'eau est partout autour de lui.

Le grand fleuve dessine une île, mais aussi des ruisseaux et de petites mares stagnantes. Il suit ces traces liquides dans le but d'étancher sa soif. Arrivé devant un ru qui folâtre entre de hautes herbes, il s'y enfonce jusqu'à la poitrine pour boire et même mordre goulûment l'eau bondissante. Puis il en suit la berge, s'embourbant dans la terre souple, avant de gagner par des sentiers préservés dont certains enjambent un large cours d'eau, la grande île qui lui paraît protégée.

Les animaux semblent les rois, ici, et les traces des hommes sont rares. Tout se révèle excitant. L'humus exhale des effluves généreux, malgré le gel. Toutes sortes d'êtres se terrent dans cette forêt humide, glacée et protectrice. Il perçoit la présence de bêtes à poil, petites ou plus grandes, mais aussi de multitudes d'insectes et d'oiseaux.

Serait-il arrivé au paradis des animaux ?

Il s'immobilise devant un arbre gigantesque couché au sol et formant un creux naturel au bord de la rivière. Il se réfugie dans cet abri sombre, s'enfonçant comme sous une courbure, dans l'épais tapis de feuilles mortes, recréant ainsi un cocon de secours contre le froid.

Il est affaibli, il a mal partout, il ne comprend pas encore très bien le nouveau tour qu'a pris sa vie, mais il sait qu'il vient de trouver un refuge.

Il n'a pas encore faim et quand cette question se reposera, il fera comme les autres, ceux qui vivent ici. Il cherchera de quoi se nourrir.

33 - Non-assistance à personne en danger

Quand elle entend frapper à sa porte, Gladys est au beau milieu de sa séance sur son vélo elliptique. Autrement dit, furax d'être dérangée. De plus, ouvrir la porte alors qu'elle est toute transpirante ne l'enchante guère.

Elle n'attend pas de colis, ce matin, son voisin est parti au travail en emmenant l'enfant, elle n'a aucun rendez-vous et aucune connaissance dans cette ville qui pourrait avoir envie de passer la voir à l'improviste. Bref, aucune raison d'ouvrir.

Pourtant, l'importun s'incruste, insiste, frappe à la porte durant de longues minutes.

– Madame Bernard ? Vous êtes là ?

À croire qu'il le sait, justement. Elle reconnaît la voix : le voisin du premier ! Brendan Kaer ! C'est forcément lui, qui d'autre ? Il joue au concierge du matin au soir. Il est censé travailler chez lui sur ses ordinateurs, mais il semble passer plus de temps derrière la porte à guetter les allées-venues des autres habitants de l'immeuble. Elle l'a même surpris derrière sa fenêtre, à surveiller la rue.

Il a déjà essayé de l'arrêter pour lui parler, la veille et elle a réussi à lui échapper en prétextant une urgence.

Elle descend du vélo d'appartement et décide d'ouvrir, en se disant avec une satisfaction maligne que son odeur de transpiration va l'incommoder et le faire fuir. L'entrevue ne durera pas longtemps.

Elle marche sans bruit jusqu'à son entrée et ouvre à la volée pour le surprendre. En effet, il vient de coller son oreille à la paroi de bois, essayant d'entendre s'il y a quelqu'un, ce qui le déséquilibre. Elle le reçoit dans les bras en souriant et le repousse, moqueuse, un brin écœurée par ce contact.

– Eh bien, eh bien ! C'est vous, monsieur Kaer ? Et les gestes barrières, allons !

Il bredouille, rougissant, en passant une main dans ses cheveux gras. Il est troublé de voir Gladys dans sa tenue sexy de bodybuildeuse : collant rose et débardeur noir décolleté. Les formes sensuelles de Gladys sont mises en valeur.

Il porte son masque alors qu'elle n'a pas pris le temps de le mettre. *Il doit avoir peur d'attraper le virus, maintenant qu'il m'a touchée,* pense-t-elle, mutine.

Elle se trompe du tout au tout, puisque le trouble du voisin est dû à son sex-appeal, et non à la crainte du microbe, mais Gladys n'a jamais très bien mesuré l'impact de sa féminité irradiante sur les hommes, peut-être parce que dans le cercle masculin dans lequel elle évoluait, les autres la voyait plus comme une franche camarade que comme une potentielle partenaire sexuelle.

Elle constate qu'il a des papiers à la main. Il s'écarte d'un bon pas en toussant dans son coude.

– Vous montez le courrier, maintenant ? Je ne crois pas que le syndic ait prévu un salaire de concierge dans les charges, si ?

Elle éclate de rire, ce qui finit de le décontenancer. Il perd le fil, s'agace de la situation.

– Non, je ne suis pas venu pour ça. Je voulais vous parler de…

Il baisse le ton et jette un regard vers la porte voisine.

– Vous pouvez parler fort, Conté est parti travailler, il n'y a que son chat. Vous voulez me dire quoi ?

– Eh bien, étant donné que vous êtes sa voisine directe et vu la façon dont nous sommes tous dérangés dans l'immeuble par les cris de l'enfant, je voulais vous demander si vous n'aviez pas remarqué quelque chose de spécial.

– Quelque chose de spécial ?

Gladys ne comprend pas où il veut en venir.

L'expression de Kaer est pleine d'espoir. Un frottement derrière lui fait tourner la tête. C'est Mme Lambert, du premier, qui vient en renfort. Gladys les toise tous les deux et leur demande d'une voix sèche :

– Mais vous voulez dire, spécial… dans quel sens ? Parce que j'ai remarqué des tas de choses en effet. Par exemple que M. Conté vit à présent avec un enfant chez lui et qu'un enfant, ça dérange pas mal les habitudes.

– Eh bien, je ne sais pas, mais vous arrivez à dormir, vous, la nuit ?

– Oh ça ! Vous savez ! J'ai toujours été une grande insomniaque. Ce n'est pas quelques chouinements qui vont me déranger.

Bon, OK, les pleurs de Rohan dérangent beaucoup Gladys.

Jamais elle n'avait imaginé une seconde, elle qui s'est organisé cette nouvelle vie bien pépère, qu'elle aurait à souffrir de ce genre de désagrément. Mais pour rien au monde, elle ne le reconnaîtrait devant cette fouine malveillante de Kaer. D'autant plus que la présence de Rohan lui a permis de se rapprocher de son voisin dont le charme opère mystérieusement sur son imagination. Et cette sensation, pour rien au monde elle voudrait ne pas la connaître.

– Tout de même. Vous trouvez ça normal ? Si un bébé pleure, c'est qu'il y a une raison, non ? Est-ce que vous auriez entendu des paroles, des bruits, quelque chose qui établirait que…

– Que quoi ?

– Eh bien que… Vous m'avez compris, non ? Pauvre petit avec ce vieux solitaire ! C'est évident ! Il maltraite cet enfant.

– Il maltraite l'enfant ? Vous sortez ça d'où ?

– Mais ça tombe sous le sens, enfin ! N'est-ce pas madame Lambert ? Dites-lui, vous, ce que vous avez remarqué l'autre jour !

– Il est très rude, M. Conté. Il a une façon de positionner le petit dans la poussette, c'est à peine croyable. Et le petit a des marques, vous n'avez pas remarqué ? On voit bien que monsieur Conté ne peut pas gérer cette charge supplémentaire. Il doit perdre parfois patience et se laisser aller. C'est pourquoi l'enfant pleure tout le temps… D'ailleurs…

– L'enfant pleure parce qu'il vient de perdre ses parents, dit Gladys, énervée. Vous trouvez que ce n'est pas suffisant comme raison ?

Une autre voisine, une vieille dame toute douce à cheveux blancs, Mme Magnan, monte les escaliers à bruit de souris et s'agglutine au groupe qu'ils forment sur le palier, approuvant de la tête tout ce que disent les autres.

– C'est vrai, je l'ai vu moi aussi, dit cette dernière. L'autre jour, il a poussé sauvagement ce petit qui est tombé parce qu'il ne marchait pas assez vite. Il le brutalise.

– Brutal ? Monsieur Conté ? s'esclaffe Gladys, indignée. On doit pas parler du même homme !

Kaer et les deux femmes échangent un regard entendu. *Qu'est-ce que je vous avais dit ?* semblent-ils penser. Il y a anguille sous roche… *Ces deux-là fricotent on ne sait quoi ensemble. Une nouvelle venue. Avant son arrivée, M. Conté était quelqu'un de plutôt discret. Elle a une mauvaise influence sur lui. Une sauvage !*

– Nous en avons conclu qu'il y a sûrement maltraitance. Il faudrait prévenir qui de droit. Et vous avez remarqué comme il est maigre, ce *pitchoun* ? Franchement un homme seul, de cet âge, avec un bébé, ça ne peut pas être bon pour le petit. Est-il seulement déclaré légalement, d'ailleurs ? Il l'a peut-être enlevé, qui sait ? Après tout, qu'est-ce qui nous prouve que les parents sont vraiment morts, hein ?

Gladys lève les yeux au plafond, incrédule. Elle ne tolère pas le ton de Kaer et elle ne parvient plus à jouer la comédie.

– Écoutez, Monsieur Kaer, allez-y carrément, dites-moi où vous voulez en venir ! Vous cherchez quoi ? Vous voulez prouver quoi ?

– Comment ? Moi ? dit Kaer sur un ton innocent. Je cherche à prouver rien du tout. Mais tout de même, il y a plusieurs témoignages. Je ne suis pas le seul à me plaindre dans cette affaire !

– Ah, parce que c'est déjà une « affaire » ?

– On ne peut pas rester des témoins impuissants et laisser maltraiter un gosse, enfin ! C'est de la non-assistance à personne en danger ! C'est affreux cette façon qu'ont les gens de jamais se mêler de rien. C'est ainsi que les drames surviennent. Et ensuite, il est trop tard. Et nous n'aurons plus que nos yeux pour pleurer en nous disant que nous aurions dû intervenir. Tout cela se sera déroulé sous notre nez. C'est vrai quoi. On voit bien qu'il n'est pas capable de s'occuper d'un enfant, ne le niez pas. Vous n'avez pas remarqué comme il est fagoté ce gamin ? Il le moleste et en plus ne le nourrit pas suffisamment ! Quand je l'entends hurler, la nuit, ça me brise le cœur !

– Écoutez monsieur Kaer, je ne sais pas ce que vous mijotez dans votre coin avec vos petites copines…

Regard noir de Gladys sur les deux femmes et moue indignée de ces dames.

– … mais une chose est sûre, je ne ferai pas partie de cette cabale. C'est quoi ces papiers, là, que vous tenez ? Qu'est-ce que vous voulez avec ça ?

– Eh bien… Nous avons pensé que le mieux… Une pétition… Vous apporteriez un témoignage plus enrichissant, car vous êtes vraiment aux premières loges. Vous savez mieux que nous ce qu'il se passe. Et avant d'envoyer cette lettre, ce serait bien que vous la lisiez et que vous nous donniez votre avis.

– Quoi ? Encore une pétition pour la poussette dans le couloir en bas ? Vous savez très bien que c'est autorisé par le règlement. D'ailleurs, ça ne dérange personne. Le couloir est assez large.

– Non, non, il ne s'agit pas de cela.

Kaer se permet un petit rire moqueur.

– Nous n'en sommes plus là. Non. Il s'agit d'une intervention pour protéger une personne vulnérable. Un enfant. C'est grave. Nous voulons signaler aux services sociaux…

Gladys en a assez entendu. C'est plus qu'elle n'en peut supporter.

– Vous savez où vous pouvez vous la mettre, votre pétition?

Les deux dames se regardent, choquées.

– Et vous, mesdames, à suivre en râlant des individus de ce genre, vous n'allez récolter que des ennuis. Vous savez ce que vous risquez, en diffamant quelqu'un ?

Sans rien ajouter, elle claque la porte au nez des voisins bien-pensants, dépités pendant quelques secondes.

Mais en redescendant chez eux, le groupe est perturbé.

Kaer sent que leur belle cohésion est rompue. Il défend sa position :

– Il ne faut pas l'écouter ! Elle est complice ! Allez savoir ce qu'ils trafiquent, tous les deux, sous les toits !

– Tout de même, monsieur Kaer, je ne sais pas si nous devrions… C'est peut-être un peu rapide. Nous devrions d'abord enquêter…

– Mesdames, ne vous laissez pas influencer ! Suivez votre cœur et votre conscience ! Protégez cet enfant. Heureusement qu'il y a des braves gens, dans la vie, qui font leur devoir de citoyen !

Après tout, ce qu'il demande, ce n'est pas la lune !

– Et si nous écrivions aux services sociaux, non pas pour dénoncer une maltraitance, mais pour signaler notre inquiétude, nos doutes et simplement demander une enquête ? Cela établirait objectivement les faits !

Kaer se dit qu'une fois que la machine sera lancée, ce sera difficile pour Conté de s'en sortir. Ils n'aiment pas renifler un os sans le ronger à fond. Dans l'intervalle, le petit sera sûrement écarté, enlevé à Conté, et la paix reviendra dans l'immeuble.

34 - Pirouette, cacahuète

Quand il rentre ce jour-là, entre la crèche et l'appartement, Jo babille avec Rohan. Conformément aux promesses de la puéricultrice, l'enfant s'est arrêté de pleurer le matin, quelques minutes après le départ de Jo.

Sur le chemin, il mange avec délice un croissant qu'ils ont acheté dans une boulangerie sur le chemin. La vendeuse est jeune, jolie, souriante. Ses fossettes aux joues la font paraître gentiment espiègle et elle rend la monnaie en disant « merci et au revoir ». Il ne s'agit pas du magasin où règne le boulanger inique. Jo se sent soulagé de ne pas avoir à affronter son indélicatesse. Il se promet qu'il viendra toujours ici, dorénavant. C'est drôle comme un comportement normal de simple politesse lui paraît si extraordinaire. S'était-il habitué à la muflerie ? Ce qu'il prenait chez lui pour un excès de gentillesse n'était-il pas une forme de compromission ?

Après tout, comme maintenant tous les matins il passe par la crèche avant d'aller au lycée, il peut changer aussi de magasin. Jo en soupire d'aise. Il sent que cet arrêt à la boulangerie le soir en sortant de la crèche sera vite leur rituel gourmandise. Rohan, installé comme un pacha dans sa poussette, chante à tue-tête :

– « Il était un petit homme… pirouette cacahuète… »

Les passants se retournent sur lui en souriant.

Et Jo, ravi de voir que les classiques n'ont pas bougé d'un iota depuis sa propre enfance, l'accompagne volontiers :

– « … qui avait une drôle de maison… Sa maison est en carton pirouette, cacahuète… »

Il a de nombreuses raisons de se réjouir. Primo, Rohan ne pleure pas et mieux encore, il est souriant et quand il a vu son grand-père, il s'est jeté dans ses bras.

En prime, il mange son croissant avec appétit, ça change de son refus d'absorber n'importe quelle nourriture.

Le récital de chansons achève de mettre du baume au cœur de Jo. De temps en temps, il regarde, vers le ciel, les étourneaux qui les accompagnent de leur concert de gazouillement.

Il s'arrête dans une supérette pour acheter de quoi élaborer le repas de ce soir.

Lui qui se contentait souvent de pâtes et de riz doit faire attention, à présent, à mieux équilibrer les repas qu'il confectionne pour Rohan. Pour ce soir, il a prévu des carottes écrasées avec de l'houmous et quelques morceaux de pommes à croquer en dessert. Souvent, Rohan ne finit pas la moitié de l'assiette. Il a beaucoup maigri. Rien ne semble lui faire envie, mais Jo a bon espoir pour ce soir, sans véritables motifs…

À part les étourneaux sur leur chemin…

C'est étrange : en les suivant des yeux, le visage de Gladys lui apparaît et non celui de Catherine ou d'Aurélie. C'est une image qui survient de manière involontaire, presque inconsciente et il n'en ressent aucune culpabilité.

Dans le hall d'entrée, en bas de l'escalier, il attache la poussette avec un antivol de vélo et libère le petit de sa ceinture de sécurité. Tandis que Rohan trotte et commence à grimper les premières marches, il prend son courrier dans la boîte.

– Attends-moi, Rohan ! J'arrive. Ne monte pas tout seul !

Mais Rohan grimpe aussi rapidement qu'un feu-follet. Il ressemble à un gracieux lutin avec son bonnet molletonné à la longue queue terminée par un pompon soyeux aux couleurs de l'automne.

Jo le suit en parcourant les enveloppes. Il attend ce courrier officiel qui doit finir de régulariser la situation de Rohan. La rencontre a eu lieu avec le juge des enfants. Tout s'est bien passé. Il attend le document administratif qui le nomme tuteur officiel de l'enfant. Le juge était très amical. Tout est réglé.

Sans être marié, Arjun avait reconnu l'enfant et Jo a dû longuement s'entretenir avec ses grands-parents indiens pour trouver la meilleure solution.

Ils se sont familiarisés avec Jo et ont passé plusieurs moments ensemble, en visio conférence. Il leur a fait visiter son appartement, avec Rohan et le chat. Il essaie de les tenir au courant des progrès du bambin, même s'ils ne sont pas vraiment évidents, pour le moment, puisqu'il mange peu, dort mal et présente un tempérament plaintif.

Joseph Conté est prêt à tout pour entrer dans les bonnes

grâces des parents d'Arjun, car il ressent une vague crainte à l'idée qu'ils se mettent en tête de réclamer la garde de l'enfant. Une chose est sûre, il ne veut pas qu'on le sépare de Rohan. Ce serait plus qu'il ne pourrait en supporter.

Il attend aussi une réponse à sa demande de changement d'adresse de sécurité sociale pour Rohan. Il doit maintenant apparaître sous son nom.

Au premier étage, tandis que Rohan fonce sur la deuxième volée de marches sans s'arrêter, Jo remarque la porte entrouverte de Brendan Kaer, comme toujours. *Il ne peut pas s'empêcher d'espionner !* se dit le prof, agacé.

Il a presque franchi le passage quand le voisin sort sur le palier.

– Bonjour Monsieur Conté. Tout va bien ?

Il zieute de façon ostentatoire sur le courrier que tient Jo à la main. *Mais qu'est-ce qu'il lui prend ? Il ne voudrait pas que je lui donne mes lettres à lire, aussi, tant qu'il y est ?*

– Ça va, ça va... marmonne Jo qui se sent obligé de répondre alors qu'il n'a qu'une envie, faire comme s'il ne l'avait pas vu.

– Vous avez travaillé aujourd'hui ? Ils n'ont pas confiné les lycées, je crois ?

– Oui, en effet, pourquoi ?

– Et votre petit-fils ? Vous l'avez casé où ?

Il voudrait lui répondre : « À votre avis ? Je l'ai mis à la consigne ? » Mais il continue à parler sur un ton courtois et neutre en essayant d'avancer vers les marches suivantes :

– À la crèche, bien sûr. Excusez-moi, je dois y aller…

– À la crèche ? Eh ben ! Ils ont dû être contents du cadeau !

Il ne dépasse pas un peu les bornes, là ? se demande Jo, estomaqué par la réflexion ricanante de Kaer, qui insiste.

– Ben oui, un brailleur pareil ! Depuis qu'il est là, personne n'arrive à dormir dans l'immeuble ! Enfin, pauvre petite chose, après tout quand un enfant pleure, c'est qu'il a ses raisons, non ? Vous lui faites quoi, à ce mioche ?

Exaspéré, Jo avance d'un pas déterminé, mais le voisin se met en travers de sa route, belliqueux, provocateur. *Il cherche quoi ?* se demande Jo.

Il se voit obligé de forcer le passage et même de le bousculer un peu pour parvenir à traverser le palier. Déséquilibré, Kaer trébuche et se raccroche *in extremis* à la poignée d'une autre porte. Mme Lambert ouvre et apparaît, à croire qu'elle attendait le moment d'intervenir derrière le battant.

– Qu'est-ce qu'il se passe ?

– Rien, tout va bien, marmonne Jo en s'éloignant vers le deuxième étage.

– C'est M. Conté. Il m'a poussé agressivement, dit Kaer, vindicatif. Il est irrité, je ne sais pas pourquoi.

– C'est normal, on est sur les nerfs quand on dort pas la nuit. C'est qu'il pourrait devenir violent, cet homme-là ! Il vous a fait mal ?

– Là n'est pas la question, mais il aurait pu.

– Il ne maîtrise plus ses gestes. Je ne suis pas vraiment étonnée…

Jo se bouche mentalement les oreilles. Il reprend la comptine du bonhomme pirouette, il ne veut plus les entendre.

Ces abrutis ne réussiront pas à lui gâcher la soirée avec Rohan.

35 - La rue Constantin

Aujourd'hui, la première heure de Joseph Conté a été supprimée. Il paraît qu'il y a eu « un cas[18] », aussi le proviseur a-t-il préféré annuler les cours de cette classe, pour la journée. Il y aura une réunion de crise dans la salle des profs à midi.

Il emmène Rohan à la crèche et se dit qu'il pourrait profiter de cette heure de rab pour aller voir les parents, enfin le père, de Jimmy Murati, avant le conseil de discipline. Il a laissé filé les jours sans s'en rendre compte.

Si Jimmy est viré de ce lycée, jamais il ne parviendra à intégrer en cours d'année un autre établissement. D'ailleurs, personne ne voudra plus de lui. Il a plus de seize ans, l'école n'est plus obligatoire dans son cas. Il sera abandonné dans la nature, déscolarisé, sans rien à quoi se raccrocher.

C'est rare, mais quand parfois un parent sait expliquer la situation familiale, il peut arriver que le conseil de discipline ne se termine pas en sentence de renvoi. Après tout, Jimmy Murati n'a plus sa mère à la maison, c'est une circonstance atténuante pour son comportement.

Jo, toujours plein d'empathie pour les autres, se sent encore plus concerné par cette situation. Il voit des similitudes

---

[18] « Un cas » : manière raccourcie de signaler une personne qui a été testée positive à la Covid.

entre l'élève et son petit-fils : tous deux ont perdu leur mère, même s'il ignore tout de la disparition de Mme Murati. Elle ne doit pas être morte, sinon cela serait signalé dans le dossier.

Jo connaît l'emplacement de la rue Constantin et sait qu'il y a quelques habitats sociaux dans un immeuble ancien, rénové il y a une quinzaine d'années par la municipalité.

Il arrive devant une porte dont l'interphone est cassé. Il pousse le battant et accède aux boîtes aux lettres. Aucune au nom de Murati. Pas étonnant que le père ne réponde pas aux courriers, se dit Jo, avant d'apercevoir sous les boîtes, une tablette prévue pour les prospectus publicitaires, où plusieurs enveloppes sont jetées en vrac. Quand le facteur ne trouve pas la bonne boîte, il doit y poser le courrier.

Jo s'avance vers l'escalier. Il n'y a pas d'ascenseur, c'est habituel dans la vieille ville. Arrivé au deuxième étage, il est bousculé par une grappe de garçons qui dégringolent l'escalier en riant, sans le voir. Une femme les suit en criant :

– Arrêtez de courir comme ça !

Jo se tient immobile pour la laisser passer et en la croisant il lui demande :

– Vous connaissez les Murati ? Ils habitent bien l'immeuble, n'est-ce pas ?

Elle le regarde avec méfiance.

– C'est pour quoi ?

– Je suis un prof de Jimmy. Je viens voir son père pour…

Elle ne le laisse pas finir et le regarde avec une expression que le prof ne comprend pas.

– Son père ?

On dirait qu'elle retient un sourire impossible à interpréter. *Il me manque un élément pour déchiffrer ce qu'elle pense,* se dit Jo. *J'ai l'impression qu'elle voudrait carrément me dire : « je vous souhaite bien du plaisir ! » Mais ça ne peut pas être ça.*

Avant de continuer sa descente, elle lui répond :

– Au troisième, la porte à droite avec la peinture noire rayée. Il est encore là. Jimmy bien sûr, pas son père.

– Son père n'est pas présent ?

Elle hausse les épaules, dubitative.

– Aucune idée…

– Il part tôt au travail ?

Cette fois, elle hausse les sourcils et son regard se fait carrément moqueur. Elle s'éloigne sans répondre.

– Merci, bonne journée, lui lance Jo en continuant à monter, perplexe.

Arrivé devant la porte en question, il sonne. Il ne se passe rien, mais il entend des bruits à l'intérieur. Des mouvements pressés. Il lui semble reconnaître la voix de l'adolescent.

Il frappe, cette fois, plusieurs coups sur le battant et au moment où il va repartir, la porte s'ouvre à la volée. Une fillette le regarde, étonnée, une chaussure à la main.

– Bonjour ! Je parie que t'as sonné d'abord ! dit-elle en sautant à cloche-pied pour garder son équilibre tandis qu'elle tente d'enfiler son pied dans son soulier droit.

– Euh… Oui…

– Ça sert à rien, elle marche plus depuis longtemps, la sonnette. Je m'appelle Lina, et toi ?

– Joseph, murmure le prof, gêné.

– Désolée, on est en retard, comme d'hab. Je peux pas vraiment te parler.

Elle s'agenouille pour attacher ses lacets.

– C'est pour ça que je préfère les baskets Hello Kitty avec les scratchs. Jimmy, il dit que c'est parce que je suis feignante. C'est pas vrai. C'est pour gagner du temps, c'est tout ! Je suis juste *pramactique*. T'es qui, déjà ?

Des paroles de Jimmy leur parviennent depuis une autre pièce :

– Tu parles toute seule, maintenant ? Accélère ! Et n'oublie pas ton écharpe !

En une seconde, Jo a identifié la situation. Il n'y a aucun meuble dans le salon qu'il aperçoit depuis l'entrée où il est positionné. Seulement une immense télé dernier cri et un canapé éventré sur lequel ronfle un homme d'âge mûr, entouré d'une quantité incroyable de mégots, de vêtements chiffonnés en boule par terre, mais aussi de bouteilles de bière, de cartons à pizzas, de papiers à rouler les cigarettes, de boîtes de tabac, de gobelets.

Les restes d'une fiesta de la veille.

Il devine immédiatement que l'homme avachi ainsi, tout habillé, est le père de famille. Inutile de le réveiller, de toute évidence ce n'est pas le moment. Le prof comprend mieux les expressions de la voisine.

Le père plongé dans un coma éthylique sur le canapé, Jimmy qui s'occupe seul de sa sœur. Jo n'a rien à faire ici. Il est en train de forcer l'intimité de son élève, il voit des choses qu'il n'est pas censé connaître de la vie de l'ado.

Je dois partir, vite, avant qu'il ne me voie. Il ne va pas apprécier et il aura raison. C'est humiliant d'être surpris ainsi dans son quotidien sans avoir pu s'y préparer.

– Je parle pas toute seule, crie Lina. Y a un monsieur.

Avant que la catastrophe ne soit avérée, Jo tourne le dos, affolé.

– Tu veux quoi, monsieur ? insiste la petite en le voyant s'éloigner. Tu viens pour quoi ?

Le prof entend la voix de Jimmy, plus proche cette fois.

– Mais t'es vraiment mytho ma pauvre ! Je vois bien qu'y a personne. Ça y est t'as mis tes godasses ? Allez, tu sais qu'ils ferment le portail à moins vingt !

Joseph Conté entend les pas de Jimmy se rapprocher et avant d'avoir entamé la descente de l'escalier, il sent le regard perçant de l'ado dans son dos. Il préfère ne pas se retourner. Ne pas croiser son regard. Ne pas lui montrer qu'il sait.

Mais Jimmy l'a vu, Jo le devine en entendant le ton différent, mortifié et furieux, de l'élève :

– Combien de fois je t'ai dit de pas ouvrir sans savoir qui c'est, hein ? J'en ai marre de toi ! T'écoutes jamais rien.

Il y a de la colère dans ses mots, mais aussi du dépit et une blessure rentrée.

Jo s'en veut de n'avoir pas réagi plus vite, d'être resté une seconde de trop. Il sait que ce n'est pas rattrapable. Comment faire à présent ?

Il ressent l'humiliation de Jimmy dans sa propre chair. Est-ce parce que lui-même est à fleur de peau, en ce moment ? *Mais merde ! Quel con je fais ! Mais de quoi je me mêle !*

Il sait que parfois une vie familiale est un équilibre fragile et qu'un rien peut bouleverser et empirer une situation déjà trop vulnérable.

Le père se lève, vacillant, de son canapé et se dirige vers les toilettes en reniflant bruyamment. Il regarde ses enfants, mais ne dit rien, l'œil trouble. Jimmy houspille la petite :

– Allez grouille ! Avant que ça lui prenne de nous faire une crise à celui-là ! Il manquerait plus que ça !

Le frère et la sœur claquent la porte derrière eux et s'engagent vers les marches. Mais malgré leur retard, Jimmy ne se presse pas. Il veut laisser le temps à son prof de s'éloigner.

Il comprend que Conté a essayé de partir sans lui faire voir qu'il était venu. Il sent de façon palpable sa gêne, sa pitié. Pas question que tous ces types le prennent de haut. C'est pour ça qu'il maintient cette distance entre la maison et l'école. C'est pour ça qu'aucun copain ne vient jamais chez lui. D'ailleurs, il n'en a pas, des copains.

Il dépose Lina à son école et se demande s'il va aller au lycée aujourd'hui. Mais il n'a rien d'autre à faire. Le cyber café n'ouvre plus que trois jours par semaine. Plus de petit boulot au bistrot.

Et puis ils ont décidé de le virer, ça sera acté dès le conseil de discipline, alors, hein, pourquoi leur faciliter la tâche ?

Ils n'ont qu'à prendre leur responsabilité et assumer !

Et si Conté le cherche, il le trouvera !

La tête haute, le pas plus assuré, provocateur, Jimmy se dirige vers son lycée. Arrivé à la hauteur de la rue qui mène au cimetière, il voit son prof, masqué, tourner et se diriger vers le lycée, lui aussi.

Jo le regarde d'un regard franc, légèrement plissé par les rides du sourire que l'on sent sous son masque.

– Bonjour, Jimmy.

– B'jour, M'sieur, murmure l'adolescent, mal à l'aise.

– Vous faites de la résistance de masque même dans la rue ?

Jimmy sourit, soulagé de voir que le prof n'aborde pas le sujet qui les préoccupe tous les deux et ne lui pose plus de questions sur ses parents.

– C'est justement dans la rue que ça n'a pas de sens, dit Jimmy, hésitant.

Jo ne répond pas, mais il hoche la tête en signe d'assentiment et ils se dirigent ensemble, du même pas, vers le lycée Gambetta.

36 - Un cristal caché

En sortant de la crèche, Jo s'arrête parfois dans un parc ou sur une place où il y voit d'autres enfants, des mamans assises, des espaces où Rohan peut jouer. Le petit est heureux quand il vient le chercher. Son adaptation lui semble incroyablement rapide. Ils s'entendent bien tous les deux, mais il doit souvent subir des remarques ou des conseils de la part des mères qu'il croise, devant la crèche ou ailleurs. Les chaussettes sont à l'envers ou dépareillées. Il ne faut pas lui donner certaines choses à manger. Il ne faut pas céder à tous ses caprices.

Le comportement de Rohan s'est apaisé. Pourtant, quand le soir arrive, il refuse de se coucher. Il pleure dès que son grand-père le conduit à sa chambre, malgré le rituel de lecture qu'il essaie d'instaurer. En réalité, pleurer est un mot trop faible. Hurler conviendrait mieux.

Jo est obligé de le promener de long en large dans l'appartement.

Un soir, Gladys frappe à sa porte.

– Bon là, j'en peux plus, dit-elle. Il faut trouver une solution.

Jo rougit, comme s'il était pris en faute et il soupire.

– J'ai tout essayé. Je ne sais plus quoi inventer.

– J'ai une idée. Si vous alliez vous balader avec lui, dans

sa poussette ? Vous le couvrez bien et peut-être qu'il s'endormira ?

Jo hausse les épaules devant cette idée saugrenue. Sortir pour l'endormir ?

– Pourquoi pas ?

Devant son manque d'enthousiasme, elle ajoute :

– Allez, je vous accompagne. Ça fait un bail que je ne sors plus le soir, avec ces trucs de confinement. Et le sommeil de ce petit, c'est un motif impérieux, non ?

Ils remplissent leurs dérogations [19] en cochant la case « motifs impérieux » de façon un peu abusive, ils en ont bien conscience, puis ils descendent l'escalier, accompagnés des cris de Rohan. En arrivant dans la rue, Gladys lève le nez vers les fenêtres en façade de leur immeuble :

– Ne regardez pas. Il est là. Kaer. Il nous espionne.

– Vous seriez pas un peu parano ? se moque gentiment Jo.

Elle ne répond pas à sa remarque.

– Avec les cris du petit, continue-t-elle, c'est normal qu'on l'ait alerté, il ne lui en faut jamais trop de toute façon.

Les voilà partis dans le vieil Aix, sans beaucoup d'espoir de la part de Jo. Mais le miracle se produit. Dès qu'ils sont sur la place de l'Hôtel de Ville, Rohan s'arrête de pleurer.

– Ça le calme, mais je ne sais pas trop si ça va l'endormir,

---

[19] Pendant la crise sanitaire de la Covid, durant les périodes de couvre-feu, il fallait justifier d'une attestation auto-signée pour avoir le droit de sortir dans l'espace public.

dit Jo.

L'enfant a les yeux grands ouverts, il gazouille, il montre du doigt les lumières, les vitrines, les chats qu'ils croisent furtivement. Il a l'air de chercher quelque chose dans la nuit. Il s'intéresse surtout aux silhouettes animales.

– Bon, on va où ? demande Gladys. Rendez vous utile, faites le guide, vous connaissez mieux Aix que moi.

Jo rit, détendu. Il ne remarque pas que pour la première fois depuis longtemps, il ressent autre chose que cette sorte d'oppression qui l'étouffe en permanence. Sa respiration est plus ample, il a envie de légèreté et même de faire des blagues.

– Je sais ! On va se promener sur les traces de Zola.

– Zola, c'est tout ce que vous savez trouvé ? Vous avez décidé ma mort ?

Jo commence sa conférence, sans se préoccuper de la remarque de Gladys.

– Comme vous le savez, Zola et Cézanne ont usé leurs fonds de culotte ensemble sur les bancs des écoles d'Aix. Je vais vous montrer les maisons où les Zola ont vécu après leur arrivée à Aix. Car le petit Émile n'avait que trois ans quand son père, un ingénieur des travaux publics a obtenu un contrat afin de construire un système d'adduction d'eau potable, à Aix-en-Provence, depuis la Sainte-Victoire. Comme il est mort peu de temps après, les créanciers ont poursuivi la famille et vous verrez que les maisons successives reflètent bien l'état des finances de la famille.

Gladys, qui adore l'Histoire, même si elle préfère les biographies militaires à celles des artistes, est immédiatement subjuguée par la passion qu'elle perçoit dans la voix de Jo.

– Toute la ville d'Aix garde des traces de leur passage, tellement ils ont bougé, ici ! Pour vous dire, je passe tous les jours sur le cours Gambetta, autrefois cours Sainte-Anne, devant la première maison qu'ils ont habitée en arrivant. Et j'ai un élève qui habite dans la rue Constantin, où ils ont aussi séjourné, et qui se nommait à l'époque rue du Mouton. Mais ce soir, nous allons rester dans le vieil Aix et nous contenter de la rue Roux Alpheran et de la rue Mazarine, OK ?

Et tandis qu'ils déambulent ainsi, Rohan, bercé par le mouvement de sa poussette et par la douce voix de son grand-père est lentement gagné par le sommeil.

Quand les adultes constatent que l'enfant s'est endormi, c'est à regret qu'ils regagnent leur immeuble.

– C'était top ! dit Gladys. Allez, on se refait ça chaque fois que Rohan a du mal à s'endormir, OK ? Mais on prendra un thermos de rhum avec nous, puisque vous aimez le rhum.

Le prof ne veut pas trop le montrer, mais il est heureux de savoir qu'il n'a pas trop ennuyé sa voisine. Quand il est pris par un sujet, il a tendance à oublier que les autres ne sont pas forcément intéressés par ses passions. Même Catherine en avait marre, parfois, de l'entendre parler de Zola !

– Volontiers, répond-il en la regardant avec curiosité.

Il se demande ce qu'elle recherche en lui. Pourquoi est-elle si sociable, si chaleureuse, depuis son retour ? Il se rend compte que ses yeux sont pétillants et mutins, sa bouche invitante, son sourire pas si innocent qu'il n'y paraît.

Gladys se sent démasquée par ce regard inquisiteur. Elle avait l'habitude de son apparente indifférence. Se fait-elle des idées ou bien est-il aussi attiré par elle? Elle s'ébroue, frissonnante.

– Vous avez froid ?

Gladys sait que ce n'est pas le froid qui la fait frémir ainsi.

Il s'arrête pour enlever son manteau et le lui pose délicatement sur les épaules. Elle rit, gênée. Elle n'a pas l'habitude d'être l'objet de ce genre d'attention. Il y a quelques années, elle aurait charrié un homme qui l'aurait traitée de la sorte, comme une petite chose fragile, mais là, elle ne perçoit aucune condescendance dans le comportement de Jo. Il est comme ça, c'est tout. C'est un gentil.

Elle le toise et le remercie à voix basse.

– La prochaine fois, c'est moi qui fais la conférence, même si ça n'a rien à voir avec Aix ! dit-elle en riant pour changer de sujet de conversation.

Le moment de grâce est rompu. Jo revient dans le réel.

Une fois chez lui, avec mille précautions, il parvient à coucher Rohan sans le réveiller.

De son côté, Gladys surprend Sissi allongée sur son canapé. Elle s'assoit près d'elle avec son livre sur Toussaint Louverture.

– Il faut que je bûche, confie-t-elle à la chatte. Demain, je dois assurer, ce sera mon tour de faire une conférence.

Sissi se frotte contre elle en ronronnant, mais Gladys la repousse doucement.

– Va voir Jo, il doit se sentir seul ! Il a plus besoin de toi que moi.

Comme si elle avait compris, la chatte s'étire longuement et, en passant par la terrasse, rejoint l'appartement de son humain.

Elle le trouve assis à sa table de travail. Ne parvenant pas à s'endormir tout de suite, Jo ne veut pas trop réfléchir à ce qui vient de se passer.

Il ouvre le blog atelier d'écriture et recherche si son jeune auteur préféré a écrit quelque chose de nouveau. C'est le cas. Cette fois, il s'agit d'une courte nouvelle sur une expérience particulière d'humiliation vécue par le protagoniste. Surpris dans une posture intime par une vague connaissance, il se sent jugé, méprisé, mais en même temps, il refuse de se vautrer dans des lamentations et de couper les cheveux en quatre. Il estime qu'il faut avancer en faisant table rase du passé au fur et à mesure, heure par heure.

Jo est soudain interpellé par ces tournures de phrases. Il est sûr de les avoir déjà entendues ou lues quelque part. « Se vautrer dans ses lamentations. » « Couper les cheveux en quatre. » C'est le rapprochement de ces deux expressions toutes faites qui stimule, en lui, cette alerte.

Il cherche sur internet, songeant à un écrivain qu'il aurait lu, mais il ne trouve rien.

Quelque chose le pousse alors à rechercher dans les copies de ses élèves et il tombe sur le devoir qu'il n'a jamais rendu à Jimmy Murati. Dix lignes écrites avec le pied, gribouillées, mais dans ces quelques phrases, Jimmy Murati, en parlant de Julien Sorel, a lui aussi accolé ces deux expressions quasiment à la suite : pour lui, Julien Sorel coupe les cheveux en quatre et se vautre dans ses lamentations.

Il faudra que je lui dise d'éviter les expressions banales, les platitudes, les lieux communs, se dit-il par réflexe. Mais en réalité, il est illuminé par cette révélation.

L'écrivain en herbe qu'il admire sur le blog, qu'il corrige et qu'il aide, qu'il guide avec beaucoup d'humilité, en respectant sa créativité, cet auteur plein de talent, est son élève. Jimmy Murati. Un jeune homme bientôt déscolarisé, plein de rage et provocateur.

Une fois dans son lit, Joseph Conté se dit que sa soirée a été riche en émerveillements.

Le lendemain au lycée, il profite d'une sempiternelle discussion entre ses élèves sur un fait concernant, comme d'habitude, le port du masque. Ils se plaignent de leur manque de liberté, de ne plus se voir sourire, de ne plus pouvoir se rencontrer autour d'un verre ou pour aller danser… Ils se vantent de braver les interdits, de faire des réunions clandestines, de tricher sur leurs attestations de sorties.

Jo les comprend et il est désolé pour eux, mais par défi, il compare leur situation aux jeunes de 1940, qui lorsqu'ils bravaient l'interdit, risquaient d'être fusillés à bout portant. Il fixe alors Jimmy Murati droit dans les yeux et il déclare :

– Cessez donc tous de couper les cheveux en quatre et de vous vautrer dans vos lamentations…

C'est un piège qu'il tend à l'adolescent. Murati décontenancé, se fige dans une posture médusée et rougit violemment. Le prof détourne vite les yeux, mais ils ont saisi tous les deux. Jimmy se sent démasqué et il réalise que la personne qui le suit sur le blog d'écriture n'est autre que Conté. Et Jo est conforté dans son soupçon et bousculé par l'admiration qu'il ressent pour le talent du jeune homme.

Ça n'arrive qu'une fois dans la vie d'un prof de français, se dit-il, *de rencontrer un élève aussi brillant en écriture. Et encore. En plus, dans son cas, le cristal se cache volontairement dans une gangue opaque.*

Il ne veut pas gâcher la situation. Il faut agir avec prudence. Il fait une blague pour détendre l'atmosphère et tout le monde éclate de rire.

Jimmy respire et se demande s'il n'a pas rêvé ce qui vient de se passer. Mais il reste sur le qui-vive.

Il savait bien qu'il devait se méfier de ce prof.

37 - Il neige

Les premiers jours dans la réserve naturelle de l'île, le chien se nourrit de carcasses plus ou moins avariées d'animaux et se sert après que d'autres espèces aient prélevé leur part. Mais une fois que sa patte va un peu mieux, il apprend à débusquer des petits rongeurs et ses vrais talents de chasseur se manifestent.

Il s'est trouvé un habitat non loin d'une buse creusée près d'un cours d'eau. Il s'agit d'un trou dans les racines enchevêtrées d'un immense arbre penché. Ici, il est à l'abri et, à l'occasion, il sait défendre son gîte dans des luttes qui lui valent quelques écorchures.

L'endroit est peuplé de nombreux habitants dont certains l'effraient un peu à cause de leur taille ou de l'aura hostile qu'ils dégagent. Il se tient à distance autant qu'il le peut des sangliers ou des grands ducs.

Mais les rongeurs et certains petits lièvres s'avèrent bien appétissants.

Il observe de loin la vie d'une famille de renards. Ceux-ci ne l'approchent pas, mais le laissent rôder autour d'eux. Il se sent moins seul lorsqu'il est dans leur entourage. Car il n'y a ni chiens ni humains, ici et cette solitude lui pèse.

Au bout d'une semaine, il perçoit les traces d'une colonie de chats sauvages. Il a parfois envie de se mêler à eux. Il garde le souvenir de Titine, la seule à lui apporter du réconfort quand il passait ses journées attaché au radiateur. Mais ces chats-là sont méfiants et distants. Qu'importe, à force d'approches joyeuses, de cabrioles, de queue remuante et de jappements incitatifs, il brise leur défiance et passe de longs moments à des simulacres de batailles avec les plus jeunes.

Quelque temps plus tard, sa patte est complètement guérie. Ses muscles ont forci, il est prêt à affronter le monde, même s'il a un peu oublié des bribes de son ancienne vie.

La nuit, parfois, il rêve encore du garçon. Il se revoit faire la sieste avec l'enfant sur le grand canapé moelleux. Cette douceur, cette chaleur, cet amour lui semblent à présent appartenir à un autre monde. Chaque jour écoulé à chasser ou à jouer, et chaque nuit passée à se cacher dans son trou l'éloignent un peu plus de son passé, du souvenir de ses humains.

Mais un matin, il découvre un environnement tout blanc. Il a neigé. Il ne reconnaît plus rien. Les pistes sont effacées et il peine à trouver sa pitance.

Quand dans l'après-midi, il entend le bruit d'un moteur, des claquements de portières et des bruits de voix humaines, un déclic se fait en lui. Une nostalgie profonde l'étreint. Où est son garçon ? Son bébé ? Comment a-t-il pu le laisser ainsi et ne plus s'en soucier ?

Il lève la tête et hume les odeurs de ces hommes. Il aspire de toutes ses forces les effluves entêtants et cherche plus loin encore, ailleurs, au-delà de la forêt, au-delà des routes et des villes…

Quand les humains repartent, il hurle son chagrin en une plainte infinie étouffée par la blancheur immaculée qui l'entoure. La nuit descend sur l'île silencieuse. Il n'a rien mangé de la journée.

Il renifle les traces du passage des hommes. Remonte leur piste jusqu'à un parking blanc et désert. Ils sont rentrés, ici, dans leur voiture.

Il suit les marques laissées par les gros pneus antidérapants et rejoint le monde des humains, les ponts, les routes et les rocades.

Sur un monticule situé à la croisée des deux mondes, il inhale l'air qui l'entoure. Puis il tourne la tête, laissant derrière lui, avec regret, l'île où les animaux vivent entre eux.

Rohan l'attend. C'est son humain à lui, il doit le retrouver, le protéger.

Il repart dans la nuit enneigée.

38 - Une lettre officielle

Joseph Conté est malgré lui happé par des vibrations irrésistibles qui le cernent. L'enthousiasme qu'il ressent pour le jeune écrivain et, à présent, cette envie de suivre les écrits du jeune homme l'occupent autant que l'empressement qu'il porte à prendre soin de Rohan. Mais surtout, sans pouvoir s'en empêcher, il contemple le sourire de Gladys partout. Dans le ciel, sur les façades des maisons, dans les feuillages bruissant des arbustes persistants.

C'est inexplicable ! Nous sommes pourtant loin du printemps, se dit-il en se moquant de lui-même.

Il traîne moins longtemps dans les parcs en sortant de la crèche.

Ce soir, en récupérant Rohan, il constate que l'enfant est envahi par des petits boutons purulents autour du nez et de la bouche. En en parlant avec l'une des animatrices de la crèche, il découvre qu'il y a une sorte de contagion.

– C'est le troisième qui déclare cette infection, dit-elle. Emmenez-le chez le médecin, il vaut mieux. Si les cas augmentent, vous devrez le garder quelques jours chez vous.

Jo est inquiet. Il fonce dans un cabinet médical qu'il connaît où l'on est reçu sans rendez-vous. Après une heure entière d'attente, la visite ne dure qu'un quart d'heure. Le diagnostic tombe : impétigo. Il repart avec une prescription pour un traitement et une pommade antibiotique.

Mais toutes les pharmacies sont fermées.

Il rentre, soucieux, se demandant ce qu'il va faire le lendemain. Il ramasse son courrier et le consulte en montant les escaliers derrière Rohan, tout en le surveillant d'un œil.

Bien sûr, la porte de Kaer s'ouvre à son passage.

– Bonjour, monsieur Conté. Tout va bien ? demande le voisin malveillant. Vous sortez tard le soir ! Je ne sais pas si c'est vraiment bon pour un jeune lardon de se promener comme ça dans la nuit et le froid. Sans compter le couvre-feu !

Je fourre mon nez dans ta vie quotidienne, moi ? se dit Jo sans oser prononcer les mots à voix haute.

Tout en parlant, le voisin se tord le cou pour essayer de voir les courriers que Jo est en train de trier, mettant de côté les publicités inutiles.

Une lettre officielle a retenu son attention. Elle semble venir des services sociaux.

– Beaucoup de paperasses, aujourd'hui, dans votre boîte ? insiste-t-il.

De quoi je me mêle ? pense Joseph Conté.

Mais immédiatement son réflexe de compassion le submerge. *Faut-il que ce type n'ait rien dans sa vie pour s'intéresser à ce point à mon courrier ! Il a l'air mort de frustration à l'idée de ne pas savoir ce que je reçois comme lettre. C'est fou la solitude et la détresse mentale des gens !*

– Non, pas vraiment, répond-il avec sa gentillesse

habituelle, un peu forcée tout de même. Ce sont surtout des publicités. J'en suis envahi en ce moment. Pas vous ?

Gêné par cette réponse qu'il juge trop aimable, Kaer continue tout de même sur le même ton inquisiteur, obnubilé par son obsession :

– Oui, oui, mais j'ai l'impression que vous avez aussi des messages officiels, je me trompe ?

– Ah, ça ? dit Jo en montrant l'enveloppe en question. Oui, en effet. C'est sûrement les papiers que j'attends pour régulariser la situation de mon petit-fils chez moi.

Tu peux toujours rêver, se dit Kaer sans parvenir à retenir un léger ricanement qui étonne Jo. Mais sa réponse est différente, pleine d'une fausse bonhommie :

– Tant que ce n'est pas le fisc ! dit-il en se retirant chez lui, triomphant.

Jo s'interroge sur ce changement brusque dans l'humeur de son voisin. Il est passé de la curiosité malsaine à la frustration puis soudain, à une satisfaction, jubilatoire. En quoi la normalisation du statut familial de Rohan chez lui, a-t-elle pu procurer tant de satisfaction à Kaer ? Depuis quand s'intéresse-t-il à eux avec autant de bienveillance ?

C'est seulement une fois arrivé à son appartement qu'il tire au clair le mystère.

Et encore, pas tout de suite, car il doit d'abord déchausser Rohan et lui enfiler ses chaussettes de maison, le défaire de sa grosse doudoune pour l'emmener sur son pot, lui laver les mains. Avec un coton, il désinfecte son visage infesté avec un mélange d'eau tiède et de savon d'Alep, qu'il sait désinfectant. Rohan n'apprécie pas et chouine. Il l'installe vite sur son tapis, entouré de ses jouets. Enfin, il range en un seul tas les publicités qui lui permettent de tapisser le fond du bac de la litière de Sissi et qu'il garde précieusement, puis il s'installe devant son ordinateur et ouvre son courrier.

Les mots que découvre alors Joseph Conté le pétrifient. Au lieu de la lettre qu'il attendait et qui devait entériner la situation afin qu'il puisse continuer à vivre avec Rohan, ce qui est dans l'ordre des choses, il s'agit d'une notification de l'ouverture d'une nouvelle enquête sur des faits de maltraitance signalés à l'encontre du mineur, Rohan Conté-Shankar.

Jo est atterré par le contenu violent des mots qu'il a d'ailleurs du mal à vraiment comprendre. *Quelle maltraitance ? Mais que quoi parlent-ils ? Rohan a-t-il été maltraité ? Mais où ? Quand ? Par qui ?*

Et soudain il comprend !

C'est de moi qu'il s'agit ! C'est moi qui soi-disant maltraite Rohan ? C'est quoi ce délire ? Il a obtenu le tutorat et voilà qu'il est soupçonné de maltraiter son petit-fils ?

Jo devient comme fou. Il oublie tout ce qu'il devait faire, se précipite sur Rohan pour le prendre dans ses bras et le serrer très fort.

L'enfant se débat faiblement, rit un peu, croyant à un jeu, puis il se laisse envahir par un sentiment de panique qui se transforme en pleurs.

– Oh, mais non mon chéri, mais non. Il ne faut pas avoir peur, pardon, je sais, tu voulais jouer.

Il repose délicatement Rohan sur son tapis tandis que Sissi s'approche, réveillée par ce remue-ménage sortant de la routine de l'appartement.

Elle saute au milieu de l'autocar que Rohan essaie patiemment, depuis tout à l'heure, de remplir de figurines, avant d'être interrompu par les états d'âme de son grand-père. Le petit éclate de rire et se tourne vers lui :

– Rega'de ! Sissi, elle veut zouer avec moi !

Le chagrin est balayé. Toute la récente peur est oubliée devant les facéties de la chatte.

Jo l'aide à se moucher, essuie ses larmes et se rend dans la cuisine, la funeste lettre à la main. Son cœur bat trop fort. Il a peur. Peur de ce rebondissement menaçant annoncé par courrier officiel. Peur de perdre Rohan. Peur de cet environnement hostile qu'il sent autour de lui.

La lettre parle d'un signalement. Qui a bien pu le faire ? Mais c'est une question de pure rhétorique. Il sait bien qu'il s'agit de ses voisins, avec Kaer en chef de groupe. Il a envie d'aller en parler avec Gladys, mais il ne veut pas l'ennuyer avec ses soucis. Et il a un peu honte aussi. Tout au fond de lui, il craint d'avoir démérité. Après tout, Rohan pleure toutes les nuits. Fait-il vraiment tout ce qu'il faut pour le rendre heureux ? Est-il à la hauteur ?

Il lui concocte quelques légumes à la vapeur et un filet de poisson pané, ainsi que du riz à la crème et au fromage. Il essaie de se concentrer sur ces actions simples pour ne plus penser à ce qui l'effraie tant. Il doit absolument réfléchir, trouver une parade. Il parviendra à calmer Rohan, à lui rendre la sérénité. Il ne remplacera jamais ses parents, mais il saura lui procurer un foyer, un endroit où il se sentira en sécurité, à l'abri et entouré d'amour. C'est une question de temps. Ce qui est sûr, c'est que rien ni personne ne pourra l'empêcher de garder Rohan avec lui.

Mais son cœur bat toujours la chamade et une sourde appréhension accompagne ses gestes. Le sentiment d'un danger imminent.

39 - Insomnies

Au beau milieu de la nuit, Gladys est réveillée par les cris de Rohan.

Elle enfile un gros gilet polaire sur sa tenue de nuit, caleçon long en pilou et sweat bien doux, car elle ne chauffe pas sa chambre par autodiscipline, puis s'en va frapper à la porte de son voisin.

Jo lui ouvre. Il est défait, l'œil hagard, les cheveux en bataille, pieds nus, le petit dans les bras.

Il ne sait plus comment faire pour le calmer. Sortir le soir, c'est une chose, mais au beau milieu de la nuit, c'est un peu trop.

Il ne prend pas la peine de la saluer, repart en berçant Rohan tout autour du salon.

– Je comprends les gens qui donnent du sirop pour dormir, dit-il dans une tentative déplacée d'humour.

Devant les gros yeux de Gladys, il sourit.

– Ça va, je plaisante !

– Vous avez essayé le lait chaud ? Il y a du 5 HTP dedans, ça fait dormir, dit Gladys.

– Du vrai lait ?

– Oui, du vrai lait !

– Non, je ne savais pas !

Il se précipite dans la cuisine et refile Rohan à sa voisine, tandis qu'il fait chauffer le liquide blanc dans une casserole.

Rohan, dans les bras de Gladys, se calme peu à peu. Il renifle et émet quelques hoquets.

– Il a quoi autour du nez et de la bouche ? demande Gladys, soudain inquiète.

– Je ne sais pas. Le médecin dit qu'il s'agit d'impétigo. Il y a plusieurs enfants qui en ont, à la crèche !

– Vous faites quoi pour le guérir ?

– Ce que le médecin m'a prescrit. Enfin je vais lui donner demain. Les pharmacies étaient fermées quand je suis rentré tout à l'heure. En attendant, j'ai seulement lavé au savon d'Alep.

– Bon réflexe.

– Le docteur m'a dit aussi qu'il était trop maigre pour son âge. Je sais bien qu'il ne mange rien. Enfin pas assez. Il m'a donné des sortes de vitamines sous forme de petits pots très protéinés à lui faire avaler. Pareil, je les achèterai demain.

– Pour ses boutons, je vais aller vous chercher une préparation à l'huile d'Argan et aux huiles essentielles chez moi, tout à l'heure. Recette magique de ma mère.

– Le problème c'est qu'ils vont peut-être refuser de le prendre à la crèche demain. Comment je vais faire pour aller bosser ? Remarquez, c'est pas grave, je peux prendre quelques jours de congés, c'est pour mes élèves que ce sera plus compliqué. Ils ont un programme à intégrer, malgré tout, s'ils veulent réussir leur bac français cette année.

Gladys hoche la tête, compatissante.

– Au fait, ils sont où, vos kleenex ?

– Regardez dans le salon.

Quand Jo les rejoint avec une tasse fumante, il les trouve assis tous les trois sur le canapé.

Gladys chantonne une berceuse en créole, tandis que Sissi, ronronnant à qui mieux mieux, passe et repasse sur les genoux de l'enfant, se frotte le museau contre sa main.

Rohan est ravi à présent. Avec un grand sourire, il demande :

– On va p'omener ?

– Cet enfant n'a aucun sens du jour et de la nuit, dit Jo, désespéré.

C'est alors qu'il remarque l'expression soucieuse de sa voisine.

– Mais je ne parle que de moi et de mes soucis, et vous, vous n'avez pas l'air dans votre assiette. Il y a quelque chose qui ne va pas ?

Gladys hésite.

– C'est ce con de Kaer. J'aurais déjà dû vous en parler.

Jo rougit. Il avait oublié cet imbécile et la lettre des services sociaux.

– Qu'est-ce qu'il a encore inventé ? grogne-t-il.

– Il a fait signer une pétition à tout l'immeuble pour dire que vous… que Rohan est…

– Vous fatiguez pas, je suis au courant !

Jo se dirige vers son coin bureau et brandit la fameuse lettre.

– Regardez ce que j'ai reçu !

Gladys lit le papier et le lui rend.

– Ça peut pas continuer comme ça. La crèche ne lui réussit pas. Il maigrit parce qu'il ne mange pas assez.

– Et ils me disent qu'il pleure souvent là-bas, aussi.

Gladys se fait violence pour proposer quelque chose.

Elle sait qu'au moment où les mots franchiront sa bouche, c'en sera terminé de sa tranquillité.

Elle hésite, réfléchit et comprend que, de toute façon, sa tranquillité, maintenant, elle s'en fiche.

Elle se sent différente de la Gladys fraîchement à la retraite qui a emménagé il y a plusieurs semaines.

Ce à quoi elle aspire, c'est bizarre, mais c'est surtout à passer du temps avec son voisin, câliner Sissi et aider Jo à protéger Rohan.

Elle gagne un peu de temps.

– Bougez pas, je vais chercher mon onguent miracle et je reviens.

Quand elle réapparaît, avec son flacon d'une huile fabriquée maison dont elle enduit immédiatement les parties boutonneuses de Rohan, elle a pris sa décision.

– Si les services sociaux viennent, ça n'ira pas. Ils vont constater sa maigreur, ses pleurs constants et maintenant cette infection. Ça ne joue pas en votre faveur. Quand on le regarde, à part ses grands yeux, franchement, vous trouvez qu'il a l'air épanoui ?

Jo s'efforce de regarder Rohan avec les yeux d'un

étranger, mais il n'y arrive pas. Pour lui, Rohan est la septième merveille du monde. Et aucun impétigo n'y pourra rien changer.

– Mais... Il faut du temps... Il est encore sous le choc. Il vient de perdre ses deux...

– Je sais, mais ils ne vont pas s'embarrasser de ces détails. Il faut trouver une solution. En plus, vous n'y arrivez pas, avec les horaires. Vous êtes toujours en retard pour le récupérer.

– Toujours, vous exagérez ! Parfois seulement...

– Oui, mais ça va apparaître comme de la négligence. S'il y a enquête, la crèche ne va pas se gêner pour le signaler. Ils le diront aux services sociaux qui penseront que c'est une défaillance.

Jo, accablé, s'assoit sur un fauteuil, la tête entre les mains. Rohan descend du canapé et lui caresse la joue avec tendresse.

– T'es t'iste, g'and père ?

Même Sissi s'approche de lui et se hausse, les deux pattes en avant, pour s'appuyer avec compassion contre son épaule.

– J'ai une idée. C'est du provisoire, hein, attention !

– Quoi ? murmure Jo, effondré.

– À partir de demain, c'est moi qui le garde.

Jo lève la tête, incrédule. Son expression est à la fois pleine de doute et d'espoir en même temps.

– Vous êtes sûre ? Je ne voudrais pas que...

– Allez faites pas trop de manières, Jo ! Profitez-en, je ne suis pas certaine de réitérer mon offre si vous ne dites pas

« oui » tout de suite.

Joseph Conté sourit. C'est comme si soudain une chape de plomb s'était soulevée de sa poitrine. Il respire mieux.

Et quand il sourit, c'est le cœur de Gladys qui papillonne soudain.

– Si vous voulez, on commence seulement par les après-midis ? Du moins, si la crèche accepte toujours de le prendre le matin, à cause de cet impétigo.

– Parfait ! dit-elle un peu trop fort, pour reprendre pied.

– Mais il faut trouver un échange. Je ne peux pas accepter sans rien vous donner en retour. Je peux aussi vous payer, bien sûr !

– OK. En échange, vous devrez jouer avec moi à Mémoire 44. Vous connaissez ?

Devant l'expression perplexe de Jo, Gladys éclate de rire.

– C'est super à jouer à deux. J'ai besoin d'un partenaire. Bon, OK, c'est un *War Game*, mais bon… Vous qui aimez l'histoire, ça va vous plaire.

Jo a des doutes, mais il ne va tout de même pas refuser après la généreuse proposition de Gladys. Elle continue :

– Topez là ! *Deal* !

Jo sourit et se redresse. Il marche de nouveau en rond autour de la pièce, suivi par Sissi qui joue avec le bas de son pyjama tout en essayant d'éviter Rohan qui lui court derrière.

– Comme ça déjà, dit le prof, il n'y aura plus de risques de ne pas le récupérer à temps, le soir.

– Exactement, et je crois que ce sera mieux pour le petit.

– C'est sûr !

– Parce qu'à partir de maintenant il faut tout faire pour que l'enquête les amène à une famille exemplaire. Un grand-père modèle qui prend soin de manière irréprochable de son petit-fils. Résultat de leur pétition : zéro pointé. On ne va quand même pas laisser cette bande de collabos gagner, hein ? Ça me ferait trop mal !

40 - Conseil de discipline

C'est aujourd'hui le grand jour pour Jimmy Murati. Le jour du conseil de discipline.

Il ne se fait aucune illusion. Il est cuit, il le sait et il commence déjà à réfléchir à d'autres plans. Certes, il aurait bien aimé entrer dans la vie avec le Bac, car il sait combien c'est important pour les autres.

Pour lui aussi, bien sûr, ça aurait été une vraie fierté d'avoir un diplôme en poche pour affronter sa vie. Comme un signe qu'il est prêt, qu'il peut y aller, qu'il est armé. Qu'il n'est pas si nul que les profs l'ont toujours pensé. Pas seulement une reconnaissance de sa valeur, mais aussi un point final à ses années galères. Une sorte d'autorisation de tourner la page, de passer à autre chose, d'abandonner l'enfance. Un rite de passage à l'âge adulte, même s'il sait que ça fait bien longtemps que ce rite a eu lieu pour lui. Plus qu'un rite, c'est un baptême du feu où il n'a pas eu d'autre choix, pour survivre, que de se jeter dans le bain. C'est le jour où sa mère est partie qu'il a grandi d'un coup.

Joseph Conté, ce matin-là, se rend avec Gladys à la crèche pour la présenter et les prévenir que c'est elle, désormais, qui prendra Rohan tous les jours à midi.

La directrice, méfiante, examine avec attention l'infection

sur le visage de l'enfant. Elle a bien précisé qu'elle envisageait de ne pas garder à la crèche les enfants qui risquaient de transmettre leur impétigo !

Devant la peau toute rose de Rohan elle relève la tête, visiblement étonnée :

– Je vois que vous êtes passé chez le médecin, hier ? Vous avez commencé un traitement ?

Jo rougit violemment, il ne répond pas, lance un regard à Gladys qui sourit, mutine.

– Oui, il a commencé hier soir, ment-elle avec assurance.

Puis elle regarde un bébé qui arrive avec sa mère, le tour de la bouche très rouge.

– Ce n'est pas le cas de tout le monde apparemment ! En tout cas, Rohan va mieux et je vais continuer son traitement cet après-midi.

La directrice est impressionnée par l'autorité naturelle de Gladys et même si, au départ, elle avait peut-être l'intention de ne pas prendre l'enfant, elle se tait et se détourne d'eux pour s'occuper des autres.

Gladys et Jo font un bout de chemin ensemble et il invite sa voisine à boire un café sur le pouce, à sa boulangerie habituelle sur le chemin du lycée. Ils n'ont pas le droit de s'assoir, mais tout le monde fait ça le matin. Un café vite avalé sur le trottoir avec un croissant, quelques échanges conviviaux avec d'autres clients, une façon de compenser, debout, dans le froid, la fermeture des cafés.

Devant son boulanger persécuteur, le prof est mal à l'aise. Il voudrait que Gladys l'attende sur le trottoir, mais elle a tenu à entrer pour choisir sa viennoiserie.

Bien entendu, cela ne rate pas. Le boulanger garde la monnaie et regarde, goguenard, d'un air de défi, son client et souffre-douleur. Un parmi d'autres d'ailleurs, car il n'est pas le seul. Jo rougit, ne réagit pas et s'apprête à tourner le dos quand Gladys hausse la voix.

– Jo, attendez, vous avez oublié votre monnaie.

Joseph Conté ne répond pas et continue sa marche vers la sortie, les oreilles cramoisies sous son bonnet.

– Pas grave, dit Gladys au boulanger, donnez-la-moi, je vais la prendre pour lui.

Excédé, le boulanger regarde cette enquiquineuse empêcheuse d'humilier en rond, mais, subjugué par le regard péremptoire de l'Antillaise, il capitule et lui tend en bougonnant les 2 € 40 qu'il devait.

– Merci, dit Gladys avec un grand sourire en rejoignant Jo.

Elle pose les pièces sur la haute table devant laquelle il se tient. Elle meurt d'envie de lui demander pourquoi il n'a pas pris sa monnaie, mais elle ne s'y résout pas. Elle ne veut pas accentuer son malaise.

– Le petit Murati passe en conseil de discipline aujourd'hui, dit Jo, comme s'il y avait un rapport direct entre cet événement et l'incident de la monnaie. C'est moi qui assure sa défense, en quelque sorte.

– Qui c'est ça, le petit Murati ?

– Je ne vous en ai jamais parlé ? Jimmy Murati ! Mais oui, je vous ai dit qu'il habitait rue Constantin, une des rues où a vécu Zola.

Elle sourit. Zola est partout dans la vie de Jo.

- Il faudra que je vous montre ce qu'il écrit ! dit Jo admiratif.

Et il entreprend de lui raconter tout ce qu'il sait sur Jimmy. Tout ce qu'entend Gladys c'est que le fameux conseil a lieu à dix-sept heures et qu'il risque de durer longtemps.

– Bon, si j'ai bien compris, bougonne-t-elle faussement, c'est moi qui donne le bain à Rohan ce soir et qui le fais manger aussi !

– Euh… Vous voulez bien ?

– J'ai intérêt à faire des courses avant, quoi !

– Mais non, il y a tout chez moi. Vous verrez dans la cuisine, le frigo est plein. Pour midi, j'ai même acheté du foie de veau. Il y a des légumes dans le bac, en bas.

En se quittant, elle retient l'élan qu'elle ressent de l'embrasser avant de s'éloigner. C'est bien un vrai baiser qu'elle a eu envie de faire.

Elle repart vers chez elle assez guillerette. Elle jurerait que lui aussi, il a hésité une seconde !

Joseph Conté se sent léger en se dirigeant vers le lycée. Malgré ce qui l'accable, il est épaulé. L'histoire des services sociaux est loin d'être résolue, le conseil de discipline de Murati le met dans une position de lourde responsabilité, et pourtant ce il éprouve une sensation d'apesanteur. Il ne pense même pas à faire un détour par le cimetière.

C'est vrai qu'en réalité il n'a pas le temps. Le café et la discussion avec Gladys dans la rue l'ont mis en retard.

En tant que prof principal de la classe dont fait partie Jimmy, il doit assister au conseil. Mais il s'est inscrit non en tant que témoin, après tout il n'a pas assisté aux faits, mais en tant que personne chargée de défendre et d'aider l'élève. Il sait bien que le père ne viendra pas. D'ailleurs, il vaut mieux qu'il ne se montre pas dans toute sa splendeur au corps enseignant et aux membres de ce conseil. Cela ne pourrait que desservir Jimmy. Tel père tel fils, se diraient-ils. Comment quelque chose de bon pourrait-il sortir de ce type ? Les préjugés iraient bon train.

Il s'est donc assigné d'office la tâche de sauver Jimmy du renvoi.

Il ignore s'il fait bien, d'ailleurs. Parfois quand on se mêle des affaires des autres, même si c'est en croyant bien faire, les conséquences en sont aggravées.

Jo n'est pas dupe. Il sait bien que l'étiquette qui lui colle à la peau est « trop gentil », quand ce n'est pas « trop bon, trop con ». Il imagine à l'avance les pensées des autres. Oh, si c'est Conté qui le défend, c'est que le cas est désespéré. De toute façon, il défendrait n'importe qui. Sa parole n'a pas de valeur. Il trouve toujours des excuses à tout le monde.

Le conseil obéit à une sorte de théâtralisation bien

organisée. Ils sont quatorze dans la salle, de quoi en imposer à n'importe quel individu confronté à ce tribunal. Tout le staff hiérarchique est là. Chef d'établissement, adjoint, Conseiller principal d'éducation, gestionnaire... Cinq profs sont présents, dont le prof qui a subi la violence, bien sûr.

Il y a aussi deux représentants de parents d'élèves, ainsi que trois élèves délégués.

Tout le monde signe la feuille de présence et quand le proviseur demande à l'élève incriminé s'il a, avec lui, un représentant, un soutien, il hoche la tête négativement et relève le menton pour les défier.

– Pas besoin ! dit-il.

Jo lève la main et demande la parole.

– Je me suis inscrit pour assumer cette fonction, dit-il.

Jimmy lui glisse un regard en biais. Il ne laisse rien transparaître de son étonnement. Et aussi de la chaleur qui a brusquement envahi sa poitrine. Il se sent soudain moins seul face aux autres. Il a envie d'envoyer bouler Joseph Conté, histoire de jouer le gros dur jusqu'au bout, mais en même temps il accepte, alors il ne montre rien.

L'un des profs, désigné président du conseil de discipline, expose les faits. L'intendante du lycée se met à frapper frénétiquement sur le clavier d'un ordinateur portable posé devant elle.

– Je fais la greffière, dit-elle en souriant. Comme ça, on est sûr de se souvenir de tout.

Elle a l'air complètement larguée, se dit Jo.

Les têtes dodelinent pendant que les griefs s'accumulent sur les épaules de Jimmy. Chacun le regarde avec sévérité et montre de la compassion pour le prof victime. Les élèves présents témoignent de ce qu'ils ont vu. Oui, Jimmy a refusé d'obtempérer. Oui, il s'est énervé sans raison apparente. Oui, il a repoussé son bureau brutalement et son geste aurait pu blesser quelqu'un, un autre élève ou le prof.

Rodier, le prof concerné, hausse le ton et en rajoute en prenant Jimmy à partie. On demande à Jimmy de s'expliquer sur son comportement violent. Sans succès : il reste mutique.

Le chef d'établissement le prie alors de bien vouloir sortir un moment et d'attendre dans le couloir.

Dès qu'il est sorti, c'est la cacophonie. Certains profs qui ne voulaient pas trop en dire devant lui se lâchent et expriment leur ras-le-bol de son attitude provocatrice, j'm'enfoutiste, insolente. Le ton monte, la colère gronde. Jimmy Murati focalise sur lui la frustration générale des profs que la situation de confinement due à la crise sanitaire n'arrange pas.

Le chef d'établissement parvient à rétablir le calme et se tourne vers Jo.

– Je suis désolé, monsieur Conté, les faits sont accablants. Cet élève ne fait rien en classe. Il se promène chez nous, on se demande bien pourquoi, d'ailleurs ! Je ne peux rien faire d'autre que prononcer son renvoi. Nous allons voter bien sûr, mais… J'ai bien l'impression que son sort est joué. Vous avez quelque chose à dire, vraiment, pour le défendre ?

Joseph Conté a le cœur qui bat à grands coups et les mains

qui tremblent, mais il se sent en même temps étrangement détaché.

Il a vécu tellement de choses ces temps derniers qu'il ne peut s'empêcher de penser que ce tribunal qui se prend au sérieux est bien dérisoire. Face à la mort, à l'accident, à un bébé soudain orphelin, ce conseil de discipline lui semble un peu ridicule.

Il tousse, affirme sa voix sur les premiers mots et se lance.

– Merci, monsieur le proviseur, de me donner la parole…

– Oui, enfin, d'accord, mais pas trop long, hein ? J'ai des tas d'autres choses à faire !

Tout le monde approuve.

– Pourtant, j'ai de bonnes raisons pour défendre Jimmy Murati et pour ceux qui pensent, ici, que je défends toujours tout le monde et que donc ma parole n'a pas grande valeur, je tiens à rappeler que c'est la première fois que j'interviens dans un conseil de discipline comme défenseur, depuis vingt ans que je travaille dans cet établissement.

– Oui, oui, nous vous l'accordons. Bon.

– Je vais faire le plus court possible, mais je suis obligé de développer mes deux arguments principaux.

– Arguments, dans quel but ?

– Celui d'obtenir un simple avertissement pour cet élève.

À ces mots, l'ambiance s'électrise. Tout le monde parle en même temps. Comment ? Un simple avertissement ? Et puis quoi encore ? Mais ça va pas ou quoi ? Si Murati n'écope que d'un avertissement, le conseil de discipline sera discrédité !

Jo lève la main pour les apaiser.

– Laissez-moi parler. Le problème de ce garçon c'est qu'il a à la fois des circonstances atténuantes et des perspectives d'avenir. Donc franchement, ce serait criminel de notre part d'être trop sévère avec lui.

– Bon, allez, accouchez, Conté !

Jo commence par ce qu'il considère comme une circonstance atténuante : la vie familiale de Jimmy. Il explique l'absence de la mère et le rôle que Jimmy a pris dans le foyer. Le père inexistant et même pire. Et surtout la responsabilité de l'enfant dans le cadre familial vis-à-vis de sa petite sœur.

– Et je suis sûr que c'est plus souvent qu'on ne pense que cette fratrie se couche sans manger.

Il est assez fier de voir que la gestionnaire lève le nez de son clavier pour le regarder et réfléchir. On dirait qu'elle imagine la vie de Jimmy, qu'elle le voie mettre ses chaussettes à la petite fille et l'aider à faire ses devoirs.

Il ne s'appesantit pas trop sur le personnage du père, sachant que cela pourrait provoquer une réaction de peur et de rejet de toute la famille.

– Bien OK, on a compris l'idée générale, dit le prof qui a subi les violences de Jimmy. Je vois qu'il t'a bien embobiné.

Alors Joseph Conté leur raconte qu'il n'a appris tout ça, et notamment l'absence de la mère, que très récemment, prenant le proviseur à témoin. Il explique la scène familiale qu'il a surprise, tôt, un matin.

L'autre s'impatiente.

– Ça va, n'en remets pas une couche. Ça, c'est pour les circonstances atténuantes. Et les perspectives ? Je peux te les prédire, moi. *Deal* à droite et à gauche, arrachage de sacs, quelques condamnations légères au début et dans dix ans, il en aura déjà passé six en taule.

– Ne sois pas aussi pessimiste, sourit Jo. Je sais que ce n'est pas vraiment ton genre.

Rodier souffle, excédé. Jo prend son temps et sort de son vieux cartable une feuille imprimée. Il commence la lecture d'un texte devant les membres du conseil. Certains regardent discrètement leur montre, d'autres ne cachent pas leur impatience.

« Quand je pense à ma vie, j'ai cette impression de néant. De rien. De zéro. Si je m'interroge honnêtement sur mes désirs, désir de lumière, désir de perfection, désir de pureté, je suis bien obligé de reconnaître qu'il ne s'agit que d'un seul et même désir de mort. Tyrannique, puissant, impérieux, despotique, exigeant, dévorant, venimeux. Par exemple, souvent je pense : quoi de plus parfait que la chlorophylle qui se nourrit de lumière ? Nulle trivialité, nulle cruauté, seule la beauté de l'acte. Survivre en absorbant la lumière. J'y aspire de toutes mes forces et souvent je tente d'y arriver, je me concentre avec obstination. Je finis toujours par perdre, mais peut-être qu'un jour j'y arriverai. Je ne suis pas idiot au point d'ignorer que c'est, en réalité, un désir de mort ! Se nourrir de lumière, autant dire d'air, de vide, de néant, de rien… Et mourir. Je suis là, mais sans me sentir vraiment présent. Ma présence est une absence. Dans notre grande maison, je ne peux pas remplir l'espace. »

Jo lève les yeux de son texte :

– Je vous rappelle que Jimmy Murati vit dans un misérable appartement de la rue Constantin et que sa mère n'est plus là. Si je prends la peine de vous le rappeler, c'est pour que vous compreniez que nous n'avons pas ici le *blabla* autobiographique d'un adolescent en pleine crise, ni même un extrait de journal, mais bien une œuvre de fiction parfaitement maîtrisée et assumée.

Il continue :

« Grande baraque, jardin privatif, deux terrasses living 50 m^2, vue sur la mer, piscine. Ma mère est une femme joyeuse. Elle rit tout le temps. Si elle a un souci, elle rit. Plus elle rit, plus il faut s'inquiéter. Elle n'est pas obèse, comme ma sœur, mais elle est bien en chair. Pulpeuse. Sensuelle. Féminine. Et joyeuse. Ma mère me fait peine, mais je l'aime. Je voudrais la protéger de tout, surtout de moi… »

– Bon, l'interrompt le proviseur. Ça va, on a saisi. Nous ne sommes pas dans un atelier d'écriture. Vous voulez prouver quoi, là ?

– Je veux simplement vous montrer que Jimmy Murati a du potentiel. Simplement, son talent s'exprime en dehors de nos murs, mais de façon saine et positive.

Rodier fait la grimace, mais Jo le connaît. Dans le fond, c'est un bon bougre. Il a le sang chaud, s'énerve vite, mais il lui arrive parfois de regretter d'avoir traité un problème avec trop d'impulsivité. C'est lui qu'il regarde avec cette fixité. Il sait que Rodier est sa seule chance. S'il renonce, s'il abandonne sa plainte, il pourra peut-être fléchir les autres.

– Non, il ne finira pas *dealer*, dit Jo à voix basse.

– C'est ça ! dit Rodier, avec une certaine amertume. Tu prétends que parce qu'il aime vaguement gratter du papier, il sera sauvé de son destin ? Tout est écrit d'avance, tu le sais bien, Joseph.

– Ce que je sais surtout, c'est que d'être viré le propulsera encore plus vite là où tu le vois déjà…

– À la case prison, tu veux dire ?

– Oui, exactement.

Jo prend le temps de les regarder tous.

– Vous-même, vous n'avez jamais souhaité une seconde chance ?

Rodier soupire, regarde le proviseur. La prof qui s'est instituée greffière pique du nez, un peu honteuse de ne pas prendre la parole. Mais ce qui est bon signe c'est que les autres ne récriminent plus. Le prof sent que quelque chose a basculé. On n'est plus dans le même registre. Comme si chacun faisait appel à ce qu'il a de meilleur en lui.

Rodier éclate de rire :

– Quoi ? Tu veux quoi, Joseph ? Allez, parle ! Je te préviens, c'est hors de question que je passe l'éponge !

Jo sent qu'il a gagné, mais qu'il faut y aller doucement. Il n'arbore aucun sourire vainqueur, il dissimule la joie dans son regard qu'il se force à garder le plus éteint possible.

– L'avertissement, ça ne suffira pas ! annonce le proviseur. Je suis désolé, c'est trop grave !

– Un blâme ? demande timidement Jo.

– Tu veux rire ? s'exclame Rodier. Tu sais très bien que le blâme, c'est comme l'absolution. Presque pareil que l'avertissement. Ça ou rien…

– Une exclusion, même temporaire, c'est peut-être plus dur, mais c'est vide de sens. Je n'y crois pas plus.

La prof qui tape tout ce qui se dit, lève soudain la main pour prendre timidement la parole :

– Je sais qu'on n'a jamais essayé, ici, mais il paraît que les mesures de responsabilisation marchent bien.

C'est reparti. Tout le monde se met à parler en même temps. Chacun y va de sa petite histoire, de ce qu'il a entendu, ici et là. Des exemples qui ont bien marché, qui ont réussi, des réintégrations spectaculaires, des rédemptions incroyables.

Le proviseur regarde discrètement l'heure sur son portable.

– Bon, OK, nous allons voter. Chacun écrit sur un petit papier ce qu'il pense être le mieux comme sanction.

Quelques minutes plus tard, c'est tranché. On fait entrer Jimmy qui doit rester debout devant le jury. Il cherche les yeux de Joseph Conté qui l'évite. Ça sent mauvais. Il est viré, c'est sûr et ce vieux Conté n'ose même pas le regarder.

– Avez-vous quelque chose à nous dire avant d'entendre la sanction ? lui demande le proviseur.

– Oui, énonce faiblement Jimmy. J'aurais pas dû.

Il lève la tête, cherche cette fois Rodier du regard. Il voudrait s'excuser proprement, mais ce qu'il regrette ce n'est pas d'avoir balancé une table pendant le cours de Rodier. De toute façon, Rodier, il peut pas le sentir et il le méritait bien, à son avis. Non. Ce qu'il regrette c'est de ne pas avoir la force de maîtriser ses émotions comme un vrai samouraï.

Ça lui plairait bien, de rester sans réaction devant n'importe quelle adversité. Il n'aime pas s'énerver en fait, il a l'impression de perdre à chaque fois. D'ailleurs, y a qu'à voir, il n'en serait pas là s'il avait simplement pensé à sortir de la classe ce jour-là.

Rodier détourne le regard, il ricane bêtement.

Le proviseur énonce le verdict, en en rajoutant lourdement sur le fait qu'il allait être renvoyé et qu'il doit à son professeur principal d'avoir été rattrapé *in extremis*.

Joseph Conté pique un fard. Heureusement personne ne le regarde à ce moment-là. Il ne veut surtout pas que l'élève se sente redevable.

– Vous serez astreint à des mesures de responsabilisation. Nous nous réunirons demain pour les établir. Vous êtes en droit d'en proposer vous aussi. Cela doit concerner des activités de solidarité, culturelles ou de formation ou même l'exécution d'une tâche à des fins éducatives pendant une durée qui ne peut excéder vingt heures en tout. Elles doivent être effectuées en dehors des heures du lycée, pas plus de trois heures par jour et pas plus de quatre jours par semaine jusqu'à ce que les vingt heures soient atteintes. Vous serez notifié de tout ceci par écrit demain. Vous pouvez sortir.

Jimmy reste un moment désarçonné. Il s'était tellement attendu au pire, il n'en revient pas. Il pensait repartir d'ici le cœur plein de fiel et de rage et en réalité il éprouve une sorte de désarroi. Il n'arrive pas à ressentir de la reconnaissance, car il ne réalise pas très bien ce qui vient de se passer. Il reste un moment immobile, ne sachant que dire ni qui regarder, puis il recule de deux pas et fait brusquement volte-face.

Il quitte la pièce précipitamment, laissant derrière lui plusieurs adultes aussi étonnés que lui de leur propre magnanimité. Le sentiment général qui règne est proche d'une certaine allégresse. Tout le monde sourit. Ils se sentent soulagés.

Leur greffière improvisée, toute fière, plie son ordinateur portable, le range et glousse :

– C'est pas tout ça, mais je dois récupérer ma fille à l'école, dit-elle.

Tout le monde se lève, les chaises raclent le carrelage, le proviseur se poste devant la porte pour les saluer l'un après l'autre.

Quand Jo se retrouve sur le trottoir, il chantonne et envoie un texto à Gladys.

< Tout s'est bien passé. Le petit Murati est sauvé ! >

Elle lui répond avec un pouce en l'air.

< OK. Grouillez-vous, je craque un peu, là. >

Le prof rit franchement en l'imaginant dans la salle de bains, donnant son bain à Rohan sous l'œil critique de Sissi, puis essayant de lui faire avaler sa purée.

Sur le chemin, il achète une bouteille de champagne.

41 - Réunion entre amis

Le lendemain, Jimmy interpelle son professeur à la sortie du cours.

– Ils ont dit que je pouvais proposer des actions, mais je sais pas quoi. Vous avez une idée ? C'est quoi exactement leurs « mesures de responsabilisation » ?

– Justement, j'ai regardé hier ce qu'il était possible de faire. Tu peux t'inscrire comme bénévole dans une association caritative. Franchement, c'est le mieux. Certes, ce n'est pas l'idéal en ce moment, elles sont presque toutes fermées. Tu as les Restos du Cœur, Emmaüs, Le Secours populaire…

Ça fait tilt chez Jimmy. Les Restos du Cœur, il se dit qu'il pourra peut-être rapporter un peu à manger à la maison.

De plus, il pense que Lina aura peut-être le droit de venir avec lui à la fin de sa classe, ce qui lui éviterait de la laisser rentrer seule, chez eux.

– Et avec les enfants, y a des trucs ?

– Comment ça ?

– Bah oui, avec les petits, de l'animation, je sais pas moi…

Il pense à quelque chose qui lui permettrait d'être avec elle. Car ce qui l'ennuie dans cette sanction c'est de ne plus pouvoir aller chercher sa sœur à l'école.

Jo parcourt sa liste.

– Oui, regarde, il est possible de faire de l'aide aux devoirs. Il faut seulement qu'il y ait une structure qui accepte. Je pourrai me porter garant.

– Cool ! Aide aux devoirs ! Ça me botte ! Mais j'aimerais bien que ça soit à l'école du Roi René.

– Je ne te promets rien, il faut que je voie s'ils font ça, que je trouve la structure. Peut-être que le proviseur a des coordonnées ?

Tandis qu'ils se dirigent ensemble vers le bureau du proviseur, Jimmy fantasme sur la possibilité d'aller dans l'école de Lina, tandis qu'elle resterait à l'étude, elle aussi. Ils pourraient ensuite rentrer ensemble.

Ce n'est pas de laisser la petite faire le chemin, seule, le soir, qui lui fait le plus peur. C'est de la savoir chez eux, isolée avec son père et sa violence.

Finalement, les deux idées sont acceptées par le proviseur après un bref coup de fil aux Restos du Cœur et à une association d'entraide scolaire agréée par la municipalité pour intervenir dans les écoles.

– Tu feras deux heures par semaine pour chacune de ces activités, conclut le proviseur. Jusqu'aux vacances de Noël. Mais pas tout de suite. Ce soir, avant de rentrer chez toi, après les cours, tu aideras le gardien à réparer la table que tu as balancée sur M. Rodier.

– Il faut faire quoi ? panique Jimmy.

Le proviseur lit un papier :

– Changement de la plaque stratifiée revêtue de résine

artificielle, il faudra couper, visser et repeindre les pieds en métal.

Sans rien laisser paraître, Jimmy s'inquiète, car il n'a pas eu le temps d'organiser quoi que ce soit pour Lina. Elle n'a même pas de portable pour qu'il puisse la prévenir.

Il ne montre rien de sa contrariété devant le proviseur, fidèle à ses nouvelles résolutions de samouraï, mais une fois dans le couloir, il ne peut s'empêcher de taper du poing contre le mur.

– Qu'est-ce qu'il te prend ? lui demande Joseph Conté.

Jimmy sursaute. Il avait oublié sa présence.

– Rien… C'est juste… ma sœur. Elle n'est pas prévenue…

Il se tait. Il a honte d'aborder la situation plus en détail et ne veut surtout pas lire la pitié dans les yeux du prof, ce qui ne manquera pas d'arriver s'il parle de son père.

– Je peux aller la chercher à l'école, tout à l'heure ? propose Jo.

Jimmy accepte à contrecœur. Il a plutôt envie de fuguer, de se barrer très loin, de refuser leurs mesures à la con, mais il sait que s'il a eu une seconde chance, cette fois, il n'en aura pas une troisième.

Jimmy lui signe rapidement une autorisation de prendre la petite et lui précise qu'elle est à l'école du Roi René. Il écrit aussi des recommandations à donner à Lina.

« Dès que tu arrives à la maison, tu t'enfermes dans ta chambre. Tu n'essaies pas de regarder la télé si papa n'est pas là. Tu ne restes pas avec lui dans la pièce, s'il est là. Bref, tu t'enfermes et tu te fais oublier. Fais tes devoirs, je rentrerai avec du manger et on dînera ensemble. T'as intérêt à faire ce que je te dis ! Et déchire cette lettre avant de rentrer à la maison pour pas que le vieux la trouve. »

Il plie la feuille en quatre et, avec un soupir, la tend à son prof. Renfrogné, il s'éloigne vers son prochain cours.

Malgré sa curiosité, Jo se retient de lire le mot, en allant cherche la petite.

– Alors maintenant, c'est toi qui viendras toujours me chercher ? C'est pour ça que t'es passé à la maison, l'autre jour ?

– Non c'est seulement aujourd'hui, dit le prof.

– Il est où, Jimmy ?

Jo ignore ce qu'elle sait exactement et il ne veut pas griller le grand frère, alors il marmonne une vague réponse embrouillée, qu'elle accepte d'un air malicieux.

– Toi, je vois que ton nez grandit, c'est comme ça quand on dit des mensonges.

Son rire fuse, clair et frais. Elle ouvre le billet écrit par son frère et le déchiffre avec difficulté. Elle ne sait pas encore très bien lire.

Quand elle arrive au bout du message, elle le déchire en morceaux et le jette dans une corbeille urbaine. Le prof fait celui qui n'a rien remarqué.

Elle regarde en coin l'homme qui l'accompagne.

– Tu sais pourquoi mon père il boit tellement?

– Non, répond Jo, étonné et un peu gêné de ces soudaines confidences.

– C'est parce que je lui donne mal à la tête, ça le rend malade.

Jo reste sans voix. Il hésite. Il pourrait l'inviter à dîner chez lui, au sein de la famille bizarre, improvisée, qu'il forme en ce moment, le soir, avec Gladys et Rohan, mais il n'ose pas. L'adolescent ne lui a rien demandé dans ce sens. Ce serait intrusif de sa part.

– Il t'attend ton père, là ?

– Oui, répond Lina, évasive. Il est gentil et il me laisse toujours regarder Gully quand je rentre le soir, pendant qu'il prépare les pâtes.

Joseph Conté est vaguement rassurée par les propos de Lina. Comment pourrait-il deviner que Lina a déjà intériorisé un réflexe de protection familiale, par le mensonge ?

Il faut dire que Jimmy lui a bien expliqué que si les autorités apprennent le comportement de leur père, les enfants lui seront enlevés. Ils seront séparés et envoyés tous les deux dans un centre de protection de l'enfance.

Le téléphone du prof se met à sonner.

– Mais vous faites quoi, là, exactement ? Je donne son bain à Rohan ou je vous attends ? Et tant que vous y êtes, prenez donc des acras au resto antillais, rue Aumône Vieille. La Case Créole, vous connaissez ?

– Ils sont pas fermés ?

– Non, ils font traiteur à emporter en ce moment. Allez, on

vous attend, Rohan et moi.

– J'arrive, j'arrive ! répond Jo à Gladys.

Il fait donc un détour pour laisser Lina devant son immeuble de la rue Constantin, un autre pour acheter les acras, puis il se presse de rentrer chez lui.

Avec un peu de chance, il pourra la soulager en faisant à manger et en donnant son bain au petit.

Lina monte les escaliers sans se presser. Elle a une petite appréhension, mais elle ne veut pas s'écouter. Elle va faire exactement ce que lui disait Jimmy dans le mot. Foncer dans sa chambre et se faire oublier.

Quand Jimmy est enfin libéré, c'est en courant qu'il rejoint son appartement. Il ignore si Lina a mangé et lui-même a faim, alors il s'arrête quelques minutes dans un supermarché pour acheter une baguette et une boîte de miettes de thon à l'huile.

Il a consulté son téléphone et vu le message de son prof : <mission accomplie. Ta petite sœur est bien rentrée à la maison.> C'est à la fois rassurant, puisque Lina ne l'a pas attendu en s'inquiétant, mais en même temps, c'est angoissant. Lina seule avec son père, c'est quitte ou double. Tout dépend de l'état du paternel. S'il est trop défoncé, ça peut vriller dans une autre dimension et la petite ne voit pas toujours venir les choses.

Il croise dans la rue Mme Mahlous, avec ses deux plus petits. Elle se rend chez sa sœur malade.

– Il paraît qu'on va être en couvre-feu, le soir, à partir de dix-huit heures maintenant, lui dit-elle. J'y comprends plus rien !

– Ça changera rien pour moi, dit Jimmy.

– Lina n'est pas avec toi ?

– Non ! Elle est rentrée seule, enfin, avec un de mes profs, il y a plus d'une heure.

Il voit passer une ombre soucieuse sur le visage de sa voisine.

– Pourquoi ?

– Non, rien, mais ça fait un moment qu'il est chez toi, avec ses copains. Je les ai entendus tout l'après-midi… Là encore, ça rigole pas mal.

Depuis l'escalier, Jimmy entend les rires gras, alcoolisés. Merde ! Elle a raison. Il est pas tout seul. C'est pas de pot ! Justement aujourd'hui ! Il aurait dû demander à son prof s'il pouvait garder la petite avec lui. Enfin, c'était un peu abuser quand même. Ça se fait pas vraiment. J'espère qu'elle a pu se barricader dans sa chambre !

Jimmy s'affole, ses pensées partent en vrille.

Il ouvre la porte de l'appartement à la volée. Elle n'était pas verrouillée. D'un seul regard, il saisit la scène et reste pétrifié, paralysé par la situation.

Trois hommes sont affalés sur le canapé, la paupière lourde, les gestes ralentis. La pièce est enfumée, les cadavres de canettes de bière jonchent le sol.

Le père est nulle part. Mais Lina est bien là, debout au

milieu de la pièce. Il l'a laissée seule avec ces trois tarés ?

La télé diffuse la cérémonie de l'élection de miss France. Les commentaires et la musique braillent, impossible de suivre vraiment l'émission.

Au milieu de ce tumulte, perchée sur des talons trop grands pour elle ayant certainement appartenu à leur mère, Lina déambule devant l'écran, sous les quolibets, un sourire incertain sur ses lèvres tremblantes, le regard embué et éteint.

L'une des trois brutes saisit son bras et bloque son menton entre ses gros doigts, brandissant dans l'autre une bouteille de vodka dont il verse une partie du contenu dans la bouche de l'enfant, toute barbouillée de rouge à lèvres.

Jimmy remarque qu'elle a aussi les yeux fardés de crayon noir et de poudre pailletée turquoise, dans une parodie de maquillage outrancier. *Mais pourquoi est-elle toute maquillée comme ça ?* se demande de Jimmy.

– Alors c'est bon ce jus, hein, ma belle ? Tu aimes ? dit l'homme dans une élocution difficile et pâteuse.

Sur un bruit de chasse d'eau, le père de Jimmy sort des toilettes, vacillant. Il a l'air contrarié, mais ne bronche pas devant le tableau édifiant.

– Comment tu la trouves, Petru ? lui demande un des hommes. T'as vu comme ça lui va bien ?

C'est à la même seconde que Lina et son père découvrent la présence de Jimmy, immobile. Cela fait quelques secondes qu'il est entré, mais il a l'impression de s'être figé là de toute éternité.

Le visage de Lina s'éclaire, surprenant l'homme qui lui tient la mâchoire prisonnière et qui tourne aussi la tête vers l'adolescent. L'expression du père s'assombrit, sur la défensive, tandis que Jimmy retrouve l'usage de la parole.

– Lâche-la, taré ! crie Jimmy, ulcéré.

Paniquée, Lina essaie de le calmer :

– Jimmy, ça va, tu sais ! Tout va bien, on s'amuse, dit-elle en courant dans ses bras.

– C'est à moi que tu parles ? demande le type à qui elle a échappé.

Jimmy étreint sa sœur en fermant les yeux et lui chuchote après lui avoir tendu les vivres qu'il tenait :

– Va dans ta chambre, ma puce. Vite. Mange un peu, j'arrive.

Sans attendre, la petite s'envole en quelques enjambées irréelles vers la porte du couloir. Jimmy respire et se retourne vers son père.

– Et toi, tu dis rien ! Tu laisses faire ces pervers ?

– Mais de quoi j'me mêle, abruti ? répond, rouge de colère, Petru Murati.

– Comment qu'il te cause, ton minot !

L'un des hommes crache par terre.

– Si mon gosse il me parle comme ça, j'te jure, il s'en prend une qui l'envoie direct à l'hosto !

Les rires fusent.

Humilié et galvanisé par les incitations de la bande, Petru, chancelant, l'alcool mauvais, se jette sur son fils et entreprend de le cogner avec rage.

Jimmy, le cœur rempli de haine, répond coup pour coup, mais lorsque les autres s'en mêlent, ils ont vite fait de l'immobiliser. Sur un dernier baroud d'honneur, sans plus de forces, l'adolescent parvient à cracher à la figure de son père qui entre alors dans une telle fureur, frappant à coups de pied son fils au sol, que même ses copains se sentent obligés de le retenir.

– Allez, t'inquiète, Petru, il a compris. Viens on se casse, c'est pas drôle chez toi ! On va chez Mat !

– Pas question, éructe le père. C'est lui qui se barre ! Allez, fous le camp, fumier !

Lina, qui a tout entendu, terrifiée, ouvre sa porte et court vers son frère.

– Jimmy, Jimmy, lève-toi.

– Je pars pas sans elle, dit Jimmy en toussant, le visage tuméfié.

Le père essaie de retenir Lina qui se débat, mais les autres l'entraînent vers le canapé.

– Oublie, Petru ! Un p'tit moment dehors dans le froid, ça va leur remettre les idées au clair !

Les rires repartent de plus belle devant les Miss qui défilent. La bouteille circule à nouveau parmi les hommes qui ont regagné leur canapé défoncé.

Jimmy voudrait confier Lina à ses voisins, mais il sait que le mari de Kheira Malhous ne serait pas d'accord.

Alors ils descendent tous les deux, cahin-caha, leurs

escaliers et errent un moment dans les rues sans bien savoir où aller.

Jimmy lave ses plaies à une fontaine et ils trouvent refuge dans le coin d'une place, sur une marche.

Il n'est pas encore très tard et le garçon est désemparé, ne sachant vers qui se tourner. Lina lui tend un morceau de la baguette qu'elle sort de son sac à dos :

– Tiens, Jimmy, regarde, je t'ai fait un sandwich ! Je suis sûre que t'as faim.

42 - Le Jappeur

Après plusieurs jours de marche et de course, le chien est en piteux état. Sa fourrure, ses pattes, sont recouvertes d'épines. Son museau est égratigné, abîmé à force de lécher le fond de boîtes de conserves ouvertes. Son estomac est vide la plupart du temps et sa maigreur s'accentue.

Le plus souvent, il court droit devant lui, suivant une trace impossible à analyser vraiment, quelque chose qui circule dans l'air et qui l'attire irrésistiblement.

Dans les premiers temps son flair n'est brouillé par rien d'artificiel. Seules les odeurs de la nature l'environnent. Il sillonne champs et forêts, en longeant parfois un grand fleuve. Aux alentours des fermes, il ne s'aventure que la nuit, cherchant à chaparder dans les gamelles d'autres animaux domestiques. C'est aussi dans ces endroits qu'il débusque des rongeurs, dans les granges et hangars. Son expérience de l'île lui a appris la chasse et même si la pitance est rare, il parvient tant bien que mal à se procurer de quoi tenir, toujours, un jour de plus.

Sur les routes, il lui arrive souvent de voir des dépouilles de chats et de chiens écrasés que personne ne vient ramasser pour les écarter des roues impitoyables des voitures. Il s'arrête alors près d'eux en se demandant quels ont été leur vie, leurs espoirs, leurs attentes.

Il reconnaît qu'il arrive près d'une ville quand les effluves changent. Ce qui est troublant pour lui, c'est la richesse du contraste entre ces odeurs-là et celles de la campagne. Quand il traverse ainsi sa première grande cité, depuis son vrai départ, il est déstabilisé avant de pouvoir se réorienter à nouveau.

Un soir, il voit dans une voiture un chien assis à côté du conducteur, heureux, curieux du paysage qui défile. Il en est émerveillé. Il y a peu, lui aussi, il était un chien dans une voiture. Des images l'assaillent. Des jeux dans les prés et les parcs, à courir derrière une balle. Des retours de courses à déballer les victuailles. Des siestes si tendres, à veiller sur la respiration de Rohan, environné de son odeur sucrée.

Aimanté par des effluves forts, piquants, putrides, il découvre un jour une grande décharge. Un lieu de tentations et de dangers infinis. De quoi perdre son sang-froid devant la multitude de pistes. Mais quand il trouve des morceaux de charcutailles, de tas de hamburgers corrompus, des croûtes de pain, des morceaux ou des carcasses de viandes désossées, il doit les partager avec d'autres errants comme lui, chiens, chats ou rats, quand ce ne sont pas des renards ! Ici, les fumets sont fabuleux, les saveurs saugrenues même si elles sont un peu gâchées par l'angoisse qui l'habite. Il est souvent obligé de se dépêcher de manger, sans rien pouvoir savourer.

Sa sociabilité lui évite des batailles trop féroces, car afin de ne pas en sortir trop amoché, il cède souvent sa proie aux autres. Le passage à la déchèterie lui apporte finalement quelques blessures et quelques expériences en plus, mais ne le fait pas vraiment engraisser !

L'autre danger ici, ce sont les matériaux coupants, les pointes piquantes qui dépassent sournoisement, les décompositions générant parfois des brûlures ou des empoisonnements. Il faut qu'il apprenne à les distinguer et à les éviter.

Un jour, après avoir englouti convulsivement des restes d'abats putréfiés, il est pris d'un spasme douloureux et il vomit son repas dans les minutes qui suivent.

La force qu'il avait accumulée durant sa convalescence dans l'île l'abandonne.

Il est exsangue. Il perd son énergie et repart vers la ville à pas lents. Il aurait besoin de se requinquer, mais il n'est pas en sécurité dans cette région urbaine. Alors il continue, en se traînant lamentablement.

Il parcourt l'agglomération, moins riche en butin, mais plus calme. L'important étant essentiellement d'éviter de se faire remarquer par les humains. Il esquive les voitures, les camions, les bus. Il suit des passages d'odeur, il s'y enfonce, ses quatre petites pattes ne s'arrêtent jamais, même si elles sont plus lourdes depuis qu'il est malade.

Au cœur de la cité, les odeurs sont éparpillées, denses, omniprésentes. Il trie. Il laisse de côté celles d'essence, de caoutchouc ou de plastique pour privilégier la nourriture ou les animaux vivants.

Dès le matin, il évite les grands boulevards, recherchant les fonds de cours, les zones poubelles, les lieux déserts pour s'y blottir en attendant la nuit.

C'est quand la ville s'éclaire de lumières électriques qu'il se déplace. Les habitants sont à l'intérieur de leurs habitations. Les voitures, pour la plupart, sont sagement rangées au bord des trottoirs. Les odeurs sont plus faciles à repérer. Il fait des détours par les poubelles des supermarchés, délaissées près de leurs parkings, les parcs pour enfants, négligés, les sorties d'écoles, désertées, partout où il peut trouver des restes d'alimentation abandonnés par les humains.

Il enfile des avenues sans fin, explore des places de toutes tailles, s'empêtre dans des ruelles sinueuses, traverse des passages souterrains, des ponts, des tunnels et des passerelles, monte et descend des escaliers escarpés.

Il atteint, de son pas fatigué, les abords d'une gare avec de grandes bâtisses noires et vides, des entrepôts sans limites, squattés par des rats, repère des odeurs de limailles d'acier, de machines rouillées, de cailloux goudronnés.

Il reste quelques jours dans ce lieu et, petit à petit, se remet de son intoxication. Il recommence alors à courir, courir, pour rattraper le temps perdu, et rejoint enfin la périphérie de la ville.

Quelques jours plus tard, il atteint les flancs d'une haute montagne blanche et glacée.

Sa quête se transforme en obsession. C'est tout juste s'il sait après quoi il court, quel est son but. Mais un faible signal clignote très loin dans sa mémoire. Rohan. Son bébé. Son garçon. Parfois, il rêve encore de lui. Le manque est toujours là, c'est ce qui le guide. Il continue, il poursuit une trace dont il ignore la provenance et jusqu'où elle le mènera.

Il connaît à présent de nombreux pièges et il sait les éviter. Il lui arrive de croiser des humains qui sont dans le même état que lui. Parfois seuls, parfois par petits groupes [20]. Ils marchent droit devant eux et semblent affamés et frigorifiés. Ils parlent une langue que Pouf ne reconnaît pas. Il s'en écarte sans se faire voir.

Pouf a maintenant l'allure d'un chien galeux, le poil terne et dru, les pattes dures et endolories, les flancs faméliques.

L'hiver n'est pas doux dans les montagnes qu'il sillonne.

Un jour, il découvre un humain mort dans une crevasse enneigée. Le cadavre n'est pas ici depuis longtemps. Il a été partiellement dévoré par des vautours et des corbeaux. Pour le chien, qui connaît de près les humains, les bons comme les mauvais, cette découverte est impressionnante. L'homme est-il mort de froid ?

---

[20] Des migrants tentent chaque nuit de passer de l'Italie vers la France, par les cols et les chemins de montagne, y compris en hiver. Une traversée particulièrement périlleuse entre neige, froid, obscurité et peur de la police. Les migrants tentent cette traversée des montagnes, parfois seuls, ou en famille, et parfois même avec des enfants en bas âge.

Le chien grelotte en permanence et son idée fixe est à présent de trouver de la chaleur, tout autant que de la nourriture.

Les villages au fond des vallées, les lacs, les torrents forment son quotidien. De crainte de finir comme l'homme mort de froid, il se garde de dormir dans la nature et privilégie, à présent, pour se reposer, les granges des hameaux, à l'abri du vent et de la neige.

Mais il faut les repérer ouvertes et inhabitées, ce qui complique un peu la tâche.

Il ne sait pas qu'il passe par la Suisse, traversant les frontières.

Après des semaines de marche, épuisé, il parvient à un endroit qui lui rappelle son île, le paradis des animaux. *Il y en a donc plusieurs ?* se demande-t-il, émerveillé. Dans ce nouveau parc naturel, sur un plateau où le climat est plus clément, il se fait un ami. Un chien. Mais en plus gros que lui, plus poilu, plus costaud.

Perdu, errant, il fait route vers ailleurs, comme lui. Il le surnomme le Jappeur, car il parle tout le temps. Le Jappeur devient son meilleur prof en survie et c'est ainsi que Pouf qui croyait tout savoir après les épreuves vécues, découvre qu'il a encore tellement de choses à apprendre.

Car dans ce nouveau lieu, les espèces sont différentes. Les prédateurs sont dans le ciel, des vautours fauves, des aigles royaux, des rapaces, des oiseaux de proie. Il faut s'en cacher en permanence, de jour comme de nuit.

Le Jappeur lui apprend aussi à se tenir éloigné des meutes de loups, rares, mais bien présentes. À deux, ils s'entraident pour chasser du petit gibier, des rongeurs, se tiennent chaud la nuit et ont de longues conversations passionnantes.

Le Jappeur lui parle de son passé, attaché à un piquet dès son plus jeune âge pour garder une cour. Quand finalement l'humain qui lui rendait visite de temps en temps n'est plus venu, après des jours d'attente, il a forcé désespérément sur sa chaîne qui a rompu et il a couru à perdre haleine pour fuir le lieu de sa captivité.

En effet, il a encore un collier usé autour de son cou râpé. Il lui raconte que souvent, dans les premiers temps, il s'arrêtait tout net dans sa course au bout de quelques mètres comme si la chaîne l'entravait toujours. Il lui fallait un long moment et beaucoup de précautions pour avancer de quelques mètres et de nouveau prendre conscience qu'il n'était plus attaché.

Il ne sait pas où aller, il avance droit vers son destin. S'il a un but, il n'en parle pas à son nouvel ami.

Le soir, il hurle longuement sa détresse aux nuages, aux astres et aux terres environnantes. Pouf l'accompagne dans ses chants lugubres. Tandis que le Jappeur confie ses malheurs et sa solitude au monde, Pouf, lui, déverse son désir de retrouver Rohan qui l'attend.

Ce sont de longues plaintes qui résonnent dans le crépuscule et qui trouvent d'étonnants échos dans l'infini des vallées et des cols. Ils se lamentent jusqu'à l'essoufflement, le cœur palpitant et Pouf remarque que ces instants lui apportent un surprenant soulagement. Comme si l'univers tout entier prenait à son compte, pour l'en délester, sa lourde peine et son espoir.

La présence du Jappeur lui permet aussi de baisser sa garde quand il dort. Ils se blottissent l'un contre l'autre et le son de leur respiration les calme. Pourtant c'est durant cette période que les cauchemars de Pouf apparaissent. Peut-être parce que le sommeil plus profond retrouvé lui donne accès à des souvenirs qu'il croyait enfouis. Il est assailli par des images de chaînes, de radiateurs, de cadavres de chiens écrasés, de cages et d'immenses camions pulvérisant les voitures sur leur passage.

Ils marchent de concert, allant dans la même direction.

Lorsqu'un jour ils sortent de la région montagneuse pour atteindre les abords d'une nouvelle ville, leurs pistes se dissocient.

Le Jappeur va poursuivre vers l'est, tandis que Pouf se sent appelé vers l'ouest. Ils passent leur dernière nuit ensemble dans le coin d'une ancienne étable, à présent sans vaches, puis leurs routes se séparent.

43 - Couvre-feu

C'est vers une heure du matin que Rohan fait une nouvelle crise. Il descend de son petit lit et fait le tour de l'appartement. Il cherche, cherche, comme à son habitude, en pleurant. Sissi le suit partout et de temps en temps elle se dresse sur ses pattes arrière et appuie sur sa poitrine en miaulant sur un ton apaisant. *Elle lui parle,* se dit Jo, perplexe.

Rohan s'arrête un peu, la regarde avec attention, puis l'écarte et repart dans sa quête, en hurlant de nouveau.

Que lui a-t-elle dit ? se demande Jo. *Qu'a-t-il compris ? Pendant combien de temps cherchera-t-il ses parents comme ça ?*

On toque. Il sursaute. Il ressent toujours, à présent, une appréhension quand on frappe à la porte, depuis qu'il sait qu'on enquête sur lui aux services sociaux. C'est idiot, mais ça doit dater d'un réflexe hérité de sa mère qui a vécu la Seconde Guerre mondiale, enfant, cachée par un couple dans leur maison de campagne, sans en sortir pendant trois ans. Elle lui avait dit que pour suivre les conseils de son père quand il l'avait confiée à cette famille, elle dormait toujours tout habillée, avec son sac tout préparé. Quand quelqu'un frappait à la porte, elle était prête à fuir, elle craignait toujours qu'on vienne l'arrêter.

Jo n'a jamais dormi tout habillé, ni avec un sac à côté, mais depuis l'autre jour, un coup à la porte lui fait battre le cœur plus fort.

Il regarde par l'œilleton, reconnaît Gladys et lui ouvre.

Ses cheveux sont en bataille, son regard éteint, ses gestes pâteux.

– Qu'est-ce qu'il se passe ? demande-t-elle.

Elle est vêtue d'une horrible grenouillère en forme de dragon de dessin animé. Jo ne peut retenir un sourire.

– Ça vous va bien, les barboteuses, la charrie-t-il.

Elle se regarde, un peu gênée, fait un geste désinvolte.

– Ben quoi ? C'est juste un pyjama !

Il regrette sa réflexion.

Elle se précipite vers Rohan pour le prendre dans ses bras. Mais rien n'y fait, il continue à pleurer.

– Vous avez du lait ?

Mais pourquoi n'y ai-je pas pensé plus tôt ? se fustige Joseph Conté. Le lait possède un truc, il ne sait plus quoi, elle le lui a déjà dit ! Ça aide à dormir et ils ont déjà essayé sur Rohan, parfois ça marche.

Il fonce dans la cuisine et ouvre son frigo. Pas de bol. La brique a été reposée vide. Mince ! Il ne peut pas le reprocher à Gladys et pourtant c'est sûrement elle !

Il revient, déconfit.

– Plus de lait.

– Allez vite en acheter !

– Où ça ? Les épiceries de nuit sont fermées, avec le couvre-feu sanitaire ! Vous n'en avez pas chez vous ?

– Si j'en avais, je vous l'aurais dit ! Je ne bois que du lait de soja et il ne contient pas de 5 HTP.

Voilà, oui, c'est ça le truc qui aide à dormir dans le lait, il s'en souvient maintenant.

– Bon, OK, déclare Gladys. Je m'habille et on sort le balader. Il finit toujours par s'endormir !

Mais cette fois, Jo refuse.

– Ah non ! Vous n'allez pas encore sortir braver le couvre-feu sanitaire, alors qu'il fait froid et que vous n'êtes même pas bien réveillée ! Il y a des limites à mes abus !

En deux temps trois mouvements, Jo emballe Rohan dans sa combinaison totale et il quitte l'appartement, sans elle, pour faire le tour de la ville au pas de la tortue, dans l'espoir de voir son petit-fils gagné par le sommeil.

Si l'enfant ne s'endort pas tout de suite dans sa poussette, au moins cesse-t-il de pleurer pour observer la ville aux couleurs de la nuit, avec ses lumières de Noël qui commencent à scintiller partout. Et son regard suit surtout les silhouettes mouvantes, celles avec quatre pattes excitant particulièrement son attention.

Il n'y a presque personne dans les rues. En voyant les rares silhouettes allongées sur des cartons, emballées dans des sacs de couchage, Joseph Conté frissonne. Ce n'est donc pas le couvre-feu pour tout le monde ? Les laissés pour compte, les invisibles, eux, ne sont pas soumis aux mêmes lois. Et personne n'en parle.

Jo chantonne doucement pour endormir Rohan et il sent que le bambin bouge moins.

C'est en arrivant au tournant de la place des Cardeurs, au fond, près de la vieille tour de l'Hôtel de Ville, sous l'arcade, qu'il aperçoit deux silhouettes assises, blotties l'une contre l'autre. L'une des deux est une gamine, c'est sûr. Il ne s'attarde pas, passe sa route sans les scruter pour ne pas les incommoder, quand il entend une voix :

– Regarde Jimmy, c'est ton copain ! Le prof qui est venu me chercher tout à l'heure à l'école. Eh m'sieur ! M'sieur !

Il n'en croit pas ses oreilles. Il revient prestement sur ses pas, au moment où Jimmy Murati, bougon, tire sa sœur par le bras et tente de l'entraîner ailleurs.

– Arrête de dire n'importe quoi ! Allez viens, marmonne Jimmy qui a tout de suite reconnu Conté et qui ne tient pas, mais alors pas du tout, à être vu dans cette situation.

Mais Lina insiste :

– Mais oui, c'est lui !

– Lina ? demande Joseph Conté. Jimmy, c'est toi ?

L'adolescent souffle avec humeur et se retourne.

– Oui, bon, OK, c'est moi et alors ?

– Comment ça et alors ? Mais rien, je voulais savoir, c'est tout ! Tu sais qu'il y a le couvre-feu à partir de vingt heures, quand même ? Tu fais quoi si tu te fais aligner ?

– On fait gaffe, on se planque, vous inquiétez pas.

– On sait pour le couvre-feu, dit Lina, mais on peut pas rentrer chez nous, le pater, il a foutu Jimmy dehors et moi, je préfère être avec lui.

– Tu peux pas la fermer, des fois, 'spèce de pipelette, aboie Jimmy.

La petite se vexe.

– Ben quoi ? C'est vrai que je préfère être avec toi dehors qu'avec lui dedans.

– Mais, mais… dit Jo, sous le choc. Vous pouvez pas rester comme ça toute la nuit, enfin !

– Vous inquiétez pas, on va rentrer plus tard, quand il dormira. On se faufilera. On a l'habitude.

– Mais c'est pas vrai, maugrée Jimmy. J'en ai vraiment marre de toi, tu sais ?

Le prof cherche le moyen de les inviter avec délicatesse à venir, au moins un moment, chez lui, pour que Jimmy accepte. Mais il ne trouve rien. Il remarque que la petite est toute peinturlurée, rouge à lèvres criard, fard aux yeux.

– Vous faisiez une soirée déguisée ? demande-t-il histoire de gagner du temps.

– Et vous ? demande Jimmy ? Depuis quand vous avez un bébé ? Pour vous aussi y a couvre-feu, non ?

Le mot bébé fait tilt dans la tête de Jo. Ça lui donne une idée d'approche.

– Bah oui, j'ai un bébé, maintenant, dit-il en souriant. C'est la vie, parfois, les bébés vous tombent dessus. Le problème, c'est que primo : j'ai perdu l'habitude de m'occuper d'enfants en bas âge. À vrai dire, je n'ai eu qu'une fille et j'avoue que ma femme s'en occupait plus que moi quand elle était petite.

– Elle est où maintenant, votre fille ? demande Lina.

– Mais ferme-la un peu ! lui dit Jimmy, agacé.

Il croit savoir, par des rumeurs qui traînent dans le lycée, que justement Conté a perdu sa fille dans un accident de voiture. Le bébé doit sûrement être à elle. Enfin, devait. Il se penche vers le petit, endormi dans sa poussette.

– Il s'appelle comment ?

– Rohan.

– Rahan, vous voulez dire ?

– Non, non, pas comme le héros de BD préhistorique ! rit Jo. C'est un prénom tamoul. Son père était originaire d'Inde.

– Et deuxio ? demande Jimmy.

– Comment ?

– Ben oui, vous avez dit primo, donc il y a un deuxio ! explique Lina. Jimmy, il est toujours *pramactique*, comme moi. Si vous avez dit primo, il attend le deuxio.

Le prof sourit, décidément, cette gamine, c'est un numéro !

– Ah oui ! Ben deuxio : à cause du boulot, et en plus ça va bientôt être les conseils de classe tout ça, bref, j'ai pas trop le temps et justement l'organisation pour la maison, c'est pas trop ma spécialité, donc je suis un peu débordé. Je crois que je vais mettre une annonce pour prendre une jeune fille au pair.

– C'est quoi une jeune fiyopère ? demande Lina.

Jo explique en détail le statut d'une fille au pair tandis que

Jimmy n'en perd pas une miette. À la fin, il demande, hésitant :

– Les filles au pair, c'est obligé d'être des filles ?

Conté fait semblant de réfléchir, mais il jubile intérieurement. Le garçon est arrivé exactement là où il voulait.

– Non, on dit fille au pair par habitude, mais c'est comme *baby-sitter*, y a de plus en plus d'étudiants garçons qui le font. Il faut être majeur, c'est tout.

– Jimmy, il est majeur, dit Lina. Jimmy, pourquoi tu fais pas le *fiyopère* de ton prof ?

Conté prend l'air de celui qui a une révélation.

– Mais c'est vrai ça ! C'est fou la coïncidence ! Puisque vous êtes dehors, au lieu de vous faire choper par un contrôle, venez à la maison, qu'on en parle…

– Oh oui, oh oui, oh oui ! s'écrie Lina, ravie en tapant des mains.

Jimmy ne répond rien, embarrassé. Il sent le stratagème et il trouve qu'en ce moment, sans savoir pourquoi, sa vie se rapproche un peu trop de celle de son prof. Il ne sait pas ce qu'il doit en penser. Tout va trop vite.

– Ah, mais non, c'est pas possible, dit le prof.

– Pourquoi ? demande Lina déçue.

– Votre père ! Il s'inquièterait, non ?

Lina se ferme comme une huître. Elle n'a pas envie de mentir, mais elle sait aussi qu'il ne faut pas tout dire aux autres. Elle ne voudrait pas se retrouver aux services sociaux séparée de Jimmy.

Jimmy la regarde, pensif, tandis que Jo commence à s'éloigner.

– Bon, on se voit demain ? lance-t-il sur un ton faussement désinvolte et faisant un signe de la main.

Il n'a pas vu que la couverture de Rohan glisse. Jimmy le rattrape et recouvre chaudement l'enfant. Il regarde son prof et dit :

– Viens, Lina, on va discuter chez monsieur Conté.

Lina retrouve son sourire et demande si elle peut pousser, laissant le prof et son frère parler entre eux.

– Si tu veux, tu peux dormir chez moi un moment, dit Conté. Le temps de te retourner, de trouver une solution.

– En échange du *baby-sitting* ?

– Oui, ça me rendrait bien service ! Mais tu dois d'abord régler ça avec ton père.

– Oh, mon père, il sera bien content de plus nous avoir dans les pattes ! Ou peut-être qu'il ne s'en rendra même pas compte.

Devant tant d'amertume dans la voix de Jimmy, Jo ne sait quoi répondre. Il est un peu inquiet, quand même, de la réaction de Gladys. Que va-t-elle penser de tout ça ?

Mais bon, c'est un souci secondaire. L'essentiel est de ne pas avoir laissé Jimmy et la petite dehors cette nuit. Quelle chance d'être tombé sur eux ! Heureusement que Rohan n'arrivait pas à dormir !

Parfois, les grands bouleversements ne tiennent qu'à un fil

de soie. Il ne se serait pas vu rentrer seul chez lui en les laissant dans la rue. C'est un soulagement incroyable. Il se sent plus léger. Et puis, Rohan s'est endormi, alors tout va bien !

En rentrant, Joseph Conté entend du remue-ménage derrière la porte de Kaer. Mais elle ne s'entrouvre pas à leur passage.

Sissi les accueille craintivement. Elle les suit de loin et se cache sous le fauteuil quand Lina veut la prendre dans ses bras.

Gladys a dû se rendormir, puisqu'il n'y a aucun bruit à côté. Il lui expliquera demain.

Jo a remarqué les marques de blessures sur le visage de Jimmy, mais il n'ose pas lui en parler.

Tandis que Lina s'intéresse surtout au chat, son frère observe l'appartement de son prof avec une curiosité retenue. Tout l'intéresse. L'ameublement, les fauteuils, les bibelots. Mais surtout les bibliothèques surchargées. Il a le sentiment d'être arrivé dans un pays qui est le sien, comme s'il avait toujours habité là. *Plus tard, j'aurai autant de livres,* se dit-il. Il scrute les lumières de la nuit à travers la baie vitrée. *Et la même vue, aussi.* Il ne ressent plus aucune appréhension à l'idée d'entrer dans l'intimité de son prof. Au contraire. La paix qui règne ici le réconforte, même si une pointe d'envie se mêle à ses sentiments.

Ils préparent les lits dans la chambre de Rohan,

anciennement celle d'Aurélie. Elle dormait dans un lit de bois qui possédait un grand tiroir avec un deuxième matelas. Il faut reculer une table basse pour arriver à bien ouvrir le caisson.

– Il est tard, prenez ces sacs de couchage pour cette nuit, on fera mieux demain, dit Jo.

Il ne pense pas à leur offrir à manger. Il leur apporte de grands T-shirts pour dormir, couche Rohan dans son petit lit.

– Je crois que vous avez besoin d'une bonne douche, tous les deux, dit-il sans oser les regarder trop fixement. Jimmy, tu trouveras une trousse de premiers soins sous le lavabo. Pour désinfecter tes…

Avant de laisser Jimmy perdre contenance, il ajoute :

– Et toi, Lina, tu peux prendre le lait pour bébé et le coton qui sont là pour te démaquiller. Bon. J'espère qu'il ne va pas vous réveiller, dit-il en se retirant. Bonne nuit.

– Bonne nuit, M'sieur, répond Lina.

Jimmy ne répond rien.

Une fois allongé dans son grand lit avec Sissi dans son cou, Jo entend les chuchotements du frère et de la sœur, dans la salle de bains. Il s'endort en souriant.

Le lendemain, c'est une délicieuse odeur de pain grillé et de café qui réveille Jimmy et Lina. Une odeur qu'ils n'oublieront plus jamais. Celle du premier petit déjeuner rempli de vraie chaleur qu'ils aient jamais partagé.

44 - Jalousie

La routine qui s'installe dans l'appartement de la rue des Cordeliers est étrange. Il semble qu'elle dure depuis toujours et en même temps chacun sent à quel point tout est précaire, fragile, en suspens.

Dès le premier jour, Gladys envisage la situation d'un œil critique.

Avant de partir, ce matin-là, Jo frappe à sa porte pour lui présenter ses nouveaux colocataires. Il ne veut pas qu'elle panique dans l'après-midi, en croisant Jimmy et Lina.

Elle ouvre la porte, déjà habillée de pied en cap. C'est une lève-tôt, habitude prise à l'armée dont elle ne sait plus s'abstraire. Elle tient un mug aux effluves de vanille à la main.

– Pardonnez-moi de vous déranger si tôt, commence Jo.

Elle hausse un sourcil interrogateur en toisant la fratrie Murati. Sissi en profite pour se faufiler entre ses jambes et rentrer chez elle par la grande porte et Lina la poursuit en riant.

– Mais non, Sissi ! Viens ici ! C'est pas chez toi !

Machinalement, Gladys se retourne vers elle et lance :

– Laisse-la, petite. Elle vient souvent ici. Elle connaît. C'est aussi chez elle.

À regret, Lina fait demi-tour, son cartable sur les épaules.

– Vous recevez des parents ? Des neveux peut-être ?

demande Gladys, surprise de voir son voisin avec de la compagnie chez lui, de si bon matin.

Ils sont arrivés quand ceux-là ? se demande-t-elle. *Ils sortent d'où ? Et c'est quoi ces traces de coups qu'il a sur la figure, ce voyou ?*

– Non. C'est à dire que… Justement… Je voulais vous présenter… Euh… Jimmy Murati et sa petite sœur Lina. Jimmy est un de mes élèves et il va vivre un moment chez moi. Nous avons trouvé un arrangement. Il sera en quelque sorte jeune homme au pair… Il vous soulagera un peu pour Rohan, avec les conseils de classe qui approchent, ça va devenir vraiment difficile, je ne peux pas toujours vous demander de…

Un soupçon de contrariété assombrit le visage de Gladys. Elle ressent comme une trahison en pensant que quelqu'un d'autre va désormais s'occuper aussi de Rohan.

– Jimmy, voilà Gladys, ma voisine… euh.

Il s'interrompt. Il se rend compte à quel point présenter Gladys comme une « voisine » est réducteur et si peu significatif de la place qu'elle a prise dans sa vie. Il est même un peu ému. Il continue.

– Enfin, je veux dire une… amie…

Il rougit.

Jimmy le regarde, étonné, se demandant ce qu'il se passe. Rohan commence à s'agiter dans les bras de son grand-père.

– Ma'cher ! Pouf ! crie-t-il.

C'est devenu une colonie de vacances, ici ou quoi ? se dit

Gladys sans trahir ce qu'elle pense à voix haute.

– Il dit souvent Pouf, non ? dit-elle pour remplir le silence. C'est pas un tic de langage ?

– Oui, c'est vrai, répond Jo machinalement. Depuis le premier jour.

Elle se trouve idiote de ressentir ce sentiment de jalousie. Elle comprend vite que ce n'est pas vraiment sa place attitrée auprès du petit qu'elle regrette déjà, mais plutôt celle qu'elle a prise dans le quotidien de Jo et qui, depuis quelque temps, rythme ses journées, en leur donnant un sens.

De plus, si elle y réfléchit bien, d'un côté elle est plutôt favorable à l'idée d'avoir de l'aide pour la garde du petit Rohan, car entre les nuits blanches et les moments où il pique des crises en se mettant à tout fouiller autour de lui, en envoyant valdinguer les objets à sa portée, il y a des fois où c'est tout de même un peu trop pour elle. Finalement, un coup de main de temps en temps, ça ne sera pas de refus. Elle toise le jeune homme et lui tend une main franche.

– Bon, eh bien, vous allez voir mon gars, ça va pas être de la tarte. Il est pas grand, celui-là, mais il nous en fait voir ! On sera pas trop de deux pour aider Jo !

Étonné, Jimmy serre la main de la voisine. *Mais dans quoi je me suis embringué ?* se demande-t-il, perplexe. Enfin, tout vaut mieux que son paternel ! Du moment que Lina est en sécurité, il peut tout supporter ! Elle lui serre la main tellement fort qu'il grimace de douleur.

Bien sûr, se dit Gladys de son côté, *ce Jimmy Murati n'a pas fait ses preuves.* Son aura de violence qui le précède, ces marques de bagarre, le conseil de discipline, bref, ces éléments mis bout à bout ne plaident pas en sa faveur. Gladys a en horreur le manque de discipline et les gens qui « s'écoutent » trop, comme elle dit, qui se lamentent au lieu de maîtriser leurs humeurs.

Mais à vrai dire, sa mère lui répétait souvent : « Ou dwe leve kouvèti a nan bokal la yo chèche konnen ki sa ki nan li ! » [Il faut soulever le couvercle du pot pour savoir ce qu'il y a dedans !] Donc elle décide de ne rien laisser paraître pour le moment de sa défiance et de lui accorder le bénéfice du doute.

– En ce moment, Gladys va chercher Rohan les après-midis à la crèche et elle le garde jusqu'à mon retour, précise Joseph Conté.

Il se retourne de nouveau vers elle.

– Jimmy pourra vous soulager un peu. Bon, parfois il devra honorer ses mesures de responsabilisation, mais ce n'est pas tous les jours. Et parfois même, il n'a pas cours l'après-midi alors… Le mieux ce sera que vous vous accordiez sur vos emplois du temps respectifs. Comme ça, vous pourrez retrouver un peu de votre tranquillité d'avant.

Gladys se sent carrément contrariée. *Et qui dit que je voudrais retrouver ma vie d'avant, hein ?* Mais elle n'ouvre pas la bouche sur le sujet. Elle se sent dépossédée de quelque chose. Elle ne se reconnaît plus. Elle ne comprend pas. Mais elle sourit.

– Ce soir, tu sors quand du lycée ? demande-t-elle.

– J'ai aucune séance, répond Jimmy, donc je passe prendre Lina et je rentre direct.

– Moi pareil, dit Jo. Pas de conseils de classe, rien de spécial ce soir. C'est super.

Gladys ne peut retenir une mine déconfite, malgré ses efforts. Jo sent son désarroi qu'il ne sait comment analyser. Heureusement, pour une fois, il a la présence d'esprit de demander :

– Vous dînez avec nous, Gladys, ce soir ? Ça serait sympa !

En voyant son visage s'éclairer, il comprend qu'il s'agissait de cela. Une crainte de se sentir écartée.

– Je ne voudrais pas m'imposer… Vous avez déjà assez à faire avec…

– Ah non ! J'insiste, Gladys ! Allez, vous n'allez pas refuser, quand même ! Et puis maintenant, la soirée sans vous, ce serait…

– Bon, OK alors. Vous me laissez faire aux fourneaux, d'accord ? Je préparerai une spécialité de chez moi !

Plus tard, dans la matinée, Jo appelle Gladys pour mieux lui expliquer comment il a trouvé Jimmy et sa sœur, la veille, dans la rue. Il espère la rendre un peu plus indulgente envers ses deux nouveaux protégés. Il se dit qu'elle sera touchée par ce qui leur est arrivé.

Mais il n'y a pas assez de données dans l'histoire rapportée par le prof. Pour Gladys, le fait que Jo les ait ramassés dans la rue ne plaide pas plus en leur faveur. Et elle ne trouve pas très rassurantes les marques de coups qu'il porte sur son visage, sa lèvre inférieure tuméfiée. Laisser un enfant à sa garde, n'est-ce pas irresponsable de la part de Jo ? Elle se promet qu'elle surveillera tout ça de près, qu'elle gardera un œil sur les agissements du garçon.

Comment pourrait-elle imaginer que Jimmy s'est battu pour défendre Lina ? Et qu'il a fui pour la soustraire à une ambiance délétère sur le point de très mal tourner.

Le soir, Rohan, en pyjama Pokemon, est avec eux à la table de la cuisine, perché sur sa chaise haute. Pour une fois, il semble calme et il les examine les uns après les autres, avec curiosité. Lina a voulu se placer à ses côtés et elle l'aide à manger, le reprend pour tenir sa fourchette, devance ses désirs et lui tend son verre quand il a soif. Elle joue à la maman.

Sur la table de la cuisine trônent deux immenses plats remplis de *bokits*[21] à la morue. L'odeur flatte les narines des convives et même Rohan est enthousiaste.

– C'est seulement l'entrée ! dit Gladys, ravie.

Elle a appelé sa mère pour lui demander ses meilleures recettes.

---

[21] Le bokit est sandwich copieux, typiquement guadeloupéen, qui a la particularité d'être frit dans une casserole d'huile bouillante. Dégusté en Guadeloupe depuis les années 1850, il est particulièrement consistant et savoureux.

Lina n'en croit pas ses yeux. Entre le petit déjeuner de ce matin et le repas de ce soir, sa première journée chez le prof de Jimmy restera gravée à jamais dans sa mémoire. Saveurs et odeurs. Pain grillé, chocolat, épices caribéennes. Tout est nouveau, mémorable, extraordinaire. Depuis combien de temps, déjà, n'a-t-elle pas mangé à une vraie table dans une vraie maison ?

Et puis là, il s'agit de vraie cuisine, avec des odeurs fabuleuses. Même sa peau apprécie cette chaleur spéciale qui émane de la cuisinière.

– J'en ai fait deux sortes, dit Gladys. Cette assiette-là est la plus épicée, l'autre est pour Rohan et Lina.

Sur la cuisinière, le *colombo* [22] de poisson mijote doucement et Gladys offre un rhum à Jo, tandis que les jeunes se rabattent sur du jus de goyave.

Le festin est total.

– C'est comme un anniversaire, dit Lina.

– C'est l'anniversaire de notre premier jour loin de chez nous, dit Jimmy sur un drôle de ton.

Cette réflexion plombe un peu l'atmosphère et Jo ne sait qu'en penser.

Lina devient soudain grave.

---

[22] Le colombo est une autre préparation très répandue en Guadeloupe. Il s'agit d'une sauce mélangeant de nombreuses épices, principalement du curry. Ses influences sont donc typiquement indiennes. Traditionnellement, le colombo antillais contient du curcuma, du poivre noir, des graines de moutarde, du thym, du piment de Jamaïque, du curry et de la coriandre.

– Je m'en souviendrai toujours, dit-elle solennellement.

Gladys quant à elle, redoute le pire. Elle sent les larmes qui affleurent dans les yeux de Lina. Que faire si la petite pleure ? Elle ne saurait comment répondre à ce type de comportement, n'ayant l'habitude que des soldats.

Mais Lina finit par éclater de rire :

– Il a raison, explique-t-elle à Jo. Ça se fête. Et puis, comme on sait pas c'est pour combien de temps, alors moi j'en profite !

– À ce propos, tu es allé expliquer à ton père où tu étais ? demande le prof. Il risque de s'inquiéter et je ne voudrais pas être accusé d'enlèvement !

– Je lui ai laissé un mot dans la boîte à lettres.

– J'ai déjà les services sociaux sur le dos pour Rohan, je ne peux pas me permettre le moindre écart. Veux-tu que j'aille lui parler ?

– Noooon ! protestent en chœur le frère et la sœur.

Cette exclamation est suivie d'un grand tapage mutuel dans les mains.

– *Chips* ! s'écrie Lina une fraction de seconde avant son frère, sous les yeux étonnés des deux adultes et de Rohan. T'es *chipsé* !

Jimmy sourit, ça n'a pas l'air de beaucoup le déranger.

– Il est quoi ? demande Gladys.

– *Chipsé*, ça veut dire qu'il ne doit plus parler jusqu'à ce que quelqu'un prononce son nom.

– Mais pourquoi ?

– Tu connais pas ? demande Lina. C'est quand on dit le même mot ensemble sans faire exprès, après il faut dire *chips* le premier, celui qui le dit en deuxième, il est *chipsé*. Voilà, c'est tout, c'est la règle.

Gladys regarde Jo d'un air dubitatif.

C'est le moment que choisit Sissi pour grimper sur la table, juste à côté du jeune homme. Le petit tape dans ses mains, ravi. Lina s'émerveille. Jo s'en rend à peine compte. C'est Gladys qui s'insurge.

– Jimmy, tu peux faire descendre cette bête mal élevée ?

– Ouf, merci, vous m'avez libéré, dit Jimmy en exagérant son soulagement.

– Dommage, c'est quand même plus tranquille quand tu parles pas, le charrie sa sœur.

– Libéré de quoi ?

– Vous avez dit son nom ! explique Lina. Vous écoutez pas ? Je vous ai dit tout à l'heure…

Plus tard, quand Gladys raconte qu'elle était dans l'armée, sans en dire plus, Jimmy glisse quelques mots sur son admiration pour les samouraïs. Ça tombe bien, Gladys est intarissable sur le sujet. Ils découvrent qu'ils ont un film culte en commun : *Le dernier Samouraï*.

– « Que voulez-vous de moi ? » s'exclame, emphatique, Gladys, sous les yeux éberlués des autres.

Il s'agit d'une phrase culte du film.

Mais Jimmy répond du tac au tac sur un ton mystérieux :

– « Que voulez-vous de… vous ? »

Ils sont enchantés et se lèvent tous les deux pour réciter ensemble, une main sur le cœur :

– « Courage… Loyauté… Honneur… »

– N'importe quoi, dit Lina, moqueuse.

Mais on voit dans ses yeux briller la fierté qu'elle éprouve pour son grand frère.

– Il est bien, ce p'tit gars-là, dit Gladys à Jo, avec de la moquerie dans sa voix histoire d'atténuer le propos et de le déguiser en humour.

Elle ne voudrait pas être accusée de sensiblerie. Mais personne n'est dupe et Jimmy rougit. Durant ce premier repas pris ensemble, la glace s'est brisée et toutes ses défenses sont tombées.

Après le repas, Jo, accompagné de Lina, couche Rohan dans son petit lit avant de montrer à la petite fille ce qu'il a préparé pour elle, dans la salle de bains. Une brosse à dents toute neuve et une grande serviette rose, rien que pour elle.

Dans la cuisine, Jimmy aide sa nouvelle amie à mettre les assiettes dans le lave-vaisselle.

– C'est quoi cette histoire de services sociaux ? lui demande-t-il, intrigué.

La phrase de Conté, tout à l'heure, l'a inquiété, car lui non plus n'a pas trop envie de s'attirer les foudres de la « grande administration ». Il sait, pour en avoir souvent entendu parler dans son quartier, que quand les rouages de la machine aveugle sont en route, c'est un rouleau compresseur. Les dégâts collatéraux peuvent en être profonds. Et surtout, il est ensuite difficile de disparaître de leur collimateur.

Gladys, en parfaite confiance avec lui, à présent, lui raconte tout. L'accident d'Aurélie, la situation de Rohan, ce qu'il se passe avec les voisins et la lettre que Conté a reçue des services sociaux, alors même qu'il était déjà passé en jugement et qu'il avait obtenu la garde de l'enfant.

Jimmy est outré par l'injustice et la fourberie des gens de cet immeuble.

– Mais il faut faire quelque chose ! dit-il.

– Oui, je sais, c'est ce que je lui répète, mais il dit que ça va s'arranger tout seul, qu'il a confiance dans les gens qui feront l'enquête.

Elle hoche la tête avec un bruit de la bouche et Jimmy ne peut que l'approuver.

– C'est quoi, tes projets ? Tu vas rentrer chez toi, un jour ?

– Je préfère pas. J'aimerais bien avoir mon studio. Comme je suis majeur, je pourrais garder ma sœur avec moi. Elle bosse bien à l'école. Mais il faudrait que je trouve un boulot pour payer le loyer. J'ai des vues avec le cyber café où je vais aider, parfois. Ils ont un projet d'agrandissement pour vendre et réparer des téléphones. Ils vont avoir besoin de personnel.

– Et ta scolarité à toi ?

– Oui, c'est ça aussi. Il faudrait que j'aie au moins mon Bac. Mais bon, après, y a moyen de le passer en candidat libre.

Alors que Gladys range les restes dans des Tupperware, elle lui demande calmement :

– C'est quoi les marques, là, sur ton visage ?

Jimmy hésite un peu :

– C'est rien. C'est juste une bagarre.

– Avec qui ?

Lina entre juste à ce moment-là pour leur dire bonne nuit et elle surprend la conversation.

– C'est Petru, dit-elle, joyeuse. Il s'est énervé parce que Jimmy voulait pas laisser ses copains jouer avec moi.

– Va te coucher, Lina. Allez, bonne nuit, lui dit sèchement Jimmy pour la faire taire.

– Il aime pas quand je parle de ça, dit la petite, penaude.

– Qui c'est, ce Petru ? demande Gladys, insistante.

– Personne, répond Jimmy. Allez hop, au lit la sauterelle !

Le frère et la sœur sortent tous les deux de la cuisine tandis que Gladys se fait trente-six scénarios dans la tête.

45 - Noël approche

La vie s'organise tant bien que mal dans l'immeuble de la rue des Cordeliers.

Joseph Conté est ravi de sa cohabitation avec Jimmy et sa sœur. Gladys élabore les emplois du temps avec son sens de la stratégie militaire et de la discipline. Bien sûr, ses ordres ne sont pas toujours suivis, mais dans l'ensemble, elle s'en accommode.

Ce qui la fait tenir, c'est le regard de Jo quand il se pose sur elle. Il est à la fois admirateur, troublé. Parfois, elle s'amuse à le frôler, pour vérifier si elle n'a pas imaginé ce qu'elle pense lire dans ses yeux. Et en effet, il semble chaviré quand elle se rapproche trop près de lui.

En fait, tout enchante Jo chez Gladys. À tel point qu'il en parle même à Catherine devant sa tombe, où il se rend de moins en moins souvent, d'ailleurs.

Une pointe de culpabilité assombrit un peu cet intérêt soudain, différent, qu'il porte à sa voisine, mais pris par le tourbillon de la vie, il n'a pas vraiment le temps d'y penser.

De même, il lui arrive d'oublier qu'Aurélie est morte. C'est comme si elle vivait toujours, loin, à Strasbourg. Il se surprend parfois à se demander ce qu'elle fait en ce moment, là-bas. Peut-être parce qu'il ne vivait plus de quotidien avec elle ? Parce qu'il ne la voyait plus ?

Il a lu un jour, qu'après un deuil, les gens traversent cinq étapes parfois successives ou parfois dans le désordre. Ou était-ce sept ? Bref, l'une d'elles est le déni. Est-il dans le déni ? Est-ce pour cette raison qu'il oublie parfois qu'Aurélie n'est plus de ce monde ?

Et puis, par moment, la réalité le rattrape. Il reprend conscience de ce qui est arrivé. Il ralentit le rythme pendant quelques minutes, mais ça ne peut pas durer longtemps. Trop de choses à faire.

Son quotidien est si débordant, à présent.

Un enfant de deux ans, une petite fille de six, un ado désemparé et secret, une voisine qui prend énormément de place dans ses pensées et toujours sa chatte mal élevée et trouillarde… Tous ces êtres vivants chacun avec leurs sentiments, leur histoire et leurs espoirs ont envahi ses journées et il n'a plus le temps de creuser ses émotions. Juste celui de courir comme un fou pour ne pas être en retard, de noter et d'exécuter les listes établies par Gladys. Et au milieu de tout cela, les cours à préparer, à donner, les copies à corriger.

Jimmy lui a promis qu'il irait discuter avec son père et obtenir de lui l'autorisation de garder sa petite sœur avec lui. Mais comme il ignore si l'adolescent lui a dit ça juste pour le rassurer, il décide un soir d'y aller de son côté.

Il explique sa démarche à Gladys qui l'approuve.

– Oui. Vous ne pouvez pas les garder chez vous sans savoir ce qu'il en est de leur statut.

– Si je n'avais pas ce problème à régler avec Rohan, je prendrais le risque, mais là ce serait trop imprudent.

Un après-midi où il n'a pas cours, il franchit l'entrée de l'immeuble de la rue Constantin. Il frappe longuement à la porte de l'appartement de Petru Murati, sans réponse. Au bout d'un moment, comme il entend du bruit à côté, il se rabat sur la voisine. C'est bien la dame qu'il a croisée un jour qui lui ouvre. Elle le reconnaît et elle est nettement moins hostile que la première fois. Comme si elle en savait plus sur lui.

– Entrez, je vous en prie. Vous voulez un thé à la menthe ? Un café ?

Il accepte un café et ils s'assoient ensemble, dans son salon. Des bruits divers lui parviennent d'une chambre.

– Faites pas attention, c'est mes fils, dit-elle. Ils jouent à la Play. Vous venez voir Petru ?

– Euh. Le père de Jimmy et Lina ? Oui.

– Ils sont chez vous, en ce moment, n'est-ce pas ?

– …

– Vous pouvez y aller, vous pouvez tout me raconter, j'ai vu Jimmy hier. C'est lui qui me l'a dit.

– Oui, répond-il alors, hésitant.

– Ne vous inquiétez pas, je ne dirai rien si on me le demande. Je suis bien contente de les savoir à l'abri quelque part. Ça devenait infernal, à la fin.

– Il n'est pas là ? Je veux dire… leur père ?

– Non, il passe de moins en moins souvent. Remarquez,

déjà avant, il dormait pas là tout le temps, mais maintenant c'est pire. Et tant mieux, vous me direz, hein ?

Jo ne dit rien, en fait. Il essaie de suivre, de deviner, un peu avec ce qu'il sait déjà, ce qu'il a vu une fois et les bribes d'info que diffuse la voisine. Il ne sait que penser vraiment.

– Depuis que les enfants sont partis ?

– Quoi ? Mais non ! C'est pas ça ! Vous y êtes pas du tout ! C'est depuis que l'huissier est venu saisir la télé. Il rentrait que pour regarder le foot sur Canal.

– Ah bon ? L'huissier est passé ?

– Oui. Il doit de nombreux mois de loyers, mais ça, ils peuvent pas le foutre dehors avant le printemps. Ils ont quand même saisi la télé, de toute façon, y'avait plus rien d'autre en état, alors…

– Et il est où en ce moment ?

– Il squatte quelque part au Panier, à Marseille. Bon débarras. La dernière fois qu'il est venu, il était bourré, comme d'hab.

– C'est embêtant, je voulais parler avec lui, lui expliquer que ses enfants étaient chez moi, qu'il n'avait pas à s'inquiéter.

– Vous rigolez ! Vous êtes vraiment un naïf vous, hein ? Mais il en a rien à foutre de ses gamins. Croyez-moi, qu'il soit à des kilomètres, c'est ce qui peut leur arriver de mieux.

– Mais ce serait bien s'il signait un document à Jimmy l'autorisant à prendre soin de sa sœur. Je ne sais pas si ce serait vraiment valable, mais en tout cas, il ne pourrait pas dire qu'il n'était pas au courant. Ça permettrait d'éviter une plainte de sa part, contre moi, pour enlèvement par exemple. On sait jamais.

– Vous inquiétez pas, ça risque pas d'arriver ! Vous voulez que je vous montre l'appartement ? Ça vous donnera une idée de l'intérieur de la tête de ce type.

Jo refuse poliment.

– Non. Je ne crois pas que Jimmy apprécierait. Vous l'avez vu où, hier ?

– Ben, mais ici ! Il passe régulièrement prendre le courrier, mais il vient d'abord chez moi pour être sûr que son père n'est pas là. On regarde si la voie est libre, puis il y va. Vous n'avez pas remarqué qu'il a des affaires en plus, chez vous, par rapport au premier jour ? En tout cas, c'est sympa de les avoir hébergés comme ça.

– Il me rend bien service, aussi. Il s'occupe du petit.

Jo est gêné. Il ne sait pas trop quoi dire. Il ignore ce que Jimmy veut laisser filtrer de la situation et il craint que la voisine ne prêche le faux pour savoir le vrai. Il ne voudrait pas trahir l'adolescent.

Heureusement, elle n'insiste pas. Jo comprend maintenant pourquoi, en effet, il y a plus d'habits des enfants chez lui et pourquoi aussi Lina ne se plaint pas qu'il lui manquerait des cahiers ou des affaires de classe.

Il salue poliment la voisine et la quitte en lui demandant de ne pas dévoiler son passage à Jimmy.

– Je ne lui ai rien dit, explique-t-il. Il ne voulait pas que je voie son père.

Elle fait le signe de fermer une fermeture éclair sur sa bouche et le raccompagne à la porte.

C'est le cœur confus que Joseph Conté rentre chez lui en faisant un crochet par le supermarché.

Ce soir, c'est son tour de faire la cuisine. Il achète de la choucroute bio, des patates et des saucisses. Il imagine à l'avance la bouille réjouie de Lina. *Je ferai une purée à Rohan,* se dit-il.

Habituellement en fin d'après-midi, il aide maintenant Lina pour ses devoirs tandis que Rohan joue à côté d'eux. Les tables, le parquet, tout est envahi de pâte à modeler, de pastels gras et de cahiers, de jouets et de doudous divers. Il faut zigzaguer au milieu pour éviter de trébucher et de tomber.

Sissi, après ses craintes du début devant ces bouleversements, se joint volontiers à eux, surtout pour jouer avec Rohan ou pour le câliner. Elle apprécie aussi les hommages de Lina. Au point que Gladys, qui pensait avoir établi un lien particulier avec la chatte, se sent à présent un peu rejetée.

Lina joue à la maman avec le petit et avec la chatte, en délaissant sa vieille poupée.

Quand Gladys s'occupe de Rohan, Jimmy écrit. Le cliquetis du clavier de l'ordinateur rythme ces soirées spéciales.

Au début, il feint d'ignorer que son prof sait, pour l'atelier d'écriture en ligne. Mais, un jour, il n'y tient plus et il lui demande s'il veut bien relire ses textes et lui donner son avis. Ce moment est vécu comme une victoire, par Joseph. Un signe que l'adolescent s'ouvre aux autres et lui fait confiance.

Ils décident ensemble d'envoyer un texte de Jimmy à un concours d'écriture de premiers romans. Il s'agit de gagner un séjour en résidence d'écrivain, dans l'arrière-pays niçois, l'été prochain. Le prix s'agrémente d'une promesse d'édition dans une grande maison, mécène du concours, ainsi que d'une rémunération durant le séjour. La somme allouée est un véritable pactole aux yeux de Jimmy.

En échange, Jimmy devra participer à des débats sur l'écriture lors d'un petit salon du livre, dans le village et à des animations dans le centre de loisirs de la municipalité, afin de sensibiliser les enfants à la lecture.

Cet aspect lui fait peur, mais comme il est sûr qu'il ne gagnera pas, il se dit que ce sera un bon challenge pour le forcer à écrire un vrai roman, complet.

Quand Gladys ne mange pas avec eux, les repas sont un peu plus ordinaires. Pâtes et thon en général. Mais ça convient parfaitement à Lina, du moment que les fourneaux sont en action et que de la vapeur s'échappe des casseroles.

Son moment préféré est celui où elle met la table. C'est tellement loin de sa vie avec son père ! Il lui arrive encore de sursauter quand quelqu'un frappe à la porte, car elle craint que Petru ne rapplique pour la reprendre, mais petit à petit elle s'habitue à la sécurité du lieu.

Les moments où elle est à l'école sont ceux où elle se sent le plus en danger, car Jimmy n'est pas avec elle pour la protéger, la défendre. Elle craint que son père, un jour, ne débarque dans la classe pour la corriger. Ou pire encore, que les services sociaux ne viennent la récupérer pour l'enfermer dans un centre.

Elle en parle parfois avec Jimmy qui la rassure comme il peut. Quand Jo se trouve dans la même pièce qu'eux, il fait celui qui n'entend pas leurs conversations.

– T'inquiète, s'il avait dû venir il serait passé dès le début, dit Jimmy.

– Peut-être qu'il a cru qu'on rentrerait. Peut-être qu'il attend le bon moment. Et s'il nous suit pour savoir où on habite?

– Je te dis qu'il n'est plus à Aix !

Jimmy a terminé ses mesures de responsabilisation et il a obtenu des rapports très favorables des organismes qu'il a aidés. D'ailleurs, il continue à donner des coups de mains ponctuels aux Restos du Cœur. C'est un peu intéressé, car il est parfois gêné d'être entièrement nourri par son prof. Du coup, il est assez fier, parfois, de rajouter aussi des denrées dans les placards, de celles que le responsable de la structure lui offre parfois, à la fin de la journée. Ce n'est pas grand-chose, mais l'homme a bien compris la situation de l'adolescent, grâce aux babillages de Lina qui l'accompagne souvent.

Comme c'est bientôt Noël, la salle où ils distribuent la nourriture est toute décorée, avec des guirlandes lumineuses et des boules colorées un peu partout.

Lina, un soir, demande à Joseph Conté :

– Pourquoi vous décorez pas votre maison ?

– C'est vrai ça, Jo ! renchérit Gladys. C'est le moment ! Moi, comme c'est ma première année dans cet appart, j'ai rien, il faut que je parte de zéro. Vous viendrez avec moi faire les magasins de déco de Noël ?

– C'est ça ! Sûrement, j'ai que ça à faire, répond en riant Jo, ce qui la vexe un peu. Et puis, je dois avoir tout ce qu'il faut dans ma cave, dans des cartons, vous n'avez qu'à vous servir ! Catherine faisait tout ça, avant. Moi ça ne m'a jamais intéressé. Déjà, quand j'étais petit, ça ne concernait pas notre famille !

– Ah bon, pourquoi ? demande Lina.

– Ma mère était juive et les Juifs ne fêtent pas Noël.

– Mais c'est pas juste ! dit Lina.

– Nous avons Hanoukka, explique Jo. Ça tombe souvent pas loin de Noël. Et ça dure plusieurs jours.

Il leur montre le chandelier à neuf branches, au milieu de la cheminée.

– Vous voyez ce chandelier ? Il faut allumer une bougie par jour. C'est la fête des Lumières. Quand Aurélie était enfant, on le faisait tout le temps, puis on faisait Noël dans la foulée. C'était plus pour transmettre une histoire des peuples, une culture. De toute façon, depuis que je suis seul, je fais plus rien parce qu'en vrai, moi, je suis athée, alors…

– Mais vous pouvez être franchement déprimant, quand vous vous y mettez, vous, hein ? le fustige Gladys.

– C'est quoi A.T. ? demande Lina, intriguée.

– Tais-toi un peu, l'admoneste son frère. Tu poses trop de questions.

– Athée c'est quand on croit en rien, dit Gladys.

Lina légèrement offusquée, ouvre de grands yeux :

– Vous ne croyez pas au père Noël ?

Confus, il balbutie :

– Oui… Oui, au père Noël, oui, bien sûr !

Mais Lina est déjà passée à autre chose.

– C'est vrai que vous avez encore tout à la cave ? Je peux y aller ? S'il vous plaît ?

– Lina, arrête, aboie Jimmy, gêné.

– Ça, c'est une bonne idée ! appuie Gladys qui prend ainsi sa revanche. Jo va se faire un plaisir de te laisser aller fouiller dans ses cartons, pas vrai Jo ?

Le prof part en bougonnant se réfugier dans sa chambre.

Depuis quelque temps, les fantasmes de Gladys se sont amplifiés. Elle fait de drôles de songes la nuit. Elle rêve de Jo, bien sûr. Il l'emmène au restaurant, à la foire, en balade dans des voitures de sport rouges, dans le chariot du père Noël tiré par des rennes magiques devant la lune majestueuse.

Tout est étrange, dans ces images, d'autant plus que depuis

plusieurs semaines à présent les restaurants, comme les cafés, sont fermés et le couvre-feu empêche toute sortie en soirée. Et ne parlons même pas de la décapotable rouge ! À l'opposé du caractère de Joseph Conté !

Un matin, elle se réveille avec une vieille chanson dans la tête qu'elle fredonne en sirotant son café, sans retrouver les paroles. L'air lui trotte dans la tête toute la journée et, dans la soirée, en donnant son bain à Rohan, elle chantonne de plus belle. C'est en voyant la confusion de Conté quand il l'entend qu'elle se demande de quelle chanson il s'agit. Mais elle n'ose pas le lui demander.

Dès qu'elle le peut, à cause du décalage horaire, elle appelle sa mère et lui vocalise les quelques notes dont elle ne peut plus se débarrasser.

– C'est une chanson de Juliette Greco, lui répond-elle. Un joli succès, d'ailleurs ! Y a un Joseph qui te trotte dans la tête ? lui demande sa mère.

– Non, pourquoi ? demande-t-elle, embarrassée, s'interrogeant sur la manière dont sa mère a deviné le prénom de son voisin.

– C'est une chanson un peu coquine, avec un Joseph, lui dit sa mère, amusée. T'aurais pas un amoureux, toi ? Dis-moi, au fait, il s'appelle pas Joseph, quand même ton voisin ?

– Oui, et alors ? se sent obligée de répondre Gladys. Je vois pas le rapport !

– Vraiment ?

Sa mère éclate d'un rire moqueur aux accents chaleureux.

– Mais pourquoi tu ris bêtement comme ça ?

– Vas-y ! Va sur YouTube, taper Juliette Greco, Joseph ! Tu vas comprendre.

La suite de la conversation ne peut se poursuivre normalement, car sa mère ne cesse d'éclater de rire sporadiquement, ce qui empêche toute discussion.

– Bon, allez, je vais raccrocher, dit Gladys. Tu me rappelleras quand tu auras fini de rigoler pour rien !

Contrariée, Gladys passe une mauvaise nuit et vers deux heures du matin, elle finit par craquer et se précipiter sur son ordinateur pour chercher le titre de la chanson de Juliette Greco.

C'est à son tour de rire, tout en rougissant. Jo doit connaître les paroles de cette chanson et il a dû se demander pourquoi je le narguais avec ça.

Mais le lendemain, cette fois, elle ne peut s'empêcher de fredonner toujours le même air, en sa présence. Cette fois il s'agit bien de le taquiner et de voir s'il réagira.

Cependant, elle se demande quelle mouche a piqué son inconscient pour lui envoyer cette mélodie. Elle entend en boucle la question de sa mère : t'aurais pas un amoureux, toi ?

Bon, OK, elle pense souvent à lui, elle se sent parfois un peu flageolante à ses côtés. Son regard la trouble et elle sait qu'elle aussi, elle provoque en lui un état un peu fébrile. Mais franchement… Joseph Conté ?

Elle n'y pense jamais sérieusement. C'est plutôt comme un jeu.

Ce type est adorable, certes, mais trop bonne pâte pour elle, pour devenir un vrai amoureux !

Les amants qu'elle a eus dans sa vie étaient autrement plus virils ! D'abord physiquement, hein ? Des muscles partout et aussi, un mental d'acier ! Des types prêts à sauter en parachute et à escalader le Mont-Blanc comme on se mouche ! Avec elle, bien sûr !

Bon d'accord, ces liaisons n'ont jamais tenu bien longtemps, mais c'était parce qu'elle avait autre chose en tête. La passion de ses missions, son désintérêt pour les choses sentimentales.

Joseph Conté ? Vraiment ? Bon OK, il est plutôt beau gosse, dans le genre délicat. Sa barbe souvent mal rasée et ses mains fines, habituées aux travaux de plume plus qu'au maniement des armes lui paraissent exotiques. Dès le premier jour, il lui a tapé dans l'œil, si elle y réfléchit bien, et ensuite, il a cannibalisé son quotidien, avec tous ses soucis à résoudre, en comparaison de sa vie à elle, qui ne reflète qu'un grand calme plat depuis sa retraite.

Mais jamais elle n'aurait pensé que cela irait jusqu'à envahir ses nuits !

Depuis ses rêves suggestifs, le regard qu'elle pose sur lui est plus aiguisé à présent, non dénué d'arrière-pensées.

Mais avec tous ces mômes dans les pattes, impossible d'aller plus loin, de tester vraiment ce qu'elle ressent, de prolonger plus que de quelques minutes un entretien avec lui qu'elle pourrait orienter à sa guise.

Un jour, n'en tenant plus, elle prend Jimmy à part.

– Tu trouves pas que Jo, il a l'air fatigué en ce moment ?

Jimmy a du mal à parler de son prof avec ce surnom. Pour lui, Jo est « Monsieur Conté », c'est tout.

– Euh, je sais pas… Peut-être… Maintenant que vous le dites.

– J'ai une idée. Il paraît qu'ils vont annuler les cours de jeudi et de vendredi, avant les vacances. Qu'en dis-tu de prendre en charge la maisonnée, les deux enfants, pendant que moi, j'emmène Jo en pique-nique sur la Sainte-Victoire ? Il adore cette randonnée.

– Vraiment ? Pourtant il n'a pas l'air très sportif !

– Ah bon ? Non, mais, de toute façon, ça le détendra, ça lui changera les idées, ça le fera respirer, ça…

– OK OK, j'ai compris ! Jeudi prochain, allez-y, emmenez-le en virée !

– Tu sais quoi, toi, pendant ce temps, tu t'occuperas de la déco de l'appartement pour Noël. Tu as vu qu'il a monté les cartons de Noël, l'autre jour, non ? Mais il n'a pas le courage de s'y mettre. Ce serait gentil de lui faire la surprise.

Jimmy se souvient vaguement que, du temps de sa mère, on sortait un misérable sapin en plastique d'une boîte et qu'on le garnissait de guirlandes argentées. Mais ça fait longtemps que la coutume s'est perdue chez lui. Et il pense même que Lina, elle, n'a jamais connu cette période, car sa mère a commencé à aller très mal après sa naissance.

– Je sais pas faire ça, moi.

– Fais confiance à ta sœur. Elle dirigera les opérations, t'auras qu'à l'écouter bien sagement, OK ? Moi je m'occupe de persuader Jo de m'accompagner faire une balade.

À son grand étonnement, Jo dit « oui » tout de suite. C'est qu'en réalité, il est ravi à l'idée de rester un peu seul, en tête à tête avec Gladys. *Entre adultes,* se dit-il. Il anticipe avec plaisir les moments où il marchera aux côtés de Gladys, sur sa montagne adorée.

– OK, mais je fais l'itinéraire.

– Si vous voulez, concède Gladys.

– Je vais préparer quelque chose de super. Sur les traces de Cézanne. Je vais reconstituer les chemins menant aux points de vue de certains de ses tableaux.

Il ressent une pointe de culpabilité à l'idée de ne pas faire profiter les enfants de cette promenade culturelle.

– Ce serait bien pour eux aussi, non ? Pour leur culture générale ?

– Ah nooooon ! s'exclament en chœur, horrifiés par cette idée, Jimmy, Lina et Gladys.

– *Chips* ! hurle Gladys en riant et en distribuant des *five* un peu partout autour d'elle.

Rohan, surexcité, lance lui aussi des *five* dans le vide, à droite et à gauche. Sissi essaie d'attraper ses mains et de jouer avec.

46 - Rendez-vous galant

Joseph Conté oscille à présent entre des sentiments mouvants.

Parfois, son humeur plonge au fond d'un puits de chagrin inconsolé, un abîme de tristesse. C'est l'arbitraire du destin qui le ronge. Comment un jeune couple peut-il se voir fauché ainsi au tout début d'une vie à construire, alors que leur bébé a tant besoin de lui ? Catherine aussi plane sur ces états d'âme troublés. Comment une mère de famille peut-elle être privée de la joie de voir avancer sa fille ? Il se dit parfois qu'au moins, étant partie la première, Catherine n'aura pas souffert de la mort d'Aurélie.

Mais c'est quand l'image de Rohan l'envahit qu'il est le plus affligé. Comment un enfant si petit peut-il être séparé aussi brutalement de ses parents aimants ? Il n'a toujours pas de réponse, Jo. Et ces incommensurables injustices du sort l'accablent.

Et puis il trouve étrange que Rohan n'évoque jamais ses parents. Il a confié ses questionnements à la psychologue de la crèche qui lui parle de l'extraordinaire capacité d'adaptation des enfants.

– On voit ça très bien chez les enfants adoptés, lui explique-t-elle. Il ne les a pas oubliés, loin de là, mais il a compartimenté sa vie d'avant et celle de maintenant, avec vous et votre chat. Il faut lui parler d'eux, lui expliquer petit à petit, avec vos mots, comme vous le pouvez. Il faut qu'il sache, pour pouvoir avancer.

Alors Jo, parfois, le soir, raconte à Rohan des histoires d'Aurélie petite. Ce qu'elle aimait, ce qu'elle détestait, les bêtises qu'elle faisait. Il lui montre des photos et lui dit qu'elle ne peut plus revenir, mais que de là où elle est, elle le regarde et l'accompagne.

Jo termine souvent ces séances la gorge nouée. Il a la sensation de piétiner, comme si sa vie était en arrêt sur l'image.

Pourtant parfois, et même de plus en plus souvent, s'il veut être honnête avec lui-même, il se sent apaisé. Il a envie de chanter, de sauter dans la rue. C'est incontrôlable, il ne sait d'où ça lui vient.

Le sourire aux lèvres, il observe encore et toujours les vols d'étourneaux. Sur le sol, il guette en permanence, les touffes d'herbe qui poussent, fichées dans le ciment. Tout lui paraît être un signe. Signe que Catherine et Aurélie ne sont pas loin.

Il sent que la vie est toujours la plus forte. Après tout, les morts ne le sont pas vraiment tant qu'on les porte dans son cœur, non ? Même la terre, paraît-il, se remettra un jour du passage des hommes destructeurs qui ne seront plus qu'un mauvais souvenir pour elle…

Ces pensées ne sont pas les siennes d'habitude et il se demande ce qu'il lui prend. Mais il voit bien qu'à l'approche du fameux jeudi, le dernier jeudi avant les vacances de Noël, le jeudi de la grande randonnée, ce fluctuant état euphorique s'accentue.

Le visage de Gladys, son rire, son regard moqueur, ses lèvres sensuelles se superposent à la plupart de ses actions, de ses réflexions. Il refuse de creuser plus loin ou de résister. Il se laisse porter par ces vagues souriantes, sans chercher à en saisir la cause ni à s'en écarter.

La veille du grand jour, en disant bonne nuit aux enfants dans la chambre, il se sent comblé et il s'endort comme un bébé, pour la première fois depuis si longtemps.

Au même moment, dans l'appartement d'à côté, Gladys n'arrive pas à dormir. Elle envisage mille scénarios catastrophes pour le lendemain. La voiture tombe en panne, un pneu crève, le pique-nique est raté, la bouteille de Chablis se casse, elle oublie l'ouvre-bouteille, le pain est trop sec, le thermos n'a pas gardé le café chaud…

Elle tourne et vire dans tous les sens, se lève, vérifie le sac. A-t-elle bien glissé la plaque de chocolat ? Le flacon d'huile d'olive ? Les mandarines ? Les petites choses qui sont les *musts* d'un bon pique-nique ?

Aussi loin qu'elle se souvienne, jamais elle n'a préparé de pique-nique pour une randonnée en tête à tête avec un homme. D'ailleurs, c'est pas normal, quand on y pense, non ?

Et franchement, à son âge, c'est quoi cet état de midinette ? Elle ne joue pas sa vie dans cette promenade, quand même ! Qu'importe si le repas est raté, finalement ! Ce qui compte c'est de faire une bonne marche avec un ami qu'elle apprécie. C'est bon pour la santé. Pour les jambes, les muscles, les poumons ! Bon pour le bien-être, aussi, marcher avec un copain, c'est *cool*.

Elle doit se focaliser sur ces basiques. C'est tout. Comment elle dit, Lina ? Il faut rester *pramactique* ! Finalement, qu'est-ce qu'elle en a à faire si monsieur Jo Conté n'apprécie pas sa cuisine ? Et puis pour qui se prend-il, à la fin, d'être aussi exigeant, hein ?

Tant et si bien que c'est dans une sorte de colère latente contre Jo qu'elle finit par s'endormir.

Le lendemain matin, elle se lève vers 7 heures et affiche une humeur furieuse. Immédiatement, elle fonce chez son voisin.

Elle ouvre avec sa clé pour ne pas réveiller les petits, mais tout le monde est déjà debout dans la cuisine, affairé autour d'un Rohan, agité, qui les a tous fait tomber du lit aux aurores.

– Jo ! attaque-t-elle. Qu'est-ce que vous faites encore en pyjama ? C'est vrai, quoi ! Merde ! Quand on dit 7 heures, c'est 7 heures !

Jo, piteux, tiraillé entre deux pôles, ne sait que répondre. Devant son visage désolé, l'humeur batailleuse de Gladys fond immédiatement. Il faut croire que c'est le don que possède Jo sur son cœur. Sa voix s'adoucit aussitôt.

– C'est vrai quoi, dit-elle avec une sorte de supplication.

Elle espère soudain qu'il n'a pas changé d'avis, qu'il ne

va pas décider de rester près de Rohan.

– Elle a raison, dit Jimmy. Habillez-vous, la montagne vous attend ! Lina et moi, nous allons prendre le relais. Finalement, c'est pas la première fois ! C'est ce qu'on fait tous les jours quand votre emploi du temps ne vous permet pas de vous occuper de lui, non ? La seule différence, c'est qu'aujourd'hui c'est pas pour le travail, c'est pour vous détendre, pour respirer un peu.

– Exactement, appuie Gladys.

Comment n'ai-je pas pensé plus tôt à utiliser des mots aussi simples ? se dit-elle. *Il est drôlement mûr ce petit, dis donc ! Il m'épate.* Elle se retourne vers Jo, attend sa réponse.

Jo voit alors Gladys, son expression expectative et à cette minute il ne peut se résoudre à la décevoir. Il sourit.

– Vous avez tous raison. J'arrive. J'en ai pour quelques minutes.

47 - Dernier combat

L'air du sud apporte au chien l'attente éperdue de Rohan.

Quand il atteint les plaines, il n'est plus très loin, il le sent et il accélère le pas.

La neige a disparu, les ruisseaux sont gorgés d'eau. Le froid, même s'il est moins mordant, est toujours omniprésent dans sa vie. Mais Pouf a oublié depuis longtemps ce que pouvait être la douce chaleur des logements des hommes.

Dans les montagnes et dans le froid, il a durci les coussinets de ses pattes, râpé ses ongles, épaissi sa peau tapissée d'un poil à présent dru et imprégnée de matières végétales diverses. Il a les yeux et les oreilles chargés de parasites et il se gratte tout le temps.

Il est maigre, mais pas vraiment affamé. Le temps passé à rechercher de quoi se nourrir a beaucoup ralenti son chemin.

Il est à présent dans une région moins sauvage, avec de nombreuses routes asphaltées, des voitures, des camions et des tracteurs. Les hommes sont plus nombreux aussi, il les voit dans des maisons isolées, des fermes, parfois dans des villages et des centres industriels, où ils vont faire leurs courses.

Il a retrouvé les parkings des grands supermarchés avec leurs poubelles et leurs rats, mais cette fois il n'a plus peur, il sait se défendre.

Il se coule dans les ombres, il s'escamote dès qu'il entend une voiture approcher, il ne sort à découvert que lorsque les lieux sont déserts et qu'il est seul, dans un état permanent d'alerte maximale.

Pourtant un soir, près d'une décharge à ciel ouvert, il se fait encercler par trois gros rongeurs hostiles. L'un d'eux semble être leur chef. Il a un œil en moins. Ils bondissent, agressifs, dans sa direction, essaient de l'éloigner, puis de le mordre. Au début, Pouf réagit en se défendant et en les attaquant à son tour, mais très vite il se rend compte qu'il ne peut pas lutter contre les trois.

Ils ont l'air d'avoir mis au point une technique établie. Harcelé de tous les côtés, il ne sait plus où donner de la tête. Ses aboiements et grondements ne les impressionnent pas. Ses coups de dents claquent dans le vide, tellement ils sont véloces.

Pouf glapit sous une griffure plus profonde que les autres et cette fois sa mâchoire se referme sur une patte du chef, qui couine de douleur, parvient à se libérer et à s'enfuir, suivi de ses acolytes.

Le chien trotte lamentablement hors de la déchèterie et il rejoint un vignoble avoisinant. Il avise un cabanon de pierre, en ruines, décoré de graffitis. Il y pénètre avec circonspection. Il n'est pas en état de livrer bataille à l'hôte des lieux qu'il aurait délogé. Mais la maisonnette est vide et il trouve, dans un coin, des chiffons sales au milieu desquels il creuse un trou protecteur.

Il s'endort immédiatement, tandis que l'aube se lève.

Il est exténué par ce combat, mais aussi par les coups et les blessures reçues. Fiévreux, il grelotte dans son sommeil agité.

Le lendemain, quand il se réveille, il se sent encore plus mal. Il est en proie à des vertiges, sa tête est chaude, brumeuse. Le Jappeur lui manque, il se sent faible, il se demande s'il parviendra à son but.

Dommage, il est si près.

Tout lui indique la présence de Rohan à une relative proximité. Oui, il sent son bébé, son odeur est partout, le garçon ne doit pas habiter loin. Jamais, de tout son long périple, il n'a été aussi près de son but.

Malgré son état pitoyable, il ressent comme une excitation joyeuse. Il en est bouleversé et triste en même temps. L'idée de ne pas y arriver, de ne jamais pouvoir le revoir, l'effleure pour la première fois.

Mais il a beau essayer de se lever, de faire quelques pas, toujours il chavire et il retombe dans ses chiffons. Il décide de ne plus lutter et de mourir ici, dans le calme de cette cabane. Il abandonne. Il sombre alors dans un gouffre nébuleux. Un sommeil comateux entrecoupé de brefs moments de perception du réel, vite effacés par une nouvelle défaillance.

Il ne saura jamais combien de jours et de nuits s'écoulent alors qu'il se terre ainsi et qu'il lutte entre la vie et la mort. Il se souvient avoir senti la pluie inonder son abri. Il a alors eu la force de boire. Sans cette eau miraculeuse venue jusqu'à lui, jamais il n'aurait eu l'énergie suffisante pour se lever et chercher de quoi se désaltérer.

Un matin, il ouvre les yeux et regarde, étonné, le lieu où il s'est isolé. Il se lève et gagne la sortie en flageolant, soudain ébloui par le soleil levant. Il parvient à se tenir sur ses quatre pattes sans s'effondrer. Il lèche la rosée gelée sur les plantes à l'entour et il se remet laborieusement en route.

Il n'est pas au mieux de sa forme, un peu plus maigre, un peu plus faible, mais il n'est plus fiévreux. Il revit. Il ignore pour combien de temps, mais il peut repartir, chercher de nouveau, tenter d'atteindre son but.

Il est guidé par un aimant extraordinairement puissant, une boussole intérieure qui le pousse vers la ville où vit Rohan.

Il parvient le lendemain dans une cité grisante où la trace de Rohan est partout. Il doit se concentrer plus que jamais pour trouver la maison où vit son bébé, car l'odeur l'attire dans toutes les rues où l'enfant est déjà passé. Par endroits, les signes sont plus tenaces. Devant la crèche, dans les parcs, autour de certains manèges.

Soudain, il s'arrête et s'immobilise. C'est ici. Il en est sûr.

Malgré ses pattes blessées, pleines de sang coagulé, aggloméré, collé, malgré les crampes dans son estomac à cause de son empoisonnement et son état d'épuisement extrême, il sait qu'il est arrivé.

Son garçon est là. Dans cette maison. Il en est sûr. S'il parvient à tenir en vie encore quelques minutes, s'il se cache bien pour que personne ne l'attrape avant qu'il puisse le revoir, son calvaire sera fini. Il aura atteint le stade ultime de sa quête exaltée, retrouvé l'amour de sa vie, celui à qui il est destiné, son champion, sa passion, son bébé à lui, son Rohan.

Il trouve refuge dans un renfoncement de la traverse qui jouxte l'immeuble des Conté, dans la rue des Cordeliers, en face de la porte.

S'allonger le museau entre les pattes lui coûte énormément, tout son corps est fourbu. Il n'a qu'une crainte, Pouf, c'est de s'endormir et de rater l'apparition de Rohan. Pourtant sa fatigue est si intense qu'il doit lutter de toutes ses forces pour que ses paupières ne se ferment pas. Et puis dormir ici, au milieu d'une ville, c'est trop dangereux.

N'importe qui pourrait se pencher sur lui, le saisir et l'emporter dans un endroit où les mauvais chiens, comme lui, restent sept jours, pas un de plus…

Des personnes entrent et sortent. Soudain, Pouf gronde légèrement.

Il a reconnu un homme qui rit en sortant de l'immeuble, accompagné par une femme qui plaisante. C'est lui. C'est l'inconnu qui a volé Rohan.

Pouf tend son cou vers l'avant, il retrousse ses babines et grogne légèrement. Il ne sait s'il doit agresser l'homme ou patienter encore. Il ne doit pas gaspiller son énergie tant qu'il ne voit pas Rohan.

Ce qui le trouble, c'est que l'homme exhale l'odeur de l'enfant de façon incroyablement intense. Il en est littéralement saturé. La femme aussi, d'ailleurs.

Pouf décide de ne pas bouger. Il les observe passer à côté de lui sans le voir et s'éloigner dans la rue. Il continue de surveiller l'entrée.

Pour tromper son attente et éviter l'endormissement qui le gagne, il entreprend de lécher lentement ses plaies, de gratter ses flancs maigres qui laissent apparaître ses côtes, pour les débarrasser de ses croûtes et au passage chasser les puces qui font la java sur sa carcasse. Histoire de s'occuper, d'avoir un but immédiat, de guetter sans sombrer dans un périlleux sommeil.

Il a eu raison d'attendre, Pouf, car soudain, l'odeur de Rohan se fait plus proche, il entend sa voix, son babillement et même, c'est fou, il croit entendre son propre nom. Comme si Rohan l'appelait. Comme s'il savait qu'il était là.

– Pouf !!! Pouf !!!

La voix du bébé est impétueuse, triomphante, pleine d'espoir.

Pouf se dresse difficilement sur ses pattes et tente de faire frétiller sa queue dans un sursaut d'énergie désespérée. Pourvu qu'il y arrive, pourvu qu'il tienne encore quelques minutes.

Il avance, hésitant, sur l'asphalte, vers cette porte d'où émanent les odeurs et les sons appartenant à l'objet de tous ses désirs.

Il entend d'autres voix. Il sait que Rohan est trop petit pour décider tout seul de ses actes, de ses mouvements. Il doit être accompagné par d'autres humains, toujours. Et si ces humains l’empêchaient de le rejoindre ?

Sa patience est récompensée puisque soudain les vibrations signalant son Rohan se font d’une intensité vertigineuse.

48 - Changement de serrures

Pétru est furieux. Son copain Michel s'est fait arrêter comme un con au volant d'une voiture volée. Du coup, Petru n'a personne pour apporter la grosse livraison à la gare des bus. C'est assez simple, en fait, comme course. Parfait pour cet idiot de Michel ! Il s'agit de prendre le bus 4 et de descendre à l'arrêt de la Croix.

Là, dans le local salle d'attente, à 16 h, les deux blancs-becs arrogants qui leur donnent de temps en temps du boulot, lui fileront le paquet qu'il devra rapporter sur la place de la Rotonde, devant la fontaine.

Oui, mais voilà, Michel n'est pas là, et lui, Petru, il se tient à carreau en ce moment. C'est trop risqué pour lui, sur Aix. Il ne peut pas se permettre d'être chopé en flag avec un colis de ce genre. Michel, lui, avec son casier vierge, il ne risquait pas grand-chose. Dommage, c'était un moyen facile de se renflouer pour quelque temps.

N'importe quel gosse un peu dégourdi pourrait le faire !

C'est quand il en est arrivé là de ses réflexions qu'il a pensé à sa fille ! *Mais c'est bien sûr ! C'est ça ! Lina ! Merde ! Elle est dégourdie, ma gamine. Et en plus, elle l'a déjà fait.* Oui, mais Lina, il ne sait pas où elle est. Il n'a eu aucune nouvelle de ses enfants depuis qu'ils se sont barrés.

Lui-même s'est installé dans un squat, à Marseille, après

que l'huissier soit venu lui taper sa télé. Bref, il a beau se triturer les méninges, il n'arrive pas à se rappeler si Jimmy lui a fait savoir où ils créchaient.

C'est comme ça qu'il décide de se faire trimballer sur Aix par un pote. Histoire de retrouver Lina et de lui demander de faire une petite course pour lui. Il achètera un gros cartable à roulettes roses pour qu'elle passe encore plus inaperçue avec sa cargaison.

Direction l'école de la petite, pour la choper.

Une fois qu'elle lui aura rendu ce petit service, il la ramènera avec lui sur Marseille. C'est vrai, quoi, c'est sa gosse, une gosse, ça doit vivre avec son père ! Et ça sera pratique de l'avoir sous la main pour d'autres courses, si besoin est. Le problème c'est qu'il ne faut pas croiser Jimmy. Il serait pas d'accord et Pétru n'a pas franchement envie de se frotter à ce petit con.

Il débarque donc à l'école du Roi René pour découvrir qu'elle est fermée. La caissière du petit supermarché, en face, lui apprend que les écoles ont fermé deux jours plus tôt, avant les vacances, à cause de la crise sanitaire.

Ça me fait une belle jambe, pense Petru. *Comment je vais la retrouver, moi maintenant, hein ?*

Il décide de remonter jusqu'à la rue Constantin à pied. Il se dit que ses gosses n'ont pas dû dormir tout le temps dehors. Ils sont sûrement revenus chez eux.

Il surveille l'entrée avant de monter, il ne manquerait plus qu'il tombe sur le gérant maintenant. Avec tous les loyers qu'il lui doit !

Arrivé devant sa porte, il glisse sa clé dans la serrure pour se rendre compte que celle-ci a été changée. Le sort s'acharne sur lui, aujourd'hui ! Mais c'est pas vrai ! Mais qu'est-ce qu'il a fait au Bon Dieu pour avoir autant de poisse ! Tout ce qu'il veut c'est revoir sa fille chérie, merde ! C'est trop demander à la vie ou quoi ?

Petru est tellement ulcéré qu'il finit même par croire en ses lamentations.

Il force la poignée, donne des coups de pied dans la porte, crache par terre, tambourine sur le panneau de bois.

Une cavalcade dans l'escalier le force à se calmer. Qu'est-ce qu'il y a encore ? La flicaille qui vient l'arrêter ? Il se retourne avec agressivité, prêt à en découdre pour forcer le passage et disparaître pour de bon, cette fois.

Mais il ne s'agit que des morpions de la Malhous, la voisine qui passe son temps à l'espionner pour le compte de Jimmy.

Il les apostrophe brutalement :

– Z'avez que ça à faire, casser les pieds des gens avec tout ce boucan ?

Les gamins s'arrêtent net, mal à l'aise. Ils connaissent leur voisin et c'est souvent qu'ils entendent des cris et des bruits de bagarre à côté.

Au moment de redescendre, Petru a une idée :

– Elle est où, Lina, hein ? Elle est avec vous ?

– Non, non, m'sieur. Elle est chez le prof de Jimmy,

répondent-ils en chœur.

Leur mère, qui les suit d'un pas lourd, croise son voisin dans l'escalier. Elle n'a rien entendu de l'échange. Elle s'inquiète en voyant Petru et se demande ce qu'il est venu faire.

– Bonjour, monsieur Murati. Vous avez besoin de quelque chose ?

– Non, non, ça va. Enfin, ça pourrait aller mieux ! Vous avez vu ces cochons ? Ils ont changé ma serrure, j'peux plus entrer chez moi.

Kheira Malhous joue les innocentes.

– Comment ça chez vous ? Je croyais que vous étiez parti ! Je vous vois plus depuis un bail et les enfants non plus, d'ailleurs. Quand les serruriers sont venus, ils ont dit que vous aviez déménagé.

– Ils ont vite fait de vous virer ni vu ni connu, hein ? Et avec deux gosses à charge en plus ! Ah franchement, je vous souhaite pas de perdre votre mari et votre boulot, vous savez ! La vie, elle est pas tendre quand ça va plus. Vous avez vu Jimmy, ces temps derniers ?

– Non non. Les enfants ne sont pas avec vous ?

Elle prêche le faux pour savoir le vrai. Elle voudrait bien savoir ce qu'il vient faire par ici.

– Malheureusement, j'ai dû descendre sur Marseille pour un boulot. Je les ai laissés avec une cousine, mais la petite me manque tellement.

Mais oui, c'est ça, se dit la voisine. Elle n'est pas dupe de sa comédie. Comme si vraiment, il voulait revoir Lina parce qu'elle lui manque et non pour de sordides raisons de survie, de manipulation et d'exploitation. Comme il a l'habitude de le faire.

– Ils vont bien quand même ? Vous avez des nouvelles ?

Petru est roublard.

– Tout va bien, merci ! Vous auriez pas gardé notre courrier, par hasard ?

Oui, elle a leur courrier, mais elle ne compte pas lui donner. Elle le garde pour Jimmy.

– Non, désolée, je ne savais pas que vous alliez passer, donnez-moi votre adresse je vous le ferai suivre maintenant !

Comme si j'allais te filer mon adresse, sale fouineuse, pense Petru.

– C'est pas possible, je vais déménager cette semaine encore et je connais pas ma nouvelle adresse. Gardez-le-moi, je repasserai à l'occasion. Allez, j'y vais, hein ?

Il fonce dans la rue et repart dans l'autre sens. Il s'installe dans un recoin et cherche, sur la liaison internet de son téléphone, l'adresse du prof en question dont il connaît le nom parce qu'une fois il a reçu une lettre de sa part. Il voulait le rencontrer pour lui parler de son fils. Tu parles, Charles ! Il manquerait plus que ça de perdre du temps à bavasser à propos de Jimmy avec un fouille-merde de prof.

S'il pensait avoir des difficultés à trouver l'adresse en question, il se trompait, car Joseph Conté est tout simplement sur l'annuaire et, en plus, il apparaît un nombre incroyable de fois sur le net, à l'occasion de diverses missions, caritatives pour la plupart.

Un vrai cureton, ce mêle-tout. Secours populaire, Restos du Cœur, aide aux migrants, soutien femmes battues, Samu social… Il apparaît partout et parfois même sur des listes avec son adresse. Direct. *Au moins, comme ça, il est sûr de ne pas se perdre en cas de crise soudaine d'Alzheimer,* ricane-t-il.

Il se prend un canon de rouge au passage, enfin canon c'est façon de parler, car c'est servi dans un gobelet ! Il l'avale à la va-vite, debout, dehors devant la devanture d'un bar fermé, mais un peu ouvert quand même. *Encore un truc ni fait ni à faire, ces putains de confinements,* maugrée-t-il juste pour la forme, histoire de se donner du courage pour affronter le prof, et il se remet en route lourdement.

49 - Retrouvailles

Au rez-de-chaussée, Jimmy et Lina s'emploient à leurs tâches respectives, sous la pression des hurlements stridents, mais enjoués du petit.

Jimmy cherche une clé dans sa poche, Lina ouvre la boîte aux lettres pour en retirer le courrier, tandis que Rohan, surexcité, de plus en plus impatient, trépigne devant la grande porte en hurlant :

– Pouf !!! Pouf !!!

– Arrête un peu avec ton pouf, Rohan, dit Lina en riant.

– Quand il dit pouf, c'est qu'il veut une brioche ronde, explique Jimmy, car une fois, il l'a vu crier ce mot devant une brioche, dans une vitrine.

Comment pourrait-il savoir que la brioche était la viennoiserie préférée du chien adoré de Rohan ? Et que la vue d'une brioche, c'est la madeleine de Proust du petit. Il ne peut pas en voir une, en humer une, en manger une, sans penser à son ami de cœur, son ami pour la vie, son compagnon de tous ses bons moments et de toutes ses peines ?

– Dis-lui qu'on va à la boulangerie, continue Jimmy.

– Attends, attends, on va te mettre dans la poussette ! Promis, la première chose qu'on fait, c'est t'acheter une brioche ! dit Lina en ouvrant la grande porte pendant que Jimmy déplie le petit siège à roulettes, enfoncé dans un coin du couloir.

Mais elle n'est pas assez rapide, Rohan lui échappe.

– Pouououffff !

Il sort dans la rue, accroche immédiatement son regard à celui du chien, en face, qui l'attend.

Il court vers le beagle en éclatant d'un rire perlé, vibrant comme une note de harpe, pétillant comme des gouttelettes d'eau vive. Jamais les autres ne l'ont vu aussi heureux.

Jimmy abandonne tout pour courir derrière lui aux côtés de sa sœur. Heureusement dans cette rue, il y a peu de trafic. Sans être piétonne, elle est si étroite que peu de voitures l'empruntent. Le danger n'est pas trop grand, s'ils arrivent à le récupérer rapidement.

Mais c'est trop tard. Avant qu'ils aient pu le rattraper, ils voient la catastrophe arriver. Un chien galeux, sale, l'air menaçant, chancelant sur ses pattes et malgré tout déterminé, se précipite sur l'enfant.

Jimmy analyse la situation en quelques secondes. Il n'aura pas le temps d'empêcher ce chien de renverser Rohan, de le contaminer s'il a la rage, peut-être même de le mordre et le petit sera traumatisé à vie !

Il doit empêcher ce choc à tout prix ! Il cherche des yeux, une pierre, quelque chose à envoyer sur le chien, pour l'éloigner.

Mais dans une rue, dans une ville, bien entretenue qui plus est, il n'y a rien qui traîne. Il va se résoudre à lancer le cadenas qu'il tient encore dans la main, quand ce qu'il voit ralentit son geste.

Pendant un dixième de seconde, il enregistre l'image misérable que renvoie le cabot : ses yeux sont à moitié ouverts, larmoyants comme s'il avait une maladie de la vue et une légère bave jaunâtre coule de ses babines retroussées dans une sorte de grimace oscillant entre une expression de douleur et de joie.

De joie ?

N'importe quoi ! Et pourtant, oui ! On dirait que le chien rit, lui aussi ! Comme Rohan.

Cette hésitation à balancer le cadenas a été fatale à Jimmy. Le chien s'est jeté sur le petit, qui est tombé sur ses fesses, mais loin de pleurer ou de paraître effrayé, il semble au comble du bonheur !

Ses rires se poursuivent, le font hoqueter.

Son cri, *pouf*, s'est transformé en mot d'amour. Il le prononce avec affection, tendresse, soulagement…

– Mon Pouf, mon Pouf, énonce-t-il dans un surcroît de rires, tandis que le chien bondit, le léchouille, le titille du museau, grimpe sur lui.

Pouf n'arrive pas à retenir les glapissements qui remontent dans sa gorge. Il pleure de joie, gémit faiblement, jappe avec douceur, se roule sur le dos tandis que sa queue bat l'air avec frénésie.

Il entend le cœur de Rohan cogner à l'unisson avec le sien, dégageant des émotions impétueuses et puissantes.

La caresse des mains sur sa tête est une sensation sublime

et il a l'impression de rêver. Jamais, de toute sa vie, il n'a connu un tel instant d'extase, même pas la première fois qu'il a rencontré Rohan. Il en ferme les yeux de plaisir. *Si je dois mourir, ce sera aujourd'hui, de bonheur,* se dit-il.

Jimmy et Lina se sont arrêtés, rassurés sur les intentions du chien même si son état de saleté les répugne un peu. Ils n'osent pas trop s'approcher de crainte de se faire mordre, mais aussi il faut bien le reconnaître, par discrétion. Qui aurait le cœur d'interrompre une telle manifestation d'amour ?

Le cinéma qu'offrent ces deux-là ne peut tromper personne. Ils se connaissent. Ils s'aiment.

Ce sont des retrouvailles.

– Rohan ? demande Lina, délicatement. Rohan ? Tu le connais ?

Rohan tourne vers eux, un regard triomphant. Jamais depuis que son grand-père l'a emmené loin de chez lui il n'a exprimé un tel sentiment de sérénité.

– C'est Pouf ! dit-il, soulagé. C'est mon *sien* !

Pouf pose son museau sur son épaule et prononce un wouaf d'approbation satisfait.

– Bon, on fait quoi maintenant ? demande Lina.

– Écoute, tout ça c'est bien beau, ils se connaissent peut-être, en tout cas, on peut pas garder ce clebs. Qu'est-ce qu'il va dire, mon prof ? Et on peut pas aller faire les courses avec ce chien tout pourri. On va se faire massacrer par les commerçants.

– Quoi ? Tu vas pas le chasser, quand même ? Le pauvre !

Comme il est maigre ! Il faut lui donner à manger, au moins. On peut pas le jeter à la rue.

– Mais regarde, enfin ! Il a un collier. Il appartient à des gens qui vont le chercher, s'inquiéter !

– Ben dis donc ces gens-là, ils prennent pas trop soin de lui, tu vois ! Ils lui donnent pas à manger, ils le lavent pas. Et même ils doivent le battre, regarde ! T'as vu toutes ces cicatrices ? Et son oreille ? À moitié arrachée !

– Bon peut-être, je sais pas.

Mais pendant que le frère et la sœur discutent du sort de Pouf, Rohan s'est relevé et l'a emmené vers le seuil de l'immeuble. Ils attendent tous les deux, sagement, en continuant à se câliner.

Jimmy les regarde, réfléchit et prend sa décision :

– OK ! On le monte à l'appart, on le lave et on le nourrit, mais ensuite, on le dégage avant que Conté n'arrive. J'ai pas envie de me faire engueuler.

Lina court vers la porte, appuie sur le digicode et grimpe en criant :

– Viens toutou, viens, allez !

Rohan la suit, excité :

– Viens Pouf ! Allez.

Mais Pouf est au bout du rouleau. Sa queue remue plus lentement. Il ne trouve même plus la force d'exprimer sa joie. Pourtant son cœur est au bord de l'explosion ; il a l'impression de planer tellement il est heureux.

Il les suit laborieusement, un pas après l'autre, craignant

de s'effondrer. Au pied de l'escalier, il regarde le haut des marches, le cou tendu en avant, il semble mesurer l'effort à faire.

Il pousse ensuite un énorme soupir et entreprend la longue ascension pour suivre Rohan.

Jimmy attache de nouveau la poussette à son cadenas et il ferme la marche.

Au premier étage, le cortège a à peine atteint la volée suivante de marches que la porte s'ouvre et Kaer apparaît.

– Vous allez où ? demande-t-il à Jimmy.

– Au cinquième, répond l'ado.

– Chez qui ?

– Chez monsieur Conté.

– Il n'est pas là. Il est sorti tôt ce matin.

– Je sais, t'occupe, j'ai les clés, répond-il avec insolence, d'une voix agressive.

Il sent la moutarde qui lui monte au nez. *C'est pas la première fois qu'il nous voit,* se dit-il. *Il sait très bien qu'on habite ici.*

– Pourquoi vous faites semblant de pas nous connaître ?

Il va quand même pas se laisser dicter sa loi par ce bouffon ! *Je suis sûr que c'est lui qui est à l'origine de cette pétition contre Conté,* pense-t-il.

Kaer, refroidi par le ton de Jimmy, bat légèrement en retraite.

– Vous êtes le concierge ou quoi ? demande Jimmy.

Il tourne le dos au voisin offusqué et ne répond plus à ses

questions.

– Mais… Il est à vous ce chien galeux ?

Dans l'appartement, ils sont accueillis par des soufflements de colère de Sissi, fâchée de voir cet intrus puant souiller son espace douillet.

– Tu vas pas t'y mettre, toi aussi, hein ?

Les enfants rient et se moquent d'elle. Définitivement vexée, Sissi se réfugie sur le bureau de Conté, près de la baie vitrée, d'où elle peut observer à loisir l'évolution de la situation.

Pouf, une fois au milieu du salon, ne peut plus avancer une patte. Ses muscles flageolent, il tremble de tout son corps, il gémit doucement, sa tête penche.

Lina remplit une casserole d'eau, verse des graines dans la soucoupe du chat et apporte le tout juste devant lui. Pouf puise au fond de lui un peu d'énergie pour boire tout le contenu liquide. Il s'interrompt, de temps en temps, et jette un regard éperdu de reconnaissance et d'amour à son bébé. Mais avant de pouvoir s'attaquer à la nourriture solide, il est vaincu par le sommeil et il s'endort devant les gamelles.

C'est enfin le repos tant mérité. Celui qu'il attend depuis des semaines. Un repos sans menaces, auquel il peut céder sans crainte. Sa mission est accomplie.

Rohan, enchanté, s'allonge par terre à ses côtés et s'endort lui aussi. Toutes ces nuits passées à chercher son chien, à l'attendre. Lui aussi il peut enfin lâcher sa quête et s'abandonner au sommeil.

Jimmy et Lina se regardent, désarçonnés et, tout au fond, ravis de cette aventure.

– Quelle histoire ! dit Lina. Tu crois que c'est vrai que c'est son chien ?

– T'as jamais regardé les photos, dans la chambre ? demande Jimmy.

Il lui montre les quelques cadres qui décorent une étagère, dans la chambre de l'enfant. Sur l'une d'elles, on voit les parents de Rohan au milieu d'un pré, encadrant un bébé qui apprend à marcher, tandis qu'un chien folâtre devant eux. Pas de doute. Malgré la couleur du poil difficilement reconnaissable à cause de la saleté, c'est bien le même chien qui dort en ce moment dans le salon du prof de français.

– Tu crois qu'il va râler, Conté ?

– Je sais pas, on verra bien. Il faudrait quand même réussir à le laver avant leur retour.

– Oui, mais là, je crois qu'il a vraiment besoin de dormir !

Quand ils reviennent devant le canapé, ils surprennent Sissi occupée à renifler consciencieusement chaque poil de cet intrus exhalant de riches odeurs contrastées. Poubelles, pourritures, essence, mais aussi sous-bois, humus et herbes grasses.

Elle prend son temps, comme si elle savait qu'il n'allait pas se réveiller avant longtemps. Voir Rohan blotti contre le chien la rassure. Elle contourne la masse des deux corps, l'examine sous toutes les coutures, inhale chacun des effluves pour l'analyser en profondeur.

Au bout de plusieurs longues minutes, fatiguée par cette concentration intense, elle finit par grimper sur le dos de Pouf et par se couler dans un nid douillet formé entre son maigre flanc et le bras de Rohan, pour s'endormir, elle aussi, avec eux.

Lina est un peu inquiète.

– Tu crois qu'il va mourir ? Il a l'air assez crevé, quand même !

– On verra bien. Bon, t'as pas des devoirs ?

– Ah non ! C'est les vacances ! Gladys elle nous a dit de décorer la maison pour Noël.

50 - Sur les traces de Cézanne

La voiture de Gladys les a amenés au point de départ de la randonnée, que Jo a voulu être la maison-atelier de Cézanne. Gladys ne l'a jamais visitée.

– Rassurez-vous, je ne vous ferai pas entrer dans le musée ! De toute façon, depuis la crise sanitaire, ils sont fermés ! C'est juste pour suivre vraiment le chemin qui était le sien quand il partait peindre « sur le motif ».

Ils garent la voiture sur le bord de la route et entreprennent le chemin de randonnée qui mène de l'atelier du peintre au lac Zola, en passant par le plateau de Bebemus.

Le temps est sec et froid. Jo est bien emmitouflé dans sa doudoune de montagne, tandis que Gladys crève de chaud dans un léger blouson coupe-vent. Ce n'est pas une température, aussi basse soit-elle, qui pourrait avoir raison de sa forme physique !

Deux heures plus tard, après avoir crapahuté de sous-bois en plateaux, longé des chemins pierreux, admiré des vues incroyables sur la Sainte-Victoire, c'est un Jo essoufflé, mais assez fier d'avoir tenu le rythme et une Gladys fraîche comme une rose, qui s'installent dans un petit coin à l'abri du vent et baigné de soleil, pour admirer à la fois la magnifique vue sur le lac et sur la montagne.

Il est toujours partagé entre le bonheur d'être là avec

Gladys et une vague crainte qu'il n'arrive quelque chose aux enfants.

Pendant le déjeuner, la conversation s'enlise autour de la vie de Cézanne et de son amitié avec Zola. C'est que Gladys n'en a vraiment rien à faire de l'un comme de l'autre. Elle voudrait en savoir plus sur Jo. Elle connaît déjà des tas de choses de lui, car bien entendu, son expertise dans les renseignements lui a permis de découvrir les éléments précis et administratifs, mais ce n'est pas à ça qu'elle aspire.

Elle voudrait apprendre des détails de son enfance. S'il était un enfant taciturne ou souriant, s'il collectionnait des timbres quand il était petit, comment il a rencontré Catherine. Euh, tout bien réfléchi, finalement, non, ça, elle n'y tient pas vraiment.

Les sandwichs moelleux se succèdent et quand ils arrivent aux desserts que Gladys a choisis avec gourmandise dans la meilleure pâtisserie d'Aix, la veille, la frustration qu'elle ressent est à son summum.

Petit à petit, il s'est arrêté de parler, d'expliquer. Il sent bien que sa voisine est peu attentive. *Qu'est-ce que je peux être ennuyeux,* se déprécie-t-il. Quand le silence s'est installé, aussi palpable, aussi pesant qu'un brouillard épais, après avoir admiré le paysage, aspiré de longues bouffées d'air pur, froid et sec, leurs visages semblent soudain aimantés l'un par l'autre.

Ils s'observent longuement et leurs yeux parlent sans qu'un mot ne soit prononcé.

Finis les blagues, les jeux de mots, les rires crispés.

Lentement, les yeux se rapprochent, les bouches palpitent et bien sûr, c'est Gladys qui franchit le pas, qui donne l'estocade, par un baiser soudain, ardent et fougueux, qu'elle interrompt aussi promptement qu'elle l'a offert.

Il est encore sous le choc, légèrement étourdi. Il savoure le goût du chocolat et du café qu'il a volé sur les lèvres de Gladys. Il a besoin de temps pour réaliser ce qu'il vient de se passer.

Mais Gladys est déjà debout, nerveuse, vive.

– Allons-y, Jo. Je vois bien que vous n'êtes pas vraiment là. Vous êtes soucieux pour les enfants. Je vous comprends. Moi aussi je suis un peu inquiète. Rentrons. Si vous voulez, on s'arrêtera dans une bonne pizzeria, ce sera la fête, ce soir, OK ?

Penaud, il acquiesce.

– Vous avez raison. Je ne sais pas pourquoi. J'ai comme une culpabilité de m'amuser sans eux. C'est la première fois que… depuis que… je n'ai pas l'habitude de…

Mais Gladys a déjà tout rangé. C'est que le chemin du retour sera aussi long encore dans la montagne, sans compter l'arrêt pour les pizzas.

– Et puis, avec ce couvre-feu, on ne peut pas trop traîner, non plus, hein ?

Il la suit avec un temps de retard. Il accélère le pas. Arrivé à sa hauteur, il s'approche d'elle un peu plus encore. Leurs coudes se frôlent. Voyant qu'elle ne s'est pas écartée, il cherche sa main et la saisit.

Gladys ferme les yeux une seconde, elle profite de l'instant, dans sa tête, la voix de Juliette Greco égrène des paroles mutines :

« J'vous l'avais bien dit, y a qu'Joseph qui peut m'guérir. Y a qu'Joseph qui puisse faire quelque cho-o-se… »

Elle a envie d'éclater de rire, mais elle se retient. Elle a peur de l'effaroucher.

51 - Un visiteur

Jimmy a compris qu'aujourd'hui serait une journée où il devrait se plier aux événements. Il n'essaie pas de lutter contre ce nouveau caprice de sa sœur et puis il se dit que voir sa maison décorée fera peut-être passer à son prof la mauvaise surprise de trouver un chien galeux chez lui, en train de transmettre puces et microbes en tout genre au bébé. Déjà qu'il sort à peine d'une sorte de maladie de peau !

Ils attaquent les cartons que Conté a montés et rangés dans un coin.

En premier, ils en extraient un immense sapin de Noël synthétique très feuillu, d'un rouge vif éblouissant.

Ils passent un temps fou à lui déployer ses branches, une à une, et enfin, le faux arbre apparaît tel un immense phénix prêt à prendre son envol.

Ils se demandent où l'installer et lui trouvent une place près de la baie vitrée, en reculant la table où est posé l'ordinateur et le fauteuil de lecture préféré du prof.

De joie, Lina frappe dans ses mains. Elle aimerait bien que Rohan et les animaux jouent avec elle, à la déco de Noël. Son plaisir serait complet, mais elle n'ose pas les réveiller. C'est pourquoi elle fait ostensiblement du bruit pour manifester sa jubilation.

Maintenant que le sapin a trouvé sa place, les autres

cartons y passent aussi.

– Le mieux, c'est de tout étaler, dit Jimmy. Comme on ne sait pas ce qu'il y a exactement, ça nous permettra de tout voir d'un coup.

En quelques minutes, le salon est envahi de cartons éventrés, de papiers froissés, de splendeurs colorées et de paillettes poussiéreuses. Des boules uniques, possédant chacune sa particularité, trouvent vite leur place sur le gros sapin, ainsi que des personnages faits main, en tissus brillants, représentant des reines et des rois.

Lina disparaît dans le couloir et revient avec un grand escabeau en aluminium plein de taches de peinture.

– Tiens, regarde, pour mettre la pointe, tout en haut.

Jimmy se précipite pour l'aider.

– OK, mais je t'interdis d'y monter !

Elle se moque de lui :

– Je suis pas en sucre, je sais monter à une échelle ! Je l'ai déjà fait à l'école !

Il y a aussi dans une caisse de rangement en plastique avec couvercle, une crèche bricolée, quelques santons de Provence pour la compléter, de la neige en flocons.

– Je m'occupe de la crèche, dit Lina en se précipitant sur le dessus du buffet qu'elle débarrasse de tout ce qui l'encombre.

Elle pose simplement tout en vrac sur un coin du canapé et elle entreprend l'installation de la petite étable et de ses occupants et visiteurs.

Pendant qu'elle chante à tue-tête des airs de Noël appris au centre de loisirs, Jimmy essaie de se dépatouiller avec les guirlandes lumineuses entremêlées.

La pièce est maintenant un capharnaüm achevé.

C'est le moment que choisit Rohan pour se réveiller. Son mouvement dérange Sissi qui s'étire et ce manque de chaleur sur son flanc réveille complètement Pouf qui jette un regard étonné, puis rassuré sur ce qui l'entoure.

Il se lève, s'ébroue, envoyant valdinguer autour de lui des milliers de puces et de particules de boue séchée, provoquant des cris de protestation de la part de Jimmy, des éclats de rire chez Rohan.

Immédiatement, le chien se jette sur sa gamelle et en quelques secondes il avale son contenu goulûment, puis finit également le nouveau bol d'eau apporté illico par Lina.

Il jappe alors avec gaieté et sous le regard étonné de Sissi, il sautille au milieu des cartons, des papiers et des guirlandes, se frotte en remuant la queue contre son Rohan chéri, se roulant sur le dos, gémissant de bonheur, puis il renifle un coin du tapis et se recouche précautionneusement en bâillant longuement.

– Ah non ! dit Jimmy. Toi, mon gars, maintenant que tu as bien mangé, bien bu et bien dormi, tu vas passer au décrassage !

Pouf a compris qu'on s'adressait à lui, mais il n'imagine pas ce qui l'attend.

– Lina, va faire couler un bain !

La petite se précipite vers la salle de bains, suivie par Rohan, excité.

– Viens, Pouf, viens ! Tu vas êt'e bien p'opp !

Le chien, malgré son résidu de fatigue, ne peut résister à l'appel de son bébé. Il suit les enfants. S'il est loin d'avoir retrouvé sa grande forme, il est évident qu'il n'est déjà plus l'épave de tout à l'heure. Ses membres ne tremblent plus, il trottine volontiers et sa queue a récupéré son énergie pour manifester sa joie.

Il traîne dans sa gueule une guirlande à pompons lumineux déjà allumée grâce aux piles qui fonctionnent encore. La chatte les suit de loin. Cette agitation l'intrigue. Elle est à la fois méfiante et curieuse.

Lina jette du savon liquide moussant dans le bain, tandis que la baignoire se remplit.

Mais faire entrer Pouf dans l'eau est une autre paire de manches. Rohan tire, Lina pousse, Jimmy essaie de le porter et parvient à le plonger à moitié dans l'eau, mais le chien lui échappe. À moitié trempé, plein de mousse, Pouf repart dans l'autre sens, croyant à un jeu, complètement en confiance à présent avec les nouveaux amis de Rohan. La chatte se réfugie en courant en haut d'une étagère. Cette fois, elle en a assez vu. Tout ceci ne lui dit rien de bon.

Toute la troupe se lance à la poursuite du beagle. Jimmy crie :

– Viens ici ! Espèce de sale cabot ! Tu vas obéir, oui ?

– Viens ici, mon toutou, dit Lina, plus diplomate. Viens on

va te laver, tu vas être tout beau.

Rohan le rattrape et s'accroche à lui, se badigeonnant au passage de mousse boueuse à présent bien collante.

– J'ai l'impression que celui qui parviendra à laver ce chien n'est pas encore né ! dit Jimmy, découragé en voyant les traces d'eau, de boue et de mousse sale dans le salon et les papiers des décos tout détrempés.

Avec Rohan pendu à son cou, le chien fait trois fois le tour du salon, puis autant de fois un tourbillon sur lui-même, provoquant le fou rire en cascade des deux plus petits. Mais Jimmy voit avec consternation les taches de boue maculer les murs, les meubles et les tapis et il pousse des cris furieux.

Finalement, contre toute attente, le chien fonce dans la salle de bains et plonge dans la baignoire sans prévenir. Rohan se détache de lui de justesse et tombe sur les fesses au milieu du carrelage.

– Tiens-le bien ! crie Jimmy à sa sœur qui appuie sur le dos de Pouf.

Il verse la moitié d'un flacon de gel douche sur le chien et il se met à le frotter énergiquement.

Quand on sonne à la porte, la scène pleine de cris et de rires se fige. Jimmy et les enfants se regardent, vaguement inquiets. Pouf retrousse les babines et émet un grondement sourd. Sissi tourne sa tête vers l'entrée, les oreilles couchées.

Avant que Jimmy ne réagisse, voilà le chien jaillissant du bain et courant vers le vestibule en aboyant préventivement.

Sans savoir qui est de l'autre côté de la porte, il pressent un risque dans ce coup de sonnette. Tout en lui est en alerte.

Ses longues semaines passées en état de panique maximale, dans la faim et la souffrance, obsédé par un seul but, retrouver Rohan, l'ont rendu ombrageux. Toute intrusion d'un événement inattendu peut provoquer en lui une crise d'angoisse et de panique.

C'est pourquoi cet inconnu qui attend sur le palier représente pour lui une menace suprême.

Mais cette longue errance a également affiné son intuition, sa perception de données immatérielles qui se dégagent des êtres vivants. Si ce n'était pas le cas, comment aurait-il pu retrouver son bébé ?

Il sent des vibrations hostiles émanant de l'individu qui sonne à leur porte. Et comme il n'y a aucune possibilité de fuite dans l'appartement, il n'a pas d'autre choix que de faire face au danger. Il est bien disposé à défendre bec et ongles son ami pour la vie, Rohan et ce bonheur qu'il vient de retrouver.

Il court donc vers la porte d'entrée, Rohan sur ses talons.

Jimmy et Lina prennent une serviette pour s'essuyer un peu, avant de les suivre.

Quand le petit voit son chien gronder en grattant avec ses pattes avant la poignée de la porte d'entrée, il se hausse sur ses chaussons et il actionne le bouton, au moment même où Jimmy lui crie :

– Non ! Attends Rohan !

Trop tard.

La porte est ouverte et malgré sa lenteur d'esprit due aux vapeurs d'alcool qui l'inhibent en quasi permanence, en un seul regard, Petru saisit le tableau et en extraie ce qui l'intéresse.

Un chien agressif et trempé, un bébé, Jimmy et juste derrière : Lina !

Lina ! Elle est là ! Alléluia !

C'est bon, sa journée est sauvée, son pognon aussi. Elle va aller faire sa course et tout sera pour le mieux.

Et maintenant, comme il sait où elle crèche, il pourra venir la chercher chaque fois qu'il en aura besoin.

– Lina, viens ici, braille-t-il sans regarder les autres.

Mais Lina s'est figée en le voyant.

Son pire cauchemar est en train de se réaliser. Bien sûr, c'est normal, elle en a l'habitude. Elle vivait dans un doux rêve, mais elle sait que les miracles n'existent pas, que son père finirait par venir la récupérer. Au moment même où elle l'a vu, elle a compris que la récréation était finie. Elle est résignée.

Elle ne pense même pas à se réfugier derrière son frère, elle est comme hypnotisée par la voix de son géniteur.

– Qu'est-ce que tu fais là ? demande Jimmy.

– Toi, ta gueule, répond Petru. Je viens chercher ma fille, c'est tout. Sa place est avec moi. Elle me manque depuis que tu t'es barré avec elle. Allez, viens, Lina, on y va.

Mais Lina, toujours plantée sur ses deux jambes, hoche

faiblement la tête de droite et de gauche.

Elle dit non, sans paroles, doucement, malgré elle, malgré sa peur, sans bouger le reste de son corps.

– C'est quoi ton cinéma, là ? dit Jimmy. Tu joues à quoi avec tes « Lina me manque... », hein ? T'as quoi derrière la tête ?

Lina, comme encouragée par la voix de son frère, recule alors lentement de quelques centimètres. Instinctivement, elle s'éloigne de la scène, elle conçoit sans l'élaborer consciemment le plan d'aller s'enfermer dans la salle de bains.

Quand Pétru comprend qu'elle ne lui obéira pas, il gueule :

– Mais t'es sourdingue ou quoi, pauvre tarée ? T'entends pas quand j'te cause ? Rapplique, j'ai dit.

Pouf se met alors à gronder plus fort et à montrer les dents.

– Méssant ! crie Rohan à Petru en entourant son chien de ses deux bras.

Malgré son âge, il comprend que la situation est explosive et que son chien ne fait pas le poids face à cet homme animé de mauvaises intentions. Il a peur pour lui et cherche à le protéger.

Mais l'animal a reconnu un ennemi, en la personne de Petru. Tout en l'individu exhale des ondes sombres, malfaisantes. Maintenant qu'il a retrouvé son bébé et après ce qu'il a traversé, il est prêt à le défendre et à le sauver au péril de sa vie.

Alors que le cours des choses paraît suspendu dans le

temps, avec une Lina pétrifiée, un Jimmy rongeant son frein et essayant de réfréner son envie de frapper son père et un Petru sournois guettant le meilleur moment pour passer à l'action, tout s'accélère soudain.

Petru s'avance. Pouf fonce et saisit de ses crocs aiguisés le bas de son pantalon. L'homme lui flanque un féroce coup de pied de son autre jambe. Le petit chien valdingue à l'autre bout de la pièce et hurle de douleur. Sissi, du haut de son étagère, hérisse son poil et crache son hostilité.

Rohan, au bord des larmes, se jette sur Petru pour le frapper de ses minuscules poings :

– Méssant ! Méssant ! Je vais le dire à G'and-père !

Jimmy sentant que son père n'est plus contrôlable et craignant le pire pour l'enfant, saisit Petru par le bras pour l'éloigner, mais celui-ci se dégage et envoie une baffe à Rohan qui bascule en arrière et glisse jusqu'à l'arbre de Noël, au milieu des papiers froissés et des guirlandes lumineuses éparpillées. Il heurte l'escabeau qui vacille sous les yeux horrifiés de Jimmy. L'ado se précipite pour saisir Rohan et l'écarter de la chute de l'échelle qui s'écroule dans un boucan épouvantable.

Quand Pouf voit son bébé malmené, il ne parvient plus à endiguer son envie féroce de mordre cet humain, même s'il sait qu'il s'agit du tabou absolu.

– Ça va pas ? T'es cinglé de cogner sur un bébé comme ça ? s'écrie Jimmy, horrifié.

Il installe Rohan sur le canapé, à côté des affaires posées

en vrac par Lina. Puis il revient vers son père pour en découdre. Il l'attrape par l'épaule et le secoue furieusement, alors que Petru essaie de se dégager et de s'avancer vers Lina. Jimmy s'accroche à sa manche pour entraver ses mouvements et tenter de l'éloigner des enfants. Il le repousse vers l'entrée.

– Tire-toi, on n'a pas besoin de toi, ici ! Fous le camp d'où tu viens !

Il retient de toutes ses forces la colère qu'il sent monter en lui.

– Pas sans ta sœur, répond Petru, blanc de rage devant cette résistance qu'il n'avait pas prévue.

Cependant, Pouf est revenu à la charge, en position d'attaque et il saute sur leur agresseur. Il vise sa gorge, mais sa petite taille ne lui permet d'atteindre que le poignet de l'homme qu'il parvient à mordre sauvagement, sans aucune intention de le lâcher.

Malheureusement, il faut bien reconnaître que les beagles, bâtards ou non, ne sont pas des chasseurs de grosses proies et que Petru fait cent fois la taille d'un lapin. Sans compter que le chien est mal en point, encore épuisé par sa longue quête, le corps courbatu et couvert de blessures mal cicatrisées.

Pourtant il ne lâche pas prise.

Rohan hurle de frayeur en voyant son chien secoué et maltraité et il descend du canapé encombré pour venir à son aide.

Une voix inconnue de femme, en alerte, se fait soudain entendre :

– Mais qu'est-ce qu'il se passe ici ?

Les gestes suspendus, tout le monde tourne la tête en même temps vers la personne qui vient de parler. Même le chien n'aboie plus. Seule la chatte, tournée vers les nouveaux intrus, souffle de plus belle.

Dans l'entrée, trois personnes les regardent.

52- C'était bien la randonnée ?

Kaer, les yeux ronds au-dessus de son masque, retient un ricanement de satisfaction. Il ne pouvait rêver mieux pour la première visite des services sociaux ! Jamais il n'aurait pu imaginer une telle pagaille ! C'est plus qu'il n'en espérait ! Avec ça, c'est sûr, le vieux Conté est mûr pour la déchéance tutorielle ou quels que soient les mots administratifs adéquats. On va lui enlever le gosse et le calme reviendra dans cet immeuble, merde !

À ses côtés, un couple, masqué aussi. L'homme tient une serviette dans une main tandis que de l'autre il parle dans un téléphone, comme s'il dictait un texte.

– « L'appartement de monsieur Conté présente une porte ouverte. Le bruit étant alarmant, des cris d'enfants, des aboiements, des hurlements d'homme adulte et après avoir frappé plusieurs fois au battant entrouvert, nous nous voyons dans l'obligation d'entrer pour porter secours, éventuellement, à ces enfants qui semblent en danger. Nous découvrons, au milieu d'un désordre indescriptible, deux enfants terrifiés, un adolescent et monsieur Conté en plein pugilat, sans compter un chien pouilleux et enragé. L'adulte et le jeune homme règlent leurs comptes en tout état de cause, représentant une menace pour les enfants. Le chien, mouillé, maigre et blessé, subit certainement des maltraitances. »

– Monsieur Conté ! s'écrie la femme sur un ton autoritaire, mais sans aucun succès.

Après un bref moment d'étonnement, Petru se désintéresse d'eux, il poursuit son idée fixe ce qui oblige Jimmy à continuer sa tentative de maîtriser son père pour le faire dévier vers la sortie, inexorablement.

La femme, désorientée, se tourne vers Kaer :

– Il se passe quoi, ici ?

Kaer vient de comprendre que Conté n'est pas là et il ne sait pas très bien comment expliquer cette scène incohérente :

– Euh… C'est ce petit, là… Rohan. C'est lui que… qui…

– OK, j'avais compris, dit la femme, agacée. Mais les autres enfants ? Et ce chien ? Pour les maltraitances animales, il faut prévenir la SPA.

Jimmy a reconnu le voisin du premier. Ce nuisible qui se mêle toujours de tout.

Tout en donnant de légères pressions dans la poitrine de son père, pour le repousser, exaspéré par l'intrusion de ces inconnus, il s'adresse à eux sans les regarder.

– Eh, les voisins, là, barrez-vous vite fait, on vous a pas sonnés !

La femme, outrée, reste un moment bouche bée tandis que l'homme a tendu le micro de son téléphone vers le spectacle qui se joue sous leurs yeux, pour ne pas en perdre une miette.

– Comment ? dit la femme en s'avançant vers cet ado trempé, vers la seule personne qui lui parle en fait, même si c'est pour l'insulter.

Courageuse, elle s'interpose et parvient à écarter le fils du père.

– Mais lâche-moi, toi, la mégère ! Cassez-vous, bande de collabos !

Pendant que Jimmy se dépêtre de la femme, Petru n'a pas perdu une minute pour foncer vers le fond de la pièce et saisir Lina sous son bras, sans tenir compte de ses cris.

– Laisse-moi ! Je veux pas venir avec toi !

Il parvient à repartir dans l'autre sens et à se rapprocher de la porte, en slalomant entre les obstacles.

Kaer, désorienté par le tableau, dérouté par le climat ambiant, décide de prendre la tangente afin de ne pas être tenu responsable d'un éventuel fiasco.

Sissi, complètement terrorisée par les tensions agressives qui émanent de tous ces inconnus, à présent trop nombreux pour elle, se précipite hors du salon vers la chambre des enfants et plonge tout au fond des draps chiffonnés, bien cachée.

Pouf, écumant, mord cette fois Petru par derrière à la cuisse et s'y accroche. Mais de nouveau, l'homme lui porte un coup de poing sur la tête qui le fait encore lâcher prise et il se retrouve un peu plus loin, complètement sonné.

– Monsieur, lâchez cette fillette, s'exclame l'agent du service social, comme si soudain il se devait de participer à cette scène qu'il ne faisait qu'enregistrer jusqu'alors.

– Toi ta gueule, c'est ma fille, je fais c'que j'veux, pigé ?

Interloqué, l'homme a tout de même la présence d'esprit

de faire barrage de son corps au passage de Petru Murati. Lina se débat comme une furie, en hurlant, dans les bras de son père.

– Laisse-moi tranquille. J'suis bien ici. J'le dirai à monsieur Jo !

– Vas-y, Pouf ! crie Rohan depuis son canapé.

Pouf revient à la charge en saisissant cette fois le bas du pantalon de la fillette et en tirant de toutes ses forces pour la détacher de son père.

Le fonctionnaire n'en mène pas large devant un Petru éructant, mais il lance en même temps son téléphone à sa collègue en disant :

– Appelle la police, vite.

Elle attrape l'objet au vol, son dossier tombe à terre et tandis qu'affolée, elle recherche le bon numéro, elle est obligée de se détourner de Jimmy qui en profite pour se rapprocher des deux hommes et envoyer cette fois un coup de poing bien senti à son père.

Sous le coup de la douleur, celui-ci lâche sa fille qui tombe à terre. Pouf, ravi de sa victoire, tire encore sur les habits de Lina pour l'entraîner vers le canapé où elle se serre contre Rohan.

La queue du chien devient frénétique, il cabriole de l'un à l'autre en jappant éperdument.

Jimmy saute d'un pied sur l'autre en se frottant le dos de la main. Il craint de s'être cassé quelque chose dans les articulations de ses doigts. C'est la première fois qu'il donne un vrai coup de poing.

Comme un voile se déchirant sous ses yeux, Petru Murati enregistre la situation et, surtout, en gros plan, l'image d'une femme qui appelle la police.

– Rue des Cordeliers… Oui, c'est ça… Violence familiale… Oui, il y a urgence…

Ça sent mauvais pour lui.

Sournoisement, il calcule ce qui le sépare de la porte d'entrée et, dans la confusion générale, il prend son élan, bouscule le type et parvient à filer. Il n'a pas l'intention d'attendre l'arrivée des forces de l'ordre.

La femme rend le téléphone à son collègue.

– C'est ça, casse-toi, bon débarras ! gueule Jimmy.

La fonctionnaire se demande par quel étonnant phénomène ce jeune homme parle sur ce ton au maître des lieux.

– Monsieur Conté ! Monsieur Conté ! Revenez ! Nous avons à parler !

– Laisse tomber, on reviendra, lui dit son partenaire. Sauvons déjà le petit.

– Enferme ce cabot où tu peux, on s'entend plus, lui rétorque-t-elle en se dirigeant vers le canapé.

Apparemment, elle ne supporte pas que son binôme lui donne des ordres.

Voyant un nouveau danger s'approcher et bien que ces humains-là ne dégagent rien de franchement malveillant, Pouf recommence à gronder.

– Laissez notre chien tranquille, dit Jimmy.

Mais l'homme a pris le beagle dans les bras, malgré le risque de morsure et l'a prestement emmené dans le couloir du fond pour l'enfermer dans la salle de bains.

Le chien hurle à la mort et Rohan, désespéré, braille à pleins poumons dans les bras de la femme qui vient de le saisir.

– Je l'ai. Partons, dit-elle.

– Mais, mais… s'écrie Jimmy, désorienté par le comportement de ceux qu'il pense être des voisins caractériels. Rendez-moi Rohan ! Et dégagez ! Depuis quand les voisins ont le droit de rentrer chez les gens, comme ça, hein ? Et d'enlever un enfant ? Cassez-vous avant que Conté revienne, sinon vous allez passer un sale quart d'heure !

Et c'est à ce moment que, pour la deuxième fois, une voix frappée d'étonnement retentit. Mais cette fois, la voix n'est pas inconnue de tous.

– Mais qu'est-ce qu'il se passe, ici ?

Comme tout à l'heure, tous les gestes se suspendent et chacun tourne la tête vers la personne qui a prononcé ces mots.

Dans l'entrée, Jo et Gladys, leur masque tiré sous le menton, les bras chargés de cartons de pizzas, observent une scène qu'ils étaient loin d'imaginer.

Rohan, fermement maintenu dans les bras de la femme cesse brusquement de pleurer et renifle en regardant son grand-père, plein d'espoir.

Il est persuadé que, dorénavant, tout va rentrer dans l'ordre.

Ils restent un moment interloqués, sans voix. Joseph Conté pose ses cartons sur un guéridon et contemple de nouveau la pièce, comme pour se convaincre que ce qu'il découvre est réel. Devant ses yeux s'étale un foutoir tel qu'il n'en a jamais vu. Il ne reconnaît pas son salon. Des cartons éventrés, des papiers froissés partout mélangés à des boules de Noël, des guirlandes lumineuses, des santons, de la neige artificielle, des paillettes, le tout baignant ici et là dans une sorte de bouillasse humide et de mousse de savon sale.

Au pied d'un sapin rouge, qui attend son revêtement décoratif de Noël, une échelle en aluminium est étalée à terre.

Est-ce vraiment des aboiements qu'il perçoit comme venant du fond de l'appartement ?

Soudain, il aperçoit Rohan dans les bras de la femme.

Rohan renifle toujours et il regarde son grand-père avec espoir.

– G'and-Père, va sauver Pouf, dit-il. Salle de bains.

Que dit Rohan ? Encore Pouf ? Il a pleuré ? Jo imagine immédiatement le pire scénario. Ils essaient d'enlever Rohan, ou quoi ? Qui est cette femme et pourquoi tient-elle Rohan serré contre elle comme ça ?

Les questions se bousculent dans sa tête, ralentissant son action. Seule son inquiétude persiste et il ne sait comment agir pour arracher sans danger le bébé des bras de l'inconnue, car de toute évidence c'est une folle.

Lina, en voyant Jo et Gladys, se précipite vers eux avec des cris de joie.

– Enfin, vous êtes là ! La dame, elle veut prendre Rohan et le monsieur, il a enfermé Pouf et mon père il est venu, il voulait me kidnapper ! Vous avez vu la déco ? C'est pas encore fini, mais quand on aura nettoyé, ça va être magnifique.

Elle saute dans les bras de Joseph Conté.

– C'était bien la randonnée ? Vous avez rapporté des pizzas ! On va se régaler ce soir !

Jo lui fait machinalement une bise, puis la repose au sol avec précaution, réfléchissant à la façon dont il va intervenir pour récupérer Rohan.

53 - On ne bouge plus !

Malgré son calme légendaire et en rassemblant tout ce qu'il contient en lui de civilisé – et chez Joseph Conté, cet aspect de sa personnalité est considérable – il apostrophe la femme avec une certaine véhémence.

– Madame, je ne sais pas qui vous êtes, mais reposez cet enfant tout de suite.

Gladys n'en revient pas. Elle lève les yeux au ciel. C'est vraiment le maximum qu'il puisse faire, niveau agressivité ? Mais il a été fabriqué avec quoi, à la base ? Du Chamallow en forme de cœur rose ? Franchement, « … reposez cet enfant tout de suite ! » Sérieux ? Elle regarde son Jo avec un air mi-exaspéré, mi-attendri.

– Écoutez, monsieur, je vous prie de vous mêler de ce qui vous regarde !

La réponse de la femme laisse Jo pantois. Elle ne se démonte pas et semble revendiquer l'enlèvement comme si elle était dans son bon droit.

– Le grand-père de l'enfant est violent, il sera mieux avec nous.

Mais de quoi parle-t-elle ? Le grand-père est violent ? Mais le grand-père, c'est moi ! C'est une folle, maintenant il en est sûr, ce qui corse le problème. Mais comment ces gens sont-ils arrivés ici ? Rohan se met à gigoter et à tendre les bras vers son grand-père. Ses pleurs reprennent de plus belle.

– Jimmy, demande Gladys. Qui sont ces gens ? Explique-nous parce que là, on ne percute pas bien. C'est quoi, ce bazar ?

Jimmy jette un regard circulaire sur le fatras autour d'eux et baisse la tête, honteux.

– Je sais pas, se justifie-t-il. Enfin, oui, je sais, mais c'est *zarbi*. Ça s'est enchaîné à toute berzingue, fallait suivre, ça a commencé avec le chien…

– Quel chien ? demandent en même temps Jo et Gladys.

– Pouf ! crie Rohan soudain de nouveau joyeux.

Un aboiement plus fort ponctue l'appel de Rohan. Le couple des services sociaux suit l'échange avec curiosité. Ils ne comprennent pas très bien qui sont ces nouveaux arrivants. Une seule chose est sûre, cet enfant est en danger, il n'y a aucun doute à ce sujet. Ils ont tous l'air cinglés, ici.

– Pouf, c'était pas les brioches, continue Jimmy. C'était un chien, c'est ça qu'il cherchait, Rohan, c'est son chien, vous savez celui qu'est sur la photo !

Lina court vers la chambre et revient avec la photo du chien gambadant devant Aurélie, Arjun et Rohan. Joseph Conté pâlit puis rougit, dépassé par les enchaînements.

– Oui, c'est vrai, j'ai compris ça quand j'étais chez eux. La photo, le panier, les jouets couinants. Mais il n'y avait aucun chien… Enfin, je ne l'ai pas vu, je ne sais pas… Je ne pouvais me douter, n'est-ce pas ?

– Il s'appelle Pouf ! dit Lina.

La femme regarde son collège d'un air atterré. Pouf ? Ça part en vrille, là… Il va falloir rattraper cette incohérence générale. Rohan gigote tant et si bien en criant « Pouf ! Pouf ! » qu'il réussit à s'échapper des bras de la fonctionnaire et à glisser sur le parquet, d'où il se met immédiatement à courir vers le couloir du fond.

Dans un même mouvement, Gladys et la femme se précipitent vers lui, mais l'inconnue étant plus proche, elle saisit le bébé avant Gladys et le cale fermement sur sa hanche.

– T'inquiète, Roro, je vais le libérer, dit Lina.

Elle galope et tout le monde l'entend ouvrir une porte. Le jappement se fait soudain de plus en plus sonore et joyeux, aussi. Pouf apparaît enfin, surexcité, la queue et l'arrière-train en balancier frénétique, les pattes avant dansant la gigue, il ne tient pas en place, court vers Jimmy, lui lèche les mains, en fait autant avec Lina, puis il s'approche de la femme en alternant grondements et gémissements de bonheur, les uns s'adressant à elle et les autres à Rohan. Il se hisse pattes avant dressées sur la femme en accrochant ses mâchoires aux pantoufles de Rohan qui rit aux éclats.

– Lâche ça, va-t'en, chien ! crie la femme. Patrick ! Fais quelque chose ! Débarrasse-moi de cette bête.

L'homme saisit le chien par les épaules, en le tirant en arrière sous les yeux éberlués de Jo. Mais il ne lui faut pas longtemps pour constater qu'en effet l'animal ressemble beaucoup à celui de la photo.

Il regarde Rohan :

– Un chien, Rohan ?

L'enfant hoche la tête positivement avec énergie. Enfin, son grand-père a compris.

– Mais pourquoi tu ne m'as jamais dit que tu cherchais ? Pouf…, hein ?

De toute façon, il ne veut pas en savoir plus, il est du côté des enfants et il doit empêcher les actions de ces deux adultes inconnus :

– Laissez cet enfant et ce chien, et sortez. Vous n'avez rien à faire ici.

Et pour la troisième fois, une nouvelle voix retentit :

– On ne bouge plus !

Tout le monde se retourne. Kaer est de nouveau là, mais ce n'est pas lui qui a parlé. Il ouvre la voie aux forces de l'ordre : deux hommes en uniforme, masqués, perplexes quant à leur mission, comme en suspension.

– Ah, enfin ! dit la femme.

Gladys ne cherche pas à approfondir, elle décide de prendre les choses en main :

– Arrêtez cette personne, c'est une tentative d'enlèvement. Et retirez-lui l'enfant des mains ! C'est une folle !

Choquée d'être traitée de folle, la femme s'écrie :

– Nous sommes mandatés par le service de l'Aide Sociale à l'Enfance. Patrick, montre-leur la mission. Vous tombez bien : vous allez nous aider. En principe il ne s'agissait que d'une enquête, mais devant la violence du grand-père nous sommes obligés d'intervenir et d'emmener le mineur en danger.

En entendant ses mots, Jimmy et Jo se décomposent, chacun pour des raisons différentes.

– Dites-nous comment on peut vous aider, réagit immédiatement l'un des deux agents.

– Arrêtez le grand-père pour violence, mettez-le en garde à vue, nous lançons une procédure d'urgence.

– Il est où ? demande le policier en regardant autour de lui, prêt à sauter sur tout ce qui bouge, hésitant entre les deux seuls hommes adultes présents, le collègue de l'aide à l'enfance et le vrai Joseph Conté.

Kaer, frétillant, désigne Joseph :

– C'est lui !

Une lueur de panique passe dans les yeux de Jo, tandis que Gladys se dresse devant lui, face aux autres, pour le protéger.

– Ça va pas la tête ? Vous êtes tous mabouls, ma parole ? Vous avez bouffé quoi ?

Mais les agents ne tiennent aucun compte de ses protestations. Ils l'écartent fermement et empoignent Jo qui, éberlué, ne se débat même pas. Jimmy, Lina et Gladys échangent des regards consternés. La femme qui tient Rohan dans ses bras balbutie :

– Mais… mais !

Son collègue intervient en interpellant fortement les agents :

– Vous faites quoi, là ?

Il regarde Kaer avec étonnement.

– Mais pourquoi vous leur dites d'arrêter ce monsieur ? Pourtant vous étiez présent, tout à l'heure ! Vous avez bien vu qu'il ne s'agit pas M. Conté !

La fonctionnaire s'adresse de nouveau aux agents :

– Ce n'est pas lui qu'il faut arrêter ! C'est Joseph Conté, je me tue à vous le dire.

Jimmy, Lina, Gladys et Jo se renvoient des coups d'œil, à présent complètement largués. Le prof se dégage brusquement et les policiers le lâchent, se sentant, eux aussi, distancés par les événements.

– Je suis Joseph Conté ! déclare-t-il haut et fort en s'avançant vers Rohan, tandis que tous ceux qui le connaissent approuvent et que la femme reste bouche bée, le regard alternant entre l'homme et son collègue.

– Mais alors…

Il profite du flottement pour saisir Rohan et l'arracher des bras de l'assistante sociale ou quelle que soit sa fonction. Il s'assoit avec lui sur le canapé, sans même réaliser qu'il écrase deux trois bricoles qui jadis ornaient son buffet.

– Alors mon grand, hein ? Tu m'as manqué, tu sais ! Tata Gladys et moi on a fait une grande balade. Et toi, tu as fait quoi ?

Pouf saute sur les genoux de Jo, tout contre son bébé en distribuant de grands coups de langue autour de lui sur les deux visages enfin à sa hauteur. Mais toute cette action l'a épuisé et il s'endort soudain sur les jambes du prof qui, à présent, n'ose plus bouger.

– C'est mon sien, dit Rohan à son grand-père. Il s'appelle Pouf. Avec Lina, on lui a donné un bain, t'as vu ? Il est tout mouillé !

Émerveillé devant cette longue phrase parfaitement articulée et construite de Rohan, Jo en a les larmes aux yeux. Il serre l'enfant contre lui et le couvre de bisous sonores.

– Stop ! glousse Rohan. Tu piques, G'and-père !

La femme s'approche de Kaer, en désignant Jo du doigt :

– Comment ? Cet homme est Joseph Conté ? Mais alors qui est celui qui… Vous savez ? L'homme violent.

– C'est le père de ces deux-là, si j'ai bien compris, dit Kaer en montrant Jimmy et Lina.

Il supporte mal de se sentir soupçonné de… de quoi d'ailleurs ?

– Quel homme ? demandent Jo et Gladys d'une seule voix.

Jimmy et Lina baissent la tête, se sentant vaguement coupables de quelque chose dès qu'on parle de Petru. Les policiers sont frustrés. Ils n'ont pu arrêter personne, pire, tout cela ressemble fort à un canular. Ils apprécient peu de s'être dérangés pour rien.

– C'est quoi, cette embrouille ? Vous croyez qu'on n'a que ça à faire ? Nous déplacer pour assister à… à…

Ils s'énervent au fur et à mesure qu'ils parlent.

– Je flaire l'entourloupe, dit la femme. Je ne sais pas. Je ne le sens pas, ce plan. Pourquoi et en quoi ce visiteur serait-il le maître des lieux et l'homme qui était ici serait-il un visiteur ?

Et pas l'inverse ?

Tout le monde la regarde en tentant de récapituler ce qu'elle vient de dire. Ils sont un peu perdus par sa question.

– Demandez donc leurs papiers à tout ce beau monde ! tranche-t-elle.

Se voir dicter leur conduite ne plaît pas plus que ça aux gardiens de la paix. Gladys décide de prendre les choses en main.

– Écoutez, dit-elle aux représentants des Services Sociaux, vous savez bien qu'ils…

Elle désigne les hommes en uniforme.

– … n'ont pas le droit de rentrer ici. Ça vaut pour vous aussi, d'ailleurs. Que je sache, je ne vous ai pas entendus sonner ou frapper. Monsieur Conté non plus. Mais je veux bien leur montrer mes papiers et vous expliquer la situation parce que vous semblez un peu noyés, tous, là.

Elle fouille dans son sac et sort sa carte d'identité militaire. Le drapeau français s'y affiche en grand dans un angle de la carte, le mot officier saute aux yeux, un numéro de matricule, des citations… Les agents se redressent soudain devant Gladys. C'est tout juste s'ils ne font pas le salut militaire.

– Ça vous suffira ? demande-t-elle. Bon, alors ce monsieur, là, est bien Joseph Conté, le grand-père de ce petit. Les deux autres gosses sont mes neveux en vacances chez moi pour quelques jours.

Un petit mensonge innocent au passage n'a jamais fait de mal à personne, se dit-elle en prononçant ces mots.

– J'habite à côté, sur le même palier. Je suis la voisine, si vous préférez. Et ce chien… Euh, j'avoue que pour le chien, je cale. Mais je suis sûre que mon voisin saura vous dire de quoi il retourne.

– C'est le chien de Rohan, intervient Lina. Il est venu tout seul de son ancienne maison et il a fait des kilomètres et comme il est petit, c'était pas facile et maintenant il a plein de blessures et il était tout sale et on l'a lavé et il était tout maigre et on lui a donné à manger et il avait soif aussi et…

– Tais-toi cinq minutes, Lina, s'irrite Jimmy. Tu nous saoules !

– Mais qu'est-ce que vous faisiez avec ce fou chez monsieur Conté, en son absence ? demande la femme à Jimmy.

C'est Gladys qui répond.

– Nous sommes sortis pour une randonnée en confiant Rohan en baby-sitting à mon neveu.

– Que faisait cet homme ici ? insiste la femme.

– De quel homme parlez-vous ? s'interpose Jo.

– Quand nous sommes arrivés, il y avait un individu passablement éméché qui semblait vouloir enlever…

– Rohan ? J'en étais sûr ! J'avais un pressentiment !

– … cette petite fille.

Le prof observe un moment Lina et Jimmy et il comprend enfin qu'il y a du Petru Murati là-dessous. Lina se précipite contre lui.

– J'ai eu la trouille, dit-elle.

– Bon, je ne vois pas ce qu'on pourrait faire de plus, déclarent les policiers en s'adressant aux deux fonctionnaires. Vous venez ?

– Nous n'avons pas rempli notre mission, leur rétorque l'homme à la serviette. Nous avons une enquête à mener.

– La prochaine fois, essayez d'être moins confus, dans vos appels à la police, d'accord ? Mieux organisés. On ne dérange pas les forces de l'ordre pour des pétards mouillés.

Vaguement gênés, les agents s'engagent vers la porte de sortie, sans saluer. La femme insiste :

– Donc, personne ne connaît l'homme qui est venu prendre cette petite ?

Tout le monde hoche la tête négativement. Kaer marmonne :

– C'est le père de ces deux-là.

– Vous, ça va, vous croyez pas que vous en avez assez fait ? Bon, je suis navrée, s'excuse-t-elle, mais nous sommes venus pour mener une enquête sur la situation particulière de monsieur Conté et de son petit-fils et nous avons besoin d'avoir un entretien privé avec lui.

Gladys, encore énervée, s'emporte :

– Hors de question que je sorte !

– Je ne veux pas être impolie, mais c'est ainsi. Je n'y peux rien. L'enquête doit avoir lieu sans témoin extérieur qui pourrait influencer le…

Jo lance un regard suppliant à Gladys pour qu'elle lâche l'affaire. Elle regarde la femme d'un air mauvais.

– Bon, moi je suis crevée, dit-elle soudain comme si la décision de quitter la pièce ne lui avait pas été demandée par les gens des services sociaux. Je vais prendre une douche, vous venez les enfants ?

Énervée, elle sort et on l'entend tourner la clé dans la serrure de la porte d'à côté. Jimmy et Lina n'ont pas encore réagi.

Kaer, tout rouge, répète :

– C'est leur père.

– *N'importe nawak* ! s'exclame Jimmy, insolent. C'est pas not' père !

– C'est pas not' père ! répète Lina.

– Ah oui et il est où alors votre père, hein ?

Lina, regarde Jimmy pour savoir quoi répondre.

– Il est à Marseille, dit Jimmy, il a un boulot là-bas, c'est pour ça qu'on est chez notre tante.

– C'est incroyable comme ils mentent sans sourciller, marmonne Kaer.

– Ferme-la, *'spèce de collabo* ! fulmine Jimmy en prenant Lina par la main pour rejoindre Gladys dans l'appartement d'à côté.

– Jimmy, s'il te plaît, maîtrise-toi, dit Jo.

Jimmy claque la porte derrière eux.

La femme désigne la table de la salle à manger, à côté du salon.

– Ah ! Enfin ! On peut s'assoir ? Vous répondrez bien à quelques questions ?

Inquiet, Joseph Conté vient s'installer à la table en face d'eux, en gardant Rohan bien serré contre lui. Kaer reste debout, avec une expression gourmande. Il semble s'attendre à être invité à participer à l'enquête.

– Monsieur Kaer, nous vous remercions de votre participation, mais ce qui suit est confidentiel. Merci de nous laisser.

– Et l'homme, là, celui de tout à l'heure ? Il n'y aura pas d'enquête ?

– En ce qui concerne l'inconnu de tout à l'heure, comme il est avéré qu'il n'a aucun rapport avec l'affaire qui nous occupe, ce n'est pas de notre ressort.

Dépité, Brendan Kaer quitte l'appartement d'un pas lent en refermant doucement la porte derrière lui.

54 - Signalement

Rohan voudrait rester près de Pouf endormi sur le canapé. Il gigote dans les bras de son grand-père, mais celui-ci le serre encore plus fort.

L'enfant commence alors par renifler, puis par pleurer carrément, gênant la conversation officielle qui se déroule devant lui. Il en est l'enjeu, même s'il est loin de s'en douter.

Jo essaie de le calmer, de le bercer doucement. Il répond de façon distraite et chantonne vaguement une berceuse entre deux justifications.

L'homme a posé son téléphone sur la table, sur la position « enregistrement ».

– Vous permettez ? C'est pour préserver l'intégrité de notre échange dans le rapport.

Il sourit, satisfait de sa technique, fier de lui.

– Depuis que nous utilisons cette méthode, il n'y a plus de litige possible sur les propos tenus durant nos enquêtes. Et nos rapports rendent parfaitement compte de notre conversation.

La femme a étalé divers papiers, qu'elle saisit, tourne, repose, reprend, examine, accompagnant ses gestes d'une avalanche de questions.

– Comme va se dérouler la procédure ? demande Jo d'une voix mal assurée. J'ai bien reçu un courrier, mais je n'ai pas compris de quoi il s'agissait exactement…

Il fait un déni, se dit la femme.

– On nous a envoyé plusieurs plaintes, mais je vous rassure, ceci n'est qu'une enquête préliminaire. À l'issue de cette évaluation, si cela s'avère nécessaire, nous déciderons des aides à vous apporter.

– Mais je n'ai pas besoin d'aide… Je viens d'obtenir un jugement favorable.

– Parlons-en ! Ça a fait un peu mauvais genre dans le service si vous voulez tout savoir. Recevoir ces lettres alors que nous venions de vous présenter au juge avec un avis favorable !

– Je vous assure que…

– Si vous le permettez, nous sommes ici pour revoir quelques petites choses, justement…

Jo se tait, il ronge son frein. *Ces gens n'attendent qu'un mot déplacé de ma part,* pense-t-il.

Sissi a cette fois abandonné son abri, attirée par la voix de son Joseph et le calme revenu. Elle saute sur la table pour saluer le retour de son humain et frotter son museau aux larmes de Rohan qu'elle cherche à consoler, sans succès. Elle redescend alors se blottir sur le canapé contre son nouveau compagnon à quatre pattes qu'elle semble avoir complètement adopté.

– Si la situation s'avère vraiment délicate, nous pourrons accueillir Rohan, provisoirement, hors de votre domicile, dans un foyer, chez une assistante familiale ou encore dans un institut adapté à ses besoins. Nous sommes ici pour vous aider.

Jo s'énerve un peu.

– Mais puisque je vous dis que je n'ai besoin d'aucune aide. Tout va très bien… je gère la situation.

– Ne vous énervez pas, cela ne nous mènera nulle part. Écoutez, même si vous avez été désigné comme tuteur officiel de l'enfant, vous comprenez que tout ceci ne peut être décidé d'un seul coup de tampon, après ces courriers qui jettent une lumière nouvelle sur votre situation. Avançons et essayons de poursuivre dans le calme.

Rohan continue à pleurer. Il est clair que son attitude agace les visiteurs. Les interrogations fusent et Jo n'en saisit qu'une de temps en temps. Il ne parvient pas à se concentrer :

– Vous confirmez donc votre identité, n'est-ce pas ? … Vous êtes l'objet d'une plainte de la part du voisinage… Sur le 119… Des écrits aussi… Plusieurs témoignages… Maltraitance sur l'enfant… Pleurs incessants, cris, bruits de déménagements la nuit… le mardi 17 novembre, madame X déclare avoir entendu… Le jeudi 5 décembre, monsieur X déclare avoir vu… Sorties en pleine nuit, malgré le couvre-feu sanitaire, d'ailleurs… Un amaigrissement prononcé… Sous-nutrition apparente… Avez-vous des soucis d'argent ? Avez-vous une dépendance aux jeux ?

Jo lève les yeux au ciel.

De temps en temps, la femme gribouille des hiéroglyphes dans les marges, mais aussi sur une feuille vierge qu'elle a préparée à cet effet et qui, aux yeux de Jo, se noircit un peu trop.

Il s'offusque, bredouille, essaie d'expliquer la situation particulière de Rohan, pourquoi l'enfant pleure la nuit, pourquoi il mange peu, la disparition de ses parents dans un accident…

Il a conscience de l'image paradoxale qu'il leur donne. Il a l'air de se défendre, donc il se comporte en accusé. Mais en même temps, il a le ton d'une victime. Il lit dans leurs regards soi-disant impassibles une sorte de pitié, mais juste derrière, un jugement inébranlable, on ne peut confier la garde d'un enfant à cet homme trop faible.

Quand il évoque l'accident d'Aurélie, sa voix se brise. Ses yeux se noient. Il tente de rattraper cette défaillance, il frotte ses yeux de deux doigts, il se racle la gorge pour retrouver une contenance.

Rohan s'agite, pleure encore plus fort. Jo le pose à terre machinalement et l'enfant court vers Pouf, couché sur le canapé. Il s'allonge près du chien, le caresse et pose sa tête sur son ventre. Les sanglots ont cessé. Sissi, ronronnante, se frotte contre lui.

Gêné par le comportement de Joseph Conté, le couple chargé de cette primo-investigation se lève.

– Il nous reste à voir l'appartement et surtout la chambre du petit.

Jo les précède dans cette visite surréaliste. La femme prend frénétiquement des notes sur sa feuille.

Les charges s'accumulent, pense-t-il en découvrant son

appartement avec les yeux de ces deux « contrôleurs ».

Ils enjambent les restes boueux de la déco de Noël inachevée pour se diriger vers la chambre de Rohan. Elle est dans un désordre indescriptible, car les enfants n'ont pas pris la peine, ce matin, de la ranger. Heureusement, le tiroir du lit d'Aurélie est rentré, mais il y a des sacs, des affaires de classe, des habits parsemés en vrac un peu partout autour du petit lit plein de jouets de Rohan, et de sa commode remplie de produits de change, couches, coton, kleenex, crèmes.

– Il dort encore dans ce petit lit de bébé ? demande la femme.

Comment lui expliquer que ce lit est celui qu'il avait chez lui, là-bas à Strasbourg et qu'il a vécu bien trop de changements ces dernières semaines pour qu'on l'oblige maintenant à changer de lit ? Mais soudain, en voyant celui dans lequel dort Jimmy en ce moment, il a une idée :

– De temps en temps seulement. Il alterne entre ce lit une place et son petit lit pour que le passage se fasse en douceur. Je ne veux pas le brusquer…

La femme le regarde avec une lueur un peu différente dans les yeux, avant de reprendre son expression plus dure.

Ils reviennent vers le salon, elle range ses papiers, pressée d'en finir.

– Bien, merci de nous avoir reçus.

Jo ne sait quoi répondre.

– Je suis désolé, je n'ai même pas pensé à vous offrir un café. Voulez-vous boire quelque chose ?

Je suis lamentable. Je suis pathétique. Je devrais leur mettre mon poing dans la figure et me barrer à l'autre bout du monde avec Rohan. Mais bon, en même temps ils ne font que leur boulot. Heureusement qu'il y a des enquêtes après des signalements.

– Non merci, c'est très aimable, répondent-ils.

Tandis qu'ils se dirigent vers la sortie, Jo tente une question :

– Puis-je avoir une idée de… Vous allez rendre quoi comme avis sur…

– Navrée, dit la femme, nous ne pouvons rien vous dire pour l'instant… Et puis nous devons nous concerter avant de… ne vous inquiétez pas, vous aurez accès au dossier.

– Vous savez que vous pouvez faire appel à un avocat, n'est-ce pas ? ajoute l'homme avec de la compassion dans la voix.

Ces derniers mots terrifient Jo. S'il parle d'avocat, c'est que ça se présente mal.

– Mais la suite… Il risque de se passer quoi, pour Rohan ?

– Les placements peuvent se moduler, vous savez… En fonction de l'évolution…

La femme intervient soudain :

– Désolé, monsieur. Vous devrez attendre pour en savoir plus, le résultat de notre concertation et de notre rapport, qui vous sera envoyé par la poste.

Au moment où ils vont sortir, la porte s'ouvre à la volée et Gladys apparaît.

– Alors, vous en êtes où ? C'est fini ? demande-t-elle.

Devant la tête de Jo, elle s'alarme.

– Qu'est-ce que vous avez décidé ? Vous allez faire quoi ?

– Madame, nous ne pouvons pas vous…

– Écoutez, arrêtez de vous la jouer comme ça. Vous avez l'air normale, vous faites votre boulot, c'est tout. Pourquoi user de ce pouvoir pour faire mijoter monsieur Conté, hein ?

La femme bafouille soudain, contrariée, on dirait que Gladys a touché un point sensible.

– Ils doivent se concerter avant, rédiger le rapport, explique Jo d'une voix accablée.

– À d'autres ! Ils savent très bien l'un et l'autre, ce qu'il va y avoir dans ce rapport. Ils ont l'habitude. N'est-ce pas ?

Les deux membres du binôme échangent un regard gêné. L'homme prend une inspiration.

– Patrick ! lui dit la femme sur un ton dissuasif.

Mais il a décidé de parler.

– Je ne vais pas vous mentir, dit-il à Jo. La situation n'est pas bonne pour vous. Je ne veux pas vous faire croire que nous allons demander des mesures administratives provisoires. Je ne sais pas pour mon collègue, mais pour moi, c'est clair, je procède au signalement directement auprès du procureur… Je ne veux pas avoir à regretter par la suite d'avoir été trop clément. Quand le bien-être d'un enfant est en jeu…

– Mais…

– Que ceci reste entre nous, bien sûr. Vous avez bien

compris que nous ne sommes pas censés vous prévenir avant notre délibération et le rendu de notre rapport.

L'homme fait un geste désolé et tous les deux quittent l'appartement sans se retourner.

55 - Ce fil ténu qui les unit

La soirée qui suit la visite de ces oiseaux de malheur se déroule dans une atmosphère très complexe.

Gladys est soucieuse, mais elle essaie de donner le change pour les enfants.

Une fois les deux spécimens définitivement partis, elle ramasse des papiers froissés qui contenaient des décorations de Noël pour les fourrer dans un carton vide.

Au passage, elle positionne sur le sapin rouge des boules abandonnées au sol ici et là, elle rapporte les gamelles de Sissi dans la cuisine, elle déroule les guirlandes lumineuses pour les poser artistiquement sur le buffet entre les santons de la crèche, sur une étagère devant des livres ou des souvenirs, ou accrochées sur le mur, d'un tableau à un autre.

Jimmy et Lina, qui l'ont suivie, n'osent pas regarder les adultes.

Sur le canapé surchargé, Pouf est toujours profondément endormi sous la surveillance attentive de Sissi. Rohan est allongé à ses côtés, la tête sur son ventre, sa petite main allant et venant sur le pelage presque sec à présent.

Rohan ne dort pas. Ses yeux sont perdus dans le vague, rêveurs, absents, mais rassurés. Il est dans son ancien monde, quelque part enveloppé d'une bulle de bonheur avec ses parents et son chien.

Après avoir fait un câlin à Pouf, à Sissi et à Rohan qui lui sourit bizarrement avec son nouveau regard oublié ailleurs, Lina va tirer la manche du prof.

– Monsieur Jo, regardez les pattes de Pouf.

Elle lui montre les pauvres coussinets du chien. Ils sont pleins de blessures mal cicatrisées, de coupures, de croûtes et de plaies.

– Viens je vais te montrer comment le soigner, lui dit Jo en se demandant si ce chien est vraiment celui de sa fille.

Un si petit chien peut-il vraiment faire tant de kilomètres pour retrouver sa maison ? Mais qu'est-ce que je dis, sa maison ? Sa maison n'est pas ici. Pour retrouver un humain, plutôt. Enfin un humain enfant. L'odorat ne pourrait y suffire, aussi puissant soit-il. Flairer une trace certes, mais quelle trace ? Rohan n'est pas venu à pied depuis Strasbourg ! Ceci est un vrai mystère. Les humains pourront-ils un jour avoir une réponse à cette faculté animale ? Les humains l'ont-ils également possédée un jour ?

Il regarde à l'intérieur d'une oreille du chien et y lit le numéro d'un tatouage.

– Si tu appelais un véto, Gladys ? Demande-leur s'ils peuvent vérifier ce numéro, OK ?

Jimmy remarque que son prof et Gladys se tutoient. Il fait un clin d'œil à Lina.

Pendant que Gladys s'acquitte de cette tâche en s'éloignant un peu du groupe, Jo désinfecte une patte avec douceur pour l'exemple, sous l'œil attentif de la petite fille. Il l'enduit ensuite d'une pommade cicatrisante et il l'enveloppe dans une bande de gaze. Le chien continue à dormir profondément.

– Allez, dit-il, c'est ton tour, Lina. Tu fais la même chose à toutes les pattes.

Sissi n'apprécie pas les odeurs de désinfectant et elle se réfugie de nouveau tout en haut d'une étagère pour surveiller son monde.

Et tandis que Rohan assiste Lina en tenant fermement Pouf dans ses bras affectueux, la fillette soigne toutes les blessures apparentes du chien. Le prof se lève du canapé et il saisit la caisse qui a contenu la crèche et d'autres cartons vides pour les poser dans l'entrée. Il continue le travail de rangement entamé par Gladys, tout en étant attentif à sa conversation téléphonique.

Bientôt le salon ressemble à une pièce à vivre normale, où l'on peut se déplacer sans rien écraser, sans trébucher sur un objet non identifié.

– Oui… dit-elle. C'est ça. WNZ 647. Oui, dans l'oreille droite. C'est juste pour une vérification.

Elle essaie de ne pas trop entrer dans les détails, mais elle n'a rien à craindre, la personne au bout du fil lui donne facilement tous les renseignements.

– 4 bis rue de l'Europe à… Oui, c'est bien ça. Super, merci…

Elle raccroche et revient vers les autres !

– C'est vrai ! C'est bien le chien des Conté-Shankar à

Souffelweyersheim ! Et devinez quoi ? Son nom est… Pouf !!!

Tout le monde éclate de rire.

– Pouf, c'est mon sien, dit Rohan.

Jimmy saisit les cartons à pizza et allume le four. Comme s'ils avaient quelque chose à fêter.

Une fois le rangement terminé, Jo s'exile quelques minutes dans la salle de bains sous prétexte de nettoyer le bazar laissé par le bain mouvementé que les enfants ont donné à Pouf. Il en profite pour réfléchir, oscillant entre une sorte de vertige bienheureux, suspendu, hors du temps et un découragement profond.

Il ressent un bien-être, malgré tout, en songeant aux êtres qui l'entourent. À Gladys, inhabituellement silencieuse, appliquée à rendre un visage humain à l'appartement. À Jimmy et sa sœur parfaitement intégrés à l'atmosphère. À son petit-fils, apaisé, heureux, de toute évidence libéré d'un poids. Grâce à ce… chien ? Ce beagle, petit Snoopy épuisé, blessé, qui a lui aussi baissé sa garde et roupille en toute confiance au milieu de leur agitation.

Est-il possible que l'affection de ces personnes, ce fil ténu qui les unit, si fragile, puisse faire le poids contre le nuage sombre qui le menace ? Il se sent perdu d'avance ; il n'a pas les capacités de lutter contre la machine de guerre de l'administration. Il sait de quoi il parle, il fait partie de l'Éducation nationale, tout de même ! Il repense à toutes les fois où il s'est indigné de savoir que les Services de l'Aide

Sociale à l'Enfance, informés de maltraitance, ont réagi de façon trop tiède ; que les interventions se sont perdues dans les méandres bureaucratiques, jusqu'à ce qu'il soit trop tard pour ces enfants. Il comprend, avec ce qu'il lui arrive en ce moment, que rien n'est jamais simple, même s'il avait déjà bien conscience de cette vérité.

En l'occurrence, vu de loin, dans un entrefilet médiatique, son cas pourrait sembler aller de soi. Certains signes extérieurs sont bien là. Les cris répétés de l'enfant, les pleurs la nuit, un amaigrissement, une maladie de peau. Le cas est clair, banal même, il s'agit de maltraitance.

Et pourtant, pour les personnes ayant accès à l'intimité de cette famille, il ne faut pas longtemps pour établir que Joseph Conté est exactement l'environnement qu'il faut à Rohan, en ce moment. Il est son dernier rempart contre un monde cruel. Jo est à l'écoute, fin, sensible. Certes, parfois les chaussettes sont dépareillées, mais il « devine » ce qu'il faut à Rohan et il s'ajuste en permanence, y compris quand il faut trouver mille ruses pour le faire manger ou s'assoupir. Et qu'importe alors le couvre-feu, s'il n'y a que cette conduite qui puisse endormir l'enfant, non ?

Seule un moment dans la cuisine avec Jimmy, Gladys essaie de forcer son mutisme.

– Allez, dis-le-moi, c'était qui ce type, tout à l'heure ? Celui qu'ils ont pris pour Jo ?

Lina arrive à ce moment-là.

– C'était not' père, répond-elle avec légèreté. J'ai eu un

peu la trouille, mais pas trop parce que Jimmy était là, quand même. Je savais qu'il le laisserait pas me choper.

Jimmy a la lèvre inférieure qui tremble. Il se retient de pleurer. Finalement, il se croyait costaud, mais tout ce qu'il vient de traverser est tout de même un peu trop pour lui et il craque. Gladys détourne pudiquement les yeux. Lina continue son babillage.

– Il est venu parce qu'il avait besoin de moi. Pour que je transporte des trucs. C'est pas que ça m'embête, mais après j'avais peur qu'il me garde avec lui, qu'il m'emmène à Marseille. Et moi, je veux aller partout avec Jimmy, hein, Jimmy ? Tu me laisseras jamais, pas vrai ?

Jimmy ne répond rien, car il ignore si sa situation est légale. Il ne veut pas lui mentir. A-t-il le droit, même s'il est majeur, de garder sa petite sœur avec lui ? Tant que son père ne dit rien à personne, finalement, ça peut tenir un moment. Il faudrait juste qu'il ne se mette pas en tête de vouloir la récupérer officiellement.

Il ne répond rien à Lina, ne voulant pas l'inquiéter.

– Il s'agirait pas qu'il lui arrive quelque chose, à votre père, dit Gladys, comme si elle lisait dans ses pensées. Qu'il ait un accident ou qu'il se fasse arrêter, par exemple. Parce que ça déclencherait les rouages judiciaires et ils se mettraient en tête de protéger la gamine.

– Mais moi, je la protège, dit Jimmy.

– Oui, oui, t'inquiète. Il suffirait de faire la demande officielle et la garde de Lina te serait certainement attribuée officiellement, dit-elle en souriant, pour les rassurer.

En réalité, cela prendrait un certain temps, elle le sait bien ! Jimmy devrait avoir un appartement, des revenus et pendant tout ce temps, la petite serait soit rendue au père, soit dans un centre.

Gladys se secoue. Mais quel tour étrange a donc pris sa vie ? Elle qui a toujours vécu seule, sans attache familiale autre que sa mère qui vit à des milliers de kilomètres !

La voilà brusquement amourachée, comme une ado, d'un grand-père qui a charge d'un enfant en bas âge et qui se préoccupe d'une fratrie en difficulté ?

Jimmy fait des allées et venues entre la cuisine et la salle à manger, comme si la soirée était exceptionnelle. Il a décidé que, ce soir, ils ne dîneront pas dans la cuisine, comme les autres jours. Gladys s'interroge : est-ce parce qu'il juge qu'il y a quelque chose à fêter ou au contraire parce qu'il pense que c'est peut-être leur dernière soirée ensemble ?

– Pourquoi les gens sont venus ? demande Lina. La méchante et son copain ? C'est ça les services sociaux ? Ils vont faire quoi ? Ils veulent nous enfermer ?

– C'est rien, la rassure Gladys. C'est une visite de routine. Ils veulent savoir si Rohan est en sécurité. Comme il vient de perdre ses parents, il ne faudrait pas qu'il tombe entre de mauvaises mains, non ? C'est même plutôt réconfortant, finalement.

Lina essaie de se souvenir si quelqu'un des services sociaux est venu chez eux quand elle était bébé et que sa mère est partie en les laissant seuls avec leur père. Est-ce qu'ils ont fait une visite de routine aussi pour savoir s'ils étaient en sécurité ? Ou peut-être que ça ne marche que si les parents sont morts.

– Mais Jimmy, il me répète souvent qu'il faut faire gaffe aux services sociaux, car ils se mêlent de ce qui les regarde pas. Ils vont séparer Rohan de monsieur Jo ?

Gladys ne sait plus quoi répondre. Lina est trop curieuse. Trop fine aussi, mais en même temps encore une enfant. Comment lui présenter la vérité sans l'angoisser ?

– Moi, continue Lina, je vais leur jurer, s'ils me demandent, que monsieur Jo, il est gentil avec Rohan.

La phrase de Lina résonne dans la tête de Gladys comme un eurêka. Elle se frappe sur le front en s'écriant :

– Mais voilà ! Tu as raison ! Bien sûr ! Mais que je suis bête ! Voilà ce qu'on va faire ! C'est toi qui as raison !

Lina est tout heureuse sans comprendre ce qu'il se passe exactement.

– Mais quoi ? Qu'est-ce que j'ai dit ?

Gladys continue à réfléchir à haute voix.

– Je suis sûre qu'il y a une clause de moralité ou quelque chose comme ça. À joindre au dossier. Pour contrebalancer la pétition des voisins. On va voir ce qu'on va voir. Je n'ai pas dit mon dernier mot dans cette affaire !

– Tu vas pas les laisser faire, hein, Gladys ? Ils vont pas nous mettre en prison !

Gladys éclate de rire.

– Hors de question ! Ils connaissent pas Gladys ! Je vais demander des lettres et des témoignages à tous les gens qui connaissent bien notre Jo. Ceux qui l'aiment. Tous ceux à qui il a si souvent rendu service.

Pourtant, passé le court moment d'euphorie qui lui a fait entrevoir une sorte de solution, Gladys réalise qu'elle ne connaît vraiment personne, ici. Son cercle d'amis, principalement des personnes en relation avec l'armée, ou des « amis » virtuels, ne connaissent même pas Joseph Conté. Pour constituer une pétition en sa faveur et constituer un dossier avec des lettres de moralité de témoins, il lui faudrait déjà savoir à qui les demander.

Bien entendu, elle va en écrire une elle-même et son témoignage aura du poids, mais elle doute qu'une seule lettre puisse suffire.

– Il faut demander à son travail, propose Jimmy qui vient d'entrer et qui a entendu la fin de la phrase. Tout le monde l'adore au lycée. C'est grâce à lui que j'ai pas été viré. Sa parole a du poids.

Mais Gladys ne répond pas. Elle sait trop qu'il existe un monde entre demander à quelqu'un autour de la machine à café ce qu'il pense de Conté et le prier d'écrire une lettre de moralité, d'engager son nom et sa réputation, bref, de se « mouiller ». Et elle ne veut pas gâcher l'espoir des enfants.

Jimmy perçoit son malaise et il comprend que c'est moins évident qu'il n'y paraît. Et puis, qui va se charger d'expliquer la situation, de convaincre, de récolter les fameuses lettres ?

Gladys ? Elle ne connaît personne au lycée. Un prof à qui Jimmy décrirait le contexte et qui se chargerait de mener à bien toute l'opération ?

Il sent que ça n'irait pas bien loin. La récolte serait légère, le dossier de M. Conté trop maigre pour faire le poids contre les témoignages de Kaer et consorts.

– Et il y a aussi les associations. Il a de vieux amis au Secours populaire et au Resto du Cœur, par exemple.

Mais comment les joindre ? Jimmy peut demander au Resto du Cœur, il les connaît, mais les autres ? Il faudrait que Conté s'en occupe lui-même. Avec le même engagement et la même détermination qu'il a mis pour le défendre lui, au conseil de discipline. Avec la même passion qu'il met dans toutes les causes qu'il défend.

– On va lui en parler pendant le repas. S'il s'en occupe, personne n'osera lui refuser de l'aide. Il aura toutes les lettres qu'il voudra.

Gladys le regarde avec incertitude.

– Que Jo se fasse son propre avocat auprès de ses collègues ou des associations ? C'est pas gagné !

Et de fait, pendant cette soirée où ils sont tous réunis autour de la grande table dans une atmosphère de joie un peu factice, au moment où Gladys aborde le sujet, Jo se ferme et ne répond rien. Comme elle continue à lui démontrer que c'est ce qu'il doit faire, il répond :

– N'insiste pas, Gladys. Je refuse de devoir mendier des témoignages. C'est inacceptable pour moi. Inutile de revenir sur cette question. Et puis je fais confiance en l'administration française.

Gladys fait un signe à Jimmy et ils se rejoignent dans la cuisine.

– Il faut passer à l'action, dit Gladys. Il ne faut pas compter sur lui. Il ne se rend pas compte du danger. Il croit que tout le monde est comme lui et que le bon sens et la vérité finissent toujours par triompher.

– Mais qu'est-ce qu'on peut faire ?

– Je vais me renseigner sur cette question de lettre de moralité. Il nous faudra peut-être prendre un avocat. De ton côté, essaie de sonder un peu l'atmosphère, au lycée. Vois combien de personnes seraient prêtes à le soutenir.

C'est alors que Jimmy décide de partir en croisade. Comme un vrai samouraï. Mais son épée sera sa plume.

56 - Un amour de jeunesse

Dans les jours qui suivent, les événements se précipitent. Gladys et Jimmy complotent tous les jours, accumulent des informations, préparent leur stratégie.

Au fur et à mesure que le jeune homme réfléchit, ses idées évoluent, s'élaborent, prennent de l'ampleur.

Il profite des vacances pour peaufiner la préparation de son plan, qu'il soumet à Gladys, à chaque étape. Ils doivent faire vite, ils craignent d'être rattrapés par le temps, ignorant quels sont des délais de l'enquête.

Pour commencer, il va écrire lui-même une lettre pour défendre son prof. Dans cette lettre, il demandera de l'aide à aux collègues enseignants de M. Conté. Mais pourquoi se cantonner aux autres profs ? Il y a aussi le personnel administratif, les secrétaires et même le proviseur, pourquoi pas ? Il pense aussi au personnel de maintenance. Ils le connaissent bien. Ne passe-t-il pas toujours du temps pour laisser, à son départ, une salle de classe impeccable, bien rangée, sans papiers par terre, afin de faciliter le travail des gens du ménage ? Et il l'a souvent vu parler à certaines employées, leur demander des nouvelles de leurs enfants quand il les avait eus dans ses cours.

Et les élèves ? Les élèves, pour la plupart, aiment bien Conté. Il est sûr qu'ils participeront volontiers à une sorte de lettre collective pour dire le bien qu'ils en pensent. Il ira aussi dans toutes les associations où Joseph Conté fait du bénévolat depuis si longtemps.

Tandis que Jimmy et Gladys complotent, Lina sollicite Jo pour préparer Noël. Leur vie s'écoule dans une atmosphère étrangement cotonneuse.

Depuis plusieurs années, Jo passe seul la période de Noël. L'année précédente, encore… Ce n'était pas gênant pour lui. En général, il pour le réveillon, il s'arrangeait pour aider certaines associations en soirée, puis il rentrait chez lui vers 23 heures et il écoutait un disque de jazz en relisant sa thèse et en sirotant un bourbon et il attendait, sans grand espoir, un coup de téléphone de sa fille lui annonçant qu'elle débarquait le lendemain avec mari et fils.

Mais il faut croire que cette année le destin a tissé un canevas différent pour lui. Fait de larmes, certes, mais aussi de rires et d'espiègleries.

Quand il pense à l'accident d'Aurélie, il se voit sombrer dans un abîme de douleur irrémédiable et pourtant, le voilà entouré de trois enfants, d'un chien, d'un chat et d'une femme surprenante dont il ne peut plus se passer.

Des gamins qui se volent dans les plumes, un chien qui n'en finit pas de les léchouiller et de leur faire la fête, même au chat qui semble en avoir tiré son parti. Un chat… Bon, d'accord, le chat n'a pas changé, il passe toujours de longs moments à se cacher, ou à grimper au-dessus des placards pour les observer avec sagacité et méfiance.

Oui, à part Sissi, tout est différent cette année.

Comment pourrait-il leur offrir l'image de son chagrin pour Noël ? Et puis, il se l'avoue, dans son cœur bat le petit métronome, encore timide, du… bonheur ?

Non. Le mot bonheur est trop fort.

Il essaie de mettre des mots sur ce qu'il ressent. Le malheur lui offrirait-il une trêve ? A-t-il assez donné ? A-t-il fait son temps ? Aurait-il droit, lui aussi à un lendemain qui chante ?

Bien sûr, il y a l'épée de Damoclès de la décision de la commission de l'ASE, mais il ne veut pas y penser.

S'il y a une chose qu'il a apprise, le prof, avec tous ces bouleversements, c'est que chacune de ses minutes est précieuse pour lui, comme pour ceux qu'il aime. Et même si les nuages ne sont jamais bien loin, il n'appartient qu'à lui de faire du moment présent une embellie lumineuse.

De jour en jour, Rohan se remplume et retrouve sa joie de vivre. Pouf se refait un poil brillant et des muscles souples et pleins. Lina et Jimmy oublient leur crainte de voir Petru débarquer. Gladys s'invite non-stop dans l'appartement de son voisin. Toutes ces métamorphoses déteignent sur Jo, qui retrouve cette insouciance qu'il pensait avoir perdue à jamais.

Quand il regarde Rohan jouer avec Pouf, rire aux éclats des escarmouches burlesques entre le chien et le chat, babiller sans reprendre son souffle et manger de bon appétit, il se fait un devoir et un honneur de sourire à la vie.

Il se laisse engluer par les mille choses à préparer pour réussir un dîner de réveillon.

Maintenant que la déco est aboutie, il décide de s'occuper du repas et d'emmener Lina et Rohan avec lui, dans de longues pérégrinations pour débusquer des trésors à offrir à chacun. Enfin, pour les grands, bien sûr ! Car pour les petits, il est évident que le père Noël s'en chargera lui-même !

Ils passent des heures sur le marché de Noël, le long du cours Mirabeau. Malgré les restrictions sanitaires, la municipalité a décidé de le maintenir. La seule différence avec les années précédentes est le couvre-feu. À 20 h 30, tous les chalets sont tenus de fermer. Tout le monde doit être rentré pour 21 heures.

Rohan découvre, émerveillé, la magie de Noël et Pouf est transporté par les odeurs contrastées, charcuterie, foie gras, chocolat, pâtisserie, nougats… Ils ne peuvent rien consommer sur place, mais ils ne se privent pas d'emporter quelques spécialités pour les déguster à la maison. Ils admirent les santons d'Aubagne, présentés par centaines sur l'esplanade Cézanne.

Tout en expliquant la coutume des treize desserts à Lina, le prof amasse au gré de leurs emplettes des figues et divers fruits secs, des dattes farcies, une pompe à huile merveilleusement parfumée à la fleur d'oranger, des calissons, du nougat de plusieurs couleurs, des éclats de chocolats brisés…

S'il y en a un qui ne quitte pas du regard les marchandises qui s'accumulent dans le filet de la poussette, c'est Pouf. Pour lui, ces moments où il fait des courses avec Rohan ont un parfum de douceur, un peu irréel. C'est qu'ils ne sont pas encore assez loin, les longs jours d'errance dans l'angoisse et la faim.

Jo ignore que Jimmy a commencé ses démarches. Sous prétexte d'accompagner Jo quand il va faire du bénévolat dans différentes associations, il parle aux responsables, il leur explique la situation et il récolte de belles lettres chaleureuses, sincères, venant de personnes qui comptent dans la communauté aixoise.

Depuis leur promenade sur les traces de Cézanne, Gladys s'est enhardie à lui saisir parfois la main sous la table, à le frôler quand ils font ensemble la cuisine, à lui voler un baiser dans le couloir, sans se faire voir des enfants.

Ils sont souvent gagnés par des fous rires irrépressibles. Ils ont de nouveau quinze ans et l'impression de devoir cacher leur amour à leurs parents. Un amour de jeunesse coule dans leurs veines. Ils ignorent que Lina et Jimmy sont loin d'être dupes. Ils ont tout compris depuis longtemps et il leur arrive souvent d'échanger des regards complices et d'emmener Rohan et Pouf en balade afin de leur laisser l'appartement !

Gladys se surprend parfois à chantonner l'air de Juliette Greco, en se disant que, bientôt, son Joseph à elle sera complètement mûr et qu'elle n'aura plus qu'à le cueillir.

Le soir du réveillon, une fois les enfants endormis, Gladys et Jo s'amusent à remplir de babioles les grandes chaussettes de chacun.

Ils ont préparé, tous ensemble, un verre de lait pour le père Noël, deux mandarines et des sablés à la cannelle que Lina a faits avec Gladys, dans l'après-midi.

Gladys et Jo s'emploient à grignoter l'encas du gros bonhomme à barbe blanche, ce qui fournira aux plus petits la preuve irréfutable qu'il est bien passé et qu'il s'est régalé. De rires irrépressibles en gloussements benêts, le champagne aidant bien à les entretenir dans un état d'ébriété euphorique, leurs mains se frôlent, leurs yeux s'embrument, leurs souffles se font plus courts.

Cette fois, leur baiser les embrase. De mutin, il devient tendre, puis fougueux. Gladys, chavirante, se lève et entraîne Jo chez elle, sur son grand lit en bois des îles. Jo n'a pas le temps de réfléchir ni de peser les conséquences.

Le lendemain, tandis que les enfants poussent des cris de surprise, ravis à chaque merveilleuse découverte extirpée des grandes chaussettes rouges pendues devant le sapin, Jimmy remarque les yeux énamourés qu'échangent Jo et Gladys, leurs doigts qui s'effleurent, leurs caresses involontaires échangées à chaque mouvement. Il ne peut retenir un sourire rayonnant que sa sœur surprend.

– Pourquoi tu ris comme un idiot, Jimmy ?

– Mêle-toi de tes oignons, pipelette, lui répond-il en lui

frottant les cheveux affectueusement.

Mais le temps passe inexorablement. Noël, le Nouvel An, c'est déjà la rentrée.

La veille de la reprise, le dimanche soir, Jimmy se met au travail. Chaque mot est pesé. Il adresse, via l'interface virtuelle interne au lycée, une lettre à ses professeurs et à sa classe, car il n'a pas accès aux autres. Toutefois, il peut aussi écrire au proviseur. Il lui exprime son désir d'envoyer d'autres lettres, à tout le corps enseignant et administratif ; une différente pour le personnel de maintenance et une dernière pour tous les élèves. Il lui transmet, en fichiers joints, les lettres qu'il a prévues pour chaque entité, ainsi que la pétition en faveur du prof. Il demande non seulement à chacun d'approuver, mais aussi de rajouter la raison pour laquelle il signe le texte.

Chaque fois qu'il clique sur « envoi », son cœur bat la chamade. Il est heureux. Pour la première fois, il a oublié ses propres soucis, occupé tout entier par sa mission : sauver Jo et Rohan. Il espère que ses mots vont être utiles et vont servir sa cause. Il souhaite de tout son cœur que les calomnies de Kaer et des voisins malveillants soient balayées comme des fétus de paille, devant la puissance de ses arguments et des lettres de recommandation qu'il va accumuler dans un épais dossier de défense.

Le lendemain, au lycée, il est étonné de constater que de

nombreuses personnes le saluent, avec un sourire. Certains profs viennent lui serrer la main et lui dire qu'ils sont de son côté. Des élèves lui font des signes d'amitié. Il semblerait que ses professeurs aient déjà partagé ses lettres à de nombreuses personnes. Serait-ce l'esprit de Noël qui perdure ?

À l'interclasse, un surveillant vient l'informer qu'il est convoqué par le proviseur. Par la force de l'habitude, il craint vaguement une sanction, mais lorsqu'il entre dans le bureau, le proviseur le dévisage longuement sans rien dire, avec bienveillance. Il sent pourtant une once de grief dans l'expression. *Le sermon ne va pas tarder,* songe-t-il.

Mais le silence s'éternise alors Jimmy ne sait plus comment se comporter. Il se balance d'un pied sur l'autre, renifle sans raison, regarde par la fenêtre. *Mais qu'est-ce qu'il attend pour me parler ?* se demande-t-il.

Quand il ose enfin lever les yeux vers le directeur, il constate que l'autre affiche un grand sourire, ému.

– Murati, asseyez-vous. Je vous ai fait venir pour… pour vous féliciter, voilà. Votre initiative est… comment dire ? Elle m'a touché. Il n'y a pas d'autre mot. Si j'ai un reproche à vous faire…

Nous y voilà, je me disais bien aussi, pense Jimmy.

– C'est de ne pas nous avoir sollicités, plus tôt, à la direction, de ne pas m'avoir demandé un soutien plus direct. C'est vrai, j'aurais pu accompagner votre missive à vos profs d'un mot officiel qui aurait indiqué mon appui et un accompagnement solennel à votre démarche.

– Mais c'est pas trop tard ! s'exclame Jimmy.

– Oui, je sais, tout ce que vous n'avez pas encore envoyé, comme vous me l'expliquez dans votre courrier, je vais le faire suivre avec mon approbation.

Il est à présent plus à l'aise et il explique au directeur quelle est en réalité son idée.

– Et puis, vous savez, j'ai besoin de vous, en fait, pour coordonner les réponses, relancer les retardataires, par exemple.

– On va faire mieux ! Vous et moi, nous allons nous déplacer dans les classes, exposer notre démarche pour ceux qui n'ont pas percuté et le CPE fixera des dates de ramassages des lettres. Ce sera un vrai dossier physique. Nous le ferons scanner, aussi.

– Oui, bonne idée, on aura les deux formats au cas où. Mais je crois que…

– Oui ?

– Je crois qu'il vaut mieux ne rien dire pour l'instant à Monsieur Conté.

– Tu as raison. Attendons que l'opération soit un succès et notre récolte de lettres bien abondante !

Durant les jours qui viennent, les conspirateurs s'en donnent à cœur joie. Au bout d'une semaine, tous les courriers sont réunis, le dossier s'avère très épais. Gladys, de son côté, a demandé les conseils d'un avocat, Jean-Marc Lopresti, qu'elle a connu dans sa vie d'avant. Il n'est pas spécialisé dans les affaires sociales, mais il accepte, par amitié pour elle, de représenter Joseph Conté devant l'administration. Le problème c'est qu'elle n'a pas prévenu Jo. Qu'importe. Chaque chose en son temps. Lopresti lui explique que sans son accord, il ne pourra pas le défendre.

– J'en fais mon affaire, ne vous inquiétez pas.

Mais elle croise les doigts en disant cela. Car de ce côté-là, elle sait que ce n'est pas encore gagné ! Elle compte un peu sur leurs doux moments sur l'oreiller, en espérant alors qu'il baissera sa garde et acceptera le soutien d'un avocat.

Quand Gladys montre les lettres signées à maître Lopresti, il n'en revient pas de la quantité de témoignages récoltés. Il leur garantit la victoire. Il y a seulement une histoire de délai, il espère être encore dans les temps. Il n'y a plus qu'à attendre que la commission se réunisse.

Pendant ce temps, Joseph Conté continue à vivre comme s'il n'y avait aucun péril menaçant de s'abattre sur eux d'un moment à l'autre.

Il apprécie d'avoir sous son toit toute cette jeunesse, même s'il se doute que ça ne va pas durer éternellement. Il se ressource à leurs éclats de rire, leurs chamailleries, l'agitation générale, cris, chants, miaulements et jappements. Son appartement, grand en principe, semble soudain très étroit.

Mais, surtout, ce qu'il vit avec Gladys le remplit d'un sentiment étrange de reconnaissance envers l'existence. Il pensait ne jamais voir se rallumer pour lui des moments aussi doux et aussi enivrants. Il ignore s'il y a vraiment droit, il ne veut pas y penser. Mais que c'est bon de retrouver la joie d'éprouver.

C'est Gladys qui est la plus étonnée. Finalement, ce voisin plein de charme, mais trop délicat pour elle, le voilà à présent devenu toute sa raison de vivre. Que ne ferait-elle pour lui ?

Pourtant, la situation n'est pas de tout repos, mis à part leurs nuits débordantes de sensualité. Gladys étant ancrée dans la réalité, c'est bien elle qui se coltine les détails triviaux, l'organisation et la bonne cohabitation de tous ces êtres vivant sous le même toit. Et elle ne se reconnaît plus. Elle n'a plus le temps de rien, mais elle aime cette turbulence, ce ruisseau de la vie qui l'entraîne. Où sont donc passées ses bonnes résolutions du temps où elle a emménagé ? Mener une vie peinarde et basta ?

Elle a à peine le temps de lire quelques lignes le soir avant de rejoindre Jo pour leurs nuits enflammées.

Parfois, elle se demande ce qui la comble de joie ainsi, car après tout, si elle réfléchit bien, ses journées sont composées surtout de corvées... Bon OK, les nuits sont hors du temps, un cadeau de la vie qu'elle n'attendait plus. Mais il n'y a pas que cela. Il y a surtout ces courts instants suspendus, quand Jo rentre en fin d'après-midi et qu'il la regarde avec émerveillement. Toute la fatigue de sa journée s'efface alors.

Un jour, Joseph Conté se rend seul dans le box qu'il a loué et où il entrepose les affaires d'Aurélie. Il veut rapporter à l'appartement les affaires du chien qu'il avait gardées dans le hangar. Sur place, il voudrait faire du tri, mais ne se résout pas à jeter quoi que ce soit et se perd dans les cartons. Pourtant, il devrait au moins vendre ou donner tous ces livres qu'Aurélie gardait pour ses traductions. Tous ces dictionnaires et autres ouvrages linguistiques pourraient servir à quelqu'un d'autre ? Il les feuillette en imaginant comment Aurélie les touchait, les consultait, comment elle les avait choisis et comment ils l'accompagnaient dans ses études et dans son travail.

Soudain, au milieu de ces pavés très sérieux, un livre d'enfant apparaît, surgi d'un autre monde. Il revoit Aurélie, près de lui, avant qu'elle ne sache lire. Il était alors son héros et elle aimait l'entendre lui raconter des histoires. *Mireille l'abeille* était alors son histoire préférée.

Jo le soulève avec délicatesse, comme si le simple fait de le toucher pourrait le faire disparaître, retourner au royaume des souvenirs et des illusions d'où il semble avoir jailli.

Il est écorné, abîmé, des gribouillis colorés d'enfant éclaboussent ses pages et à côté du titre, en caractères bâtons et maladroits, il découvre ces lettres : ORELI E PAPA.

Il est abasourdi par cette découverte. Non, l'album ne se pulvérise pas entre ses doigts. Il s'enhardit à le feuilleter et remarque alors une photo, glissée entre les pages. Il se souvient de cet instant, comme si c'était aujourd'hui. C'est Catherine qui avait pris cette photo. Il était assoupi sur le canapé, sa fille de deux ans entre les bras, endormie elle aussi, le visage dans son cou. Entre eux, ouvert, reposant sur son ventre, *Mireille l'abeille*, éclatante, ensoleillée, illuminant la couverture de l'album. Il ne peut retenir ses larmes ni son sourire, en réalisant qu'Aurélie a conservé ce livre et cette photo.

Les nouvelles s'enchaînent avec un optimisme tenace.

C'est d'abord Jimmy qui reçoit un message très officiel sur le site de l'atelier d'écriture, lui annonçant qu'il fait partie des trois finalistes du concours.

L'espoir s'emballe dans tous les cœurs de cette drôle de famille qu'ils forment à présent.

C'est ensuite, l'étonnement ému de Jo quand il découvre les lettres de soutien, le dossier constitué par l'ami de Gladys. Il se sent entouré, apprécié et de temps en temps une vague de chaleur le submerge. Il décide d'accepter de rencontrer maître Lopresti et de lutter avec eux.

Car peut-être… que… toutes ces déclarations sur l'honneur pourront faire pencher la balance, non ?

Épilogue

Un jour ensoleillé de printemps, Joseph Conté s'arrête, en rentrant du lycée, devant la tombe de Catherine. Elle est un peu moins bien entretenue, ces dernières semaines. Des herbes folles envahissent les arbustes qui la décorent, des brindilles et des graviers recouvrent la pierre.

C'est qu'il ne vient plus aussi souvent. Il n'a plus vraiment une minute à lui, depuis que tout a été officialisé pour Rohan, et que les événements se sont précipités.

Ce jour-là, il prend le temps de sentir la brise du printemps sur sa peau, d'admirer la beauté des boutons de rose qui font leur apparition. Pour une fois, il ne parle pas à Catherine. Il écoute le chant des oiseaux et le bruissement du vent dans les branches des pins parasols qui bordent les allées.

C'est à travers ces murmures qu'il entend la voix douce de son épouse : « Je te l'avais bien dit, que la vie t'amènerait encore bien des bonheurs et même de belles rencontres. Ne t'inquiète pas, tu ne m'oublieras jamais, simplement tu as le droit à présent de continuer ton chemin. Je suis soulagée de voir que tu as retrouvé ton sourire. Que tu t'autorises à revivre. Va ! »

Joseph Conté n'est pas vraiment un autre homme, mais, en lui, le ressort de la vie s'est réparé. Cela lui a donné la force d'accompagner son avocat au tribunal et de se battre jusqu'au bout pour la garde de Rohan. Et puis, devant le nombre de lettres de soutien et de pétitionnaires en sa faveur, il ne pouvait décemment pas rester sans agir. C'était sa façon à lui de les remercier de leur solidarité.

Quand le jugement définitif a enfin été rendu en sa faveur, il a organisé, sur l'insistance de Gladys, une grande fête à laquelle tous les voisins de l'immeuble ont été conviés.

Ils sont tous venus, sauf Kaer qui boudait. Il se sent un peu isolé, à présent que ses deux vieilles dames acolytes l'ont lâché en lui reprochant de les avoir entraînées dans toute cette histoire. Il n'en démord pas quand il parle avec elles. Pour lui, Rohan subit des maltraitances, mais bon, tout le monde le laisse radoter sans l'écouter. Cependant, Jo ne peut s'empêcher de remarquer qu'à son passage, à présent, Kaer est moins vindicatif.

Ce que le prof ignore, c'est que de temps en temps, Lina tourmente leur méchant voisin avec des farces, encouragée par Gladys. Elle fait éclater des pétards devant sa porte, couler du miel dans sa boîte aux lettres ou elle bouche sa serrure avec du chewing-gum. En réalité, ça occupe Kaer et canalise sa rancune générale contre le monde.

Mais, la fratrie Murati finit par quitter les lieux. Non sans larmes et angoisses.

Les choses s'accélèrent pour Jimmy et Lina quand leur père est arrêté pour vol à main armée en bande organisée. Cet imbécile de Petru, complètement beurré, s'est fait prendre en tentant de cambrioler une bijouterie en plein Marseille. Le problème c'est que, comme Gladys l'avait prévu, cela a attiré l'attention sur les enfants.

Le juge saisit donc un conseil de famille qu'il constitue afin de nommer un tuteur pour Lina. Jimmy en fait partie, ainsi que ses grands-parents maternels qui vivent dans le nord et qui ne s'étaient plus manifestés depuis que la mère des enfants, Myriam, avait disparu.

C'est ainsi qu'ils la retrouvent. Elle ne se déplace pas pour assister au Conseil de famille, mais elle écrit une lettre au juge demandant la tutelle de Lina. Le hic pour elle, c'est qu'elle fait partie d'une secte, située en plein cœur de la Bretagne, Le Village du Scorpion et bien entendu le juge ne ratifie pas sa demande.

Les grands-parents, quant à eux, en larmes, se déclarent trop âgés pour se charger d'une petite fille. À vrai dire, en voyant comment leur propre fille a évolué, drogues dures, prostitution puis secte, tandis qu'ils assistaient, impuissants, à sa dérive, ils sont traumatisés à l'idée d'avoir à élever de nouveau une enfant. Et si tout ça, c'était de leur faute ? Ils se déclarent favorables à l'idée que Lina soit confiée à la tutelle de son grand frère Jimmy.

Lina, terrifiée à l'idée d'avoir failli être livrée à sa mère ou à ses grands-parents, ce qui l'aurait séparée de Jimmy de plusieurs centaines de kilomètres, trouve finalement rassurant d'être placée en foyer pour quelque temps. Elle sait qu'elle pourra voir son frère le week-end et donc Sissi, Pouf, Rohan, Gladys et Jo. Elle accepte la sentence provisoire du juge sans rechigner et elle coche les jours qui passent sur un grand calendrier cartonné qu'elle a punaisé au-dessus de son lit.

Elle doit attendre que Jimmy passe son bac, trouve un logement et un travail.

Mais Jimmy, pressé de sortir sa sœur des rouages de l'action sociale, quitte le lycée en cours de l'année scolaire, quand le patron du cyber café après avoir terminé les travaux pour agrandir son commerce, embauche Jimmy.

Max s'occupe du nouveau rayon de ventes de téléphones et de coques, tandis que Jimmy, lui, est responsable de la partie location informatique. L'affaire tourne bien, un troisième loustic est chargé des réparations qu'on leur demande.

Comme il voudrait passer le bac en candidat libre, Joseph Conté devient son répétiteur officiel.

Au moment même où Jimmy signe le contrat d'embauche CDI, il trouve, grâce à un ami de Max, un deux-pièces meublé mansardé, rue Magnan, à deux pas de l'immeuble de son prof. Il dormira dans une sorte d'alcôve dans le salon tandis que Lina aura pour elle toute seule la petite chambre sous les toits. Dans la foulée, il fait la demande pour y accueillir définitivement sa sœur.

Joseph Conté continue régulièrement à échanger avec les parents d'Arjun. Il a compris d'où venait leur méfiance. Pour eux, Aurélie était la femme qui leur avait volé leur enfant, en le faisant dévier de ses devoirs de bon fils : respect des coutumes, de la religion, des parents. Elle l'avait fait sombrer dans l'inconduite en donnant naissance à un enfant hors mariage.

Mais à force de tout connaître des peines et des joies de Rohan, au quotidien, dans la ville française d'Aix-en-Provence, des routines de vie de Jo avec son chat et son chien et des habitués qui peuplent cet appartement, la voisine, un élève, une petite fille, leurs dernières défenses tombent.

Seul subsiste chez eux le regret de n'avoir pas soutenu leur fils dans ses choix. Ils rêvent maintenant de connaître Rohan, en vrai et malgré la crise sanitaire, rendez-vous est pris pour la fin de l'été à Chennai.

Ce n'est pas la saison idéale, mais comme ils craignent tous qu'à partir de septembre, un confinement soit remis en place, ils préfèrent assurer le voyage pour la période où les restrictions sont levées. Du moins, l'espèrent-ils.

Quand Gladys apprend cette nouvelle, elle est enchantée.

– Ce sera notre lune de miel, susurre-t-elle à son Jo.

Et elle passe désormais son temps à rechercher la plus

féérique des croisières en Kettuvallom[23] sur les Backwaters[24], devenant incollable sur le sujet.

Le jour du 14 juillet, Jo s'arrête devant cette boulangerie où il n'est plus allé depuis longtemps. C'est la seule ouverte pas trop loin. Jimmy et Lina leur rendent visite et il a prévu un grand goûter. Son cœur bat un peu trop fort.

Il sait bien que cette histoire, avec ce boulanger, ne représente rien dans sa vie. Depuis sa dernière visite, il a eu bien d'autres combats à mener, plus importants. Et tellement d'amour autour de lui !

Pourtant, quelque chose lui dit que ce rien est important pour lui. C'est comme un test qu'il s'inflige. Il est si différent maintenant. Il voudrait voir s'il s'agit seulement d'un fantasme ou si les autres perçoivent également son changement intérieur. Mais c'est jouer avec le feu, il le sait.

C'est un quitte ou double. Quelque part tout au fond de lui, il espère que ce Carlo ne travaille pas aujourd'hui. Manque de bol, le voilà, c'est bien lui.

Au moment même où le boulanger le repère, dans la file d'attente, son œil s'allume d'une lueur narquoise. Jo retrouve

---

23 Un kettuvallom ou kettuvallam (littéralement « bateau de bois cousu ») est le nom donné aux bateaux loués à la nuit (*house-boat* ou « maison flottante ») dans la région du Kerala, dans le sud de l'Inde.

24 Les Backwaters-ou Backwaters du Kerala sont une série de lagunes et de lacs d'eau saumâtre parallèles à la mer d'Arabie, paysage typique de l'état du Kerala, dans le sud de l'Inde.

le regard tortueux de l'homme. L'éclat du jeu sadique. Le mépris aussi. La promesse du plaisir qu'il va éprouver à humilier Joseph Conté.

Quand son tour arrive, il commande plusieurs croissants, pains au chocolat, chouquettes et brioches pour les rapporter à la maison et offrir à sa nouvelle drôle de famille un goûter royal.

Il tend un billet de vingt euros. L'homme le range dans sa caisse sans lui rendre les quatre-vingts cents qu'il lui doit.

– Suivant ? clame-t-il avec une jubilation belliqueuse, en s'adressant à la jeune fille derrière Jo, sans un regard pour celui-ci.

Mais cette fois, le prof ne bouge pas. Il ne dit rien. Il considère droit dans les yeux l'homme qui, à présent, hésite.

La jeune cliente ne demande rien. Elle a remarqué que Jo attend sa monnaie et de façon toute naturelle, elle patiente. Pour elle, le boulanger doit terminer de servir Jo avant qu'elle puisse commander ce qu'elle veut.

L'homme ricane d'un air gêné. Il croise le regard de son client et baisse les yeux. Il farfouille dans sa caisse et finit par lui donner les quelques pièces.

Jo sort de la boulangerie en lançant un « Au revoir et merci ! Bonne journée ! » si joyeux que toute la file d'attente sourit.

Il sait que pour le boulanger, aujourd'hui, c'est Joseph Conté qui a gagné.

Gagné quoi ? Où était le concours ? C'est toujours un

mystère pour Jo. Mais sans très bien comprendre pourquoi, il se sent plus léger qu'en rentrant dans la boutique.

Et puis, très vite, il revient à sa joie de retrouver son petit monde en les imaginant tous autour de la table devant des chocolats glacés et ce festin de viennoiseries.

À Aix-en-Provence, plus exactement au 18 rue des Cordeliers, Pouf est allongé le nez entre les pattes, sur le parquet, en plein devant la porte d'entrée. Il regarde le panneau de bois en poussant de longs soupirs.

Sissi, intriguée, essaie de le détourner de sa tâche, elle rôde autour de lui, donne des coups sur ses oreilles, tente de le faire réagir.

Depuis la cuisine, Jimmy et Lina, attablés devant des bols de céréales, observent la scène avec curiosité.

– Regarde Pouf, dit Lina à Jimmy. Il est bizarre ce matin…

Le frère et la sœur sont seuls dans l'appartement depuis trois semaines. Quand Jimmy part au travail le matin, Lina est chargée de faire la *dog* et *cat sitter*.

C'est un boulot qui lui convient parfaitement. Il consiste à jouer avec ses deux meilleurs amis, du matin au soir. Même ramasser les crottes de Pouf l'amuse. Elle aime tellement le balader en laisse quand elle le sort pour sa promenade. Elle est toute fière, dans ces moments-là et elle sent bien que lui aussi se pavane en se rengorgeant à ses côtés.

Joseph Conté, Gladys Bernard-Conté et Rohan Conté-Shankar sont partis début août en Inde pour que Rohan rencontre ses grands-parents de Chennai. C'est la raison pour laquelle Jimmy et Lina dorment ici, chargés de soigner bêtes et plantes. Au grand dam de Brendan Kaer qui subit de nouveau les brimades taquines, mais fort désagréables, de la gamine, qui ne lui a jamais pardonné ses tentatives de séparer Rohan de son grand-père.

– Allez, viens, Pouf ! On va promener, dit-elle d'un ton enjoué.

Mais impossible de décoller Pouf de sa position devant l'entrée.

– Laisse tomber, dit Jimmy. J'ai pigé !

– C'est quoi ?

– Il a senti que Rohan rentre aujourd'hui, c'est tout.

Pouf tourne sa tête vers lui et émet un wouaf plein de vie.

– Tu vois ? Toi, tu crois qu'il est ici, mais en réalité, il est dans l'avion avec eux, en train d'atterrir à Marignane. Tu ne réussiras pas à le faire sortir aujourd'hui tant qu'ils ne seront pas là !

Lina transporte alors un fauteuil d'enfants, depuis la chambre de Rohan jusque dans l'entrée, et s'incruste, elle aussi, en face de la porte, avec une pile de BD à portée de la main. Immédiatement, Sissi s'installe sur ses genoux pour une séance de ronrons.

Pouf les guette du coin de l'œil, sans cesser un instant la surveillance visuelle, olfactive et auditive de tous les signes qui vont lui ramener son garçon.

Soudain, du bruit dans l'escalier. Des valises qui heurtent

les marches, des pas, des rires, un babillage, un cri :

– Pouououf !

La voix incrédule de Gladys :

– Doucement, Rohan ! Ça va, on a compris que tu es content de rentrer !

Pouf se dresse sur ses pattes, sa queue frétille, il regarde intensément la porte et jappe doucement.

Quand son garçon ouvre la porte, le regard qu'ils échangent est une explosion presque douloureuse de joie contenue.

Mais très vite, rires, aboiements, bavardages et exclamations reprennent leur droit au 18 rue des Cordeliers.

Remerciements

L'idée d'écrire le roman d'un homme « ordinaire », sans histoire, qui se renferme en lui-même après avoir vécu des épreuves qu'il n'est pas prêt à affronter, un homme qui traverserait cette vie sur la pointe des pieds de peur de blesser, de déranger, me trottait dans la tête depuis longtemps, mais quand j'en parlais autour de moi, les réactions étaient que ce sujet n'intéresserait personne car les « méchants » sont plus attirants.

Oui, mais moi j'aime bien les gentils et j'en ai un peu marre qu'on ne parle que des méchants !

Ah ah ah !

Alors contre vents et marées, contre l'avis de tous et même contre une petite voix intérieure qui me disait qu'on n'écrit pas un roman avec un point de départ pareil, je me suis lancée dans l'histoire de Joseph. J'ai relevé ce défi.

Vous connaissez tous, que vous soyez croyant ou non, ou quelle que soit votre religion, l'histoire de Joseph dans la Bible. Joseph, n'est-ce pas dès le départ, le gentil par excellence ? Celui qui élève l'enfant qui n'est pas de lui en lui donnant le meilleur de lui-même, son beau métier de charpentier ? Celui qui console la mère, qui la soutient, celui qui est toujours là quand on a besoin de lui et qui s'efface quand on ne lui demande rien ?

Pour moi, c'est lui le véritable héros de ce récit mythique.

Après tout, qui sait si son fils aurait pu s'ouvrir au monde, se réaliser pleinement jusqu'à se présenter comme le fils de Dieu, s'il n'avait pas eu Joseph comme vrai père ? Oui, vous l'avez compris, pour moi un « vrai » père, c'est celui qui est là au quotidien pour élever l'enfant.

Avec un autre modèle paternel, peut-être ce fils aurait été égoïste, mesquin et futile ? C'est pourquoi j'ai donné ce prénom à mon héros.

C'est vous, mes lecteurs et mes lectrices, qui allez maintenant décider si l'histoire d'un anti-héros pour cause de discrétion et d'hypersensibilité vous a conquis.

Et j'espère de tout cœur que oui, autant que je l'ai été en l'écrivant.

Il y a des miracles dans la vie quand on est en phase d'écriture, peut-être parce que l'auteur est branché sur la moindre vibration qui passe, je ne sais pas, mais quand j'ai lu l'article incroyable de cet homme qui avait perdu son chien dans un accident et comment cet ami fidèle à quatre pattes avait retrouvé seul en quelques semaines le chemin de chez lui, j'ai su que ce n'était pas un hasard s'il me racontait ces faits à ce moment-là. Je cherchais un trait d'union entre Aurélie et Joseph, entre Strasbourg et Aix en Provence, entre le grand-père, la fille et le petit fils, Pouf s'est alors imposé à mon imagination.

Merci à tous les animaux de compagnie qui retrouvent comme par miracle le chemin vers leur humain, sans que nous puissions encore expliquer ce phénomène incroyable des champs magnétiques puissants qui les relient au-delà des distances. Un jour nous saurons de quoi il retourne et ce mystère aura une véritable explication logique.

Sans l'aide de quelques ami-e-s et lectrices fidèles, l'écriture de ce roman aurait été plus chaotique.

Merci à Amanda Castello, qui a suivi au jour le jour la progression du roman, en me faisant part des incohérences flagrantes et en prenant fait et cause pour Joseph, Gladys, Rohan, Jimmy et Pouf.

Merci Claire Saim, Danielle Boulois, Emmanuelle Mulligan, Sandra Nelson et Xavier Theoleyre pour leur relecture attentive en amont du premier jet.

Leurs remarques créatives et constructives m'ont permis de finaliser un premier jet quand je n'y voyais plus très clair !

Merci à Paola, créatrice de la couverture qui voit en dessin les personnages et qui a cette fois été soumise à rude épreuve, car l'aboutissement de cette couverture nous a donné du fil à retordre !

Merci à Hélène Babouot, à sa patience, son acuité et sa vigilance dans ses ultimes corrections.

Merci à Hélène Babouot, à sa patience, son acuité et sa vigilance dans ses ultimes corrections.

Et merci aux blogueuses et blogueurs qui acceptent parfois

de lire en avant-première les versions sous formes d'épreuves non corrigées et de participer grâce à leurs chroniques et commentaires, au fragile et toujours périlleux lancement d'un livre. Vous savez quelle place particulière vous occupez dans mon cœur !

Merci aux dix marraines blogueuses qui ont participé à la lecture commune, une participation enthousiasmante pour moi. L'une d'elle m'a signalé qu'en temps de confinement, dans les établissements scolaires, les conseils de discipline obéissaient à une règle draconienne et devaient se tenir de façon éclatée dans plusieurs pièces pour ne pas déroger au principe du « pas plus de six personnes ensemble », mais nous sommes ici dans une fiction, et j'ai décidé de refaire cette règle à ma façon pour ne pas alourdir cette scène. Merci tout de même à elle pour son sens du détail.

Sans oublier un grand merci aux nombreux lecteurs qui participent et qui m'aident dans mes recherches de titres et de couverture. Cela me permet d'avoir accès à leur talent en tant que formidable équipe d'experts ! Quelle chance !

Ce roman, pour l'instant, est complètement indépendant, éditorialement parlant, donc n'hésitez pas, si mes correcteurs et moi nous avons laissé échapper quelques coquilles (c'est toujours le cas et c'est entièrement de ma faute), à me les signaler. Ce sera vraiment super gentil et je vous en serai éternellement reconnaissante.

Et que dire si en plus vous pensez à mettre plein d'étoiles et un joli commentaire qui donne envie à de nouveaux lecteurs de découvrir un homme ordinaire dépassé par son propre destin ?

Grâce à vous quelques instants de douceur et de tendresse seront diffusés dans le monde.

Si vous hésitez à laisser un commentaire, sachez que quelques mots suffisent, juste ce que vous avez ressenti à la lecture, ce que vous avez aimé le plus dans le roman…

Car vos sentiments ont du poids dans le destin d'un livre… Et rien ne vaut le bouche à oreille !

Merci d'avance à vous tous...

TABLE DES CHAPITRES

OFFRE SPÉCIALE

Si vous l'avez acheté ce roman en librairie, ou en ligne, et que vous êtes passionné de lecture, recevez cette OFFRE SPÉCIALE, de la lecture en cadeau !!!!

Au choix :

Une nouvelle policière délicieusement vénéneuse :
UN ÉTÉ EMPOISONNÉ,
ou un court roman plein d'émotions :
MES YEUX POUR TON CŒUR
Ou un essai :
DIVAGATIONS,
qui vous dévoile les coulisses de l'écriture de mes romans historiques.

C'est par ici :
https://www.alice-quinn.com

Du même auteur en librairie :

Vous pouvez également lire les autres romans d'Alice Quinn
en papier, pourquoi pas ? Ils sont tous en librairie !
Mais aussi en liseuse ebook !
***
Dans la série de comédies à suspense *Au pays de Rosie Maldonne :*
UN PALACE EN ENFER
ROSIE SE FAIT LA BELLE
L'OMBRE DU ZÈBRE
NOM DE CODE : MÉMÉ RUTH
MALDONNE AU FESTIVAL DE CANNES
(Ces volumes se lisent indépendamment les uns des autres)

***
Romans de vie pleins d'espoir, d'optimisme et de force :
BRILLE TANT QUE TU VIS !
LA PETITE FABRIQUE DU BONHEUR
MES YEUX POUR TON CŒUR
(ce dernier roman existe en version Grands caractères pour mes amis mal voyants, mais aussi en version « beau livre », illustré de superbes aquarelles originales créées spécialement par Paola Franconeri, couverture cartonnée)

***
Tendre comédie à suspense chez City éditions :
LE GARÇON QUI RÊVAIT DE VOLER EN CADILLAC

***
Trilogie polar historique chez City éditions :
(Une enquête à Cannes à la Belle Époque sur les traces de Maupassant)
LA LETTRE FROISSÉE
LE PORTRAIT BRISÉ
LE CARNET VOLÉ
(Ces volumes se lisent indépendamment les uns des autres)

***
Roman très noir chez label Les Indés
FANNY N.

Une série de comédies policières déjantées
avec une héroïne détonnante :
Au pays de Rosie Maldonne.
Des **comédies** débridées. Un **suspense** captivant.
Un personnage **attachant.**
Découvrez *Rosie Maldonne,* elle vous attend.
Suspense et humour au rendez-vous, l'esprit des tontons flingueurs et de Westlake,
épicé d'un brin de comédie à l'italienne.

UN PALACE EN ENFER

BEST SELLER
numéro 1 des ventes numériques France 2013
aussi en AUDIO sur Audible (gratuit avec l'offre d'essai Audible):
UN PALACE EN ENFER

ROSIE SE FAIT LA BELLE

L'OMBRE DU ZÈBRE

NOM DE CODE MÉMÉ RUTH

MALDONNE AU FESTIVAL DE CANNES

Maupassant mène l'enquête en compagnie d'une courtisane, Lola Deslys et d'une aristocrate anglaise déclassée : Miss Fletcher.

Cette trilogie vous fera découvrir la naissance d'une ville balnéaire, perle de la Côte d'Azur, entre 1884 et 1892. Un monde où la fortune, les hommes et les apparences règnent en maîtres.

Suspense, secrets de famille, et troubles sociaux sur fond de crise immobilière... La IIIe République et ses coulisses dans une ville en apparence légère...

LA LETTRE FROISSÉE Cannes, printemps 1884

LE PORTRAIT BRISÉ Cannes, février 1888

LE CARNET VOLÉ Cannes, décembre 1891

Résilience, chocolats chauds, madeleines et amour.
Et si vous aviez seulement besoin
d'une étincelle de magie dans votre vie ?
LA PETITE FABRIQUE DU BONHEUR

***

Un roman énergisant
parsemé de poussière étoilée d'amour...
Un hymne à la vie !
BRILLE, TANT QUE TU VIS !

aussi en AUDIO sur Audible :
BRILLE TANT QUE TU VIS
(gratuit avec l'offre d'essai Audible)

***

Une comédie pleine de tendresse et de suspense :
Prenez un bain de fraîcheur et de bonheur au BalaJo...
Tendresse, humour et suspense sont au rendez-vous

LE GARÇON QUI RÊVAIT DE VOLER EN CADILLAC

***

ATTENTION

Avertissement : Fanny N. est un roman très sombre absolument pas dans la veine habituelle des romans positifs d'Alice Quinn !!!

« Auteur de la série humoristique et best-seller *Au pays de Rosie Maldonne* Alice Quinn nous bouleverse dans cette tragédie d'une noirceur abyssale. Impossible de rester insensible au calvaire de Fanny N., qui clame désespérément son droit au bonheur, en dépit de sa *différence*. »

FANNY N.

Dépôt légal : juillet 2021
Achevé d'imprimer en France

https://www.alice-quinn.com

Imprimé en France
FRHW011040150722
31412FR00015B/696

9 791035 920647